源氏物語の色

いろなきものの世界へ

伊原昭

笠間書院

はしがき

古典文学と色彩の関係を追いつづけてきて、漸くうっすらと見えてきたものがある。自分なりの結論を検証してみようと思う。

散文では『源氏物語』の豊饒な色の絢爛とした美の世界とともに、変容する色相の変遷がある。そして物語の深化の果てに辿りついた究極の色とは？　それは色のない世界、すなわち、無彩色の思想といえる。

平安時代に極まった『源氏物語』のネガティブなこの思想が時代を経て、享受され、昇華した律文がある。鎌倉から南北朝時代の『玉葉和歌集』『風雅和歌集』の色たち、いわゆる京極派の歌たちである。この京極派歌人たちは『源氏物語』を読んで読み込んだ末、身につまされる受難の実体験から、自身の生か死か、極まった厳しい現実と『源氏物語』が重なり、やがて『宇治十帖』の宗教的命題へと両者は深化し、交錯してゆく。その情景なり哲学が一層凝縮されて、歌に表現されたもの、それはつまるところ、透明な色といっていいだろう。時代を隔てて、両作品は散文と律文ながら奇しくも色のない世界に到達する。

一般に『源氏物語』では内容に伴なって潤沢な色彩世界が展開された、という解釈が通説である。しかし、若菜巻以降では栄耀栄華を疑いはじめる源氏がいる。自己否定を内にひそめ、内面的憂愁の世界に傾斜しつつ、次第に色相はうすくなってゆく。そして、光源氏没後の『宇治十帖』では無彩色の色といえばいいのだろうか、私たちが知る王朝の華麗な色彩美で彩られた『源氏物語』からは程遠い世界が展開される。薫と匂宮、ふたりの愛に進退極まった浮舟の存在。これら、不条理としかいいようのないこの世界こそが現実（虚構）として表現されたものだろう。『宇治十帖』に至って雅な源氏世界が瓦解されてゆく。だが、この『宇治十帖』にこそ作者紫式部の思想は収斂されていったと思う。宗教も身近なものとして捉えられつつ、この「色のない世界」にこそ人間社会の実相を感じ取ったのだろう。京極派和歌もつまるところ、同様の思想に到達したといえる。

光厳院《こうごんいん》の御集中「燈《ともしび》」連作六首は宗教的内観性を追求した、京極派の代表作といえよう。

さ夜ふくる窓の燈つく〳〵とかけもしつけし我もしつけし　（一四一）
心とてよもにうつるよ何そこれたゝ此むかふともし火のかけ　（一四二）
むかひなす心に物やあはれなるあはれにもあらし燈のかけ　（一四三）
ふくる夜の燈のかけををのつから物のあはれにむかひなしぬる　（一四四）
過ぎにし世いまゆくさきと思うつる心よいつらともし火の本　（一四五）
ともし火に我もむかはす燈もわれにむかはすをのかまに〳〵　（一四六）

ともし火が風でほのかにゆらぐ、作者の心のゆらぎとともに、夜の時間帯、雨の時間帯があらわれる。死を前にした真の孤独をくぐり、自然と渾然とひとつに融合した闇の世界、人間存在の極みが表現されたものだろう。

　中世の、ことに南北朝の時代、多くの人々は、戦乱と術数の中にあけくれ、そこに生きるために、現世の様々の苦悩をそのままその身に受けとめていたことであろう。

ことに多感な歌人達にとっては、現実に憂世の出来事を彼岸のこととして、和歌の風雅にのみ徹することができたであろうか。古い伝統の中で、父祖の教えを墨守しながら、現世の相に目をむけることなく歌作することで満足するならば、それはそれとして可能でもあったろう。

しかし、京極派の人々は「心のままに詞のにほひゆく」(『為兼卿和歌抄』)ことを願った故に、月雪花の世界へもおのずから自己の心の波が滲み出ていったようである。現世の苦悩を歌の世界でのり切ろうとすれば、自然の姿も真剣に凝視せざるを得なくなるであろう。そこに生まれる心の翳が歌作に憂愁や悲哀をこめて投影されているのである。

尽しきれただろうか、こころもとない。以下の各論にて「はしがき」の論理が検証できていればいいのだが。

大方のご批正をお願いする。

出版に際し、永年の友とあえていわせていただくことをお許し願いたい、志村ふくみ氏(重要無形文化財保持者)の溢れる織物に対する創造力と草木染《くさきぞめ》に賭《と》する執念に大きな刺激をうけつづけてきたこと、また、道は違っても学問の友として、お互いに道なき道を歩んできたもの同士として、今更乍らあついものが込み上げてくることを吐露することをお許し願いたい。

最後に笠間書院池田つや子社長と橋本孝編集長のかわらぬ御支援に厚く御礼申し上げる。

平成二十五年十月二十四日

著　者

#『源氏物語の色——いろなきものの世界へ』目次

はしがき　i

I　源氏物語の指向するもの――豊饒ないろから無彩色の世界へ

序にかえて――上代の人たちの色意識……3

王朝物語の色彩表現――『源氏物語』を中心に……9
一　襲《かさね》の発明　二　多彩な衣装の配色と文芸　三「紫の上」の色―自然の色どり、人工の色、人のあり方を結実

『源氏物語』における色のモチーフ――〝末摘花〟の場合……27
一　平安の色　二　末摘花　三『源氏物語』における色の象徴　四〝末摘花〟という人物　五〝末摘花〟像の先蹤　六〝末摘花〟造型の意図　七『源氏物語』における色のモチーフ　八　色そのものを名とする登場人物

『源氏物語』にみる女性の服色……55

一　歌合にみられる服色　二　左方が上位　三　左方が赤系統・右方が青系統　四　服装がその人の全体を表現　五　光源氏をめぐる最も主要な女性方の評価

むらさき……73

『源氏物語』の色……77
一　平安時代の色　二　『源氏物語』の色　三　光源氏の究極の白―黒の服色

このごろ摘み出だしたる花して、はかなく染め出で給へる、いと、あらまほしき色したり。……89

『源氏物語』と色――その一端……95
一　紫式部の自画像　二　「人から」と服色　三　一場面と色―「絵合」　四　光源氏の無常観と服色

光源氏の一面――その服色の象徴するもの……111

一　晴の服色を描かない源氏　二　枕草子の華美な色彩表現　三　地味で暗調の光源氏　四　主人公光源氏、固有の服色　五　超人的な美
六　色を捨てた黒―白　七　現世を超えた無彩色の世界

「山吹」について―宇治の中君の場合・・・・・・・・・・・・139
一　「山吹」は春季か　二　不吉な色をとりつくろい、平常の色合に

宇治の大君・・・・・・・・・・・・・・・・・・145
一　色なきものの世界　二　薫からみた宇治の大君　三　薫―宗教と一体渾然となった深層の美　四　美は倫理よりも高い

『源氏物語』の美―死にかかわる描写をとおして・・・・・・・・・・183
一　文芸世界での死者―源氏物語以前　二　文芸世界での死者―源氏物語以後　三　諸作品の容貌　白―赤、黒―青色

『源氏物語』――「すさまじ」の対象をとおして・・・・・・・・・・207
一　紫式部は「すさまじ」に何を見出したのか　二　和歌、散文における「すさまじ」の用例から　三　「すさまじ」の意味の変遷　四　源氏物

語の特異な或る境地
『源氏物語』の指向するもの――色なきものの身にしみて・・・・・・231
一　正月の衣裳はそれぞれの人たちの個性を表わす　二　冬の夜の澄める月、雪の光（り）――色なきもの丶身にしみて　三　冬の月光と、白雪の光りあう夜景に美を　四　『紫式部日記』は色を超えた白――無彩色の世界　五　紫式部、理解されぬ孤独の魂――精神は中世に向かっていた　六　無彩色の白一色を、無上の美として見出す

II　色なきものを指向する世界――散文から律文へ［京極派和歌たち］

「にほふ」――京極派和歌の美的世界・・・・・・・・・・・・283
「すゞし」〝色彩の固有感情〟とのかかわり――京極派の和歌をとおして・・313
「すさまじ」――『玉葉』・『風雅』の一世界・・・・・・・・・・333

薄明《はくめい》の桜――『玉葉集』・『風雅集』にみる……361
ともし火――『玉葉』・『風雅』の歌人の心……387
初出一覧　421
あとがき　425

凡例

小稿で引用した諸作品の原本は、『宇津保物語』は『日本古典全書』（朝日新聞社）本、その他は各章末にことわらない限りすべて『日本古典文学大系』（岩波書店）本であり、パーレン（　）内の出典はその頁数を示す。

延喜式は『新訂増補国史大系本』（吉川弘文館）

令は、『律令』日本思想大系（岩波書店）

正倉院文書は、『大日本古文書』一～二十五冊（東京大学史料編纂所編纂　東京大学出版会）

引用例中に傍点の、、、　・・・並びに――を付してあるのは稿者による。また、太字は色名を表す。これも稿者による。

I

源氏物語の指向するもの——豊饒ないろから無彩色の世界へ

序にかえて――上代の人たちの色意識

王朝時代は、染色技術の進歩と豊かな財力によって、貴族社会に、絢爛とした色彩の黄金時代が現出された[1]、と言われる。事実、文学作品[2]にあらわれる色彩用語の種類を見ても、上代の七〇余種に比べ、二四〇余種（異称・別名などを加えると四〇〇余種）に増加し、膨大な量に達する。このような王朝時代の、物語類の色彩を探るために、まずはじめに、その源流となる上代の文学作品[3]の色彩について少しふれておきたい。

上代では、外来的な、中国で正色とされた、赤・黄・青・黒・白の五色（五彩）などが主要な地位を占め、それが、概念的に借用されているが、一面、様々な日本的な色彩が生まれていることが文芸の世界からうかがえる。

それは、彼等が生活している周辺の、大自然の中の植物や土などを材料にし、さまざまに工夫して、色彩をうみ出していったもので、例えば、紅草《くれのあゐ》などの花、山藍などの葉・茎、茜《あかね》・紫草などの根、榛《はり》・橡《つるばみ》などの実、これらを原材にして、摺《す》り・写《うつ》し・染め、などして、色彩をつくる。また丹《に》・赤《は》土《に》・黄土《はにふ》・朱《そほ》などの土壌を使って、摺り・畫き・塗って色彩を出す。

そして、染料とした植物の名称を、そのままとって、それから生まれた色彩の名として、例えば、

「くれなゐ」「やまあゐ」「あかね」「むらさき」「はり」「つるばみ」のように称する。塗料とした土壌の場合も同様に、そのまま「に」「はに」「はにふ」「そほ」と呼ぶ。このような、原材名即色彩名（原材名＝色彩名）、という具体的な色彩のあり方がそれである。

上代では、概して、個々の色彩ができ上がってゆく過程や、それぞれの色彩の性格など、つまり、一色、一色についての関心が深かったことが、作品の上に現われている。

このことの一例であるが、紫をとりあげてみると、『風土記』に、

「野之土埆然生二**紫艸**《むらさき》」（常陸国六二頁）
「志努坂野　郡家西南卅一里有二**紫草**《むらさき》少少一」（出雲国二三〇頁）

など、植物としての紫草の生えている場所、その地質、その分量などが記されている。

『万葉集』にも、紫草は、鹿が他の草とは区別するものである（12三〇九九）とか、紫草の根が這うようにのびている（10一八二五）とか、「託馬野に……衣に染め」（3三九五）のように、紫草の生えている地名や、染料として衣服を染めるものであるとか、「韓人《からひと》の衣染むとふ」（4五六九）のように、先進国である中国・朝鮮の人達が染めるものである、という染色の伝来や、「根をかも竟ふる」（14三五〇〇）のように紫草の根は全部使い果すものだ、という紫根の使用法や、さらに「**紫**は灰指すもの海石榴《つば》市の」（12三一〇一）のように、灰を媒染剤に使い、それも椿の灰がよいと言う染色法、といったように、紫という一色について、その具体的なあり方が詳しく紹介され、それが一首の本旨を導き出すもの、また譬喩として歌われているのである。

なお、このようなあり方は、紫以外の色彩(4)も同様と言ってよいようである。

さらに、一色ごとの個性とも言うべきものへの関心も抱いていたようで、『万葉集』を見ると、例えば、

「**紅**《くれなゐ》に染めてし衣雨降りてにほひはすとも移ろはめやも」（16三八七七）

のように、紅草で染めた紅色の衣は、雨でぬれて色が一層映えることはあっても、色がさめることがあろうか、けしてそのようなことはない、というような、色の性質をのべている例(5)は少なくない。

『古事記』にも、

「其臣服下著二**紅**紐一**青摺**《あをずり》衣上。故、水潦拂二**紅**紐一、**青**皆變二**紅色**。一」（下巻二七四頁）

のように、水にぬれて青摺の色が紅色に変じた、といった、二つの色のそれぞれの性質が、おのずからわかるようにのべられている例も見られる。

上代の作品には、このように個々の色彩について、その材料、色彩をつくり出す技法、色の性質などが具体的に描かれ、一色、一色、そのあり方について深く心をよせていることがわかるが、心情の面でも、上代の人達は、色彩から深く感受するものがあったようで、色彩が一種の霊力を持つことを信じていた、ということも考えられるようである。

『古事記』にみられる例であるが、三輪の大物主神が丹塗矢に化した話（中一六〇頁）、新羅国の一賤女が太陽に陰上をてらされて赤玉を生みそれが化して女人となり、後に難波の比賣碁曽社の神にな

る話（中二五四頁）、足柄の坂の神が白鹿に化した話（中二一四頁）、伊服岐の山神が白猪に化した話（中二一八頁）、倭建命が薨後白智鳥に化した話（中二二三・四頁）、伊邪那岐命が投棄てた黒縵が蒲子に化した話（上六四頁）等々、伝承的物語の部分には、以上のような様々な物の、白・赤・丹・黒等の色に、呪的な力があることを感じている例が見られる。

『日本書紀』にも同様の例が多く、(6) また『風土記』にも、僮女に化した白鳥（常陸国七六頁）、餅に化し、更に芋草《いも》数千許株《いくちもと》に化した白鳥（豊後国三五六頁）、的《まと》にした餅が化した白鳥（豊後国三七二頁）等の例があり、(7)『万葉集』の、天皇が裳の裾につけて鎮《いわ》われた白香（19四二六五）の例もそれと言えるようである。このように一つの色というものに、霊的な力を感じとる原始的な心情・態度が上代では顕著にみられる。

なお、このような素朴な面に、中国からの観念が加わったものであろうが、色彩にしるし（瑞・祥）といった一種の神秘的な意義を託している例も少なからずみることができる。

これは、植物もあるが、主として鳥獣が多く、それらが持つ生来の通常の色でない色、その多くは白色、または赤色などの場合で、『日本書紀』などにこれが詳しく記載されており、このような色の動植物の出現によって、その出た土地の人々の課役が免じられたり、捕えた者に禄や爵位が与えられたり、また大赦が行なわれたり、更には改元されるなど、このことが国をあげての慶事とされ、上代の人々の生活に深いかかわりをもつものであった。

それは、鹿・狐・雉・鷰《つばめ》・鷹・鵄《とび》・巫鳥《しとと》・茅鴟《いひどよ》・烏・鸕鷀《う》・雀・山鶏・蛾《ひひる》・蝙蝠《かはぼり》、あるいは、海石榴《つばき》などの白色のもの、また、烏・烏の鶵《ひな》・亀の赤色のもの、さらに、鳥の朱色のもの、あるいは、亀の背に上黄下玄の文字の見えるもの、などで、(8) これらが天地の示すしるし（休祥嘉瑞）という、不可思議な意義を持つものと考えられたようである。(9)

このように、上代の人達は、色彩に呪的な力、そして天が感応するしるしと言った神秘感を抱いていたようであり、色彩と魂の共感しあう素朴な世界が作品に造型されている。

上代では、作品における色彩の表現には種々な面があるが、概観すると、注目すべき点は、色名も原料（材）名と同一であり、直結している場合が多く、さらに、個々の色彩の成り立ちをも詳細に捉え説明していて、いわば、具体的な姿が文芸に表現されていることであり、とくに、色彩に霊的な力を信じるという素朴な面も、文芸の創作にかかわりをもっていたと言えることであろう。

次代の王朝の作品に見られる色彩のあり方は、上代で主体であった赤・青などの原色的なものが減じ、中間色が増してくる。そして、上代で原料の名をそのままとって、その色の名称とした、素朴な色彩用語は選択され、必要なものが昇華され、概念的な色彩用語とされるようになる。とくに、上代では見られなかった新しい色彩用語が多種出現する。さらに、ほとんどすべての色に濃度（濃・淡）という、色相に関する進歩した表現がみられるようになる。

注

(1) 前田千寸『日本色彩文化史』（岩波書店　昭和35・5）
(2) 物語類の、竹取・伊勢・大和・篁・平中・多武峯少将・落窪・宇津保・源氏・浜松中納言・狭衣・夜の寝覚・堤中納言。日記類の、土左・かげろふ・和泉式部・紫式部・更級・讃岐典侍・成尋阿闍梨母集・右京大夫集。随筆の枕草子。歴史物語類の今鏡・大鏡・栄花物語等。
(3) 古事記・日本書紀・風土記・万葉集・懐風藻等。
(4) 榛（1一五七・7一一五六・一一六六・一三五四・10一九六五・16三八〇一）、月草摺（7一三五五）、杜若摺（7一三六一・17三九二一）、紅（11二八二八・15三七〇三・19四一五六）、子水葱摺（14三五七六）、芽子摺（10二一〇一・二一〇七）、黄土摺（1六九・6九三二・一〇〇二）等。

(5) 月草摺（4五八二・7一三三九・一三五一・12三〇五八・三〇五九）、朱華色（4六五七・12三〇七四）、橡（7一三一一・一三一四・12三〇〇九）、真朱（16三八四一・三八四三）、榛（1二九・14三四三五）、真赤土（7一三七六）等。

(6) 鹿・狗（景行紀上三〇九頁）、鹿（仁徳紀上四一三頁）、鳥（景行紀上三一一頁）、狗（雄略紀上四八九頁）、石（垂仁紀上二五九・二六一頁）などの白。駿（雄略紀上四九五頁）の赤。櫛（神代下上一六九頁）、雲（天武紀下三八九頁）の玄・黒。幡蓋（皇極紀下二五三頁）の五色等。

(7) 逸文にも、丹塗矢（山城国四一四頁）、赤土（播磨国四八二頁）、白鳥（近江国四五八、豊後国五一四頁）、白鹿（尾張国四四三頁）等がある。

(8) 鹿（推古紀下一七七頁）、狐（斉明紀下三三一頁）、雉（推古紀下一七七頁、孝徳紀下三一三～七頁、天武紀下四一一頁）、鵄（天智紀下三六七、持統紀下四九九頁）、鷹・鵄（天武紀下四一七頁）、巫鳥（天武紀下四四一頁）、茅鴟（天武紀下四四九頁）、烏（孝徳紀下三一五頁）、鸕鷀（雄略紀上四八七頁）、雀（皇極紀下二四一・三一三頁）、山鶏（持統紀下五二七頁）、蛾（持統紀下五一九頁）、蝙蝠（持統紀下五二七頁）、海石榴（天武紀下四六一頁）の白。烏（天武紀下四三一頁・持統紀下五一七頁）、烏の鶵（持統紀下五一五頁）、亀（天武紀下四四九頁）の赤。烏（天武紀下四四三・四四七・四八一頁）の朱。亀（天智紀下三七五頁）の上黄下玄の文字あるもの。

(9) 『延喜式』巻第二十一の治部省の「祥瑞」の項には、これら以外の他の色の物も多くあげられている。

王朝物語の色彩表現――『源氏物語』を中心に

一　襲《かさね》の発明

王朝に新しく生まれた色名は、物語などに見られるだけでも約一〇〇種に及んでいる。(1)それは「樱」「若苗」「女郎花」などというもので、「樱」というのは、樱の花の色をまねた、表の布が白、裏の布が紅花或は葡萄《えび》、の襲《かさね》の名称、「若苗」は早苗《さなえ》のような色の、薄青のやや濃い染色の称、「女郎花」は経《たて》糸が青、緯《よこ》糸が黄の、女郎花の色になぞらえた織色の称で、(2)例えば、これらのような襲の色、染色、織色は、上代の原料名即（イコール）色彩名というのとは異なり、色彩はその名をかりた植物などとは関係なしに、他の染料から製作されるのであって、ただ、植物の色どりに相似の色彩を、人工的につくり、同名で呼ぶ、という相関関係である。

四季折々に、美しく萌え、色づき、咲き匂う木、草の色に相似の色を、王朝の人びとは布類（料紙なども）に染め、織り、襲ねて再現し、それを同一の名称で呼んだもので、一挙に王朝に生まれたこれらの色こそ、この時代の色彩世界を代表し象徴するものと言ってよいようである。

王朝では、上代と異なり、一色を具体的に把握することも、一色に関心を抱くことも、うすれたようで、むしろ、様々な色と色とのかかわり、配色の世界に心を傾けていったようである。物語などに「色々」「色あひ」「色のあはひ」「色ども」などの語が多く見られる。王朝になって増加する中間色も、原色と原色との混合で、色と色とのかかわりから生まれるものであり、織色も、経・緯の色の交錯によるもの、襲も、表の布・裏の布の色のかさなりによるものであり、濃度もまた、同系統の色の濃・淡という関連によるもので、同様のことが考えられる。王朝では単一の色よりも複合的な、色と色とのハーモニー、配色、などに関心、興味を持つようになったようである。

物語などをとおして、王朝の色彩を概観したが、色と色とのかかわりに心を捉えられたこと、とくに、自然の四季の風物の色どりにあわせた、多様な色目《いろめ》が種々創作されたことが注目される。

そして、この新しく生まれた多種の色も、さまざまな配色も、主として貴族達が着用する服装を対象に、それを中心に考えられたものであり、極言すれば、王朝の色彩世界の焦点は、装束の色目にあるとも、代表されるとも、言ってもよさそうである。このような意味から、次は、主として服装の色目を対象に、王朝の物語の色彩表現を探っていってみたい。

前述のように、王朝時代は、色と色との関連に、心が、そして目がむけられているのが特徴であるが、これが最も端的に見られるのが衣裳の配色である。例えば、『栄花物語』では、

「この女房のなりどもは、**柳《やなぎ》・櫻《さくら》・山吹《やまぶき》・紅梅《こうばい》・萌黄《もえぎ》**の五色をとりかはしつゝ、一人（に）三色づゝを著させ給へるなりけり。一人は一色を五ゝ、三色著たるは十五づゝ、あるは六づゝ七づゝ、多く著たるは十八廿にてぞありける。」（栄花物語下一七七頁）

と記され、女房達それぞれは、十八枚も二十枚も、「柳」「櫻」「山吹」「紅梅」「萌黄」などの色目の

衣服をかさねて着用し、そのためにすくんで動けないようになり、自室にもどると、前後不覚になって物によりそって、臥した、と言うのである。一人々々が何種類もの色目の着物をかさね、さらに、そうした大勢の人達が一堂に集まるのであるから、服色の見本が展示されたような場面が現出したことであろう。極端なのは、衣裳の褄《つま》が沢山重なって御簾の下から室外へ出ている有様は、座右におく、様々な色の錦をかさねた厚い帳面を置いたように見え（下一七六頁）、何枚も何枚も着て、袖口が厚く重なっているのは、小さな丸火鉢を据えたのではないか、と思われる程であった（下一七七頁）、と『栄花物語』はのべている。

二　多彩な衣装の配色と文芸

『源氏物語』にも、次々に重なる襟や裾の色彩の相違が、種々の色の紙を重ねて綴じた帳面の小口のように見える（若菜上三一―三〇七頁）、とあり、『夜の寝覚』にも、様々の色目の、それも濃・淡で区別されたのが重ねられて、まるで薄様の色紙をよく重ねたように見える（二〇五頁）、と表現している。

このように、幾重にもかさねる衣服の色目によって、現代の私たちの想像をこえた多彩な美の世界が王朝時代には出現したことであろう。

このような配色は、服装を中心に、装飾品、持物、調度など、すべての物に及んでいる。一例であるが、『源氏物語』に、

「二月の十日、……御まへちかき**紅梅**、さかりに、色も香も、似る物なきほどに、……**花**の香は散りにし枝にとまらねど移らん袖にあさく染まめや　……**紅梅襲**《がさね》の唐の細長そへたる女の装束、かづけ給ふ。御返（り）も、**その色**の紙にて、御前の**花**を折らせ給ひて、つけさせ給ふ。……**花**

の枝にいとゞ心を染むるかな人のとがめん香をばつゝめど　とやありつらむ。」（梅枝三―一六一・二頁）

とあり、庭園に盛りに咲く紅梅、紅梅を詠じた消息、それを持参した使者への紅梅襲の被物、返歌もまた、紅梅を詠じ、それを紅梅色の色紙にしたため、その手紙を付けて贈る文付枝[3]も庭園の紅梅の枝、というように、この場合は、すべての物を同一色で統一している。すでに、『宇津保物語』にも、装束はもとより、乗馬の毛色まで同系統の色にあわせている場面が描かれ（国譲下五―四八頁）、どれ程配色に心を砕いたかがうかがわれる[4]。

このように王朝時代は、すべての物の色と色とのかかわりに大きな関心をよせていたと言っても過言ではなく、その中心が衣服の色目であったことは只今のべたとおりである。

この衣服の色目自体、その基調が、自然の、四季、折々、月々、日々、時々、の風物の色どりにあわせたものであったことは、前記のとおりで、季節々々の自然の色と、服色との配合の一致、一体であること、そのことが最も基本となるものであるのは言うまでもない。当時の人々は、季節の、とくに花や葉の色どりに応じた色目の衣服を着ること、そのことが「折にあひたる」「時にあひたる」「折に合せたる」「折知りたるやうに」と賞讃される條件なのであった。

「はかなく五月五日に成ぬれば、人〳〵**菖蒲**《さうぶ》・**樗**《あふち》などの唐衣・表着なども、をかしう折知りたるやうに見ゆるに、**菖蒲**の三重の御木丁共薄物にて立て渡されたるに、……軒の**菖蒲**も隙なく葺かれて、心ことに目出度をかしきに、御薬玉・**菖蒲**の御輿などもて参りたるも珍しうて、」（上二〇八頁）

と『栄花物語』に描かれているのをみると、五月五日には、菖蒲を軒に葺き、その月、その日にまであわせた色合の「菖蒲」の三重の几帳、唐衣や表着も「菖蒲」、それに、とくに五月五日に必らず咲く[5]と言われる「樗」の色目を着用しているのである。

『源氏物語』に、

「秋にもなりぬ。……中将の君、御ともに参る。**紫苑《しをん》色**の、折にあひたる、うす物の裳、あざやかに引きゆひたる腰つき、たをやかに、なまめきたり。」（夕顔一―一三二頁）

「**紫苑《しをん》・撫子《なでしこ》**、**こき薄き**袙《あこめ》どもに、**女郎花《をみなへし》**の汗衫《かざみ》などやうの、時にあひたるさまにて、四五人つれて、……**撫子**などの、いとあはれげに吹（き）散らさるゝ枝ども、取りてまゐる、」（野分三―五三・四頁）

「三月になりて、……**櫻**の細長、**山吹**などの、折にあひたる色あひの、なつかしき程に重なりたる裾まで、」（竹河四―二六三・四頁）

などとあり、秋になれば、その折に咲く紫苑の花と同じ色合の「紫苑色」の裳をつける。野分で撫子の花の枝などが吹き散らされている、そうした時節には、「撫子」「紫苑」「女郎花」のような、その時に咲く花にあわせた色目を着用する。三月になると、「櫻」「山吹」などの春の花と同じ色目の着物をまとう。というように、四季・折々の風物の色に合致した衣裳の色目を着用した。

『枕草子』に、「すさまじきもの……三四月の**紅梅**の衣。」（六四頁）とあるように、「紅梅」は、初春に咲く紅梅のその花にあわせた服色なので、晩春・初夏の、三月・四月という時期おくれに着るのは

「すさまじ」（不調和で不快な感）であると断言している。

『栄花物語』の、皇后宮寛子春秋歌合(6)（下四六一～三頁）は、「左春右秋なり。装束も、やがてその折に従ひつゝぞしたりける。」（下四六一頁）とあり、左方は、「紅梅」「梅」「櫻」「樺櫻」「山吹」「裏山吹」「躑躅」「藤」「柳」など、右方は、「紅葉」「朽葉」「菊」「女郎花」「薄」「萩」などの名の色目の装束があげられている。

このように、春の、また秋の、様々な花・葉などと相似の色合の装束を着飾って参集し、両者が和歌をよんで勝負を競うのであるから、そこには大自然を模した人工の色合の世界が繰りひろげられ、さながら、春と秋の庭園・山野の色どりが一望のもとに眺められ、百花・千葉の美が展開された、と想像される。

なお、『狭衣物語』には、賀茂祭の当日、十二月までの各々の月の風物のいろどりをまねた衣装をそろえて、女房達二人ずつを、揃えの四季の服色で組み合せた（三〇五頁）、とある。

このように王朝の人々は、その多くが、自然と一体になったさまざまな色と色とがつくり上げる美の世界に生きようとしていた、とさえ言えそうである。

上代の人々は、前記のように、色彩に霊力を感じる一面があったことが注目されたが、王朝にはこうした情動はあまり見られなくなる(7)。王朝では、色彩に様々な美を感じ、色彩を美の世界の担手《にないて》としていることが少なくない、と言ってもよいように思われる(8)。

「**櫻**の直衣のいみじくはなばなと、裏のつやなど、えもいはずきよらなるに、**葡萄染**《えびぞめ》のいと濃き指貫、藤の折枝おどろおどろしく織りみだりて、**くれなゐ**の色、打ち目など、かがやくばかりぞ見ゆる。**しろき**、**薄色**《うすいろ》など、下にあまたかさなり、……まことに絵にかき、物語のめでたきこと

にいひたる、これにこそはとぞ見えたる。」（枕草子一二〇頁）

「御簾の中より、こと〴〵しき女の装束にはあらで、まことに色はうつるばかりなる**紅**の織物の単衣襲に、**楝襲**《あふちがさね》の五重の織物の袿に、**撫子**《なでしこ》の織物の小袿かさねて、おし出でたるにほひは、雲のうへにも通りぬばかりかほりみち、なにの色あい《ひ》も、いかなる龍田姫のそめ出でたる花の**錦**ぞと、目もおどろかる。」（夜の寝覚三一七頁）

などのように、「櫻」をはじめ種々の色目を着用した人の容姿は、絵に畫いたようであり、物語の中の美男のようであるとか、また、様々な衣裳の色合が竜田姫の染め出した花の錦か、と目が驚くばかりであるとか、いずれも最大級の讃辞で、衣装の色合によって創《つく》り出されるその美を表現している。服装の色に感じられる美は、「あはれ・あて・あてやか・いまめかし・うるはし・うつくしげ・おくゆかし・かほる・きよげ・きよら・けうら・けだかし・すずしげ・なつかし・なまめかし・にほふ・はなばな・はなやか・めでたし・めづらし・らうたし・わかやか・をかし」等と表現されていて、さらに、これら各々が種々に組み合わされ複合されており、その例は枚挙にいとまがないと言ってもよいようである。いわば、服色を中心とした色合の世界が、王朝の人びとにとって、美の根でもあり花でもある、と言ってよいようである。

王朝の多くの物語では、このような美の結集とも言える衣装の色合を、鮮明に描くことによって、それを着用している様々な登場人物がいかに華麗であり、さらに、種々の行事・儀式などが、どれ程盛儀であったかを示し、当時の優雅典麗さを、思いのままに文芸に造型しているが、以下、とくに『源氏物語』をとり上げ、このような衣装の色合が、どのようにこの物語に表現され、作者がこれをどのように扱おうとしたか、それを少し探ってみたい。

『源氏物語』は、

「着給へる物どもをさへ、いひたつるも、物いひさがなきやうなれど、むかし物語にも、人の御装束をこそは、まづいひためれ。」(末摘花一―二五七頁)

と明言しているように、多くの人物が様々な色合の服装によって描かれながら登場する。とくに、

「うへも、見給うて、「いづれも、劣り勝るけぢめも見えぬ物どもなるを。着給はん人の御かたちに、思ひよそへつゝ、たてまつれ給へかし。着たる物の、人ざまに似ぬは、ひが〳〵しうもありかし」

と、の給へば、おとゞ、うち笑ひ給ひて、

「つれなくて、人のかたち推しはからんの御心なめりな(中略)。……おなじ日、みな着給ふべく、御消息きこえめぐらし給ふ。げに、「似げついたる見ん」の御心なりけり。」(玉鬘二―三七〇～二頁)

という、光源氏が紫の上と共に、それぞれの婦人達に、正月に着用する衣裳を選んで贈る、この場面で、作者の服装哲学ともいえるような見解を知ることができ、この物語の服色形象の意図を探ることができるように思われる。つまり源氏が配る服色をとおして、紫の上は、それぞれの女性の容姿人柄を推量することができる、というわけである。

「くもりなく**赤き**、**山吹《やまぶき》の花**の細長は、かの、にしの對にたてまつれ給ふを、うへは、見ぬやうにて、おぼしあはす。「内のおとゞの、花やかに、「あな清げ」とは見えながら、なまめかしく見えたるかたのまじらぬに、似たるなめり」と、げに、おしはからるゝを、色には出し給はねど、殿、見やり給へるに、たゞならず。」（玉鬘二—三七一頁）

のように、源氏が贈る、くもりなく「赤き」、「山吹の花」の細長という色合の衣裳をとおして、まだ見ぬ玉鬘という人物を推量して、紫の上は「たゞならず」という、心の動揺を示す。

「梅の折枝、蝶、鳥、飛びちがひ、唐めきたる**白き**浮文に、**濃き**が、つややかなる具して、明石の御かたに。おもひやりけだかきを、うへは、目ざましう見給ふ。」（玉鬘二—三七二頁）

のように、源氏が選んで贈る衣服の色合をとおして想像する明石の上の、いかにも気高い美しさを、紫の上は「目ざましう」、気に入らなく思う。

二例をあげたにすぎないが、これらによって、作者は、服色をとおして、まだ見ない人を想像し、その人柄をさえ推量できるということを示しているようである。光源氏は、婦人達に贈った衣装を正月に着用させ、その晴着がしっくり似合うかどうか見てまわりたい心づもりなのであろう、と言うのである。つまり、作者は、服色と人とは一体になるべきもの、ということを暗示しているのである。

このことは、

「濃き**鈍色《にびいろ》**の単衣に、**萱草《くわんざう》**のはかま、もてはやしたる、「中〳〵さま変りて、はなやかなり」と見

ゆるは、着なし給へる人からなめり。」（椎本四―三七六頁）

「**柳**は、げにこそ、すまじかりけれ」と見ゆるも、着なし給へる人からなるべし。」（初音二―三八五頁）

のように、「着なし給へる人からなるべし」という、衣服の色目も、着る人それぞれの性格によって、どのようにもなると、人と服色とは一体、それを語っている。ただ作者は、このことを、けして表面にあらわすことはしない。しかし、人からと服色とは一体である、というこの服装哲学こそ、物語の服色形象の基調となって、全篇の底を流れていると考えられるのである。

最後に、こうした意味を持つ服色というものをとおして、いささかでも、作者が理想の女人像として描いたとされる紫の上を、探ってみたい。

三　「紫の上」の色―自然の色どり、人工の色、人のあり方を結実

⑴中に、「十ばかりにやあらむ」と見えて、**白き**衣、**山吹**などの、なれたる着て、走りきたる女ご、（あまた）見えつる子どもに、似るべうもあらず、いみじく、おひさき見えて、美しげなるかたちなり。（若紫一―一八四頁）

光源氏と紫の上の出会いは、この源氏の垣間見による幼い若紫の服色描写ではじまる。その後も、種々の場面に服色が関連をもって紫の上が描かれていく。

⑵やう〳〵起き出で給ふに、**鈍色**《にびいろ》のこまやかなるが、うちなえたるどもを着て、（若紫一―二二九

頁）

(3)二條の院におはしたれば、紫の君、いとも美しき片生にて、「**くれなゐ**は、かう懐しきもありけり」と見ゆるに、無紋の**櫻**の細長、なよらかに着なして、何心もなくて、物し給ふさま、いみじうらうたし。（末摘花一―二六七頁）

(4)又、おやもなくて生ひいで給ひしかば、まばゆき色にはあらで、**紅**・**紫**・**山吹**の、地のかぎり織れる御小袿などを、き給へるさま、いみじういまめかしく、をかしげなり。（紅葉賀一―二七八頁）

(5)**紅梅**の、いと、いたく文《もむ》浮きたるに、**葡萄染**《えびぞめ》の御小袿、**今様色**《いまやういろ》のすぐれたるは、この御料、（玉鬘二―三七一頁）

(6)紫の上は、**葡萄染**にやあらむ、色**濃き**小袿、**薄蘇芳**《うすすはう》の細長に、御髪のたまれるほど、……やうだいあらまほしく、あたりに、匂ひ満ちたる心ちして、（若菜下三―三四六～七頁）

これらが、紫の上の衣服の色合によって描かれている場面の例である。

なお、行事などの場で、紫の上方の童《わらは》べにかかわる服色が描写されている例をみると、

(7)春の上の御心ざしに、仏に花たてまつらせ給ふ。鳥・蝶に装束きわけたる童べ八人、……鳥には、**銀**《しろがね》の花瓶に櫻をさし、てふは、**金**《こがね》の瓶に款冬《やまぶき》を。……鳥には、**櫻**の細長、蝶には、**山吹襲**《やまぶきがさね》賜はる。かねてしも取りあへたるやうなり。（胡蝶二―三九九・四〇〇頁）

(8)童べは、かたちすぐれたる四人、**赤色**《あかいろ》に、**櫻**の汗衫《かざみ》、**薄色**《うすいろ》の織物の袙《あこめ》、浮文のうへの袴、**くれなゐ**のうちたる、さま・もてなしすぐれたる限（り）を、召したり。（若菜下三―三四一頁）

などである。
紫の上は、

「春のおとゞの御前、とりわきて、梅の香も、御簾のうちの匂ひに吹（き）まがひて、生ける仏の御国とおぼゆ。」（初音二―三七七頁）

「三月の二十日あまりの頃ほひ、春の御前の有様、つねより殊につくしてにほふ花の色・鳥の声、ほかのさとには「まだ古りぬにや」と、珍らしう、見え聞ゆ。」（胡蝶二―三九五頁）

「今日は、中宮の御読経のはじめなりけり。……春の上の御心ざしに、仏に花たてまつらせ給ふ。」（胡蝶二―三九九頁）

「春のうへは、きゝ給ひて、」（真木柱三―一四一頁）

「三月になりて、……まづ、見るかひありて居給へりし御さまのみ、思し出でらるれば、春の御前をうちすてゝ、こなたにわたりて、御覧ず。」（真木柱三―一五一頁）

「限りなき心ざしといふとも、春のうへの御おぼえに、ならぶばかりは、我（が）心ながら、えあるまじく思し知りたり。」（常夏三―二〇頁）

に見られるように、春のおとゞ、春の御前、春の上、と呼ばれている。

紫の上は、六條院の中の辰巳の町に、源氏と共に住み（乙女二―三二二頁）、

「さま〳〵に、御方〳〵の御願ひの心ばへを、造らせ給へり。みなみひんがしは、山たかく、春の花の木、数をつくして植ゑ、……御前ちかき前栽《せんざい》、五葉・**紅梅**《こうばい》・**櫻**・**藤**・**山吹**・岩**躑躅**《いはつつじ》などや

うの春のもてあそびを、わざとは植ゑて、秋の前栽をば、むら〳〵、ほのかにまぜたり。」（乙女二—三二二頁）

とあるように、紫の上の希望に従って、春の木草を植え、春の庭園をつくり上げた。

そして、源氏は、紫の上に、

「女御の、秋に心を寄せ給へりしも、あはれに、君の、春の明（け）ぼのに心しめ給へるも、ことわりにこそあれ。」（薄雲二—二四四頁）

と話している。また、後に、死後、

「冷泉院のきさいの宮よりも、……「枯れ果つる野べを憂しとや亡き人の秋に心をとゞめざりけむ　いまなむ、ことわり知られ侍りぬる」とありけるを、」（御法四—一九〇頁）

とあるように、紫の上は、秋には心をとどめず、春をこのみ、春に執心し、「名だたる春の御前」（野分三—四五頁）と言われる程であった。

また、

「對のうへの御は、三種ある中に、梅花《ばいくわ》は、はなやかに、今めかしう、すこしはやき心しらひを添へて、めづらしき薫り加はれり。」（梅枝三—一六四頁）

のように、自作の香などさえ、春の物であった。

紫の上は、死に臨んで、

「「おとなになり給ひなば、こゝに住み給ひて、この對の前なる、**紅梅**《こうばい》と**櫻**とは、花の折〳〵に、心とどめて、もてあそび給へ。さるべからむ折は、仏にもたてまつり給へ」と、きこえ給へば、」

（御法四―一八〇頁）

と、孫にあたる匂宮に、紅梅と桜の花を託し、仏となった自分に捧げてほしいと遺言している。その後、

「「はゝの、のたまひしかば」とて、對の御前の**紅梅**、いと、とりわきて、後見ありき給ふを、「いと、あはれ」と、見たてまつり給ふ。二月になれば、……かの御形見の**紅梅**に、うぐひすの、はなやかに鳴き出でたれば、……植ゑて見し花のあるじもなき宿に知らず顔にて来ゐるうぐひすと、うそぶき歩かせ給ふ。……**山吹**などの、心ちよげに咲き乱れたるも、うちつけに露けくのみ、見なされ給ふ。……わか宮、「まろが**櫻**は、咲きにけり。……」」（幻四―二〇〇・二〇一頁）

のように、死後のこされた源氏や匂宮によって、紅梅はもとより桜、また山吹などの春の花が形見として涙の種となっている。

紫の上は、

「中に、ちひさく引き結（び）て、「おもかげは身をも離れず山ざくら心のかぎりとめて来しかど夜の間の風も、後めたく」などあり。」（若紫一―二〇三頁）

「「……さても、あらし吹く尾上の櫻散らぬまを心とめけるほどのはかなさ　いとゞ、うしろめたう」とあり。」（若紫一―二〇四頁）

「「かく足らひぬる人は、かならず、之長からぬことなり」「なにを櫻に」といふ古事もあるは……」（若菜下三―三八三頁）

などのように、春の桜で暗示され、更に、その人となり容姿が、

「……廂の御座にゐ給へる人、ものにまぎるべくもあらず、気高く、清らに、さと匂ふ心ちして、春のあけぼのゝ霞の間より、おもしろきかば櫻の咲きみだれたるを見る心地す。」（野分三―四六頁）

「……大きさなどよきほどに、やうだいあらまほしく、あたりに、匂ひ満ちたる心ちして、花といはゞ、櫻にたとへても。」（若菜下三―三四六・七頁）

のように、春の樺桜・桜になぞらえられ、爛熳と咲き匂うその美にたとえられた女性であった。

このように、紫の上は、名だたる春の御前と人々に称せられ、六條院の春の御殿に住み、春の木々草々を園に植え、臨終にも、二條院の桜・紅梅などに深い愛着をのこす程春の風物をこよなく愛した。そればかりではない、紫の上自身、その人柄からにじみ出る容姿の、世を絶する程の美が、あたりに

映発して咲き乱れる桜に譬えられる程の女性として、描かれている。

前掲の紫の上にかかわる衣服の色目をみると、⑵の鈍色は、喪中のことで例外であるが、「紅」「今様色」「赤色」「蘇芳」などの赤系統、「紫」「葡萄染」「薄色」の紫系統、また「白」、これらは、着用の季節は定められていない。(9) あとは、「山吹」「樱」「紅梅」という色目で、いずれの場合も春の服色に限られている。(10)

これは、作者が紫の上に、ただ単に春の色目《いろめ》を着用させた、というだけのものではないであろう。前述のような作者の服装哲学から推して、春の御前であらわされる人物に、一貫して春の色目をかかわらせ、それも、死後、光源氏が形見の花とした紅梅、「露けくのみ、見なされる」という山吹、匂宮が「まろが**樱**は咲きにけり」といった桜、それらを紫の上の衣服の色目と重ね合せ、〝人と衣〟の一体化を、物語の女主人公の上に結実させて暗示している、と言ってもよいのではないであろうか。

上代に比し、王朝における最も特徴ある配色の絢爛とした美の世界、その主体となる自然の四季の風物の色どりと、人間の衣服の色合、そのかかわりが、『源氏物語』作者によって、文芸に結集され、人々の憧憬のまとであり、王朝の美を一身にそなえた理想の女人《にょにん》紫の上という、物語の女主人公の上に象徴的に凝集された、と推考されるのである。作者は、自然の色どり、人工の色、そして、人のあり方、これら三者の合体の姿を、作品に結実させてみせた。

『源氏物語』の、他の諸作品、諸作者の及びもつかぬ創造力を、こうした事例からも、いささかでもうかがい知ることができるのではないか、と考えるのである。

注

(1) 小著『日本文学色彩用語集成――中古――』(笠間書院　新装版　平成18・9)所収の「色彩用語解説」に詳しい。

(2) 諸説があって決定的なことは言えない。注1の小著を御参照いただきたい。

(3) 小稿「色紙と文付枝の配色――特に源氏物語について――」(『平安朝文学の色相』笠間書院　昭和42・9所収)

(4) 例えば、お産の行事の場合は「よろづの物くもりなく**白き**御前に」(四五三頁)とあるように、すべて白一色となる(『紫式部日記』)。なお、後代の『宇治拾遺物語』の「青常事」(三〇五〜七頁)のところに、村上天皇の御代に、青にすべての色を統一した話がのせられている。

(5) 『枕草子』に「木のさまにくげなれど、楝《あふち》の花いとをかし。かれがれにさまことに咲きて、かならず五月五日にあふもをかし。」(「木の花は」の段、八四頁)とある。

(6) 小稿「歌合における一性格――赤色と青色と――」(「和洋国文研究」第9号　昭和47・9)

(7) 『日本霊異記』をはじめ説話文学の諸作品にはその痕跡がみられるが、いわゆる王朝物語類には『土左日記』に紅の衣(三八頁)が、海神に魅入《みいれ》られる、とあるくらいである。

(8) 小著『色彩と文芸美』(笠間書院　昭和46・10)にのべてある。

(9) 小稿「源氏物語における女性の服色」(「和洋国文研究」第10号　昭和48・7)

(10) 『源氏物語』における衣裳にかかわる色彩のうち、とくに季に関係ある服色をみると、赤朽葉・楝・青朽葉・卯の花・落栗・朽葉・紅梅・桜・菖蒲・紫苑・月草・撫子・撫子のわか葉の色。萩摺・花・藤・萌黄・柳・山吹・若苗色・女郎花などがみられ、夏、秋の季の服色も多い。にもかかわらず紫の上のは、春のもののみである。

『源氏物語』における色のモチーフ――〝末摘花〟の場合

我々の視野に入る物にはすべて色彩がある。極言すれば、色はさながら空気や水などと同じように、一般の人々にとって必須のものと言えるかもしれない。従って、古来から、人間の生活を描く文学作品に多くとりあげられ、作中の人びとと深い関りを持ち続けてきた。

小稿では、『源氏物語』に登場する人物、〝末摘花〟を対象に、色彩が、どのような役割を果しているか、作者が物語で色彩をどのように役立てようとしたのか、その一端を垣間見《かいまみ》たいと考えている。と言うのは、我国はもとより、世界的にも大傑作の一つと言われる文芸作品『源氏物語』における色の効用とは、どのようなものなのか、それを知る一手立てとしたかったからである。

一　平安の色

平安時代は、小著(1)でも述べたように、文学作品や文献に見られる色は二〇〇種類をこえ、当時の極度に発達した美意識、鋭敏な感覚、高度の技術などによって、とくに繊細・微妙な色調が多く製作されたようで、当時の諸外国のそれと比較しても格段にすぐれたものであったといわれ、いわば、色彩の黄金時代と称せられている。

このような当時の状況のもとで、色の代表とされたのが、紫《むらさき》と紅《くれなゐ》であったようである。(2) はじめに、まずこの二色をとりあげてみたい。

(一) 紫

紫は周知のように、紫草の根を染料とする色で、染法などは、『延喜式』の縫殿寮の「雑染用度」の項（中四〇一～二頁）に詳述されている。

(1)この色は、前時代から高貴な色とされたようで、『令』の衣服令に「凡そ服色は、**白**、**黄丹**《わうだん》、**紫**、**蘇芳**《すはう》、**緋**《ひ》、**紅**《くれなゐ》……」とあり、(3) 天皇、皇太子は別として、最も高位の人の位袍の色と定められ、これは平安にも継承されているようである。

さらに、また、上代より、中国文学を模倣した詩文の世界、例えば『懐風藻』にも、紫宮（皇居）、紫宸（皇居の正殿）、紫閣（宮中の高殿）、紫庭（禁中の庭）、紫殿（天子の御殿）等、宮廷に関する用語に紫が使われており、これは、次代の平安にも日本的に淳化されて受けつがれたようで、『栄花物語 下』に、

「藤の花宮のうちには**紫**のくもかとのみぞあやまたれける」（拾遺集一〇六八）、「もとよりみかどの御母になり給べき宿曜《すくよう》ものし給。御夢にも、**紫**の雲立ちてなん見え給けるなど聞ゆるを、」（「松のしづゑ」四八五頁）

などとあり、その意であろう。

(2)また、上代の『万葉集』の、

「紫の絣色《まだら》の縵《かづら》のはなやかに……」(12二九九三)、「紫のにほへる妹を……」(1二一)

などのような歌からも、花のような、また、あたりに映発するような、そうした美が感じられていたことがわかるが、さらに、平安では、例えば、『枕草子』に、

「めでたきもの……花も糸も紙もすべて、なにもなにも、むらさきなるものはめでたくこそあれ、」

(八八段一三六、一三八頁)

とあって、美を代表する用語「めでたし」(4)で絶讃される程の色とされている。

(3)とくに、平安では「ゆかり」の色と称せられた。それは、

「紫のひともと故にむさし野の草はみながら哀れとぞ見る」(古今集八七六)(古今和歌六帖にも)、

「紫の色こき時はめもはるに野なる草木ぞわかれざりける」(伊勢物語　第四十一段一三五頁)

の歌のように、愛する妻への気持が濃い時は、同じ縁故の者たちも皆いとしい、といった意を、紫に託しており、「紫の色にはさくなむさしの丶草のゆかりと人もこそしれ」(拾遺集三六〇)のように詠じられている。(5)

(二)　紅

紅は現代でも同じで、紅花を染料とする。これについては、『延喜式』の縫殿寮の「雑染用度」の項（中四〇二〜三頁）に詳しい。

(1)紅は、『風土記』に、

「阿為《あゐ》山　品太天皇之世　**紅草**《くれのあゐ》生二於此山一　故号二阿為山一」（播磨国揖保郡二八四頁）

とあり、応神天皇時代に、兵庫県の揖保郡の山に生えた、それで、その山を「あゐ山」と命名したという。紅草が渡来し、我国にも生えたことが山の名になる程の出来事でもあったようである。

紅草は、呉藍と称せられる。呉は中国の国名の一つで、我が国が呉国と通交してから、中国伝来の物にそえていうようになった語であり、呉《くれ》から来た藍《あゐ》（藍のみでなく、染料を代表する色）、「くれのあゐ」で、「くれなゐ」と呼ばれ、外来ということが特徴となっている色である。

(2)また、例えば『万葉集』にも、

「**紅**《くれなゐ》の八塩の衣朝な朝な馴れはすれどもいやめづらしも」（11二六二三）

や、とくに、

「春の苑**紅**にほふ桃の花下照る道に出で立つ少女」（19四一三九）

また、

「いふ言の恐き国そ**紅**の色にな出でそ思ひ死ぬとも」（4六八三）

などと歌われているように、珍重される色、映発するような華麗な色、あるいは、人目に鮮明にうつる色とされ、上代でも絢爛とした美を感じさせたようで、さらに、次の平安では最も愛好された色の一つでもあった。

例えば、『枕草子』には、定子中宮の容貌と、衣装の紅の色とが映発し、輝きあっている、とその美しさを、

「御けしきの**くれなゐ**の御衣にひかりあはせ給へる……」（「淑景舎」一〇四段一六一頁）

と描いている。

(3)上代の『正倉院文書』などを見ると、紅は、金・銀塵、金・銀薄敷などの豪奢な料紙などの色、また、羅、錦、刺物、纈、夾纈、臈纈などの高度の贅沢な布類の色として使われている。(6)

平安では、紅の服は、「禁㆓制美服**紅花**深**浅色**等㆒。」（日本紀略　醍醐・延喜十四年）のように禁制が出て、これ以後も度々禁じられたが、なかなか改められなかったと言われ、それ程、当時の人に好まれた色であったことがうかがえる。『栄花物語』にも「この御時、衣の数少く、**紅**を着させ給はず。」（松のしづゑ下四九三頁）（後三条天皇延久三年）等とある。(7)

紅花は、

「紅花《べにばな》増レ貴。一斤直銭一貫文。……況今婢妾一人所レ着。非二唯五六疋一乎。然即以二十家終身之蓄一。為二一婢浹日之飾一。……」（政事要略　醍醐・延喜十七年）

とあり、前田千寸氏は、一人の婦人の衣服に五疋を用いるとすれば、その紅花の価は正に男子一人二十余年の剰余米に相当するとのべられている。(8)

(4)紅の薄い色は「今様色」とも称せられ、例えば、『宇津保物語』にも、

「八の宮は、**浅黄**《あさぎ》の直衣・指貫、**今様色**《いまやういろ》の御ぞ、**桜がさね**奉りて」（蔵開上三―一六一頁）

とあり、『源氏物語』にも、

「**今様色**のすぐれたるは、この御料」（玉鬘二―三七一頁）

などと見えており、異説もあるが、今風、現代風の色の意であろうとされている。もともと紅草は、舶来の染料であり、派手な色であるから流行色的な色とされたのかもしれない。

二　末摘花

(1)末摘花は、『万葉集』に、

「外のみに見つつ恋せむ**紅**の**末摘花**《すゑつむはな》の色に出でずとも」（10一九九三）

とあるように、紅の別称で、初夏開く橙黄色のアザミに似た花で、末の方の開いた花弁から順に摘み、四、五日続けて花弁がなくなるまで摘んでいく、その方法からこの名がつけられたとも、また、一説には、紅花が茎の末端に花を開きその花弁を摘むことからきたとも、いわれている。[9]

(2)『源氏物語』では、この〝末摘花〟というのは、ある登場人物の呼称として使われている。

(3)また、この物語の中の巻の名でもあり、その中の、

「なつかしき色ともなしに何にこの**すゑつむ花**を袖にふれけむ」（末摘花一―二六三頁）

という源氏の歌によっている。

三　『源氏物語』における色の象徴

以上のような、平安を代表するとも言える色の、紫と紅に、作者は、物語の中でどのような役割を持たせようとしたのであろうか。

(一)　紫は、前記の、尊貴で美的な色（一の(一)の(1)）であるということもふまえながら、とくに、「ゆかり」の色（一の(一)の(3)）として、とりあげようとしているようである。

『源氏物語』は、『更級日記』に、

「**紫**のゆかりを見て、つゞきの見まほしくおぼゆれど、……」（四九二頁）

「つく〴〵と見るに**紫**の物語に、……」（五二三頁）

などとあり、紫のゆかりをとおして、この作が『紫の物語』とも称せられたようで、『紫式部日記』にも、

「左衛門の督「あなかしこ、このわたりに**わかむらさき**やさぶらふ」とうかがひ給ふ。」（四七〇頁）

とあり、ゆかりの色の紫を、この物語の象徴としたとも言えるようである。

男主人公源氏の生母桐壺更衣、父帝の后藤壺中宮、愛妻紫上、いずれも当時の婦人の理想像とされ、『無名草子』(10)にも、

「この若き人「めでたき女はたれたれかはべる。」といへば「桐壺の更衣、藤壺の中宮。葵の上のわれから心もちひ。紫の上さらなり。……」」（一七頁）

とある。前記の『万葉』の「**紫**のにほへる妹」という、高貴で才色兼備の女性額田王《ぬかたのおほきみ》への讃辞が、日本の人びとの心の底に流れ続けているのであろうか。桐壺の桐も、藤壺の藤も、花は紫。紫上は、

「手に摘みていつしかも見む**むらさき**の根にかよひける野辺の若草」（若紫一―三二二頁）

とあり、藤壺中宮の兄宮の子で、ゆかりの色そのもの、といったように、すべて紫で象徴されている。この紫上は、

「あるべき限り気高う恥づかしげにととのひたるにそひて、はなやかにいまめかしくにほひ、なまめきたるさまざまのかをりも取りあつめ、めでたき盛りに見えたまふ。去年より今年はまさり、昨日より今日はめづらしく、常に目馴れぬさまのしたまへるを、いかでかくしもありけむと思す。」（若菜上六―六九頁）

のように、宮、女御など、最もすぐれた方々に会った後の光源氏の目をとおしてさえ、たぐいがないと絶讃されている程である。

このように、色の代表の一方の紫は、物語の中の理想の女性を象徴する役割を与えられている。このことから、読者は、同じく色の代表である紅にも、大きな期待を抱いていたであろうことがうかがえるようである。

㈡　紅は、前記のように、舶載の染料でもあり、しばしば禁制が出る程高価で贅沢な色である。そして、それは、映発する程の華美な色であり、同時に新しい、現代風の色でもあった。従って、読者はそれにふさわしい人が象徴されるであろうと待ちかまえていたことであろう。

源氏が意にそう女性をいかに熱心に求めていたかを強調しておいて、やがて〝末摘花〟を登場させる、そのことについては、すでに諸氏のすぐれた御論攷があるので紙数の関係もあり、小稿では言及しない。

四 〝末摘花〟という人物

㈠ 彼女は、「末摘花」、「葵」、「蓬生」、「玉鬘」、「初音」、「行幸」、「若菜上」の巻々に登場するが、

「ひんがしの院に物する常陸の君の日ごろ患ひて久しくなりにけるを、……」（若菜上三―二五九頁）

とあり、この頃、末摘花は長患していたようで、これを最後に現われることはない。

彼女は、親王（常陸宮）の姫君ではあったが、

「父親王おはしける折だに、「旧りにたるあたり」とて、おとなひ聞ゆる人もなかりけるを、まして、今は、浅茅わくる人も跡たえたるに、」（末摘花一―二四六頁）

のような具合で、その父宮もすでになく、兄君も、

「それも、世になき古めき人にて、おなじき法師といふ中にも、たづきなく、この世を離れたる聖に物し給ひて」（蓬生二―一四〇頁）

という人物であり、彼女は、後見する人さえない、時勢にとりのこされた女性であった。

㈡ 彼女は、「まづ、居丈の高く」から始まり、

「「あな、かたは」と見ゆる物は、御鼻なりけり。ふと、目ぞとまる。普賢菩薩の乗物とおぼゆ。あさましう高うのびらかに、先の方すこし垂りて、色づきたる事、ことの外に、うたてあり。」（末摘花一―五二七頁）

を中心に、膚の色、顔の有様、体格等、珍らしい程の醜さであったことを、こと細かく作者は描写している。

この後にも、

「……ただ「山人の赤き木の実ひとつを、顔にはなたぬ」と見え給ふ。御そば目などは、おぼろげの人の、見たてまつり許すべきにもあらずかし。くはしくはきこえじ。いとほしう、物言ひさがなき様なり。」（蓬生二―一四五・一四六頁）

と、作者自身、「気の毒で語れない」とさえのべる程である。これ程の醜さの中心は、何と言っても色づいた、赤き木の実と形容しているような赤鼻であり、それ故、赤き鼻＝赤き花＝末摘花（花弁が黄赤であり、それによる染色は紅で赤）と彼女を呼んだのであった。

㈢　この女君の人柄の特性の一つは、

「いたう、はぢらひて、口おほひし給へるさへ、鄙びふるめかしう」（末摘花一―二五八頁）

のように、現代風とは対蹠的な、古めかしそのものの人物で、

「あやしきふる人《びと》にこそあれ。」（行幸三―八七頁）

と光源氏に評されている。これのことは万事につけてであり、

「御調度どもも、いと古体になれたるが、昔様にてうるはしきを」（蓬生二―一三九頁）

「衣箱のおもりかに古体なる」（末摘花一―二六二頁）、「わりなうふるめきたる鏡台の」（末摘花一―二六六頁）

「古体の、ゆゑづきたる御装束なれど」（末摘花一―二五七頁）

のように、服装や調度、さらに、

「古体なる御文書なれど」（行幸三―八六頁）

のように、手紙などから、

「古体の御心にて」（行幸三―八六頁）

などの心情にいたるまで、すべて古く、広川氏[11]は古代について「……しかしこの語を数度にわたって与えられているのは末摘花がただひとりである」と言われている。兄君も「いと鼻赤き御兄弟」（初

音四—二〇四頁）とあり、同時にまた、

「世になきふるめき人」（蓬生二—一四〇頁）

と言われている。

この古体は「古めかし」や「昔やう」の類義語として、「今めかし」「今様」の対義語の位置に立つ平安特有の時代語であるという。(12)

このように、兄君まで含めて、彼女が万般にわたり、いかに時勢にあわずおくれていて、古めかしく、非現代的であったかを強調しながら描いている。

(四) さらに、この君が窮乏の底にあったことが特筆され、〝末摘花〟自身は言うに及ばず、兄君、そして侍女から門の鍵をあずかる老人まで、さらに、邸宅・庭園すべてにわたって、いかに窮状にあったかが詳述されている。蓬生の巻は、後世に描かれた源氏絵巻によってもうかがえるようで、源氏離京後は、例えば、

「しげき蓬は、軒を、争ひて生ひのぼる。」（蓬生二—一四〇頁）

や、野分の後など、

「廊どもゝ倒れふし、下の屋どもの、はかなき板葺なりしなどは、骨のみわづかに残りて、たちとまる下衆だになし。けぶりたえて、あはれにいみじき事多かり。」（蓬生二—一四〇・一四一頁）

のようで、狐、木霊が跳梁し、盗人さえも不用だといって入って来ない。その代り、牧童が入って来て馬や牛を放し飼いにする（蓬生二―一四〇頁）というような有様であった。

これらの蓬生の巻の一端からもうかがえるが、〝末摘花〟の生活がいかに貧困であったかを作者は筆を惜しまず記している。

五 〝末摘花〟像の先蹤

作者がこの人物を描くのに、何らかの影響を受けたかもしれない二、三の例をあげてみたい。

㈠ 容貌・人柄などについて、

まず、中心となる赤い鼻は、『万葉集』にもよまれており（16三八四一、16三八四二）[13]、この歌の題詞からもうかがえるが、上代から赤鼻が[14]「嗤咲《わら》ふ」つまり、嘲笑されたことが知られる。なお、『源氏物語』をみても、左近命婦、肥後釆女など、鼻が赤かったらしい（末摘花一―二六五頁）。

また、『落窪物語』には、面白の駒とあだ名された兵部少輔が、「鼻のいららぎたること限りなし」（一三四頁）を中心にした醜貌と、また馬鹿げた人柄で、人びとの笑い物になっている。[15]

さらに『今昔物語集』の青経の君とあだ名される人の、鼻が高くて少し赤いのを中心にした並はずれて醜い容貌・姿、そして、烏滸《をこ》の人柄が嘲笑されている例[16]（巻第二十八　五―八七、八八頁）、池尾禅智内供の鼻が赤く紫色の話（巻第二十八　五―八五頁）などがある。

㈡ 斜陽族の貧しさについて、

『伊勢物語』には、夫の袍を張り破って泣く妻の話（四十一段一三五頁）。

『宇津保物語』には、男主人公仲忠と俊蔭女の困窮のこと（俊蔭一―一一三頁）。また、もと右大臣橘千蔭の妻で、忠こその継母であった人が、「かたゐ」となって助けを乞う例（吹上（下）二―一五五頁）。さらに、故式部卿宮の中君であった方の困窮の例（蔵開（下）四―三二頁）などもみられる。『今昔物語集』には、窮乏の生活が多く描かれているが、やせて色青く、莚の破《やぶ》れたのを敷いて臥しているという六の宮の姫君であった人の例（巻第十九　四―七三頁）などもある。(17)

紫式部は、〝末摘花〟像を、家柄は高貴だが、古くて時勢におくれ、生活は貧しく、その上、容姿が醜《みに》くく、とくに鼻が異状で、生活も少し馬鹿げていて、周囲から嗤われる、こうした面のいくつかを、それぞれ持ち合せている人物を、先行の作品で読んだり、世間での例を見聞したりして、これらからつくりあげたのではないかとも推察される。

六　〝末摘花〟造型の意図

何故、〝末摘花〟が登場したか、これを民俗学的に解明される学者もあり、それぞれの立場から多くの説がのべられている。これらの中で、姥沢隆司氏(18)が「……巻末に見られる如く末摘花の存在が対比的に紫君の優越性を強調するものとなっている」とされ、さらに、石川徹氏(19)が、対偶の関係から、若紫・末摘花、つまり、紫と紅、美と醜を対照させていると説かれている。私も自分の立場から、作者が色に託した意図について、私なりに少し考えてみたい。

三章でのべたように、当時の色の代表としての紫が、理想の女性を象徴しているということから、それと同様に、紅も、どれ程の人物が暗示されるか、と読者が非常に期待するであろうことを計算に入れながら、作者は、一つにはそれを意外性で驚かせようと考えたのではないか。これは、あくまでも推測にすぎないが。

色の末摘花＝紅は、すでに『万葉集』に、

「桃の花　**紅色**《くれなゐいろ》に　にほひたる　面輪のうちに……」（19四一九二）

とあるように、桃の花のいろどりそのもののような色であり、この歌は、おとめの若々しい美貌を形容している。

これに対して〝末摘花〟は、同じ紅でも、鼻の色であって、赤鼻がいかに醜く嘲笑されたものであるかは前述のとおりである。

色の末摘花は、

「……**紅**の**末摘花**《すゑつむはな》の色に出でずとも」（10一九九三）

などのように、「色に出づ」、つまり恋情が忍びきれず人目につくようになる、秘めた恋が燃え上るような意を導き出すものとなっている。

これに対し、〝末摘花〟は、「世の中」を知らぬ、恋もわからないような女性といってもよいようである。

色の末摘花は、前述のように、目立つ、派手で華麗な、美そのもののような色であり、非常に愛好された。

これに対し、〝末摘花〟は、彼女の容貌・姿は言うに及ばず、衣装、建物、庭園、持物、調度から、兄禅師、古女房、門番にいたるまで、ほとんど、非美、醜《しゅう》そのものと言ってよい。

色の末摘花は、前記のように、実に豪奢な物の色に使われ、色自体、度々禁令が出される程の贅沢で高価なものであった。

これに対し、〝末摘花〟は、窮乏を極めた生き方であった。とくに、色の末摘花は、その薄紅が現代風の色とされ、「今様色」と言われたようであり、もともと、紅は舶来の新しい色でもあった。

これに対し、〝末摘花〟は、前記のように、すべてにつけて昔風で「古代」である。これらの一端からもうかがえるように、作者は、紅の染料としての末摘花に、当時の人達がよせる期待を完全にはぐらかした人物を作意し造型した、ともさえ言えるようである。とくに光源氏が読者以上に何も知らずにおり、彼女を知って愕然とする、それを読者が見物しながら、同情したり、笑ったり、さまざまな思いを抱くであろうことも期待していたようにも思われる。

〝末摘花〟に関しては、

「**むらさき**の紙の、年へにければ、灰おくれ、ふるめいたるに」（末摘花一―二五二頁）

のように、彼女の使うものは、たとえば料紙にしても、その色がいかに古く、かつ醜くなったものであるかを描き、とくに衣装については、侍女までも、

「……**白き**衣の、いひしらず煤けたるに」（末摘花一―二五五頁）

という、汚なくよごれきった色の衣服である。いうまでもなく〝末摘花〟は、最初から、

「**ゆるし色**《いろ》の、わりなう上**白み**《うわじら》たる一襲、なごりなう**黒き**袿かさねて」（末摘花一―二五七頁）

といった、古いので表面が変色したような服装で、容貌をも含めて、「何ごとも言はれたまはず」という程のものである。その後も、玉鬘の裳着に贈った衣装は、

「……**青鈍**《あをにび》の細長一襲、**落栗**《おちぐり》とかや、何とかや、昔の人のめでたうしける袷の袴一具、**むらさきのしらきり**見ゆる、霰地の御小袿と」（行幸三―八七頁）

のようなもので、色の特異であることを詳しくあげている。

最も美しい若い盛りの乙女への祝の贈物、それを尼などが着る「青鈍」という、祝儀にはもってのほかの色、それに、昔の人がほめたという流行おくれそのものの「落栗」という色、さらに、古くて白っぽくなった「紫」、どれも常識では考えられない古びた汚い色ばかりで、源氏は、「あやしき古人にこそあれ。」とあきれている。

また、源氏から、それぞれの婦人が着る正月の晴着が贈られたが、その源氏の使者へ御礼にかずける物も、〝末摘花〟は、

「**山吹**《やまぶき》の袿の、袖口いたく煤けたるを……」（玉鬘二―三七二頁）

という、大層古くなって煤けた山吹色の袿であった。源氏は、「いとわびしくかたはらいたしと思して、御気色あしければ」とあり、作者も、「かやうにわりなう古めかしう、かたはらいたきところの

つきたまへる、さかしらにもてわづらひぬべう思す。」と源氏の気持を思いやっている。

このように、〝末摘花〟が、かかわると、色もすべて古び汚れて醜く貧しい感じのものになってしまう、その有様を種々克明に描きあげている。

とくに、紫か紅かの薄い聴色《ゆるし》（おそらくここは紅の方であろう）が一たび〝末摘花〟にかかわるものとなると、前掲の、

「**ゆるし色**のわりなう上**白み**たる一襲」（末摘花一―二五七頁）

のように、紅の性格とは対蹠的な、古い汚ない色に変ってしまっている。さらに、源氏への贈物の直衣の色も、

「**今やう色**のえ許すまじく艶なうふるめきたる」（末摘花一―二六二頁）

とあり、薄紅の現代風の色と言われる「今様色」でありながら、源氏が「あさまし」と思う程の、耐えられないいくらい古くさくなったものだという。その古く艶もなくなったものさえ〝末摘花〟方の侍女たちには、そのことがわからず、「かれ、はた、**紅**のおもおもしかりしをや。」と話しあい、源氏からの贈物と比べても、見劣りはしないと評価している。

「今様色」は〝末摘花〟に関する場合は、このように、色の特性が全く抹殺され逆の状態になってしまっているが、これが理想の女性紫上にかかわると、

「……今様色《いまやういろ》のすぐれたるは、この御料」（玉鬘二―三七一頁）

のように、いかにも素晴らしい美しい色調のものと感じられるようになる。これは、源氏が紫上のために選んだ正月の晴着のうちの一枚であり、小論(20)でたびたびのべているが、この物語では、服色は、ただ衣服の色を示すだけではなく、全人格を象徴する役割をも持っている。つまり、紫上は前記のように、日に日に前進し、常に目新しい人物だと源氏が感服しているが、それをすでに「いとすぐれたる」という「今様色」で象徴しているとさえ言えるようである。

作者は、紫を、当時の人たちが期待したであろうとおりの人物を象徴する色としたが、紅は、まったく予想外の人物を登場させ、期待が外れるよう、意想外の点を強調している。この今様色もその目的の一つとしてとり上げられていると言ってよいようである。

〝末摘花〟は、以上のように、色の面に絞って眺めても、一つには光源氏の愕《おどろ》きを含めて、読者にも予想外の驚きを味わわせるように意図的に造型されたと考えるのも不当ではないようである。

七　『源氏物語』における色のモチーフ

作者は、色の末摘花＝紅、に対する人びとの当時の常識をふまえておいて、これが象徴するにふさわしい人物像を予想させながら、それをくつがえす人物の〝末摘花〟を登場させた。このことで、物語への読者の興味を、一層強く持たせようとしたとさえ言ってよいかもしれない。

さらに、〝末摘花〟という人物を登場させた意図の一つに、ひそかに作者が悲願を託した真剣な意外性があるのではないかと考えている。最後にそれについていささかふれてみたい。

『源氏物語』では、

「たれも思へばおなじごとなる、世の常なさなり。」（橋姫四―三二二頁）

等のように、「よのなか」の「つねなさ」、あるいは、「つねなき」「よ」、といって、この世の無常を少なからずのべている。『紫式部日記』でも「行幸ちかくなりぬとて、……思ふことのすこしもなのめなる身ならましかば、すきずきしくももてなし、若やぎて、つねなき世をもすぐしてまし……」（十月十六日　四六一頁）とのべ、この後にも、「浮きたる世」をすごす嘆き、苦しみを、水鳥によそえて訴えている件《くだり》もあり、この世の無常を厭う心情が日記にも多くのこされている。

作者は、生々流転の世の常なさは言うまでもなく、人びとの有為転変をも厭い、変らぬことを希求していたと推察される。

〝末摘花〟は、源氏の離京後、困窮の底に沈んでいたさ中にも、

「猶、かく、かけ離れて、久しうなり給ひぬる人に、たのみをかけ給ふ。…「……我、かくいみじき有様を、聞きつけ給はゞ、かならず、訪ひ出で給ひてむ」と、年頃思しければ、……心づよく、おなじさまにて、念じ過ごし給ふなりけり。」（蓬生二―一四五頁）

のように、どのような境涯になろうと、ただ一途に源氏を信じ待ち続けていた。十年程をへて、源氏は偶然、邸の前を通りかかり、

「かゝる繁きなかに、なに心地して、過ぐし給ふらむ。今まで訪はざりけるよ」と、わが御心の

情なさも、思ししらる。…「……かはらぬ有様ならば、」……「げに、さこそはあらめ」と推し量らるゝ人のさまになむ」とは、の給ひながら」（蓬生二―一五四・一五五頁）

のように〝末摘花〟邸をたずね、自分を待ち続けた志に感動して、それからは、

「中にも、この宮には、こまやかに思しよりて」（蓬生二―一五八頁）

のように丁重な心遣いをし、

「かく、ひき違へ、何事もなのめにだにあらぬ御ありさまを、ものめかし出で給ふは、いかなりける御心にかありけむ。」（蓬生二―一五九頁）

と、不思議に思われる程の厚いもて扱いをするようになる。

『無名草子』にも、

「……大弐の誘ふにも心強くなびかで死にかへり、昔ながらのすまひあらためず、つひに待ちつけて『深き蓬のもとの心を』とてわけいりたまふを見るほどは、たれよりもめでたくぞおぼゆる」（一九頁）

とある。岡崎義恵氏も松尾聰氏も[21]、〝末摘花〟の、源氏への思いの変らぬことをあげられていて、石

川徹氏は「……彼女のこの不変性は、むしろ珍重に値する資性とも考えられ、作者はこうした点を書きたかったのでもあろう。[22]」と、作者の意図にもふれられている。これら諸氏の指摘されている点は、前記の無常を厭う心から生まれたとも推せられる。武原氏は、御法の巻の紫上のあり方をとおして、無常観について述べ、結論として「「御法」の巻における紫上の宗教的思念は、まさしく作者自身のそれであることが明白である[23]」とのべられている。

つまり、作者は流転の世に生きて、「常なし」を厭い、恒常、恒久、不変を庶幾したと考えられる。そして、〝末摘花〟は、父宮にも、とくに源氏にも、何事があろうとけして気持を変えることはなかった、いわば、不変性を信条とする女性であった。その意味を託して彼女を登場させることが、作者の目的の一つでもあったのではないか、とひそかに私は考えている。

色の末摘花＝紅というのは、『万葉集』の歌の中で、越中守であった時の大伴家持が、部下の史生尾張少咋を導いた時の「教へ喩す歌」に、

「紅《くれなゐ》はうつろふものそ橡《つるばみ》の馴れにし衣になほ若かめやも」（18四一〇九）

と詠じ、紅は、「うつろふ」、つまり褪色し変りやすい染色であるとよみ、それに対して橡は紺黒色で、まったく美しくない。しかしいくら着馴れて古くなっても、けして色は変らない。それ故、紅は橡にどうして及ぼうか、と作中で二つの色を評価している。家持は、紅を遊行女婦（容姿も華やかで美しく男の人たちに愛されるであろうが、その愛情はさめやすく移りやすい）、そして、橡を古妻[24]（容姿も衰え醜く古くさくなっているが、夫への愛情は変らない）の、それぞれ暗喩としている。別稿で詳述したので御参照いただきたいが、家持は、世の常なさを悲しみ厭い、どれ程恒久を庶幾したかわからない。万葉人も、

おそらく当時の人たちも、みな不変性を高く評価し願っていたろうことがうかがえる。

源氏作者は、深い願望をこめて、褪め変っていく色の〝紅＝末摘花〟、決して変ることのない心情の人間〝末摘花〟、という、色と人との、想定外のあり方を造型し、そこに意義をもたせたのではないか。

なお、〝末摘花〟邸には、松、橘（末摘花一―二五九頁）（蓬生二―一五二、一五七頁など）が植えられている。『万葉集』にも、「常磐なる松のさ枝」（20四五〇一）、橘は、「いや常葉《とこは》の樹」（6一〇〇九）とされ、不変性を持つ木と讃えられたが、平安時代もそれは同じで、それ故〝末摘花〟に関連させたのではないか、これはあくまでも推測であるが。

八　色そのものを名とする登場人物

『源氏物語』には、紫と紅（末摘花）という、色そのものを名とする人物が登場する。これらの色は、ただ、たんなる色ではなく、当時を代表するもので、その濃い服色は、一般には着用が禁じられるという、それ程重んじられた色であり、当時の人達にとっては憧れにも似た色であった。それだけに、とくに強い関心が抱かれていたと推察される。

作者は、これまでみてきたように、これら二色を物語の構想の中に組みこみ、一方の紫には、紫上（桐壺更衣、藤壺中宮を基盤とした）という人物、他方の紅には〝末摘花〟という人物の、人間像を象徴する役割を与えたと言ってよいように考えられる。

しかし、作者は、これまで述べてきたことからも推測されるように、二色を、けして同一の手法でとりあげたのではない。むしろ、作意的に相反するように形象したようである。

〝末摘花〟は、紫の色による紫上象徴の場合とは全く対蹠的で、あくまでも、紅（末摘花）の色の持

郵 便 は が き

料金受取人払郵便

神田支店
承認

5567

差出有効期間
平成 26 年 10 月
18 日まで

101-8791

504

東京都千代田区猿楽町 2-2-3

笠間書院 営業部 行

■ 注 文 書 ■

◎お近くに書店がない場合はこのハガキをご利用下さい。送料 380 円にてお送りいたします。

書名　冊数

書名　冊数

書名　冊数

お名前

ご住所 〒

お電話

読　者　は　が　き

●これからのより良い本作りのためにご感想・ご希望などお聞かせ下さい。
●また小社刊行物の資料請求にお使い下さい。

この本の書名＿＿＿＿＿＿＿＿＿＿＿＿＿＿＿＿＿＿＿＿

本はがきのご感想は、お名前をのぞき新聞広告や帯などでご紹介させていただくことがあります。ご了承ください。

■本書を何でお知りになりましたか（複数回答可）

1. 書店で見て　2. 広告を見て（媒体名　　　　　　　　　　　　）
3. 雑誌で見て（媒体名　　　　　　　　　　　）
4. インターネットで見て（サイト名　　　　　　　　　　　）
5. 小社目録等で見て　6. 知人から聞いて　7. その他（　　　　　　　　　　　　）

■小社PR誌『リポート笠間』（年1回刊・無料）をお送りしますか

はい　・　いいえ

◎上記にはいとお答えいただいた方のみご記入下さい。

お名前

ご住所　〒

お電話

ご提供いただいた情報は、個人情報を含まない統計的な資料を作成するためにのみ利用させていただきます。個人情報はその目的以外では利用いたしません。

つ性格の、反対、反対の様相をとり出し、これらを凝集した、反紅的人物像を造型しようとした、と推測される。一方の紫の紫的人物像の象徴（まだ幼児なので予想を含めてではあるが）をみなれた人びとに、そして、紅の色の性格も熟知していた当時の人びとに、作者は、予想に反した驚きを感じさせることを意図した、とさえ思われる。

そして、作者がその意想外の核心にしようとしたのが、最後にふれた〝末摘花〟の不変性ではなかったか。これは、あくまでも私の推測であるが、作者の心底深く流れ続けている願望の一つを、色の末摘花の「移ろふ」つまり、変化してしまう性格と全く相反する、何事があろうと確固として変ることがないという人間、〝末摘花〟に託した、そこに〝末摘花〟登場の意義の一つを持たせたのではないかとも思われるのである。

小稿では、〝末摘花〟を一つの例として、『源氏物語』における色の役割をながめてきたが、色が作品の構想にもあずかること、そして色の文芸における重み、これらのことを、いささかでも垣間見ることができたのではないかと考えるのである。

注

（1）『平安朝の文学と色彩』（中央公論社　昭和57・11）

（2）一般の色は「―色の濃き」「―色の薄き」のように、該当する色が示されているが、色が何も示されずただ「濃き」「薄き」という場合、それは紫か紅を意味する。花と言えば、平安では桜を意味するのと同様、これら二色が色の代表とされたからであると考えられる。

（3）注（1）と同書六二、六九頁に表がかかげてある。

（4）小著『色彩と文芸美』（笠間書院　昭和46・10）所収「めでたし――枕草子の、紫と宮廷心酔と」の項。

（5）前田千寸『むらさきくさ』（河出書房　昭和31・4）に紫根がキハツ性の強いもので、根の周囲にある物まですべて紫色に染めてしまうからであろうとのべられている。

(6) 「銀薄敷**紅**紙二百張十論経料」(天平勝宝四年)(三—五九四頁)、「**紅**地錦袋緋綾裏」(天平勝宝八年)(四—一三二頁)など。

(7) 「**紅**の織物などは制あり。……」(暮まつ星　下四一七、四一八頁)「**紅**の打衣は、猶制ありとて」(布引の滝　下五一三頁)など。

(8) 注(5)と同書「平安文化と紅染」の項。

(9) 長崎盛輝『色の日本史』(淡交社　昭和49・2)七一、二頁

(10) 鈴木弘道『校註　無名草子』(笠間書院　昭和58・4)

(11) 広川勝美「廢園の姫君」(『講座　源氏物語の世界』第四集(有斐閣　昭和55・11)所収)

(12) 今西祐一郎「古代の人、末摘花」(注(11)と同書所収)

(13) 「佛造る眞朱足らずは水たまる池田の朝臣が鼻の上を掘れ」(16三八四一)、「何所にそ眞朱掘る岳薦疊平群の朝臣が鼻の上を穿れ」(16三八四三)眞朱は赤色顔料。

(14) 「「……掻練このめるはなの色あひや見えつらむ。……」…「この中には、にほへるはなもなかめり。左近命婦、肥後采女やまじらひつらむ」など……」

(15) 「色は雪の白さにて、首いと長うて、顔つき、ただ駒のやうに、……」

(16) 醍醐天皇の四男重明親王の御子。「鼻鮮ニ高クテ色少シ赤カリケリ。…責テ色ノ青カリケレバ」なお、池尾禅智内供の鼻が長く赤く紫である話(巻第二十八　五—八五頁)も見える。

(17) なお『堤中納言物語』の「よしなしごと」にも「せめては、たゞ足鍋一、長むしろ一、つらたらひ一なむいるべき」などとある。

(18) 姥沢隆司「光源氏像の定立過程—桐壺巻から若紫巻へ—」(「中古文学」第二十五号　昭和55・4)

(19) 石川徹『平安時代物語文学論』(笠間書院　昭和54・4)

(20) 注(1)と同書の中など。

(21) 岡崎義恵『源氏物語の美』(宝文館　昭35・7)三八三頁、松尾聡『平安時代物語論考』(笠間書院

昭和43・4）一八一頁。

(22) 注（19）と同書「第十二章末摘花論」の章三〇〇頁

(23) 武原弘「晩年の紫上――その人物像の宗教性について――」（『日本文学研究』第二十四号　昭和63・11）

(24) 「大伴家持の心情の一端」（『万葉の色――その背景をさぐる――』（笠間書院　平成元・3）所収）

なお、色にかかわりを持った御論攷として、中嶋朋恵「源氏物語末摘花の巻の方法」（『中古文学』二三号　昭和54・4）がある。

『源氏物語』にみる女性の服色

一　歌合にみられる服色

『源氏物語』では、光源氏に深いかかわりを持つ女性は、二十人にも及ぶようであるが、とくに、この中の主な人々について、その着用している服の色合をとおして、作者がそれらの人物に、どのような評価を与えていたかを推考してみたい。

小稿では、それを、当時盛行していた歌合の場にみられる服色をとおして、推察してみようと考えている。

歌合は、史実にはじめて「歌合」として記録されているのが、現時点では、「在民部卿家歌合」、すなわち、光孝天皇の時代（八八四―七年の間）に成立したものであるので、平安時代に始まると言ってよいようである。

歌合では、列席した歌人達を、左方・右方に分けて、その詠作を、左・右一番ずつ番《つが》わせ、その優劣を判定するのであるが、それが行なわれるのには、種々の行事的要素が背景になっている。

その中の一つとして、参会した人々の着用する服の色合を、左方は左方、右方は右方、と二分して、性別、年令、身分・位階、役割などにほとんどかかわりなく統一することが原則とされている。その服色については別稿で[1]のべたので、小稿では略すが、左は赤色[2]（赤白橡）を主体とする赤系統の服色、右は青色[3]（青白橡）を主体とする青系統の服色、それが基調となっているようである。これは年代の古い歌合から新しくなるにつれて、次第に変化をみせてゆくが、「亭子院歌合」[4]（醍醐天皇九一六年）から「天徳内裏歌合」（村上天皇九六〇年）頃までは踏襲されているようである。

二　左方が上位

この左方赤系統、右方青系統に統一された服色は、平安時代の文学作品、あるいは種々の文献を探ってみると、歌合の場合のみでなく、競争意識を煽る行事や遊戯、例えば、絵合《えあわせ》・根合《ねあわせ》等の物合ともいうべきものや、鷹狩・競馬のような勝敗に熱狂する競伎、また、左・右（唐楽・高麗楽）とで、色彩によって一層鮮明に対照の美を見せる舞楽など、いずれも相対しつつ競い合う場に、左・右各々の全員が、一斉に分れて着用した色調であった。

この左方と右方をくらべると、歌合はもとより、その他の行事においても、常に左方が上位で尊貴の地位を与えられている。

例えば、歌合でも、和歌を吟ずる場合、講師も方人も、左方を先とする。そして、一番の左方は、身分の高い者や主催者が位置するので、一番の左は、負《まく》にしてはならない。よくない歌作でも持《じ》とすべきだという、不文律さえできた[5]と言われる。

日本では、すでに『古事記』にも尚左の観念がみられるが、「ともかく日本の尊左観は固有の思想に外来の思想を加へて固定してしまって儀式的にはほとんど一貫するに至った。…民間の習慣や迷信に至るまでこの左尊右卑の差別は上古から一貫して伝はってゐた様にみえる」(6)とあり、古来より左を尊とし、左の位置（座席）が上位として認められており、歌合などのこの規則も、こうした慣習によったものと考えられる。

日本における、こうした左・右の地位の、尊左観に従えば、服色も、左方に赤色系統を選び、右方に青色系統を選んでいるということから推測すると、右方の青色系統を主体とする服色より、赤色を主体とする服色の方が上位である、と言うことも可能であるかもしれない。

『源氏物語』には、この左方・右方、各々で主に着用された赤色（赤白橡）・青色（青白橡）の服色の例は少なからずあり、(7)とくに両者が同一の場面で描かれているのも、次のように数例みられる。

①左は、…童六人、**赤色**に**桜襲**の汗衫、衵は、紅に**藤**《ふぢ》**襲**の織物なり。…右は、…わらは、**青色**に柳の汗衫、**山吹襲**の衵きたり（絵合二―一八三頁）

②人々、みな、**青色**に、**さくら襲**を着給ふ。帝は、**赤色**の御衣たてまつれり。召ありて、太政おとど、まゐり給ふ。おなじ**赤色**を着たまへれば、いよ〳〵、一つものとかゞやきて、見えまがはせ給ふ。（乙女二―三一七頁）

③**青色**の袍衣、**葡萄**《えび》**染**《ぞめ》の下襲を、殿上人、五位・六位まで着たり。…御かどの、**赤色**の御衣たてまつりて、（行幸三―六八頁）

④かたちをかしき童の、やむごとなき家の子どもなどにて、**青き赤き白つるばみ**に、**蘇芳・葡萄染**など、常のごと、例のみづらに、（藤裏葉三―二〇六頁）

⑤童べは、かたちすぐれたる四人、**赤色**に、桜の汗衫、**薄色**《うすいろ》の織物の衵、浮文のうへの袴、**くれなゐ**のうちたる、さま・もてなしすぐれたる限（り）を、召したり。女御の御方にも、…童は、

青色に、**蘇芳《すはう》**の汗衫、**唐綾《からあや》**のうへの袴、袙は、**山吹**なる唐の綺を、おなじさまに整へたり。明石の御方のは、こと〴〵しからで、**紅梅《こうばい》**ふたり、**桜**ふたり、**青磁《あをじ》**のかぎりにて、袙、**濃《こ》く薄《うす》く**、うち目などえならで、着せ給へり。宮の御方にも、童べの姿ばかりは、ことにつくろはせ給へり。**青丹《あをに》**に、柳の汗衫、**葡萄染《えびぞめ》**の袙など、ことに好ましく、めづらしきさまにはあらねど…（若采下三―三四一・二頁）

⑥かの御賀の日は、**赤き白つるばみ**に、**葡萄染《えびぞめ》**の下襲を着るべし、今日は、**青色**に、**蘇芳襲《すはうがさね》**（若采下三―四一三頁）

これらを見ると、②は、帝と太政おとどが赤色で、それ以下の公卿達は青色を着用しており、『西宮記』(8)における記事などと一致する。③は、醍醐天皇延長六（九二八）年十二月五日の、大原野へ鷹狩の行幸の事実を参酌した所が多いと言われる。(9)④の、青き白つるばみ、すなわち青色と、蘇芳、赤き白つるばみ、すなわち赤色と、葡萄染(10)とは、『宇津保物語』に「大人二十人は、**青色**に**蘇枋がさね**、今二十人は**赤色**に**葡萄染がさね…**」（一―三〇三頁）（后宮六十の賀に大宮嵯峨院に参る）とあるのと、同様の服色と言えよう。⑤は、赤色に桜の汗衫は、歌合の場合、「亭子院歌合」でも、「天徳内裏歌合」でも着用している。また、青色に蘇芳の服色は、「京極御息所褒子歌合」（醍醐天皇九二四年）・「皇太后詮子瞿麦合」（一条天皇九八六年）で着用している。また、これは『宇津保物語』にも「大人、…十人。おなじ**青色**に**蘇枋…**」（二―五四頁）（林の院の花見、人人歌よむ）「御装束は、闕腋の**青き白橡**、綾の上の衣、**蘇枋の下がさね…**」（二―五九頁）（藤の花の宴）「西のおとどより、**青色**に**蘇枋がさね…**」（二―一一八頁）（正頼邸の七夕）「舞の君だち、**青色**に**蘇枋がさね…**」（二―一八二頁）（六十の賀）などと見えている。

そして、青丹に柳の汗衫の服色は、『宇津保物語』に「下仕は、**青丹**に柳かさね著たり」（二―一二頁）（正頼一族春日詣人人歌よむ）「おほん供の人、**青丹**に**柳かさね**の唐衣」（二―一七九頁）（大宮御母后の六十の賀に嵯峨院にまゐる）のように見えており、とくにこの「青丹」という服色は、『源氏物語』の他には、『宇津保物語』にしかみられないようである。⑥は、前記④の場合と同じで、『宇津保物語』の「大人二十人は、**青色**に**蘇枋かさね**、今二十人は**赤色**に**葡萄染かさね**」（一―三〇三頁）と同配色である。

②～⑥までの『源氏物語』の諸例は、源高明の『西宮記』に記載されている記事、また、醍醐天皇時代の行事と言われるもの、あるいは、醍醐・村上天皇時代の歌合に記録されているもの、そして、『宇津保物語』に記されているもの等で、時代的に言って、延喜・天暦、『宇津保物語』の内容となっている時代、と推考されるようである。

そして何よりも、①の例は、ここに掲げた部分の服色をみても、「天徳内裏歌合」の、

「左、髻四人、**赤色**の表衣に**桜襲**の衵子着て、…殿上童…員刺すべき州浜を童二人舁きて続きたり。これらも**赤色**に**桜襲**着たり。右の髻四人、装束は**青き白橡**に、**柳襲**着たり」[11]

の、左、赤色に桜襲、右、青き白橡すなわち青色に柳襲、とあるのと、主体となる服色が一致している。そして、この『源氏物語』の①の絵合の場面では、服色以外の他の物も、同じ歌合の行事に関する物と類似した色彩が描かれている。『源氏物語』の絵合の場面では、左方は、絵の装幀が、

「かむ屋紙に唐の綺を陪して、**赤紫**の表紙・**紫檀**《したむ》の軸、」（絵合二―一八〇頁）

右方は、

「**白き**色紙・**青き**表紙・**黄なる**玉の軸なり」（絵合二―一八〇頁）

とあり、絵[12]を納めた箱などの調度類を見ると、左方は、

「**紫檀**《したむ》のはこに、**蘇芳**《すはう》の花足、敷物には**紫**地の唐の錦、打敷は、**葡萄染**《えびぞめ》の唐の綺なり。」（絵合二―一八三頁）

とあり、右方は、

「右は、沈の箱に浅香の下机、打敷は、**青丹**《あをに》の高麗の**錦**」（絵合二―一八三頁）

とある。

「天徳内裏歌合」の記録を見ると、

「右方…**沈**ノ押物ノ花足、**浅香**ノ下机、…**縹**ノ綺ノ地敷」「左方…**紫檀**ノ押物ノ花足、**蘇芳**ノ下机、…**紫**ノ綺ノ地敷」[13]「花足には**沈**を作りて…。**浅香**の足結の組、…あをくちば薄物の覆ひに、…浅**縹**《はなだ》の打敷したり。」「花足は**紫檀**を造りて…、下机は**蘇芳**にして…足結の組、覆ひは**藤**の裾濃、…打敷には**葡萄染**の[14]……。」

とあって、記録によって多少色名なども異なるが、左方は、紫檀（暗赤色の材質）、蘇芳（赤系統の色）、紫、藤（紫系統の色）、葡萄染（紫系統の色）などの色彩。右方は、沈（白の材質）、浅香（白の材質）、縹（青系統の色）、青朽葉（緑青系統の色）、浅縹（青系統の色）などの色彩で、『源氏物語』の、左方の、赤紫、紫檀、蘇芳、紫、葡萄染の色彩。右方の、白、青、沈、浅香、青丹（緑青色）。これらがほぼこれと合致する。

三　左方が赤系統・右方が青系統

このように、左が赤色を主体とする赤系統、右が青色を主体とする青系統、それに付随する色彩の配色などから類推して、『源氏物語』のこの絵合の場面は、「天徳内裏歌合」の行事用式に拠ったとも言えるようで、この絵合の巻の内容の時代は、村上天皇、すなわち天暦時代を現在のこととして描いているようである。

なお、その他の②〜⑥までの例をみても、前記のように、やはり、延喜天暦の時代をふまえているように考えられる。また、『宇津保物語』の成立年代は未詳であるにしても、絵合の巻の中に、

「まづ、物語の出で来はじめの親なるたけ取の翁に、宇津保の俊蔭をあはせて、あらそふ」（絵合二—一七九頁）

とあり、既に絵合の巻の内容の時代には、俊蔭など、この物語が出現していたことになっているのが知られる。してみれば、①〜⑥の例をとおして、『源氏物語』のそれは、聖代と言われた醍醐・村上の朝を、物語の内容の時代として設定しているように推測される。この給合の巻については、すでに、

『河海抄』で、この絵合は歌合を模したものであるとのべているし、この場に出てくる女房名が「天徳内裏歌合」の中の女房名と同じである(15)とも言われている。とくに山田孝雄(16)氏は、音楽の面から、『源氏物語』は延喜天暦の時代をその内容としている、と述べられている。

小稿の、左方、右方の服色、また調度などの色彩をとおしての推定からも、同様の結果が生まれるように思われる。

前掲の①〜⑥の諸例がみられるのは、絵合より若菜下の巻あたりで、これは光源氏の年令の三十一歳より四十七歳頃までの、つまり十五、六年間にあたり、これらの巻々に見られる、光源氏に関係の深い主な女性達の衣服の色合も、前述の、設定された時代における服色のあり方をふまえ、それを念頭において描かれたものと考えてもよさそうである。

「**紅梅**《こうばい》の、いと、いたく文浮きたるに、**葡萄染**《えびぞめ》の御小袿、**今様色**《いまやういろ》のすぐれたるは、この御料、**さくら**の細長に、つやゝかなる**掻練**《かいねり》とり添へて、ひめ君の御料なめり。**あさ縹**《はなだ》の海賦の文おりざまなまめきたれど、匂ひやかならぬに、いと**濃き掻練**具しては、夏の御かた、くもりなく**赤き**、**山吹**の細長は、かの、にしの対にたてまつれ給ふを、…かの末摘花の御料に、**柳**の織物に、よしある唐草を乱り織りたるも、…梅の折枝、蝶、鳥、飛びちがひ、唐めきたる**白き**浮文に、**濃き**が、つやゝかなる具して、明石の御かたに。…空蟬の尼君に、**青鈍**《あをにび》の織物の、いと心ばせあるを見つけ給ひて、御れうにある**くちなし**の御衣、**ゆるし色**なるそへて。おなじ日、みな着給ふべく、御消息きこえめぐらし給ふ。」（玉鬘二―三七一・三七二頁）

これは、言うまでもなく、光源氏が六条院において、「やんごとなき」（二―三六九頁）高貴な、いわば、最も源氏に深いかかわりのある女性方それぞれに、正月の衣料を贈る場面で、職人が手をつくして織った織物、御匣殿《みくしげどの》、紫上のもとで染めたもの、擣殿《うちどの》でうって光沢を出したもの、そうした素晴らしい劣り勝りのけじめも見えない多くの衣類を、それぞれの方々に、うらやみなく、配ってあげようとするその場で、

「「着給はん人の御かたちに、思ひよそへつゝ、たてまつれ給へかし。着たる物の、人ざまに似ぬは、ひが〳〵しうもありかし」と、の給へば、」（玉鬘二―三七〇頁）

のように、紫の上が、着る物が人柄に似合わないのは見苦しいから、着用する人の容姿をよく思いうかべて、それにふさわしい衣料を選んで分配なさるように、と言うのである。

勿論、源氏はもとより配った衣料が、「げに『似げつゐたる見ん』の御心なりけり」（同二―三七二頁）のように、ぴったりとあったのをみようという気持なのである。

これは、

「着給へる物どもをさへ、いひたつるも、物いひさがなきやうなれども、むかし物語にも、人の御装束をこそは、まづいひためれ。」（末摘花一―二五七頁）

四　服装がその人の全体を表現

服装―その色合が、すがた・かたち、性格まで表現ともあり、当時としては服装、とくに、その色合

が、その人の、すがた・かたちから性格まで、全体をあらわすものである、ということを作者はしきりに強調しているのである。

そして、まだ会ったことのない人でさえも、「つれなくて、人のかたち推しはからんの御心なめりな」（玉鬘二—三七一頁）のように、衣装から、どのような顔形であるか、どのような人物であるかが推量できる、ということを示している。

そうした非常に意識的な、人と衣服とのかかわりを前提としての正月の衣裳くばりがなされているのであり、ここには、紫上、明石姫君、花散里、玉鬘、末摘花、明石上、空蟬という、最も重要な女性達が、服色によって象徴されるようになっているといってもよいようである。

この年の暮の衣料くばりの後、正月になって、各々の婦人方がそれを着用した様子を、それぞれ描いている。

「夏の御すまひを見たまへば、…**縹**《はなだ》は、げに、にほひ多からぬあはひにて、…」（初音二—三八〇頁）

と花散里を。「さうじみも、「あな、をかしげ」と、ふと見えて、**山吹**にもてはやし給へる御かたちなど、」（同二—三八一頁）と玉鬘を。「**しろき**に、けざやかなる髪のかゝりの、…いとゞなまめかしさ添ひて、懐しければ…」（同二—三八三頁）

と明石上を。

「「**柳**は、げにこそ、すさまじかりけれ」と見ゆるも、着なし給へる人からなるべし。ひかりもなく**黒き掻練**《かいねり》の、さゐ〳〵しく張りたる一襲、さる織物の袿を着たまへる、いと寒げに心くるし。」

（初音二—三八五頁）

と末摘花を。

「青鈍《あをにび》の几帳、こゝろばへをかしきに、いたくゐかくして、袖口ばかりぞ色異なるしも、なつかしければ、」（同二—三八七頁）

と空蝉を。とそれぞれの女人方を描写している。

これらの婦人方の服色は、紫上は、紅梅・葡萄染・今様色。明石姫君は、桜・掻練。花散里は、あさ縹・掻練。玉鬘は、赤・山吹。末摘花は、柳。明石上は、白き浮文・濃き。空蝉は、青鈍・梔子・ゆるし色。また正月には、花散里は、縹。玉鬘は、山吹。明石上は、白。末摘花は、柳・黒き掻練。空蝉は、青鈍・袖口だけ異なる服色。のように描かれている。

歌合における服色の左・右については別稿(17)でのべたので、ここでは簡単にあげるが、左方は、「亭子院歌合」では、赤色を主体として、桜襲と蘇芳。「褒子歌合」（醍醐天皇九二四年）では、赤色を主体として、赤朽葉と二藍。「天徳内裏歌合」では、赤色を主体として、桜襲と紫。

右方は、「亭子院歌合」では、青色を主体として、柳襲と萌黄。「褒子歌合」では、青色を主体とし、青鈍・青朽葉・山吹色・朽葉襲、それに蘇芳・桜色。「天徳内裏歌合」では、青色を主体とし、柳襲・青・紫。となっている。

つまり、『源氏物語』で設定された時代の間には、左方は赤系統を主とし、それに紫系統を添えた色調、右方は青系統を主とし、それに僅かに、黄・赤系統、紫が添えられた色調である。

なお、前記の「天徳内裏歌合」の調度の色彩は、左方が蘇芳・紫・藤・葡萄・紫檀の色であって、紫系統と赤系統であり、右方が、縹・浅縹・青朽葉・沈・浅香（白系統の色）であって、青系統と白系統である。

このように、『源氏物語』の内容と、同時代の歌合における場全体の色調とは、左方が赤・紫の系統、右方が青系統でそれに白、黄、赤・紫系統が付加されたものと言えるようである。

婦人方の服色をみると、紫上は、赤系統と紫系統の服色。明石姫君は、赤系統の服色。花散里は、青系統に赤が添えられた服の色合。玉鬘は、赤に黄の系統の色が添えられている服色。末摘花は、青系統が主でそれに黒赤色。明石上は、白を主に濃き色が添えられている。空蟬は、青系統に黄とゆるし色がつけ加えられている。

この場面は、前述のとおり、光源氏をめぐる最も主要な女性達に、光源氏みずからが、それらの人々に最もふさわしいと考える衣服を配ることになっている、という、きわめて意識的な場面で、服色をただ単なる服色として描こうとしているのではない。作者が、衣服の色合をとおして、各々の人物の評価とも言うべきことを光源氏にさせる、〝品定〟ともいうべき意図があったと考えられる。

つまり、歌合などにおける、左尊、右卑の伝統的な意識を基底にして、このような服色をそれぞれに着用させたのではないか。

紫上は、赤・紫系統であり、従って、左方にあたる。明石姫君も赤系統で、左方。花散里は、赤系統が添えられているが青系統が主体で、右方。玉鬘は、赤が主で左方。末摘花は、青系統が主体で右方。明石上は、白を主として右方。空蟬は、青系統を主としているので右方。

つまり、紫上、明石姫君、玉鬘が左方にあたり、花散里、末摘花、明石上、空蟬が右方にあたる。言わば、紫上、明石姫君、玉鬘が上位。それに対して、花散里、末摘花、明石上、空蟬は下位、という、左方・右方のあり方をふまえた意識があったのではないか、これは、あくまでも推測であるが、そのようにも考えられる。

なお、女三宮は、この場面には登場しないが、

「**紅梅**《こうばい》にやあらん、濃き、薄き、すぎ〳〵に、あまた重なりたるけぢめ、…**桜**の、織物の細長なるべし」（若菜上三―三〇七頁）

のように描かれていて、赤系統、紫系統の服色であり、左方と言えるようである。

さらに、この後、これらの重要な婦人方の中から、紫上、明石女御、明石上が選ばれ、それに、光源氏の正妻となった女三宮が加わった女楽の場面が、衣裳の色合を含めて、展開される。

「「…掻き合はせ給はん御琴の音も、試楽めきて、人いひなさむを。この頃、しづかなる程に、心見給へ」とて、…こなたに遠きをば選りとゞめさせ給ひて、すこしねびたれど、よしある限りを選りて、さぶらはせ給ふ。童べは、かたちすぐれたる四人、**赤色**に、**桜**の汗衫、**薄色**《うすいろ》の織物の衵、浮文のうへの袴、**くれなゐ**のうちたる、さま・もてなしすぐれたる限（り）を、召したり。女御の御方にも、…童は、**青色**に、**蘇芳**《すはう》の汗衫、唐綾のうへの袴、衵は、**山吹**なる唐の綺を、おなじさまに整へたり。明石の御方のは、こと〳〵しからで、**紅梅**ふたり、**桜**ふたり、**青磁**のかぎりにて、衵、濃く薄く、うち目などえならで、着せ給へり。宮の御方にも、…童べの姿ばかりは、…**青丹**に、**柳**の汗衫、**葡萄染**の衵など、」（若菜下三―三四一～二頁）

これは、六条院における女楽に、紫上方、明石女御方、明石上方、女三宮方から出された童の服装の色合が描かれているその場面である。

歌合のそれを基準にしてみると、紫上方のは、赤色に桜を主体としており、正式な左方の色合と言えよう。それに相対するのが、明石女御方の、青色に蘇芳を主体としたもので、正式な右方である。この両者の左・右に付して、もう一つのグループとして、明石上方の、紅梅・桜の赤系統の左方に対して、女三宮方の、青丹・柳の青系統を主とした右方がある。正のグループ一組の左・右が紫上方・明石女御方。副のもう一組の左・右が明石上方・女三宮方、と言えそうである。

そして、これらの婦人方が光源氏を中心に一堂に会している場合の服装の色合が、

「宮の御方を、…**桜**の細長に、…女御の君は、…**紅梅**の御衣に…紫の上は、**葡萄染**《えびぞめ》にやあらむ、**色濃き**小袿、**薄蘇芳**《うすすはう》の細長に、…明石は、…**柳**の、織物の細長、**萌黄**《もえぎ》にやあらむ、小袿きて、…ことさらに卑下したれど、…高麗の**青**地の錦の、はしさしたるしとねに、まほにも居で、」（若采下三―三四六～七頁）

と描写されている。女三宮は、桜で赤系統。明石女御は、紅梅で赤系統。紫上は、葡萄染と薄蘇芳で、紫・赤系統であり、これらの人々は、いずれも左方の服色と言えよう。これに対して、明石上は、柳・萌黄で、はっきり右方の服色（「亭子院歌合」の右方の服色と同様）を示し、更にそれに加えて、しとねまでも、青地の錦と言う、青系統を主とした色合であって、完全に右方である。

五　光源氏をめぐる最も主要な女性方の評価

具体的に、最も光源氏にかかわりの深かった主役的な婦人が四人に絞られ、それが女楽を場として、各々の童の服装の色合をとおして、或はまた、各自のそれぞれの色合をとおして、この四人の婦人に対する評価が暗示されているようである。

すなわち、童達の服色をとおしては、正の一グループの左方で上位となっているのが紫上、副の一グループの左方で上位となっているのが明石上である。

そして、彼女等自身の服色からは、紫上をはじめとして、明石姫君、女三宮が左方の側であることが知られるが、これに相対して、右方となっているのが明石上である。紫上は、いずれの場でも、左方であり、その上、その筆頭とも言える地位に置かれている。明石姫君も同じく左方で、尊貴の地位におかれているが、それは紫上に属する形と言ってよい。しかし、身分をわきまえ、表面はあくまでもへりくだっているものの、紫上の左方の地位に相対立し、相競う場に位置したのが明石上であったことが、彼女一人右方として描かれていることによって示されているようである。

女三宮は左方に属しており、形の上からは、正妻として紫上を超える立場にあるものの、実質的には紫上に対立して競う相手とはなり得ないことが、この場面からもうかがえるようである。

『源氏物語』では、前にも述べたとおり、衣装と人とのかかわりがいかに深いかを、作者みずからが、登場人物の口をとおして語らせているようであって、さり気ない服の色合にも、作者の緻密な計算がなされており、個人の人物が、その時代に生々と息づいた人間として造型されるために、作品の内容の時代に即した服色を選び、更に、その時代の服色の示す意義を人物に託して描こうとする意図も、充分あったろうことがうかがえるのである。

小稿では、歌合、あるいはその他の行事における服色の、左方・右方のあり方をとおして、『源氏物語』の内容の時代を推測し、作者が、それをふまえて、登場人物に、これに拠った服の色合を着用させ、それぞれの人物の品定《しなさだめ》といったものを、それとなく暗示したのではないか。

とくに、これによって、光源氏をめぐる最も主要な女性方の、評価を示し、このことから、光源氏をめぐって、この主役達が、表面とは別に、心底ふかく人知れず競争意識をもやしていた、その対立意識の最たるものが、紫上と明石上であったろうことを、左方と右方の服色によって、作者がひそかに描き出しているのではないか。そうした推測も、服装の色合から考えることが可能ではないか、ということを、あくまでも一つの試みであるが、小稿でのべてみたのである。

注

(1) 歌合における一性格――赤色と青色と――（「和洋国文研究」第9号　昭和47・9）

(2) 赤色というのは、赤白橡と同じで、黄に赤味を加えた、一種の暗調を帯びた荘重な色と言われる。『延喜式』の縫殿寮の雑染用度の条には、「赤白橡綾一疋。綿紬糸紬。東絁亦同。黄櫨大九十斤。灰三石。茜大七斤。薪七百廿斤…」とある。

(3) 青色というのは、青白橡、山鳩色、麹塵と同じで、茶色がかった黄緑色と言われる。『延喜式』の縫殿寮の雑染用度の条には、「青白橡綾一疋。綿紬糸紬。東絁亦同。苅安草大九十六斤。紫草六斤。灰三石。薪八百四十斤。…」とある。
左が赤色を、右が青色を主体としていることは、注（1）の小論の表を御参照いただきたい。

(4) 注（1）の小論の注（45）の萩谷朴の説よる。

(5) 『和歌文学大辞典』（明治書院　昭和37・11）の「歌合」の項。

(6) 新村出『東亜語源志』（荻原星文館　昭和17・10）「左と右」の項。

(7) 小著『平安朝文学の色相』（笠間書院　昭和42・9）の付表を御参照願いたい。
(8) 「袍赤色。主上及一上卿内宴時服レ之」とある。
(9) 日本古典文学大系の『源氏物語　三』六八頁の頭注の補注。
(10) 注（9）と同書の、二〇六頁の注に、青い袍には葡萄染、赤い袍には蘇芳色の下襲とされているが、本文のとおりでよいのではないかと思われる。
(11) 引用したのは、（仮名日記乙）であるが、甲も丙もほぼ同様であり、（御記）も（殿上日記）も同様である。
(12) 左方のこの装幀を「世の常のよそひなり」と言っており、この絵合の行なわれた時代の当然の色合であるということから、一層、この物語の内容の時代が延喜・天暦頃であることが明らかになるようである。
(13) 「天徳内裏歌合」の（御記）による。
(14) 同、（仮名日記丙）による。
(15) 松尾聰『全釈源氏物語　五』（筑摩書房　昭和42・7）二七一頁
(16) 山田孝雄『源氏物語の音楽』（宝文館　昭和9・7）
(17) 注（1）の小稿を御参照いただきたい。

むらさき

平成二十年は、紫式部が、彼女の日記（『紫式部日記』）の寛弘五年（一〇〇八）の記事に、『源氏物語』を書いている、といったようなことを載せている、その年から千年にあたるというわけで、その記念ということもあり、さまざまな有意義な催しが行なわれたようである。

『源氏物語』は、各時代のさまざまな作品にとり上げられ、広く一般の人々にも読みつぎ、語りつがれてきたのは周知のことである。

その一例をあげてみると、『更級日記』に、「つく〴〵と見るに紫の物語に」、とあるのをはじめ、「幼けなかりし若紫の遥に念ふ行末」（『宴曲集』）、「若紫・紅葉ノ賀ナンド、次第〳〵ニヨク教ヘヲキケリ」（『沙石集』）、「……五十四帖の草子に作りて、源氏の名を賜びたり。」（『とはずがたり』）、「をよそ源氏に見えけるは、桐壺・帚木・若紫、……・葵の上。」（『假名草子集』）、「紫媛は源語著はして……」（『上田秋成集』）などがみえ、なお「……茄子の君、むらさき式部が娘かや。わかむらさきのゆかりにや」（『芭蕉評語』）などの例文もある。なお、現今では、世界的な作品として、内・外の人々をとわず、さかんに読みつがれていることは言うまでもない。

『源氏物語』では、

「秋の夕は、あながちなるゆかりも尋ねまほしき心も増り給ふなるべし。……手に摘みていつしかも見む**むらさき**の根にかよひける野辺の若草」（若紫一―二一二）

さらに、作中の人物として「かの、**紫**のゆかりたづねとり給ひては、そのうつくしみに、心入り給ひて、」（末摘花）のように、藤壺中宮と、そのかかわるものとして紫の上も紫草によって象徴されているようである。

紫草は、我国に自生し、古代には、生薬としても用いられ、その根は紫色の染料とされた。『万葉集』の、

「あかねさす**紫**野行き標野行き野守は見ずや君が袖振る」（1二〇）

の、額田王の作によっても、紫草は、標《しめ》を結《ゆ》い、野守《のもり》の見守る野に栽培されていることが知られる。

とくに、『正倉院文書』の天平九年（聖武天皇）の記事によると、

壹度蒔營**紫草**園、守一人、従三人、并四人二日、單捌人、上貳人、守従陸人、（天平九年）正倉院文書二―四三頁
壹度随府使撿挍**紫草**園、守一人、従三人、并四人一日、單肆人、上壹人、守従參人、（天平九年）同二―四三頁
壹度堀（ママ）**紫草根**、守一人、従三人、并四人二日、單捌人、上貳人、守従陸人、（天平九年）同二―四三頁

とあり、紫草園が設けられ、蒔き、生育の状況を検査し、その紫根を掘る等の方法が具体的に記録さ

れている。

　なお、『風土記』には、「郡より東北のかた十五里に当麻の郷あり。……野の土埆《や》せたれども、**紫艸**《むらさき》生ふ。」(常陸国行方郡)、また、「幡咋山　郡家の正南五十二里なり。**紫草**あり。」や、「城紐野　郡家の正南一十里なり。**紫草**少少しくあり。」(出雲国仁多郡)などと、紫草について記述されている。

　とくに『延喜式』には「交易雑物」の項などに、他の品物とともに、紫草が甲斐、相模、武蔵、下総、常陸、信濃、上野、下野、出雲、石見、土佐、等の国々より納められ、「**紫草**四千五百斤。就中野草一千七百斤。……右太宰府所レ進」などによると、「野草……」が特別に記載されていることからも、進上されるのは栽培されていた紫草であろうことがうかがえる。

『更級日記』の「今は武蔵国になりぬ。……**むらさき**生ふと聞く野も、蘆おぎのみ高く生いて、」によれば、作者の行った当時には、もう野生はみられなくなっていたのかもしれない。

　このような紫草の根から、紫色が染め上げられ　万葉人が「**紫**は灰指すものぞ　海石榴《つば》市の……」(12―三一〇一)と椿の木の灰を媒染剤にすることを歌っているが、『延喜式』の雑染用度の項には、例えば「**浅紫**綾一疋。**紫草**五斤。酢二升。灰五斗。薪六十斤。」のように、詳細に染法が記載されている。

　紫は、上代の『令』に「凡服色。**白**。**黄丹**《わうたん》。**紫**。**蘇方**《すはう》。……**橡墨**《つるばみ》。如レ此之属。当色以下。各兼得レ服之。」(衣服令第十九)とあり、天皇の白、皇太子の黄丹、その次に紫が記載されている。この服制によると、三位以上の位袍の色とされ、平安時代の一条天皇のなかば頃まで継承されていたようである。

　一条朝には、『枕草子』に「**白樫**《しらかし》といふものは、……三位・二位のうへの衣染《きぬ》むるをりばかりこそ、葉をだに人の見るめれば。」(四〇段「花の木ならぬは」)とあり、白樫は黒色に染まるので、袍の色が黒になったことが、推定される。

とくに、『源氏物語』でも「……求子はつる末に、わかやかなる上達部は、……匂ひもなく**黒き**上のきぬに、……」（若菜下）と、上達部たちの袍を「黒き」と描き、この場の現実では紫ではなくなっている。しかし、夕霧は、雲井雁の大夫の乳母に「六位宿世」と言われ、つらかったことを思い出して、「**あさみどり**若葉の菊を露にても**濃き紫**の色とかけきや」（藤裏葉）と、和歌の中では、中納言（三位以上で、上達部）になったことを濃き紫と詠じている。和歌の中と、現実の夕霧と上達部と、紫と黒と、同じ身分であるのに異なっている。

紫は、

「思ひきや君が衣をぬぎかへて**濃き紫**の色を着むとは」（『後撰集』一一一一）

「**紫**も**あけ**も**緑**もうれしきは春のはじめにきたるなりけり」（『後拾遺集』一六）

「九重や玉敷く庭に**むらさき**の袖をつらぬる千世の初はる」（『風雅集』二）

など、和歌には必ず位袍の色としてよまれている。夕霧の場合も和歌である。

位色が紫から黒に変わり、以降それは時代を下っても変化はないであろうが、勅撰和歌集はもとより、和歌には絶対に黒の袍は詠まれていないと言ってよい。

日本に自生し、古来大切に栽培された紫草から生まれた紫、それは、上位の身分の袍をあらわす尊貴な色として、和歌という伝統の世界に、上代、中古、そして中世と生き続けたのである。

『源氏物語』の色

一　平安時代の色

㈠『源氏物語』が生まれた平安時代には、周知のように、政治の実権を握り世を支配した上流階級の人びとの多くが、学問・教養が高く、趣味も高尚で、とくに世襲の財産がある上に、さらに、加えて莫大な年収もあり、優雅で豪奢な暮しを楽しむことができたようである。

㈡彼等の生活で中心となる、まず「住」は、主に寝殿造で、庭園には、築《つき》山・池・中島を配し、遣《やり》水を流し、そこには、四季折々にふさわしい樹木・草花を植える、といったように、自然の美しい佇《たたずまい》をそのまま取り入れ、居ながら鑑賞できるように設計したようである。

一例であるが、藤原道長の私邸の土御門殿の秋の光景が、

「山の**紅葉**数を盡し、中島の松に懸れる蔦の色を見れば、**紅**《くれなゐ》・**蘇芳**《すはう》の濃き薄き、**青う黄**なるなど、さま〱の色のつやめきたる裂帛《さいで》などを作りたるやうに見ゆるぞ、よにめでたき。池の上に同じ色〱さま〱の（**もみぢの**）**錦**うつりて、水のけざやかに見えていみじうめでたきに」（『栄花物

語』上二二五頁）

と描かれ、この多彩な景勝を、実に素晴らしい美しさであると賛嘆している。

さらに「衣」についてみると、表向のいわゆる十二単は、裳、唐衣、表着、打衣、衣《きぬ》（袿《うちぎ》）（三、五領から二十領も重ねることがある）、單《ひとえ》、打袴などを着用し、袖口や褄などから、その重なった色合が順に見えるように仕立てられたようである。

当時は行事・儀式が頻繁に行なわれ、その際、打出《うちいで》（袖と褄の両方）、押出《おしいで》（袖だけ）などのように、三間（柱と柱の間が一間）、七間などにかけて、簾《みす》の下から、袖口や褄を室外にも見えるように出して、大勢の女房たちが居並んだようで、それら種々の服色の美しさは目を見張るばかりであったという。

㈢　上流の人たちは、壁代《かべしろ》、几帳の帷《かたびら》、打敷《うちしき》、さらに布ばかりでなく、懐紙や文《ふみ》の料紙などにも様々な色を使い、多彩な美的生活を送ったようであるが、何といっても色の粋《すい》を集めたのが衣装であった。

服色には、①二、三種の染料を使った交《まぜ》（混）染《ぞめ》の色、例えば、即位の際の、天皇の黄櫨染《こうろぜん》の、櫨《はじ》の黄の下染に蘇芳《すおう》または紫草の根を上掛けした黄褐色。②経《たて》と緯《よこ》の二色の糸で織った織色《おりいろ》、例えば、水色《みずいろ》の、経糸青、緯糸白の、水のような色。③表の裂《きれ》と裏の裂のそれぞれの色を合せた（また、数枚の色の衣を重ねた）襲《かさね》（重）の色、例えば、藤襲《ふじがさね》の、表薄紫、裏青の、青味のある紫の色合。④一色の場合も、例えば、濃《こ》き、薄《うす》き、といった濃・淡、また、所々に濃い部分、薄い部分がある、むら濃《ご》、上を薄く下を濃くぼかす末濃《すそご》、などの、同色の濃度の違いによる色合。襲の、下から上の衣へと順に同色の薄い色から濃い色へと重ねていく（また、この逆の場合も）匂《におい》、さらに、この一種で下の二着を白にする薄様《うすよう》などがある。

このように、実に微妙で繊細な、ほのかな余情あふれる色調が平安の色の特性であったようである。

とくに、平安に新しく生まれた襲は、前記のような自然を賞翫する貴族たちの心情が、衣服の色に結晶されたものといってよい。というのは、ほとんどの襲が、野山や庭園を彩る草木の、花・葉・実・幹などの色を真似て製作された相似の色合であり、さらにその上、見本にした元《もと》の植物の名をそのまとって襲の名称にしているからである。

春の魁《さきがけ》の紫紅色の紅梅を真似た、表が紅《くれない》、裏が紫の襲が紅梅《こうばい》。晩秋に熟して落ちた暗い赤褐色の栗を模倣した、表が濃い蘇芳《すおう》、裏が香《こう》の襲が落栗《おちぐり》。そして、例えば、前記の土御門殿のような、秋を彩る紅葉を真似た襲が、紅葉（表赤色《あかいろ》、裏濃き赤色）、初紅葉《はつもみじ》（表萌黄《もえぎ》、裏薄萌黄或は青）、青紅葉《あおもみじ》（表青、裏朽葉《くちば》）、黄紅葉《きもみじ》（表黄或は萌黄、裏蘇芳）、楓紅葉《かえでもみじ》（裏薄青、裏黄或は薄黄）、櫨紅葉《はじもみじ》（表蘇芳、裏黄或は萌黄）、というように。

そして、桜花爛漫の候には、桜《さくら》襲を、蕭條《しょうじょう》とした冬には、枯色《かれいろ》や枯野《かれの》襲を、と季節の推移と共に変わっていく風物の彩りに合せた衣装の色合を着用したのであった。

(四)　衣装は、晴《はれ》の場はいうまでもなく、褻《け》（通常）でさえも、前述のように幾枚も重ねることが多く、褄などは、様々な色の紙を厚く綴じたノートの切口のように見える程であったという。

(1)その一例であるが、

「**桜襲**《さくらがさね》を、例のさまのおなじ色にはあらで、**樺桜**《かばざくら》の、裏ひとへいと濃きよろしき、いと薄き**青き**が、又こくうすく**水色**なるを下にかさねて、中に、**花桜**《はなざくら》の、こく、よきほどに、いとうすきと、みな三重にて、五重づゝ三襲に重ねて、**紅**のうちたる**葡萄染**《えびぞめ》の織物、五重の袿に、**柳**の、やがてその枝を二重紋に織りうかべたる、五重の小袿なめり、……唐の綾の地摺の裳を、気色ばかりひきかけたるは、……」（『夜の寝覚』二〇五頁）

と、この物語の女主人公の寝覚《ねざめ》の上《うえ》が着用している衣装が詳しく描かれている。今日の我々が、これを読んでも理解できない程の複雑さであり、作者自身も、「夜目にはなにとも見えず、薄様をよく重ねたらんやうに見えて」と述べている。つまり、衣服の重なりは、様々の色に染めた薄い和紙を、上手に沢山重ねたように見えるというのである。

これを、「**樺《かば》桜**の裏一重が濃**紅色**でなかなかいいの（表は不明、これが一番上）ごく薄い**青**に又濃いのや薄いので**水色**《みづいろ》（これが一番下）以上二者の中間に、**花桜**《はなざくら》（紅の濃淡三段重ねらしい）の、1、濃いの、2、ちょうど適当な色合、3、淡いの、と三重になっていて、それに先の一番上と一番下とを加えて合計五重を三段重ねて、単衣は**紅**の打ったの、更に**葡萄染**《えびぞめ》の織物の五重の袿（これが表着になりそうなものだが）、小袿が柳の枝を織り出した**柳かさね**の五重といったところか(1)」というように解釈されているが、専門家でも一体これらの服をどのように重ね着《ぎ》しているのか、明らかにはできないようである。

これらの、桜襲《さくらかさね》、樺桜《かばざくら》、花桜《はなざくら》、紅《くれない》、葡萄染《えびぞめ》、柳《やなぎ》、水色《みずいろ》などは(2)、いずれも平安を代表する色といってよい。また、濃《こ》し、薄《うす》（淡）し、よきほど、などの濃淡や、さらに、三重《みえ》、五重《いつえ》、三襲《みかさね》など、幾枚も重ねることも平安の特徴である。

このような、実に多種多様の色合から王朝の典雅優麗な美が醸成され、こうした色を装《よそお》うことによって、例えば、この寝覚の上のような、見る目もまばゆいというのは、こういう人のことを言うのだな、と、垣間見《かいまみ》ている帝《みかど》が称賛し、美しく照り耀く点では楊貴妃も及ばなかったろうとまで感じられる程の、美を極めた人物が造型されたのである。ただ、これはフィクションであるから、とも考えられるが、実際においても同様であったようである。

(2)この実例を一つ『栄花物語』の中からあげてみよう。

皇太后宮（藤原道長の女妍子《けんし》、三条天皇の后）主催の大饗《たいきょう》の折、女房達は、柳《やなぎ》、桜《さくら》、山吹《やまぶき》、紅梅《こうばい》、萌黄《もえぎ》などの、春（正月二十二〜三日にかけての宴。旧暦では春）の風物の彩りを真似た襲の中から、一人が三種ずつを選び、それを十八枚から二十枚も重ね、その上に唐衣、裳、下には小袖や單《ひとえ》や袴を着たので、褄の厚さは一尺余にもなり、袖口は小さな丸火鉢を据えたように見える程であった。室外の几帳の帷《とばり》も同じの、紅梅《こうばい》、桜《さくら》、萌黄《もえぎ》などの末濃《すそご》であった。

さらに、室外の簀子《すのこ》には、列席した公卿達が、下襲《したかさね》（正式の服の一部、尻から後に長く引く裾《きょ》がつき、上級の身分の人ほど長く、最下級の人でも等身丈《たけ》）の裾の部分を「高欄にうちかけつゝ居させ給へり。**葡**《え》**萄染**《びぞめ》や**掻練**《かいねり》や、**柳**《やなぎ》、**桜**《さくら》、**紅梅**《こうばい》の襲」などであった（『栄花物語』下一七六・一七七頁）と詳しく描写されており、これらの色がつくり上げる晴《はれ》の場《ば》の情景は、輝き照り渡る程、大層趣深く美しかった、と絶賛している。

この、初春の季節の庭園の草木に似た襲の色などを、室内の調度にも、女房達の褄や袖口にも、高位高官の下襲にも用い、すべてが、渾然一体となった色調から生まれる耀くばかりの絢爛とした、そして何とも言えぬほどの典雅な雰囲気は、現代の我々が想像するだけでも夢見心地に誘われるようである。

二　『源氏物語』の色

㈠　平安は、前記のように、多くの優れた染色、織色はもとより、さらに、新しい襲の色（文学作品にみられるだけでも一三〇余種。[3]『山科家説色目』には二〇〇余種）が加わり、まさに、〝色の黄金時代〟と呼ぶにふさわしい。

㈡　このような多様をきわめた当時の色を、紫式部は、『源氏物語』にどのように形象しようとしたのであろうか。
(1)この物語には、総勢四三十余人が登場するといわれ[4]、様々な個性の人物が作品を構成しているといってもよさそうである。
そして、作者は、「むかし物語にも、人の御装束をこそは、まづいひためれ」（末摘花一―二五七頁）のように、昔の物語でも作中人物については、まっ先に衣装から語りはじめているようだ、と述べている。
(2)さらに、その衣装のことは、小著[5]に述べたので詳細は略すが、光源氏がごく身近な女性たちに、年末に、正月に着る晴着を贈る場面（玉鬘二―三七〇～三七二頁）での、彼と紫上との会話をとおして、衣装の色は、容姿は言うまでもないが、もっと内面的な、心情・性格などをもすべて含めた人物全体、いわば人間性を表わすものであるという、作者の服色哲学ともいえるものが汲みとられるのである。
源氏は、暮れに、六條院や二條院に住む婦人方に、それぞれ衣装を贈った後、年賀の挨拶かたがた尋ねるが、それらの衣装が思ったとおり、どの相手にもよく似合っており、めいめいの人がらをそのまま表わしていることに満足する。（初音二―三八〇～三八八頁）
(3)しかし、末摘花訪問の際には、贈った色合が、彼女にいかにも不調和で醜いと感じたのを、これは、「……着なし給へる人からなるべし」（初音二―三八五頁）、彼女の人がらによるものだと評している。これらについても小著[6]を御覧いただきたいが、作者は、衣装の色合は、その内・外面すべてを含めて、着る人の人がら如何によって、美しくも醜くも、どのようにも見えるものである、いわば、〝服色は人なり〟ともいえることを示そうとしているようである。
『源氏物語』では、衣装の色は、作中人物の、単に容姿などの外面を絵画的に表現するためのものではなく、このように、内面をも暗示するためのもの、端的にいえば、全人間像を象徴する役割の一端を持たせたものといえるのである。[7]

㈢　以下は、すでに小著、小論で述べている部分も多いので、ここでは要約するに止めるが、『源氏物語』に登場する主要な人物ともなれば、いずれも上流の人たちであり、絢爛とした様々の服色で身を飾り、目もあやな姿を見せるもの、と予想されるであろう。

⑴しかし、それに反し、これらの華麗な色ではなく、白《しろ》、黒《くろ》に類する色（墨染《すみぞめ》や鈍色《にび》）、それを着用することによって、その美しさが、一層強く発揮される、と作者はいうのである。

一、二例をあげてみよう。

まず、白《しろ》は、例えば、葵上《あおいのうえ》について、

「**白き**御衣に、色あひ、いと花やかにて、御髪、いと長う、こちたきを、引き結ひて、うちそへたるも、「かうでこそ、らうたげに、なまめきたる方そひて、をかしかりけれ」と見ゆ」（葵一—三三三頁）

とあるように、お産による病、そのために白い衣である彼女の姿を描き、これであるからこそ、平常の折の端麗な美しさに、さらに可愛らしさ、あでやかさが加わり、一層美しい、と誉め、やがて死の床に横たわる葵上に対して、源氏は、「としごろ、何事を、飽かぬ事ありて、思ひつらむ」（同三三八頁）、つまり、これまで一体何を不足に思ったのだろうか、と不思議な程までに彼女をみつめずにはいられなかったという。はなやかな色合の場合より、ただ白一色の衣服の葵上に、これまで見られなかった真の美しさを、そして、それをとおして、夫としてはじめての彼女への深い愛情を感じたというのである。

また、紫上《むらさきのうえ》についてであるが、「日頃、咲き匂う**桜花**にもなぞらえられる」程の（野分三―四六頁）無類の美しさもさることながら、女性の理想像とさえ称えられる彼女が、病に臥し、やがて死を迎えた、その折の白の病衣、黒髪、真白な顔をとおして、紫上という女人に、あらためて「あかぬ所なし」「たぐひなき」（御法四―一八五頁）という、生前の人間美を超えた、世を絶する極致の美を見出しているのである。(8)

そして、柏木《かしわぎ》についても、臨終の場で、「**白**《しろ》**き**衣どもの、なつかしうなよゝかなるを、あまた重ねて…」（柏木四―三一頁）という姿で、息も絶え絶えに親友の夕霧《ゆうぎり》にものを言う、その有様を、夕霧は、「常の御かたちよりも、中〳〵まさりてなん、見え給ふ」（柏木四―三一頁）と、彼に語りかけており、この病中の方が、却って普段のあなたより美しさがまさって見えると誉め励ましている。

次に、黒い墨染や、うすい黒にグレーをおびた鈍《にび》色の場合も、また白と同様といってよい。例えば、玉鬘《たまかずら》について、「うすき**鈍色**《にびいろ》の御衣」（藤袴三―一〇〇頁）という姿を描き、この鈍色であることによって、彼女が一段と引立てられ、とくに華やかな美しさが増して見える、というのである。

同じ場面での夕霧についても、「**おなじ色**の、いま少しこまやかなる直衣姿にて」（同頁）という濃い鈍色姿を描き、これによって、大層優雅で綺麗であると賞賛している。

また、朱雀院《すじゃくいん》について、女三宮を見舞われた折の、その出家姿が描かれているが、表立った御法衣ではなく、「**墨染**《すみぞめ》の御姿」（柏木四―二三頁）であるのが、いかにも願わしい程綺麗であるにつけ、源氏はこの世を捨てた兄の院が羨しいと思ったというのである。

さらに、宇治十帖の、薫《かおる》についても、御叔父の服《ぶく》で「**薄鈍**《うすにび》なるも……」（蜻蛉五―二九〇頁）という姿であるのを、「いとゞ、なまめかしき事まさり給へり」とあり、少し痩せたことも加わって、以前より一段とあでやかな優美さがまさった、と誉めている。

また、後に薫に嫁す女二宮が、御母藤壺女御の喪で、「**黒き**御衣」（宿木五―三四頁）にやつれているのが、「いとゞ、らうたげに、あてなる気色、まさり給へり」とあるように、大層、愛らしく気品の高い様子が平常よりまさって見えると評している。

とくに、「かうこそは、あらまほしけれ」（椎本四―三四四頁）と思われるほどの理想的な女性として、薫に評価されている宇治の大君《おおいきみ》を、御父八宮《はちのみや》亡き後、「**黒き**袷一かさね」（椎本四―三七七頁）、「何心もなくやつれ給へる**墨染**の火かげを……」（総角四―三九一頁）、「**墨染**の、今更に……」（同頁）といった、墨染の喪服、その後も、「月ごろ、**黒く**ならはしたる御すがた、うす**鈍**にて」（同三九七頁）とあるような薄い鈍色《にびいろ》、これらの服色で描いている。

そして、「女一の宮も、かうざまにぞおはすべき」と薫が憧れを抱く明石中宮腹の皇女、女一の宮にも比すべき、妹の中君《なかのきみ》よりも、さらに、大君は、「いま少し、あてに、なまめかしさまさりたり」、また「け高う、心にくきけはひ添ひて見ゆ」（椎本四―三七六、三七七頁）とあるように、高雅で優艶さがまさり、気品の高い、奥床しい風情が添って見えるという、ひたすらほめられる、それ程の大君の素晴らしさが、「**黒き**袷一かさね」に中君と同じような萱草《かんぞう》色の袴姿（椎本四―三七七頁）によって表現されているのである。

この大君は、

「**白き**御衣に、髪はけづることもし給はで……」（総角四―四四九頁）
「色あひも変らず、**白**う美しげに、なよ〳〵として、**白き**御衣どもの、……」（総角四―四六一頁）

と、白一色の衣でも描かれており、病床のこの姿は、限りない程高貴で、こうした姿のため一層優雅さが増して、額や眉のあたりなど、情趣を知る人にこそ見せたい程である、とか、また、「限りなうもてなしさまよふ人にも、多うまさりて、こまかに、見るまゝに、たましひも、しづまらん方なし。」（同頁）とあるように、際限ない程、飾り立ててうき身をやつしている人達にもはるかにまさって、恋い慕う情を鎮める方法もない程の美しさだと、薫に感じさせているのである。この後、間もなく現世を離れ死に旅立つが、まったく欠ける点のない美しさで、思い鎮める手だてもない程なので、一途に火葬にしてしまいたい、と薫は思ったという。

三　光源氏の究極の白—黒の服色

多くは薫をとおしてではあるが、これ程の無欠とも言える大君の人間としての美しさは、これらにみられる、墨染や白によって形象された像から生まれるものであったとさえ、言えるようである。

この物語の主人公光源氏こそ、儀式に行事に、さまざまの遊宴に、そして宮中に、また多くの高貴な女人のもとに、日ごと、思いのままの豪奢、華麗な色に身を装って登場し、その優艶典雅な美しさに人びとは魅了されたであろう、と考えられるが、これも小稿(9)に述べたので詳しくは略すが、彼についても、その美しさが一層発揮されるのは、例えば、鈍色の下襲などの姿を、

「花やかなる御よそひよりも、なまめかしさ、まさり給へり」（葵一―三五五頁）

とあるように、色合の華やかな衣装よりも、実は喪服の、墨染、鈍色、あるいは色もない藤衣《ふじごろも》を着けた場合であったというのである。

そして、平常の折は、しばしば白《しろ》を着用した姿（帚木一―六二頁、須磨二―四〇頁、藤裏葉三―一九四頁

など）が、高雅であったり、艶麗であったり、その美しさは言葉にはつくせぬ程の、何かおそろしく感じられる程であった、とまで絶賛している。

他論でもとり上げた例であるが、ことに、源氏が、準太上天皇という最も尊貴な身分に昇進し、年令も不惑を越え、人格も円熟・完成された年代の容姿が、庭園に残る雪、さらに散り添う雪、真白な梅花、そして女三宮への消息の料紙の白、その文付枝の白梅、といった白一色の場を背景にした、「白き御衣ども着給ひて」（若菜上三―二五三頁）であり、これによって、いかにも若々しくなまめかしく美しく感じられたというのである。

つまり、完璧ともいえる人間光君の理想像が、衣装の白一色によって造型されているのであり、この後、ついに、源氏の衣装の色は描かれることはないのである。

作者は、極言すれば、光源氏の完全無欠とも言える程の人格、そして比類のない程の容姿の美、この内面・外面が一体となった人間像の輝きは、黒・そして白の衣によってこそ発揮されるということを強調しているようにさえ考えられる。

㈣　王朝の栄耀を極めた後宮に仕え、さまざまな色が醸成する美の枠が凝集されたような世界に身をおきながら、式部は、その豪華絢爛とした多彩な色のすべてを排除し、さらにそれを超えた無彩色の、黒―白によってこそ、光君をはじめ、優れた人びとの究極の美が、そして、それをとおして、真の人間性が形象する力が秘められている、と考えたように推測される。

作中人物は、まず衣装から描かれるものであり、その服色は人がらと一体のもの、つきつめて言えば、全人間像の象徴でもある、という式部の哲学からすれば、人の死に、あるいは自身の死に、関わる場に臨んで、濁世のあらゆる虚飾を捨てて、究極の真《まこと》を希求しようとする念願に到達した人間の本性は、現世の假の彩りである、あらゆる色を捨象し、かつ、これ等の色を超えた次元の彩りの無い色、白―黒の服色によって象徴し得る、という考えに達したと言えるのではないだろうか。

詳しくは小稿を御参照いただきたいが、これは、冷たく醒めた目で現実の世界を凝視し続けたであろう源氏物語作者紫式部の、その生きざまそのものから生じた理念の具現ではなかったか、と推察されるのである。[11]

注

(1) 関根慶子・小松登美共著『増訂　寝覚物語全釈』（学燈社　昭和47・9）三七六〜三七七頁

(2) 小著『日本文学色彩用語集成―中古―』（笠間書院　昭和52・4）の「色彩用語解説」を御参照いただきたい。以下の色も同様。

(3) 小著『平安朝の文学と色彩』（中央公論社　昭和57・11）二六頁

(4) 岡一男『古典逍遙―文芸学試論―』（笠間書院　昭和46・4）三九四頁

(5) 注（3）と同書　一四二〜一五二頁

(6) 注（3）と同書　一五二〜一六一頁

(7) 小論『王朝物語の色彩表現―源氏物語を中心に―』（『日本人の表現』笠間書院　昭和53・10）所収　注（3）と同書　一六一〜一八三頁

(8) 小論「源氏物語の美―死にかかわる描写をとおして―」（「語文」第四十六輯　昭和53・12）

(9) 小論「光源氏の一面―その服色の象徴するもの―」（「日本文学研究」第十七号　昭和56・11）注（3）と同書　一六九〜一七六頁

(10) 藤蔓の繊維で製した粗末な衣、喪服

(11) 小論「宇治の大君」（『源氏物語の探求　第八輯』風間書房　昭和58・6）所収

このごろ摘み出だしたる花して、
はかなく染め出で給へる、
いと、あらまほしき色したり。

「ひんがしの御かたへ、これよりぞ、わたらせ給ふ。……御直衣を、花文綾を、**このごろ摘み出だしたる花**して、はかなく染め出で給へる、いと、あらまほしき色したり。」（野分三―五九・六〇頁）

これは、『源氏物語』の中で、野分で荒れたあとを、源氏が見舞ながら寄った花散里方の住居の描写で、八月の朝寒《あさざむ》になった急ぎに、花散里の前で、仕えている老女や、若い侍女たちが裁縫をしたり、さまざまな美しい染物を、ひろげたりしている一場面である。

この中の、「御直衣を……」の一節を、管見に及んだ範囲の注釈書でみると、

「○月草《細》の事也。鴨頭草《あふとうさう》也。○此頃《花》の花とは鴨頭草をいふ。夏のなほし花田にそむる故也。はかなく染めたるとは、うすうすと染めたる也。」（『湖月抄』中五〇一頁）

とあり、その他、与謝野晶子『新訳源氏物語　中』（明治四五）、佐成謙太郎『対訳源氏物語　三』（明治書院　昭和二六）、谷崎潤一郎『潤一郎訳源氏物語　巻四』（中央公論社　昭和三五）、『新潮日本古典集成　源氏物語　四』（新潮社　昭和五四）など、いずれも、近頃摘み取ってきた鴨頭草《おうとう》（露草）で染めた縹色である、と記している。

ただ日本古典文学大系本の『源氏物語』では、「最近摘み取った**青花**（つゆ草）や**赤花**（べに花）で、花散里がちょっと薄く染め出しなされた色（**二藍**《ふたあゐ》）は、大層申分のない色をしている」（野分三―六〇頁頭注）とあり、さらに、補注には、

「この花は、赤花即ち「**べに花**」と、青花即ち「**つゆ草**のはな」をさしているのであろう。その二つの色で染めると**二藍**になる。……今は秋であるから、源氏のお召料として、花散里が**縹色**《はなだ》に染めるはずはない。……ただ「花染」と言えば**露草の花**で染めたものを称した。」（野分補注三―四二五頁）

とあり、べに花とつゆ草の花で染めた二藍であるとされている。

なお、玉上琢弥『源氏物語評釈　第五巻』（角川書店　昭和四〇）には、「（殿の）御直衣《のうし》は花文綾を、このごろ摘んできた花でさらりと染めあげなさったのがとてもみごとな色をしている。」とあり、何の花を染料としたのか、どのような色合であるのかはふれられていない。

以上の、これらの注釈による、染料・色合について、次に、染色の方面から調べてみたい。

まず、鴨頭草の花（露草）の染めについては、上村六郎『万葉染色考』（古今書院　昭五）、前田千寸『日本色彩文化史』（岩波書店　昭三五）、長崎盛輝『色の日本史』（淡交社　昭和四九）、その他いずれも、初

夏─秋季にかけて咲く花の、青い花汁をしぼって摺り染めする、とある。普通、花の搾汁を一旦紙に浸し、それを乾燥させて保存し、用のある時これを水に溶かして使う。いわば、花の液汁を摺りつけて色を出すので本当の浸染ではない。従って、布の表面に附着しているだけで水に濡れると布の表面から流れ落ちて色が消えてしまう、というように説明されている。

そして、花田（縹）というのは、もと鴨頭草の花の汁で着色したことから名付けられたものであるが、前記のような性格で実用にならない。私の調査では、すでに『延喜式』の縫殿寮の雑染用度の条に「**深縹**《はなだ》綾一疋**藍**《あゐ》十囲薪六十斤……」とあり（中縹も浅縹も量は異なるが染料は同じ）、藍の単一染を称するようになっている。

さらに、二藍については、『胡曹抄』、『西三条装束抄』、『三条家装束抄』、『桃花蘂葉』、『装束色彙』、あるいは『装束集成』などを典拠として、『色名大辞典』（創元社　昭和二九）や、長崎盛輝「日本の伝統色その色調と色名」（「染織春秋」九七号）などに、赤花即ち呉藍《くれない》（紅花）と青花即ち青藍とによる交染で、両者の藍という語をとって二藍と称した、と記されている。これは紫に近い色相である。

このような、諸家の説によると、染色の方から見ると、鴨頭草（露草）では、青い汁を布に附着させるにすぎず、本当の染色にはならない。花田は鴨頭草が材料であるが、実用としては藍染であること。こうしたことが言えるようであり、『湖月抄』以下の注釈もいかがかと思われる。また、二藍は紅花と藍の交染であり、鴨頭草のように浸染もできず、水で消え去るようなものを使うことはまったく不可能である。従って、実際面からは古典大系本の注釈には従えないように考えられる。

さらに、また、花田については、『源氏物語』に、縹の帯（紅葉賀一─二九九頁）や、花散里の正月の衣装（玉鬘二─三七一頁）などとして描かれ、『宇津保物語』にも、すでにこの色の直衣や袿、細長の着用が記されている。

このごろ摘み出だしたる花して、はかなく染め出で給へる、いと、あらまほしき色したり。

二藍の色については軒端荻の小袿だつ物、源氏の帯、童の羅の汗衫、薫（幼児の時の）の直衣などが見え、藤花宴の際「「非参議のほど、何となき若人こそ、**二藍**《ふたあゐ》はよけれ。ひきつくろはむや」とて、」（藤裏葉三—一八七頁）などとある。『宇津保』・『狭衣』・『夜の寝覚』、『堤中納言』等の物語、『かげろふ日記』等、多くの作品に男女の服色として描かれている。

『栄花物語』によれば、五月の、俊家の中将、通基の四位侍従、資綱の少将等の人々の直衣姿が二藍である。『枕草子』には指貫や直衣の色として、夏着用の場面が多く、「指貫は……夏は**二藍**」（二八一段三〇一頁）、「下襲は……夏は**二藍**」（二八四段三〇二頁）とあり、いずれも主として、夏季着用がよいとされているようであり、「**二藍**……夏季苦熱の頃の服色」（『日本色彩文化史』一九六〇年　岩波書店　二五九頁）とある。

これらを見ても、大系本の後注の説が、縹色は夏着用する色、また、二藍は秋着用する色とあるが、そうとも言えないようである。

なお、『源氏物語』に

「袖の、……川霧に濡れて、御衣の**くれなゐ**なるに、御直衣の**花**の、おどろ〱しく移りたるを」（東屋五—一九三頁）

という、九月に、薫が浮舟を宇治にうつす場面に「花」という色が見られ、これは『枕草子』にも、

「**はな**もかへりぬれなどしたる、**薄色**《うす》の宿直物を着て」（二〇〇段二四四頁）

という、「野分のまたの日こそ」の段の例があり、『大鏡』にも

「御なほしのうらの**はな**なりければ、かへりていとまだらになりて侍りしに……」（一八三頁）

という、雪に濡れる場面に「花」が見え、いずれも、濡れると色が落ちる様子が描かれている。

この「花」というのは、「はな」（はな染）と称するものであり、一つは、あかはなで紅花を染料とするもの、もう一つは鴨頭草の花を材料とするものである。従って、この場面の色の有様を見ると、鴨頭草の花と同じような性質の色のようなので、鴨頭草の花の方が着用されたのかもしれない。しかし、「花」も結局、鴨頭草の花による青い色に似た色合を称するようになり、藍によって染められるようになったと言えるようである。

このように見てくると、「**このごろ摘み出したる花**」というのが、鴨頭草（露草）の花であり、その色が花田であるという注釈も、花田は藍染であるので誤であるし（花田色と言うのなら誤とは言えないが）、さらに、鴨頭草が浸染も不可能な、水でさえも消えてしまうようなものであるのに、王朝の染色術の発達した当時、染料も外来の物なども豊富にあり、とくに、上流の人々が高価な布の染料として、このような原始的な材料を使うことも疑問であるし、その上、紅花と露草の花とを材料にして二藍に染めるということなど、染法から言って不可能なことのようである。

結局、この一節は、花が何の花か、染め出された色が何であるか、「これ」と決定することはむつかしいのではないか、ということを、あくまでも、現時点（昭和54年6月）で染色の実際上の面を参考にしてのべさせていただいたまでのことである。

　このごろ摘み出だしたる花して、はかなく染め出で給へる、いと、あらまほしき色したり。

『源氏物語』と色――その一端

二〇〇八年は、『紫式部日記』に、寛弘五年十一月一日の「わかむらさきやさぶらふ」「源氏にかかるべき人見え給はぬに」や、その後の彰子中宮の内裏還御の前の冊子つくりなどの、『源氏物語』に関する記事があることから、それが、丁度、この物語著作年代の千年に当るというので、我国はもとより、海外でも、千年紀の行事が盛んに催されたようである。

一　紫式部の自画像

紫式部は、日記に、敦良親王の誕生後の五十日目の祝儀に奉仕する女房達が「いづれとなく盡したる」という晴の装束であった、と記し、式部自身の服装を、

「二の宮の御五十日は、正月十五日、……**紅梅**《こうばい》(1)に**萌黄**《もえぎ》(2)、**柳**(3)の唐衣、裳の摺目などいまめかしければ、取りも代へつべくぞわかやかなる。」（紫式部日記五〇六・五〇七頁）

のように、紅梅の重袿に萌黄の表着、柳の唐衣、それに摺り裳、その摺目などが派手なので、小少将

の君の、桜の織物の袿、赤色の唐衣、例の摺目の衣装、と取りかえたいくらい若つくりになった、と記している。これらの衣装による式部の、カラーの自画像をとおして、その姿が鮮明にうかび、寛弘七年正月の式部が、千年余をへてよみがえり、只今、現実に会っているような錯覚を私はおぼえている。

二 「人から」と服色

『源氏物語』に、式部は、

「着給へる物どもをさへ、いひたつるも、物さがなきやうなれど、むかし物語にも、人の御装束をこそは、まづいひためれ。」（末摘花一―二五七頁）

と、物語に登場する人物の描写は、まず衣装からと言うような意をのべている。

とくに、光源氏の邸宅（六條院、二條院）に住む最も身近な女の方達に、正月に着用する新しい衣装を贈る、その暮《くれ》の衣配りの場面で、

「「着給はん人の御かたちに、思ひよそへつゝ、たてまつれ給へかし。着たる物の、人ざまに似ぬは、ひが〳〵しうもありかし」…」（玉鬘二―三七〇・三七一頁）

と紫の上が言い、それに対して源氏が「「つれなくて、人のかたち推しはからんの御心なめりな」…」という。

衣服の模様や色合は、着る方達の容姿を考えあわせて、それに合うように選んでお贈りなさい、人柄に調和しないのは見苦しいから、という紫の上に、源氏は、何も知らない風をしていて、柄《がら》や色から、それぞれの人たちの顔かたちを推測するのですね、と言う。小著に詳しいが、[6]この男・女主人公の会話から、極言すれば、人と衣装の色合は一体である、ということが推察されるようである。暮に衣装を贈った人達への、正月の源氏訪問の場面で、このことが端的に描かれ、それが実証されるようである。

なお、

「**柳**は、げにこそ、すさまじかりけれ」と見ゆるも、着なし給へる人からなるべし。」（初音二―三八五頁）

また、

「濃き**鈍色**《にび》[7]の単衣に、**萱草**《くわんざう》[8]のはかま、もてはやしたる、「中〳〵さま変りて、はなやかなり」と見ゆるは、着なし給へる人からなめり。」（椎本四―三七六頁）

等の例にみられる「人からなるべし」「人からなめり」が、この意の率直な表現であろう。

一人々々という個の場合、人と服色は不可分で、色合から個性が推量できる、という意の哲学を作者は示そうとしているが、これが、個人が参集して集団になっている、例えば、行事・儀式、又、あそび等々の場面に描かれている人々や物の色から、催される目的や意義等を推測することもできる、ということも、式部は言いたかったようである。例えば、以下の例などのように。

三　一場面と色――「絵合」

当時は、例えば、『紫式部日記』をみると、同僚の弁の宰相の君の様子を、

「絵にかきたるものの姫君のここちすれば…『物語の女のここちもしたまへるかな』…」（紫式部日記四四六頁）

とあり、又それぞれの女房の有様を、

「唐絵ををかしげにかきたるやうなり」（四六三頁）、「女絵のをかしきにいとよう似て」（同四六四頁）、「御五十日は、……例の人々のしたてのぼりつどひたる御前の有様、絵にかきたる物合の所にぞ、いとよう似て侍りし。」（同四六八頁）

などと、のべている。

これらの諸例からも、絵が身近なものの一つであったことが知られる。作者も、夫宣孝からの文の返歌の詞書に、

「文の上に、**朱**[9]といふ物を、つぶ〳〵とそそきかけて、涙の色をと、かきたる人のかへり事に」
（『紫式部集』[10]三一頁）

と記しており、紅涙の紅と、同じような赤い顔料の朱で絵画的に示したというのであろう。

『源氏物語』では、

「この頃世には、たゞ、かく、おもしろき紙絵を整ふることを、天の下、いとなみたり。」（絵合二―一八一頁）

と、紙に描いた興味のある絵を、そろえ集めることが、天下の流行である、と絵画の盛んなことをとり上げている。これは、物語の中で、時の冷泉帝が絵を好み、後宮の、梅壺女御方では、「いにしへの物語、名高く故あるかぎり」、また、弘徽殿女御方は、

「その頃、世に珍しくをかしきかぎりを、選りて書かせ給へれば」（絵合二―一七八頁）

のように、盛んに絵を集め、高名な画家、能書家も活躍した、そうしたことが背景になっているというのであろう。

とくに平安時代は、あそびの一つとして、多くの人が集まり、同じ物を持ち寄り、左・右に分れ、互にその物の優劣を競い合い、勝敗を決める、「物合」[11]が上流社会に流行したといわれる。『源氏物語』には、藤壺中宮、さらに冷泉帝を中心に、絵が主題のあそびが催された、とある。両後宮の対抗意識から、双方で選び集めた絵を合わせてみようという機運が盛り上り、その競い合いが繰りひろげられたわけで、「絵合」の巻に詳しく描かれている。

物合は、天徳三年に行なわれた詩合に先立って歌合が起り、ついで様々な物を合わせるあそびが行なわれたという。

『源氏物語』には、

「三月の十日のほどなれば、……中宮も、まゐらせ給へる頃にて、……この人々、とり〴〵に論ずるを、きこしめして、左・右と、方わかたせ給ふ。……まづ、物語の出で来はじめの親なるたけ取の翁に、宇津保の俊蔭をあはせて、あらそふ。」（絵合二―一七八・一七九頁）

とあり、帝附《ずき》や中宮附、また、梅壺方や弘徽殿方の、絵を論じあえるような女房達を、中宮が左、弘徽殿方が右方（古く日本では、左は右より尊重された）に分け、絵の優劣を競わせてごらんになる。左方の絵は、「かむ屋紙[12]に唐の綺を陪して、**赤紫**《あかむらさき》の表紙・**紫檀**《したむ》[13]の軸」、右方の絵は、「**白き色紙**・**青き**表紙・**黄**なる玉の軸」。この左、右方の絵の競争は、「ことの葉をつくして、えもいひやらず」、「また定めやらず」（二―一八〇頁）と決まらない。

こうした論争を興味深く思い、

「おとどまゐり給（ひて）…同じくは、御前にて、この勝負さだめむと、のたまひなりぬ。」（絵合二―一八一頁）

と、源氏の提唱で、主上の前で勝敗をきめようということになった。

「その日とさだめて、……左・右の御絵ども、まゐらせ給ふ。……左は、**紫檀**のはこに、**蘇芳**《すはう》[14]の花足、敷物には、**紫**《むらさき》地の唐の錦、打敷は、**葡萄染**《えびぞめ》[15]の唐の綺なり。童六人、**赤**《あか》**色**に**桜襲**《さくらがさね》の汗衫、袙は、**紅**《くれなゐ》(16)に**藤襲**《ふぢがさね》(17)の織物なり。……右は、沈(18)の箱に**浅香**《せむかう》(19)の下机、打敷は、**青丹**《あをに》(20)の高麗の錦、……わらは、**青色**《あを》(21)に**柳**《やなぎ》の汗衫、**山吹襲**(22)の袙きたり。みな、御前にかきたつ。上の女房、前・後と、さうそきわけたり。」（絵合二―一八三頁）

冷泉帝の前に、左、右方の絵を進上し、女房達は、右方と左方が、北と南に別れて伺候し、殿上人も思う方に心をよせて控えている。

競い合う場での左方と右方の調度、それにたずさわる各々の童の衣装。それ等の色合が克明に描かれている。天皇附の女房の装束は、左方、右方と区別している、とあり、両者、相対する系統の服色であることが推測される。

前記のように、物合のはじめは歌合であったと言われる。このことからも考えられるが、「絵合」の巻のこの催の状況は、歌合を模したものと指摘されている。

『歌合集』(23)によると、年代的には「在民部卿家歌合」(24)が最も古く、『源氏物語』が書かれた頃までに十回程行なわれているが、天徳四年に村上天皇主催の歌合があり、それに、「御記」「殿上日記」「仮名日記」（甲及び乙）という詳細な記録があり、歌合の作法、批判等の具体的な状況の規範を知ることができると言われる。

『歌合集』によると、

㈠　延喜十三年三月十三日亭子院歌合

㈡　延喜二十一年（五月）京極御息所褒子歌合

㈢　天徳四年三月三十日内裏歌合

その後の㈣〜㈧には詳細な記録はなく、色によって描かれている例はほとんどない。

はじめの、中宮の絵を合わせる場では、前記のように絵の料紙・軸等の左、右方の色が示されている。しかし、絵と関係のない歌合には見られない。この絵の装幀の色合について、左方のを「世の常のよそひなり」（二一一八〇頁）、常例であるとことわっている。が、歌合などには例のない、絵の、紙や軸の左、右方の色を示すこと、それ自体が、この催で新しい規範を後世にのこそうとしたことになるのであろう。

あらためて、「絵合」の巻の、帝の御前での絵の競い合いを、とくに色に関してみるのに、前掲の『歌合集』の、㈠㈡㈢[25]等の記号をあてはめると、左方の調度の、紫檀、蘇芳、紫（地）、葡萄染は、いずれの色も、㈢と同一である。童の、赤色と桜襲、これは、㈠㈡㈢と同一。ただ、袙の、紅、藤襲はどの歌合にも見られず、絵を合わせるこの場の色として示したのかもしれない。さらに、右方の調度の、沈、浅香は、㈢と同じ。ただ打敷は青丹（青地ともある）とあるが、いずれにもみられず、㈢では浅き縹[26]とある、童の、青色は、㈠㈡㈢にみられ、柳は㈢、山吹は㈡の場にみられる。

このように、左、右方の童の、赤色、青色は、㈠㈡㈢と継承され、㈨の一条天皇の瞿麦合にも、女房の唐衣ではあるが、左が赤色、右が青色である。その他の調度、それに直接かかわる女の童の服色は㈢とほとんど同じといってよいようである。

中宮、さらに冷泉帝の御前での宮中あげての、絵を合わせる、という新しいあそびで、優劣を競う両者、左方は、紫檀、蘇芳、紫、葡萄染の調度、赤色、桜襲、紅、藤襲の装束、これらは、赤系統に紫系統の加わった色調で統一されている。相対する右方は、沈、浅香、青丹（青地）の調度、青色、柳、山吹の童の衣装、これらは、青系統、白（黄）系統といってよい。なお、中宮による競合いの場では、絵の紙・軸が、左方は、かむ屋紙、赤紫、紫檀で、ほぼ赤・紫系統、右方は、白、青、黄の、青、白（黄）系統にまとめられている。

この両方の色合について、現代では、赤と緑が反対色といわれるようで、当時としては赤系と青系の色調が相対的な感を抱かせたものと考えられる。

このように、中宮、さらに天皇の前で絵を合わせる、という新しい物合の例は、色の面からは、確実に(三)を典據としていると言えるようである。

諸氏のお説によれば、天元年間（円融天皇）頃から、醍醐の延喜、(三)の村上の天暦時代が聖代であったという観念が成立し、後世の範と仰がれたという。

歌合として大成された「天徳歌合」の歌を、『源氏物語』では、新しく絵というものにおきかえて、その有様を冷泉帝の世のこととして描いているようで、それは、

「「さるべき節会どもにも、『この御時より』と、末の人のいひ伝ふべき例を添へむ」とおぼし、わたくしざまの、かゝるはかなき御遊びも、めづらしきすぢにせさせ給ひて、いみじき盛りの御世なり」（絵合二―一八八頁）

とあることからも、その意図が推測できるようである。

さらに、紅、藤襲、又、青丹（青地）は歌合には例がなく、絵の場として掲げようとした新規準かもしれない。とくに、絵であるからこそ、主要である物の、料紙・軸の色が、左、右、相対的な色を示しており、新しい規範を示したと言えそうである。

「かかるはかなき御遊び」とは言え、源氏にとっては、帝、中宮の出御があり、源氏の須磨の巻が出されたことで、「よろづ、皆、おしゆづりて、左、勝つになりぬ。」（絵合二―一八五頁）と、梅壺方が勝者となる、という。これ以上考えられない程の果報に身をおくといってよく、何と言っても、今

は「いみじき盛りの御世なり」（絵合二―一八八頁）そのままであるというのである。

源氏は、〝冷泉時代から〟と後世に仰ぎ言ひつがれるような新例を加えたいと、私的な遊びでも絵を合わせるという、今までにない趣向を考えた、とその意図を明らかにしている。

冷泉の絵合は、村上の歌合と、色のあり方は同一にしてある。ということは、色の面からは、冷泉を村上におきかえ、その聖代《せいだい》であることを暗示しようとしている、と言えそうで、色が催す全体のもつ意義を担っているとさえ言ってもよさそうである。

四　光源氏の無常観と服色

登り行く盛世《せいせい》であるという今、源氏に、

「おとゞぞ、猶、「常なきもの」に世を思して、「いま少し、おとなびおはします」と、見たてまつりて、猶、「世を背きなん」と、深く思ほすべかめる。」（絵合二―一八八頁）

という、世の無常を感じ、出家を願う道心が深く意識され、俗世離脱をのぞむ人生観がうかがわれるようだと述べている。

「人々、みな、**青色**《あを》に、**さくら襲**を着給ふ。帝は、**赤色**の御衣たてまつれり。召ありて、太政おとゞ、まゐり給ふ。おなじ**赤色**《あか》を着たまへれば、いよ〳〵、一つものとかゞやきて、見えまがはせ給ふ。」（乙女二―三一七頁）

という、朱雀院行幸の時の、冷泉帝と源氏の赤色の正装の輝かしい容姿。同時に同所で同一の赤色の袍であることによって、一つのもののようで見分がつかない、とある。

こうした赤色を作者が描くこと、それは誰知ることもない内密の親子の関係を暗示するためのものとしても役立てられているようである。

「**桜**の、唐の綺の御直衣、**葡萄染**《えびぞめ》の下襲、しりいと長く引きて……あざれたる大君姿の、なまめきたるにて、いつかれ入り給ふ御さま、げに、いと殊なり。」（花宴一―三一二頁）

「六條殿は、**桜**に唐の綺の御直衣、**今様色**《いまやう》[27]の御衣ひきかさねて、しどけなきおほ君姿、いよ〳〵、たとへんものなし。光こそまさりたまへ。」（行幸三―七九・八〇頁）

など、源氏の「しどけなき」とか「あざれたる」とか、引きつくろった正装ではない、大君姿《おおいきみ》[28]（袍などでない直衣姿）のくつろいだ容姿。

その色合は、桜、今様色、葡萄染など、赤紫系の前記の物合の場の左方的な服色。こうした姿こそ、たとえようもない程の耀く美しさである、という。

しかし、こうした美しい服色の源氏は二、三例にすぎない。

「**にばめる**御衣たてまつれるも、夢の心地して、……かぎりあれば**薄墨**《うすゞみ》[29]衣あさけれど涙で袖をふちとなしけるとて、念誦し給へるさま、いとゞなまめかしさまさりて、」（葵一―三四一頁）

葵の上の死で薄い墨色の衣、鈍がかった喪服、それによって、それ故にこそ、大層優美さがまさる、とある。

「無紋のうへの御衣に、**鈍色**《にび》の御下襲、纓《えい》、巻き給へるやつれ姿、はなやかなる御よそひよりも、なまめかしさ、まさり給へり」（葵一―三五五頁）

葵の上の喪で模様のない袍に、巻纓、鈍色の下襲などのやつれ姿、それでこそ、色合花やかな姿よりもかえって、一層優美さがまさる、「よりも、」「まさる」とその美を強調している。

「**藤**《ふぢ》[30]の御衣に、やつれ給へるにつけても、限(り)なく清らに、心苦しげなり。」（賢木一―三七七頁）

桐壺院の崩御による、色もない喪服、そのわびしくやつした姿、それにつけても、それがこの上なく気高く清らかに感じられ、見るのも痛々しげである。

「**黒**き御車の内にて、**藤**の御袂に、やつれ給へれば、殊に見え給はねど、ほのかなる御有様を、世になく思ひきこゆべかめり。」（賢木一―三九三頁）

桐壺院の喪のため、黒い車で、その簾ごしに、ほのかに源氏の藤の衣の喪の姿が見える。それを見る人達は、世に比べもののないお方と思い申し上げているようだ、とある。

これらのように、藤衣、鈍、薄墨、黒などの、喪服の色の源氏を捉え、その時こそ、源氏の美質が発揮される、と強調している。

彼ならば、どのような様々な染色、織色、襲の色の衣装でも着飾ることができる筈であり、それによる華麗な姿が見られる、と思われるが、却って、このように、無彩色（白〜黒）の衣装による容姿、それ故にこそ、優雅な美がまさって、世に比べもののない立派なお方と人々にみられるという。

ただ、葵の上の死後の源氏は、「**薄墨**《うすずみ》」との給ひしよりは、いま少しこまやかにて、たてまつれり。」（御法四―一八九頁）のように、前掲の、葵の上の死の際、「**薄墨**衣あさけれど」と詠じたそれよりも少し濃い墨染を着用している、とある。これは彼の晩年の姿で、前記の諸例のように、喪の色だからこそ一層、という讃辞はない。これは、源氏の、心・身の果ての老の姿であり、「それでこそ」とは言い得なかったのかとも考えられる。

喪の色を着用しているからこそ、という、前記の無上の美質を讃える諸例は、源氏が二十才前半の若盛りの年令であった。それだからこそ「却って」、と効果をあげたのではないか、ということを申しそえておきたい。

前記の、絵を合わせる、優雅で華麗な、そして冷泉帝の盛世現出を感じさせる場、源氏はその中心にありながら、心のうちで深く遁世出家を願う。それは、王朝の豪奢、華麗な様々な色合にかこまれた世界にありながら、すべての色を捨てた無彩色によってこそ、源氏の眞の美質が発揮されるという。光源氏の身的には、無彩色の着用、心的には遁世・出家への願望、それが彼にとっての、人として到達を願う外面、内面の世界の一つであったことを、あくまでも、であるが、作者は暗示しているかのように考えられる。

注

(1) こうばい〔紅梅〕 紅の淡い色。経は紫、緯は紅、の織色。襲は、表紅、裏紫。
(2) もえぎ〔萌黄〕 黄緑色。襲は表裏とも萌黄。
(3) やなぎ〔柳〕 襲は表は白、裏は青。
(4) さくら〔桜〕 白く紅がかった色。襲は表白、裏紅花か葡萄。
(5) あかいろ〔赤色〕 赤白橡と同じ。黄に赤味を加えた、暗調を帯びた色。襲は表経紫緯赤、裏同。
(6) 小著『平安朝の文学と色彩』(中公新書)(中央公論社 昭和57・11)。『文学にみる日本の色』(朝日選書)(朝日新聞社 平成6・2)。
(7) にびいろ〔鈍色〕 墨染の淡染で薄い黒色。
(8) くわんざう〔萱草〕 黄色に赤黒味のある色。
(9) しゆ〔朱〕 黄味を含んだ鮮やかな赤色。水銀と硫黄の化合物。天然に産する物を辰砂という。
(10) 『紫式部集』(岩波書店 昭和48・10)
(11) ものあはせ〔物合〕 多くの人が集まり、左方と右方に分れ、或る物の優劣を争う遊び。
(12) かむやがみ〔紙屋紙〕 京都紙屋院で漉いた上質の紙。後には同院ですきかえしを漉いた。薄墨色。
(13) したん〔紫檀〕 新しい心材は鮮紅色、後に暗赤色となる。古くは材の紅色色素を染料とした。
(14) すはう〔蘇芳〕 心材及びきょう莢は煎じて赤色染料とした。紫色を帯びた紅色。
(15) えびぞめ〔葡萄染〕 赤味の多い紫色。織色は経赤緯紫。襲は表蘇芳、裏花田。
(16) くれなゐ〔紅〕 紅花で染めた鮮明な紅色。襲は、表紅、裏紅。
(17) ふぢがさね〔藤襲〕 襲は表淡紫、裏青。
(18) ぢん〔沈〕 沈香のことで、香料の一種。
(19) せんかう〔浅香〕 沈香の木のまだ若くて軽い白い材質のもの。
(20) あをに〔青丹〕 濃き青に黄をくわえた色。襲は表裏おなじ濃青に黄をさした色。
(21) あをいろ〔青色〕 青色白橡と同じ。一種の黄勝ちの緑。織色は、経萌黄、緯黄。

(22) やまぶきがさね〔山吹襲〕 織色は経絲紅、緯絲黄。襲は、表淡朽葉裏黄。

(23)『歌合集』萩谷朴　谷山茂校注（日本古典文学大系　岩波書店）

「歌合における一性格──赤色と青色と──」(「和洋国文研究」第9号　昭和47・9)を御参照いただきたい。

(24)「在民部卿家歌合」陽成天皇の仁和元年在原行平の家で催された歌合（『歌合集』(朝日新聞社　昭和40・12）の解説)。

(25)「假名日記甲」による。

(26) はなだ〔縹〕 藍草で染めた藍色。襲は、表裏ともに縹。

(27) いまやういろ〔今様色〕 紅のうすい色。襲の色目は、表紅梅、裏は濃い紅梅。

(28) おほぎみすがた〔大君姿〕 大君は、親王、諸王、皇女、王女の尊称。大君姿は、衣冠、束帯などの正装でなく、直衣姿。

(29) すみぞめ〔墨染〕 仏家には常服。一般には喪服の色。墨染は、墨色に染めたもの。

(30) ふぢ（ごろも）〔藤・藤衣〕 喪服。葛布（葛の繊維で織った布）で仕立てた衣。麻布とも。

典據文献

『枕草子　紫式部日記』（日本古典文学大系）（岩波書店　昭和33・9）

『源氏物語　一』（日本古典文学大系）（岩波書店　昭和33・1）

『源氏物語　二』（日本古典文学大系）（岩波書店　昭和34・11）

『源氏物語　三』（日本古典文学大系）（岩波書店　昭和36・1）

『源氏物語　四』（日本古典文学大系）（岩波書店　昭和37・4）

色彩用語（──じるし）の解説は、すべて、小著『日本文学色彩用語集成─中古─』（笠間書院　平成18・9〔新装版〕）による。諸説が多いので、詳しくは小著を御参照いただければ幸である。

光源氏の一面――その服色の象徴するもの

一　晴の服色を描かない源氏

「内大臣殿降りさせ給。……見奉れば御年は廿二三ばかりにて、御かたちとゝのほり、ふとり清げに、色合まことに**白**くめでたし。かの光源氏もかくや有けむと見奉る。**薄鈍**《にび》の御衣の綿うすらかなる三ばかり、**同じ色**の御一重の御衣・御直衣、指貫同様也。」

（巻五浦〳〵の別　上一六七・一六八）（カッコの中の数字は頁数を示す。以下同断）

これは、一條天皇の皇后定子の兄君、伊周の容姿を讃嘆している『栄花物語』の一節である。さながら光源氏もこのようであったろうと思われる程の美しさであるという。それは、具体的には、着用している直衣も指貫もすべて同一の薄鈍色の喪服姿である、というのである。

この物語に、「清少納言など出であひて、少〳〵の若き人などにも勝りておかしう誇りかなるけはひを、……」（巻七とりべ野　上二二四頁）と、いかにもそれらしい宮仕ぶりが記されている清少納言の『枕草子』には、この伊周の姿は、鈍色などとは対蹠的な華やかな服色によってのみ、その美しさが描かれているのである。

清少納言は、男性に多く接し、彼等の容姿には非常に関心を抱き、『枕草子』では、伊周はもとより、中関白家の人々、又上達部、殿上人、その他種々の階層の人達の、その服色をも刻明に描写している。(1)

御嶽詣には、どういう身分の人であろうと、粗末な地味な衣服で参詣するのがならわしであるのに、紫式部の夫となった宣孝、子息の隆光が、山吹とか紅とか派手な色合のものを着て参詣し、皆に〝あさまし〟と思われたが、罰があたるどころではなく、突然空席になった筑前守になる、という幸運にめぐまれた。(枕草子一一九段一七一頁)と記し、むしろ仰山な目立つ色を着た行為を肯定さえしている。そして、豪華な服装の藤原斉信を刻明に描いて、その美を絶讃し、同時に対蹠的な「つゆのはえも見えぬ」という薄鈍の喪服姿の作者自身を描き、その醜さを表現しようとしている(同八三段一二〇・一二一頁)。

清少納言を、『紫式部日記』で冷酷に批判し、反撥の心底をみせた(四九六頁)紫式部は、道長の女彰子の二皇子誕生を中心にした栄華世界にある道長一門の多くの君達、さらにまた内・中宮関係に仕えるさまざまの廷臣達が、産養・五十日の賀、戴餅、行幸、内裏還啓、また五節、賀茂臨時の祭等々の慶賀の儀式・行事にいずれも晴の装束で参集してくるのを、彼女は、触れあう程身近に見ながら、一言もそのはなやかな服色をとおしての彼等の素晴らしさを描こうとはしていない。

さらに、『源氏物語』では、主人公光源氏の言語に絶する美を、豪華絢爛とした装束・衣装にいろどられた容姿ではなく、単一の、そして色とも言えない白や、また藤衣や鈍《にび》、墨染《すみぞめ》の服色によって描いているのである。

冒頭の引用文は、『栄花物語』作者が、『源氏物語』をよみ、光源氏を思い浮かべた時——それが意識されたものか否かはわからないが――最も印象深く端的に捉えられたもの、それがおのずから喪服の鈍色をまとった内大臣伊周の美の映像になったことを物語るものではないかと推測される。

二　枕草子の華美な色彩表現

すでに諸小稿(2)で述べているように、王朝的な物語・日記等の作品の主体となっているものは、多くは登場人物であり、例えば『源氏物語』では四百三十余人(3)、『枕草子』では約百名(4)（史実文の中だけ）が主役となり端役となり作品をつくりあげている。

これらの人びとは、勿論、その心理・性格や行動なども記述されているが、容姿をとおして描かれることも少なくない。そして、具体的には服装によることが多く、とくに服の色合が中心になっているると言ってよいようである。この服色中心の描写は、いうまでもなく、女性のそれが多く、男性はその半数とも言えるが、それでも種々の場でこれをみることができる。

男性の服色は、具体的に行事・儀式等の晴の場に最も多くみられ、位階・役柄などをあらわすのがこれについでいる。次が平常の褻《け》の服色であり、出家や喪の服色もみられるが最も少ない。従って、その色合は例えば、「いと悲しう、橡《つるばみ》の、やれ困じたる着て、」（篁物語三五頁）のような地味な粗末なものは少なく、やはり、

「色〳〵の紅葉襲《もみぢがさね》の上に、紅《くれなゐ》の擣ちたるが、色も艶もなべてならず、焦る丶ばかりなるに、龍膽《りんだう》の二重織物の指貫の有様、花の匂ひ、たゞ折りて見るやうに織り浮かされて、「あなめでた」と見ゆるは、着なし給へる人がらなるべし。「立田姫の人別きしたるにはあらじかし」と見ゆ。」（狭衣物語一五五頁）

のような華麗な色調が主体となっているようである。

とくに『枕草子』は、一層この傾向が強く、位階・役柄を示したり、儀式・行事の場での服色が大半を占め、勿論、褻《け》の服色も少なくはないが、概して飾った色目でみちている。

なお、出家の衣さえ、多くは、

「季の御讀経の威儀師、**赤**袈裟着て僧の名どもよみあげたる、いときらきらし。」（一五六段　二〇九頁）「僧都の君、**赤色**の薄物の御衣、**むらさき**の御袈裟、いと薄き**薄色**《うすいろ》の御衣ども、指貫など着給ひて、……いとをかし。」（枕草子二七八段　二九九頁）

のような、はなやかさであり、喪服などは「いと**くろき**衣」（同一一九段　一七二頁）が僅か一例しかない。

つまり、『枕草子』には、男性の衣服の色は、いずれも、どの場合でも、多くは華美といってよく、地味な色調は少ない。

王朝時代の管見に及ぶ範囲の諸作品もまた、この『枕草子』の傾向に類似しているようである。

三　地味で暗調の光源氏

『紫式部日記』には、一項で述べたように、盛儀の日々を描きながら「御湯殿は酉の時とか、火ともして、宮のしもべ、**みどり**の衣の上に、**白き**當色きて御湯まゐる」（四五二頁）と、敦成親王の御湯殿の儀の折の、中宮職の下役の、役柄（六位は緑の服色）と儀式の色（御産関係はすべて白）しか記されていない。主上をはじめ、道長達の晴姿の描写を拒んでいるかのようにさえ考えられる。

『源氏物語』では、位階、あるいは役職による服色は、青色（澪標二―一一九頁）、青色と桜襲（乙女二―三一七、行幸三―六八頁）、赤衣（澪標二―一一九頁）、浅葱（薄雲二―二七六～二七八、乙女三〇九頁）、緑（乙女二―三〇五、螢二―四三七、梅枝三―一七六、藤裏葉三―二〇二、夕霧四―一二二頁）、紫（藤裏葉三―二〇二、若采下三―三六八頁）、二藍（藤裏葉三―一八七頁）など。

行事・儀式等では、桜（薄雲二―二二四頁）、桜と葡萄染（花宴一―三一二、行幸三―七九頁）、桜と今様色（行幸三―八〇頁）、青色と白襲（玉鬘二―三五九頁）、青色と葡萄染（行幸三―六八頁）、青色と蘇芳（若采下三―四一三頁）、赤色（行幸三―六八頁）、赤白橡と葡萄染（若采下三―四一三頁）、赤白橡と青白橡と蘇芳と葡萄染（藤裏葉三―二〇六頁）、青摺（幻四―二一三頁）、摺衣（御幸三―六八頁）、白襲（若采下三―四一三頁）、山藍（若采下三―三三一頁）、黒・蘇芳・葡萄染・紅（若采下三―三三一頁）など。

平常の服色では、紅（夕顔一―一六二頁）、紅・白（宿木五―八三頁）、紅・花（東屋五―一九三頁）、縹（紅葉賀一―二九六～二九七頁）、二藍（賢木一―四一〇、横笛四―七一頁）、丁子（蜻蛉五―三一八頁）、丁字染・白（藤裏葉三―一九四頁）、ゆるし色（總角四―四六五頁）、朽葉・今様色（野分三―六〇頁）、柳・青鈍（真木柱三―一三八頁）、黄がちなゆるし色・青鈍（須磨二―四九頁）、このころ摘み出したる花してはかなく染め出した色（野分三―六〇頁）、白（帚木一―六二、藤裏葉三―一九四、若菜上三―二五三、柏木四―三一、橋姫四―三二四頁）、白・今様色（東屋五―一八〇頁）、白・紅梅（横笛四―五八頁）、白・紫苑色・こまやかな色（須磨二―四〇頁）、桜（若菜上三―三〇六頁）など。

さらに、出家・喪などでは、鈍（葵一―三四一、葵一―三四五、葵一―三五五、薄雲二―二三九、朝顔二―二五八、藤袴三―一〇〇、蜻蛉五―二九〇頁）、鈍と紅（葵一―三四五頁）、墨（葵一―三四一、柏木四―二三、御法四―一八九頁）、黒（薄雲二―二三六頁）、藤衣（賢木一―三七七、賢木一―三九三頁）などである。

これらをみると、褻《け》が少なからずあり、そして色も派手な華やいだものより、地味で暗調のものが多い。

これらを着用して描かれているのは、光源氏（二二例）、頭中将（三例）、冷泉帝（三例）、夕霧（一三例）、柏木（二例）、薫（七例）、舞の童（三例）や、その他、朱雀院・鬚黒・匂宮・常陸介の女のむこ左近少将・六位の蔵人・佐の良清・楽人・男踏歌の人・五節・鷹飼・舞人・上達部・殿上人・人々（以上一例ずつ）などである。

光源氏が圧倒的で、夕霧、薫がこれについでいる。正篇の男主人公が光源氏で、宇治十帖のそれが薫であるから当然かもしれない。ただ夕霧は、浅葱・緑・紫などが位（六位や三位）をあらわす服色として示され、これは、若年の頃の彼の位階への執心を語るものとなっている。

四　主人公光源氏、固有の服色

小稿では、数量的にも、とくに多い光源氏の服色について考えてみたいのであるが、彼は、とくに王朝の絢爛とした世界に生きた筈であるので、さまざまな目もあやな色合に装いをこらして、儀式に行事に、そして宮廷に、また多くの高貴な女人のもとに、言語に絶する優麗な姿で登場する、とは誰もが想像するところであろう。ところが、紫式部によって描かれた服装は思いもかけぬものである。行事・儀式や、遠出の折などの晴《はれ》の服色が具体的に描かれているのは、

「二月の廿日あまり、朱雀院に行幸あり。……帝は、**赤色**《あか》の御衣たてまつれり。召ありて、太政おとゞ、まゐり給ふ。おなじ**赤色**を着たまへれば、」（乙女二―三一七頁）

「……わたり給ふとて、つねより殊に、うちけさうじ給ひて、**桜**の御直衣に、えならぬ御衣ひき

重ねて、」（薄雲二―二二四頁）

など四例（あと、花宴一―三一二、行幸三―八〇頁）にすぎない。

その他は褻《け》の服で、

「おとゞは、**うすき**御直衣、**白き**御衣の、唐めきたるが、文、けざやかに、つや〳〵とすきたるをたてまつりて、」（藤裏葉三―一九四頁）

など一〇例（あと、箒木一―六二、夕顔一―一六二、紅葉賀一―二九六、賢木一―四一〇、須磨二―四〇・四九、野分三―六〇、若菜上三―二五三、幻四―二〇二の諸頁）で、この中でも須磨の二例は、「山がつめきて」といった、黄がちなゆるし色と青鈍、そして白と紫苑の、粗末な、地味な色合であった。

思いがけないのは喪服の墨や鈍などでの登場で、

「**薄墨**《うすずみ》」との給ひしよりは、いま少し**こまやか**にて、たてまつれり。」（御法四―一八九頁）

「**こまやかなる鈍**《にび》**色**の御直衣姿にて、」（薄雲二―二三九頁）

など、全体の三分の一をこえる八例（あと、葵一―三四一・三四五・三五五、賢木一―三七七・三九三、薄雲二―二五八の諸頁）に及んでいる。

さらに、喪服の大半が、

「黒き御車の内にて、**藤**《ふぢ》の御袂に、やつれ給へれば、」（賢木一—三九三頁）

のような「やつれ」姿であるのはもとより、褻《け》でも、多くが、

「**白き**綾のなよらかなる、**しをんいろ**などたてまつりて、こまやかなる御直衣《のうし》、帯しどけなく、
うち乱れ給へる御さまにて、」（須磨二—四〇頁）

のように、「しどけなく」「うち乱れ給へる」というように描かれ、晴の場でさえも、例えば、

「**桜**の、唐の綺の御直衣、**葡萄染**《えび》の下襲、しりいと長く引きて、皆人はうへの衣なるに、あざれたる大君姿の、なまめきたるにて、いつかれ入り給ふ御さま、」（花宴一—三一二頁）

のような、「あざれたる」「なまめきたる」であって、意識的に引きつくろった容姿ではなかったようである。

　このように、作者は、光源氏を、他の諸作品に共通の、いわば、普遍的なあり方とは異なった着ざま、服色で登場させている。

　『源氏物語』の他の男性をみると、（用例などは前にあげたとおり）位階・役職による服色は、「六位の中にも、蔵人は、**青色**《あを》しるく見えて、……良清も、おなじ佐にて、……おどろ〳〵しき**赤衣**《あかぎぬ》姿、いと、清げなり。」（澪標二—一一九頁）など一五例。儀式・行事等のは、「御かどの、**赤色**の御衣たてまつりて、」（行幸三—六八頁）など一一例。あるいは、これ、という程の特別の場でない平常のは、「**丁子**《ちやうじ》に、深く

染めたるうす物の単衣を、細やかなる直衣に、き給へる、」（蜻蛉五―三一八頁）など一四例ほどであり、割合、はなやかな明るい場での服色が四〇例に達し九〇％を占めている。

これに対し、喪、あるいは出家の場のは、例えば、「時雨うちして、物あはれなる暮つ方、中将の君、**鈍**《にび》**色**の直衣・指貫うすらかに衣がへして、」（葵一―三四五頁）など四例と、「御かたち異にて、……**墨**《すみ》**染**の御姿、あらまほしう、」（柏木四―一二三頁）の一例の、計五例である。

つまり、光源氏の場合とは相違を見せている。なお、儀式・行事、あるいは平常の場をとおして、光源氏のような「しどけなき」態度に描かれているのは、

「大将の君も、御位のほど思ふこそ、「例ならぬ乱りがはしさかな」とおぼゆれ、……**桜**の直衣の、やゝ萎えたるに、……物清げなるうちとけ姿に、」（若菜上三―三〇六頁）

のような、六條院での蹴鞠の場の夕霧と、

「わか君は、……起きて這ひ出でたまひて、……**白き**うす物に、唐の小紋の**紅梅**の御衣のすそ、いとながく、しどけなげにひきやられて、」（横笛四―五八頁）

の薫の幼少の姿だけである。

このように、『源氏物語』でも、光源氏にかかわるような服色描写は誰にでも、というのではない。つまり、作者が物語の主役光源氏をとくに対象としたためとも推考される。

五　超人的な美

王朝の諸作品をみると、男性も、晴《はれ》はもとより褻《け》でも、多くが明るい場で、はなやかな色目を着用している姿が描かれ、それがおのずから行事・儀式の盛観を示すものとなっているし、男性美の讃辞ともなっている。

例えば、『宇津保物語』には、

「三の宮、**黒らかなる搔練**《かいねり》一かさね、**縹**《はなだ》の綺の指貫、**おなじ**直衣、**蘇枋**《すはう》**がさね**の下襲奉りて、……けだかきものから、いと匂ひやかなるもてなし、いと心にくし。……四の宮、**赤らかなる綾搔練**一かさね、**青鈍**《あをにび》の指貫、**おなじ**直衣、唐綾の**柳がさね**奉りて、……ものものしくおはす。……六の宮、**紅の搔練**のいと濃き一かさね、**桜色**のおなじ直衣・指貫、**えび染め**の下がさね奉りて、……いと小さくひぢちかに、ふくらかに、愛敬づき給へり。……八の宮は、**浅黄**の直衣・指貫、**今様**《いまやう》**色**の御衣、**桜がさね**奉りて、……いとあてにきびはにて、……十の御子、四つばかりにて、……御衣は**濃き**綾の袿、袷の袴、襷がけにて、**えび染め**の綺の直衣著て、」（宇津保物語　蔵開上　三—一五九〜一六二頁）

のように、仲忠の女である犬宮の、産養の夜の管絃の席での朱雀院の皇子達の容姿が、こまかくさまざまの服色によって描き出され、産養の盛んであった有様や皇子達の美しさが示されている。

また、例えば、『狭衣物語』に、

「象眼の**紅**の単衣、**同じ**御直衣、色いと**濃き**唐撫子の浮線綾の御指貫、餘りおどろ〳〵しき御あはひを着給へるも、この世の色とも見えずなまめかしくて、さし歩み給へる御指貫の裾まで、あてになまめかしくおはするを、」（狭衣物語四二頁）

とあり、平常の時であるが、内裏へ召された狭衣大将の衣装が、仰山な目を見はるような、この世の色とも見えぬ程のなまめかしい美しい色合で、これを着用した容姿は「あて」で「なまめかし」くて、母宮が「などかく、生ひ成るらん、たゞ世に見ゆる人々のやうにておはせしかば、心安からましものを」のように、恐ろしく不安にさえ思われた、といぅ程の素晴らしさであるとのべている。

二例をあげたにすぎないが、王朝の諸作品の多くがこのような傾向にあるが、とくに『枕草子』は、

「……めでたくてぞあゆみ出で給へる。**桜**の直衣のいみじくはなばなと、裏のつやなど、えもいはずきよらなるに、**葡萄染**のいと濃き指貫、藤の折枝おどろおどろしく織りみだりて、**くれなゐ**の色、打ち目など、かがやくばかりぞ見ゆる。**しろき**、**薄色**など、下にあまたかさなり、せばき縁に、かたつかたは下ながら、すこし簾のもとちかうよりゐ給へるぞ、まことに絵にかき、物語のめでたきことにいひたる、これにこそはとぞ見えたる。」（枕草子八三段　一二〇頁）

と、前にもふれた藤原斉信像を、清少納言は、彼女の美的感覚をとおして刻明に描き出している。直衣の桜も「はなばな」、紅の艶も「かゞやくばかり」であるといぅ。葡萄染の濃い指貫には、その色の藤花の折枝が「おどろおどろしく」織り出されている。下には、白や薄色のさまざまの袿《うちぎ》がかさねて着用されている。

こうした、目もさめるような豪華鮮麗な配色の装束を着飾った斉信の美に酔った清少納言は、絵や物語には、架空の理想的な男性美が描かれることはあろうけれど、実在の人物に、このような人がいようとは、と筆をきわめて絶讃している。

そして、王朝の諸作品では、これに反するような出家や喪の暗い場の、いまわしい服色は、当然のことながら悲傷の姿を示し、美を讃えるためのものとはなっていない。

例えば、

「との丶御前「老法師の衣の色はゆ丶しけれども」とて、薄鈍《にび》の袙の御衣一襲を脱がせ給ひて、」（栄花物語　御賀　下一二五頁）

のように、出家の鈍色には「ゆ丶し」といった、不吉ないまわしい情感を抱いたこと、

「……かくあはれになりたること、今は何かは、と思して、あて宮《あてみや》今はとて深き山辺に**すみぞめ**の袂は濡れぬものとこそ聞け　と宣へり。」（宇津保物語　あて宮　二—二四六頁）

のように、出家の墨染色には、その人物に「あはれ」という悲哀の情が感じられたことが知られる。

喪の場合はなお更で、例えば、

「世の中皆諒闇になりぬ。殿上人の**橡**《つるばみ》の袍《ほう》の有様なども、烏などのやうに見えてあはれなり。よろづもの丶栄なく、口惜しともおろかなり。」（栄花物語　ひかげのかづら　上—三二一頁）

のように、橡染の黒い喪服姿が「あはれ」でもあり、それをとおして、すべてが「栄《は》えない」暗い気分になることを示している。この他の諸例からも「哀」「悲」「憂」等の悲嘆の情が感じとられている。出家でも喪でも、その服色に「ゆゝし」といった情が感じられ、それによって非美的とも言える姿が表現されているのが通例である。

清少納言は、出家の姿をさえ、こうした墨染などでは描くことなく、前例にもみられるように、「きらきらし」とか「をかし」とか感ずる、法服のはなやいだ色合を選んで描写している。

「……**白衣**《しろぎぬ》着たる法師、蓑虫などのやうなる者ども集まりて、……おし倒しもしつべき心地せしか。」（枕草子　一本二八段　三二九〜三三〇頁）

のように、白衣を着ただけの僧に対して、いかにも、醜さを感じる、という侮蔑の情をあらわにしているのである。

『枕草子』にその傾向は強いが、王朝の諸作品では、人々の容姿は、概して、晴の場でのはなやかな種々の色合によっては、それなりの美しさに、逆に沈んだ場の地味な栄ない暗い単色では、容姿は非美的になる、と考えるのが常識的であったようである。

『源氏物語』でも、こうした傾向がみられないと言うのではない。晴の場でのひきつくろった装束が、人物を美的に表現するためのものとして選ばれることも少なくはない。しかし、紫式部はこの表現には消極的のようにも考えられる。かえって喪の服色によって生まれる美を描く場合があり、とくにこれが顕著なのが光源氏の場合である。

光源氏は晴《はれ》ともいえる場で、はなやかな感じの服色を着用しているのは、これまでに掲げた僅かな例にとどまり、赤色によって「かゞやく」美（乙女二―三一七頁）、桜によって「清らに」という美（薄雲二―二二四頁）、桜・葡萄染によって「花の匂も、けおされて、」といった藤花にもまさる美（花宴一―三一二頁）、桜・今様色によって「たとへんものなし。光こそまさりたまへ。」（行幸三―八〇頁）という耀くような美を描いてはいる。

しかし、こうした場でさえも、本人が意識的に着飾ろうとしているというよりは、むしろ頓着なく気ままな「しどけなさ」の状態にあることが、とくに強調されている。葡萄染の指貫、桜の下襲でその裾を長く引いて「ゆる〳〵とことさらびたる御もてなし、「あな、きら〳〵し」と、見え給へるに、」（行幸三―七九頁）という、まことに大臣の位にふさわしい重々しく堂々とした晴姿の頭中将、それに対し、光源氏は、

「……六條殿は、**桜**の唐の綺の御直衣、**今様色**《いまやう》の御衣ひきかさねて、しどけなきおほ君姿、いよ〳〵、たとへんものなし、光こそまさりたまへ。から、したゝかにひきつくろひ給へる御有様に、なずらへても見え給はざりけり。」（行幸三―七九・八〇頁）

とあり、桜の直衣《のうし》と、いかにも軽やかな現代風の今様色《いまよういろ》の衣装。それも「しどけなきおほ君姿」という、正式の袍《ほう》ではなく平常服の直衣姿であるという。

二人の装束からみれば、常識的には、大臣の方が源氏より立派で素晴らしい筈であろう。しかし大臣の「から、したゝかにひきつくろひ給へる御有様」に、光君の「しどけなきおほ君姿」は、「なずらへても見え給はざりけり。」で、まさにその美は比較にならない程だと強調している。そして、光

君は「しどけなき」故、「いよ〳〵、たとへんものなし、光こそまさりたまへ。」という、一層たとえるものもない程であり、その光るような美しさが更にまさって見える、というのである。

勿論、頭中将より、源氏が素晴らしいということを言うためではあるが、作者は、光源氏の場合は、とくに、彼が常識的には引きつくろった正装の姿より、「しどけなき」無雑作の姿の方がすぐれている、ということを、この例だけでなく、他でもそれを描いている。

「**白き**御衣どもの、なよゝかなるに、直衣ばかりを、しどけなく着なし給ひて、紐などもうち捨てゝ、そひ臥し給へる御火影、いとめでたく、女にて、見たてまつらまほし。この御ためには、上が上をえり出でゝも、猶、飽くまじく見え給ふ。」(帚木一―六二頁)

「雨夜の品定」と称せられる、物忌のくつろいだ場面で、ただ白の、やわらかく着馴れたのに、直衣だけを「しどけなく着なし給ひて」という、乱れたひきつくろわない源氏の姿を描き出し、それが、大層素晴らしく、「女にて、見たてまつらまほし。」と傍の男達に思わせる程であり、配偶者で彼に適うような女性は「上が上」を選び出してもまだ足りないくらい、それ程の美しさである、と述べている。ただ白一色というまことに簡素な服装、しどけない着方、普通の男性ならどうであろう。しかし、光源氏だとそれ故余計美しく見えるという。

さらに、次のように、その場も、服色も、非美的なものを設定しながら、却ってそれがために源氏が一層美しく見える、という描写の例がある。前掲の須磨の、

「**白き**綾のなよらかなる、**しをんいろ**などたてまつりて、こまやかなる御直衣、帯しどけなく、

うち乱れ給へる御さまにて、」（須磨二―四〇頁）

もそうであるが、

「山がつめきて、**ゆるし色の黄《き》がち**なるに、**青鈍《あをにび》**の、狩衣・指貫、うちやつれて、殊更に、ゐ中びもてなし給へるしも、いみじう、見るにゑまれて清らなり。」（須磨二―四九頁）

という須磨の侘住居の場で、源氏は、山里に住む身分の低い者達（樵夫など）が着るような、黄味の多いゆるし色、地味な青味がかったうす墨色の狩衣や指貫など、ことさら田舎風の衣服を着ている。それが見ていてもほほえまれて、大層美しく清らかであるという。おそらく清少納言なら醜い姿として軽蔑するであろう条件をふまえながら、紫式部は、「殊更に」「しも」といった、それこそ、却って、と強調しながら、「いみじう」「清ら」に見えるという、そのような源氏像を描きあげている。

とくに、光君は、喪服の、墨染や鈍、また藤衣によるための美しさが、きわだって描かれている。諸作品では、この色が、不吉な、いとわしい色とされているのは前述のとおりであり、『源氏物語』でも、「いで、あな心憂。**墨染《すみぞめ》**こそ、なほ、いとうたて、目もくるゝ色なりけれ。」（柏木四―三七頁）「浅ましき**墨染**なりや」（手習五―四〇七頁）などとのべている。人の死という、最も悲傷の場の、見るからにいとわしい服色を、容姿を装う心のゆとりもない傷心の人に着用させ、それによって一層の美を感じるというのは、異常というべきであろう。しかし、作者は、この喪による姿に、平常にまさる美が生まれることを、光源氏像にくり返し示しているのである。つまり、源氏は、非美なるもの、によって、本来の美にさらに輝きが増す、としている。

このような、異常な超人的な美を暗示していることは、王朝では『源氏物語』だけといってもよい程であり、それが、ことに光源氏に集中している。

「**にばめる**御衣たてまつれるも、夢の心地して、「われさきだゝましかば、ふかくぞ、染め給はまし」と、思すさへ、かぎりあれば薄**墨**衣あさけれど涙ぞ袖をふちとなしける　とて、念誦し給へるさま、いとゞなまめかしさまりて、」（葵一—三四一頁）

葵の上の死で念誦している源氏の鈍色の喪服姿が、平常より、「いとゞ」「まさりて」、一層なまめかしいという。そして、

「中宮・大将殿などは、まして、すぐれて物も思しわかれず、後〳〵の御わざなど、……**藤**の御衣に、やつれ給へるにつけても、限（り）なく清らかに心苦しげなり。」（賢木一—三七七頁）

桐壺帝の崩御による喪の場で、源氏は藤衣を着用している。その色もない粗悪な喪服に悲嘆の身を包んだ、およそ美からは遠くあるべき姿、それが、「やつれ給へるにつけても」「限（り）なく」と強調して、却ってこの上なく清らかに美しく見えると讃えている。また、

「……しどけなう、うち乱れ給へるさまながら、……これは、いますこし、**こまやかなる**夏の御直衣に、**紅**《くれなゐ》のつやゝかなる、ひき重ねてやつれ給へるしも、見ても、あかぬ心地ぞする。」（葵一—三四五頁）

これも葵の上の喪で、その兄の頭中将は、鈍色の直衣・指貫にうすく衣がえして、「いとを、しう、あざやかに、心はずかしきさまして、」という、様子である。それに対して、源氏は、鈍の直衣の下に紅の下襲を着た「しどけなう、うち乱れ給へるさま」で、比べれば源氏の方が余程非美的な姿である。しかし、そうした姿であるそのことによって、誰が見てもその美しさは飽きない程であると、「しも」で強く言い切っている。

「**鈍《にび》たる**御衣どもなれど、色あひ、かさなり好ましく、なか〳〵見えて、雪の光に、いみじく艶なる御姿を、見いだして、……」（薄雲二一―二五八頁）

太政大臣や式部卿宮の他界のための喪が、表面上のことであるが、源氏にとっては、実はその内心は、藤壺薨去の喪のためのものであり、そのための鈍色の喪服姿なのである。

常識では、好ましくない筈の鈍のかさなりの色合であり、とくに、『枕草子』では、「あるかなきかなる薄**鈍**、あはひも見えぬゝは衣などばかり、あまたあれど、つゆのはえも見えぬに、」（八三段　一二一頁）と述べて、鈍の喪服のかさね着をした時の作者自身の醜さを描いているのである。

しかし、源氏の場合は、全く対蹠的にそれを、「なれど」「なか〳〵見えて」と、あえて否定し強調しながら、異常な「好まし」さを示している。さらに雪の白光を背景にした鈍色の源氏の姿は、また常識では考えられないような「艶」という――それも「いみじう」という程の――美しさであると賞讃している。いずれにしても一度《ひとたび》源氏に着用させると、通常では考えられないような特異な美が発せられることを、はっきりのべている。

こうした、墨や鈍や藤衣のやつれ姿を、それ故にこそ、一層その美がまさる、として、特異な源氏像の形象をしているが、これらのことについては、

「無紋のうへの御衣に、**鈍色**の御下襲、纓、巻き給へるやつれ姿、花やかなる御よそひよりも、なまめかしさ、まさり給へり。」（葵一—三五五頁）

と、はっきり「花やかなる御よそひよりも、……まさり給へり。」と断言しているのである。

このように、源氏に対して、衣服の色合による究極の美を、服喪の場を、黒や、色もない藤、によるやつれ姿によって描き出そうとした。晴の場、華麗なさまざまの色合の装束、美しくあることを意識し着飾った姿、それに王朝の容姿美が生まれると考えるのが当然であり、それが『枕草子』を代表として、他の諸作品にもみられるのは前記のとおりである。

しかし、紫式部は、悲嘆にくれる心、「目もくるゝ」服色に包まれ、美しくあろうとする意識を持つゆとりもない「やつれ」姿、美の生れるのとは対蹠的なこうした条件を設定しながら、それ故にこそ、却って、一層の美が発揮されると強調している。——それは光源氏という人物においてのこと、として、——。

このような喪の姿でない時は、作者は、しばしば、源氏に白の衣服を選んでいる。前掲の雨夜の品定の場での「**白き**御衣どもの、なよゝかなるに、」（帚木一—六二頁）、同じく須磨の場での「**白き**綾のなよらかなる、**しをん**いろなどたてまつりて、こまやかなる御直衣、」（須磨二—四〇頁）、また、夕霧と一緒の折の、

「おとゞは、うすき御直衣、**白き**御衣の、唐めきたるが、文、けざやかに、つや〳〵とすきたるをたてまつりて、」（藤裏葉三—一九四頁）

など、白一色の場合も、ほかの色と一緒の場合もあるが、その美しさが、「いとめでたく、女にて、見たてまつらまほし。」「ゆゝしう清ら」「盡きせず、あてになまめかしう」などと讃嘆され、それも、「いと」「ゆゝしう」「盡きせず」のような最上級のものであった。

「今朝は、れいのやうに、おほとのごもり起きさせ給ひて、宮の御方に、御文たてまつれ給ふ。……**白き**紙に、中道を隔つるほどはなけれども心みだるゝ今朝のあは雪　梅につけ給へり。……**白き**御衣ども着給ひて、花をまさぐり給ひつゝ、友待つ雪の、ほのかに残れる上に、うち散りそふ空を、ながめ給へり。……と、花をひき隠して、御簾をおし上げて、ながめ給へるさま、夢にも、かゝる、人の親にて、おもき位と見え給はず、わかうなまめかしき御さまなり。」（若菜上三—二五三・二五四頁）

この場面での光源氏は、すでに準太上天皇という最も尊貴な身分であり、明石姫君は皇太子妃、夕霧は中納言になっており、更に内親王女三宮の夫という立場の、のぼりつめた時期にある。年令も四十を越えて人間として円熟・完成された年代である。

この前あたりから物語の第二部に入り、源氏にも衰兆がしのびよってくる、いわばその前の頂点に立つ時、とされている。

庭園にのこる雪、さらに散り添って降る雪、雪にもまがう盛りの梅花。そして雪を詠じた女三宮への消息の白い料紙、それをつける文付枝の白梅、このような白一色を背景に、白の服装の、いかにも若々しくなまめかしい光源氏像が描きあげられている。人々の憧憬の的、光君の理想像を、作者は衣装の白一色で現出させているのである。(5)

源氏の美の形象のため、前にあげた「花やかなる御よそひよりも」と、こと更、鈍などの黒の色合で描き続けた作者の心が、喪でない場合には、このような白の服色を選ばせたのではないか。それは、完璧な源氏像を描き出すために。

六 色を捨てた黒―白

正月に着る衣裳を、暮に、源氏から、とくに身近かな婦人達に贈る、その色合選びに、

「着給はん人の御かたちに、思ひよそへつゝ、たてまつれ給へかし。着たる物の、人ざまに似ぬは、ひが〳〵しうもありかし」(玉鬘二―三七〇頁)

「つれなくて、人のかたち推しはからんの御心なめりな。……」(玉鬘二―三七一頁)

とある、源氏と紫の上の、これらの会話によっても、その一端がうかがえるが、『源氏物語』に登場する主要な女性の服色は、ただ単にその人物の外面的な容姿を飾るためのものだけではない。このことについては小稿(6)に詳しいので略すが、端的にそれぞれの個性がそのまま具体的な形をとって服色にあらわれる、とでも言い得るようである。

すなわち、この物語では、服装と〝人ざま〟は相即不離のものであり、その色目からまだ見たこともない人物を推測することさえ可能で、服色は人がらの象徴とも考えられている、といってよい。

このことは女性の場合であったが、こうした作者の態度は、当然主要な男性に対しても考えられなければならぬはずである。従って、これまでみてきた光君の服色は何を語ろうとしているのか、作者が何を託そうとしてこうした色を選んで描いてきたのか、つまり、これらの色によって何を象徴しようとしたのか、この物語の主役光君であるだけに考えてみるべきであろうと思われる。

彼の境涯は、自身、

「鏡に見ゆる影をはじめて、人には異なりける身ながら、」（御法四―一八七頁）
「この世につけては、飽かず思ふべきこと、をさ〳〵あるまじう、高き身には生まれながら、」（幻四―一九八頁）

と、最晩年に生涯をかえりみて語っているとおり、尊貴な皇子として生まれ、この世の人とは思えぬ程の美貌才智にめぐまれ、何事につけても足らぬもののない境涯であったと言えようが、それは、「身ながら」「生まれながら」とのべているように、源氏の一面であり、彼の生きざまには、その顔さえおぼえぬ幼時の頃の母の死に始まり、祖母、父帝たち骨肉の人々や、葵の上を始め薄雲女院、夕顔など、多くの愛する異性の死、終には最愛の伴侶紫の上にさえ先立たれる、という、死を悲しみ無常に嘆息する日々が少なくない。世をいとう気持が彼の心に暗い翳をおとしていると言ってよかろう。

そして、彼は、

「去年・今年、うちつゞき、かゝる事を見給ふに、世も、いとあぢきなう、思さるれば、かゝるついでにも、まづおぼし立たるゝ事はあれど、また、さま〴〵の御ほだし多かり。」（賢木一―三

七七頁）

「故院におくれたてまつりし頃ほひより、世の、常なく思う給へられしかば、このかたの本意、ふかく進み侍りにしを、心よわく、思うたまへ、たゆたふ事のみ侍りつゝ、つひに、かく、見たてまつりなし侍るまで、おくれたてまつり侍りぬる心のぬるさを、恥づかしく思へ給へらるゝ、かな。」（若菜上三―二三四頁）

と、若年の頃から葵の上や父院の喪による悲しみ、無常を知って仏門に入ることを願い、

「いにしへより、御身の有様、おぼし続くるに、「……いはけなき程より、かなしく、常なき世を、思ひ知らすべく、仏などのすゝめ給ひける身を、心強く過ぐして、つひに、『来し方・行（く）先も、ためしあらじ』と、おぼゆる悲しさを、見つるかな、今は、この世に、後めたきこと、残らずなりぬ。ひたみちに、行ひにおもむきなんに、さはり所あるまじきを、」」（御法四―一八七・一八八頁）

「「人よりも、殊に口惜しき契りにもありけるかな」と思ふ事絶えず。世の、はかなく憂きを知らすべく、仏などの、おきて給へる身なるべし。」（幻四―一九八頁）

のように、幼時の母との死別にはじまり、晩年にいたっての紫の上との別れまで、仏が出家させるためにこのような運命を与えたのであろうという、死というものにあう、現世の最大の悲しみを度重ね経験してきた源氏の生涯であった。出家を願いながらそれが果せなかったために、生涯、現世を厭離して仏道へ進もうと希求し続けていた、と言えるようである。

彼は極盛の栄花世界の華麗さの中にありながら、それを迷妄と知って、一切を捨てて無の世界、浄土へ達する仏門へ入ろうと願った、その求道の心こそが最後に到達しようとする彼のまことの姿であったと考えられる。

王朝の、二百種に近いさまざまの衣装の色、極言すれば、源氏ともなれば、どのような豪奢絢爛とした装束をも自由に着用し、思う存分美しく装うことができた筈である。

しかし、光君の美が強調され、一きわ、それ故にこそ、彼の輝きが無限に発揮される、としたのは、逆にそうした色一切を捨てた、黒、そしてある場では白、による姿である、と作者は強く暗示していると考えられる。

作者は、王朝のすべての色彩を知りつくした上で、それらの多彩の色を超えた無彩色の世界、つまり、黒―白という極限の二色にこそ、ありきたりではない、真の究極の美を生み出す力が秘められていることを探り得ていたようである。とくに、それは光源氏という人間像に、ということを条件として。

こうした作者の美意識は、女主人公紫の上の、春の曙の霞の間から樺桜の咲き乱れたのを見る心地がする（野分三―四六頁）と讃えられた生前の装おいの映発するような美しさよりも、通常なら、いとわしかるべき死の床に横たわる容貌に、世を絶する美を見、(7)また万人がその美を賞翫する春の百花繚乱の色彩、秋の千葉錦繍《せんようきんしゅう》の彩りよりも、誰も賞《め》でるものもない「すさまじきためし」といわれる極寒の月光と雪の色なき自然の景にこそ、無限の美を見出す、(8)とした、常識をこえた非凡な意識と軌を一にしていると言うべきであろう。

通常なら非美ともいうべき、彩りのない白・黒の世界にこそ、虚しい假の現世に咲くはなやいだ美を超えた、もっと次元の高い、究極の美が存在するということに、作者は王朝の現実を凝視しつつ到達したのであろうと考えられる。

光君の、喪のやつれ姿によって、彼の心の奥、源氏の深部にある、人の死への悲しみ、現世の無常感、それから厭離しようと生涯を通して出家を志し、仏道を求め続けた内面の真の心が象徴され、同時に美しかるべき〝花やかなる御よそひより〟は、常人が美とも思わない〝目もくるる〟[9]黒と、色なき白によって、現世の常識的な美を超える無比・無上の美を発揮し得る非凡な「人から」――光君《ひかるきみ》――を象徴しようとした、と考えられるのである。

七　現世を超えた無彩色の世界

岡一男氏は「このような陰謀・呪咀・神経闘争の暗黒面と栄華・享楽・耽美生活の綺羅面の交錯する世界において、世間の虚假に徹して、唯仏是真の久遠の光を絶望的に希求したのが、紫式部の文芸であった。[10]」と『源氏物語』についてのべられ、『紫式部日記』についても、「『ことわざしげく憂き』世の中への精神的抵抗が、厭離穢土・欣求浄土の純一の求道心となり、……[11]」と記されている。

こうした作者の態度が、それは日記の中に、――それ故、真実の彼女の心がのぞきみられると思われるが――「としくれてわが世ふけゆく風の音に心のうちのすさまじきかな」（四八四頁）とひとりごとがいわれたとある。極盛の世界にいながら「すさまじき」心さながらの年の暮に吹きすさぶ寒風のような、耐えがたい氷のような心底、それと同じようなものが光源氏像の深部に託されているようである。

さらに岡氏が、「作者の現実凝視が異常に深刻で、遙かに当代の作品を凌駕して、十分近代のヌゥヴェルに伍して劣らぬ貫禄をそなへてゐる[12]」とも言われているが、現実を深く冷徹にみつめ、万象の本質を追求し続け、栄花の世界に酔い得ず、そこに假象の虚しさを感じ、それ故、それらを捨て現世を超えた所に理想を求めた彼女の心が、光君をこれまでみてきたような形でつくり上げたと考えられる。

作者の人生観からすれば、王朝の色彩も、つきつめてゆけば、さまざまの彩《いろど》りは假りのものであり、究極は、あらゆる色を超え、かつ無限の色を秘めた白と黒の無彩色(13)の世界に到達し、それにこそ色の本性を求め得たのであろう。

そして、作者にとって、これを託し得る人物を求めれば、光源氏でなくてはならなかったのであろう。

『枕草子』を始めとする当代の作品には、ほとんど見られぬばかりでなく、それを否定したようなこうした特異の美を創造したのは、当時の一般の人々が肯定している王朝の現実を醒めた眼で視て得た紫式部の観念を通じたものであり、それ故、他の諸作品の皮相の美とは隔った、むしろ対蹠的ともいえるものとなったと考えるのである。

注

(1) 小稿「枕草子の一性格——男性の服色をとおして——」(『日本文学研究』第十六号　昭和55・11)

(2) 小稿「源氏物語における女性の服色」(『和洋国文研究』第10号　昭和48・7)
「枕草子回想段について——定子の美をとおして——」(『日本文学研究』第十四号　昭和53・11)
「古典の色——王朝文学の彩り」(『日本の色』講談社　昭和55・4) 所収など。

(3) 岡　一男『古典逍遙——文芸学試論——』(笠間書院　昭和46・4) 三四九頁

(4) 注(1) 参照

(5) 河鰭実英『有職故実』(塙書房　昭和51・7) によると、直衣は冬は白とあるが、石村貞吉『源氏物語有職の研究』(風間書房　昭和39・12) 前田千寸『日本色彩文化史』(岩波書店　昭和35・5) などには、地質、紋柄、色目などはさまざまであり、色目の制限もないので雑袍の名があるという。ただ老人は多く白を用いたと言うことである。光源氏は若年の頃から白を着用しているから年令とかかわりはないと思われる。

(6) 注(2)参照

(7) 小稿「源氏物語の美——死にかかわる描写をとおして——」(「語文」第四十六輯　昭和53・12)

(8) 小稿「源氏物語の美「すさまじ」の対象をとおして」(『鈴木知太郎博士古稀記念国文学論攷』桜楓社出版　昭和50・10)所収

(9) 小稿「王朝物語の色彩表現——源氏物語を中心に——」(『日本人の表現』笠間書院　昭和53・10)所収

(10) 岡　一男『源氏物語の基礎的研究』(東京堂出版　昭和41・8)三一頁

(11) 注(10)と同書　三八二頁

(12) 注(10)と同書　五九五頁

(13) 小稿『墨蹟の光輝の発見』(『平安朝文学の色相』笠間書院　昭和42・9)所収

小稿「墨染の美——源氏物語における——」(右と同書)所収

現代の色彩学でも、すべての色彩を含み、その95%を反射するのが白、その95%を吸収するのが黒と言われる。

「山吹」について――宇治の中君の場合

一　「山吹」は春季か

『源氏物語』を読んでいて、以前から不審に思う一文があった。といっても、筆者のことであるから〝色〟に関することにすぎないのであるが。

宇治の中君が父宮の一周忌をすませ、その後、はからずも匂宮と結ばれたが、宮の訪れも途絶えがちで、姉大君と淋しく過ごしていた、十月末の時雨する風の激しい日、大君は病床にあったので「白」の服であったが、中君は、

「昼寝のきみ、風のいと荒きに、おどろかされて、起きあがり給へり。**山吹**、**薄色**《うすいろ》など、花やかなる色あひに」（総角四―四四九頁）

とある。このような季節に「**山吹**」を着用している点に疑問を抱いていた。

作者は、

「着給へる物どもをさへ、いひたつるも、物いひさがなきやうなれど、むかし物語にも、人の御装束をこそは、まづいひためれ」（末摘花一―二五七頁）

のように、服装は人物描写に欠かせぬものとしており、容姿はもとより、人柄を象徴する役割をさえ持たせている例もこの物語では少なくない。

つまり、『源氏物語』では、衣服は非常に重視され、その描写は極めて慎重であるといってよく、それ故、中君の「**山吹**」も、ただ読みすごすわけにはいかない、と考えていたのである。

当時の服装は、形はほとんど一定していたので、その色合を中心に描かれる場合が少なくない。平安時代は、季節季節の風物（とくに、木々草々の花・葉・幹・実など）の彩《いろど》りを真似、主にその植物の名称をそのままとって色合の名とした、染色・織色・襲《かさね》の色目がつくられ、それは世界的にも高度の、美を極めたものと言われる。これは、四季折々の、風物の彩りをこよなく賞翫した王朝びとの、自然愛の結晶ともいえるものと考えられる。従って、桜花爛漫の頃は「**桜色**」、錦にまがう紅葉の頃は「**紅葉襲**《もみぢがさね》」、のように季節にあわせて、その名称も同じの、相似の色の衣服を着用して、自然と一体になって、日々をすごしたとも言えるようである。

『源氏物語』には、

「秋にもなりぬ。……**紫苑色**《しをんいろ》の、折にあひたる、うす物の裳」（夕霧一―一三二頁）

「**紫苑**《しをん》・**撫子**《なでしこ》、こき薄き衵どもに、**女郎花**《をみなへし》の汗衫などやうの、時にあひたるさまにて」（野分三―五三・五四頁）

のように、秋には、秋咲く紫苑を真似た「**紫苑色**」、野分の頃には紫苑・撫子・女郎花などが、さかりなので、それらの花々の色合を模した同名の色合の衣服を着用し、それを「折にあひたる」、「時にあひたる」と称賛しており、時・折に合うこと、そのことが強調されている。

とくに、「**山吹**」は、「姫君は、……**桜**の細長、**山吹**などの、折にあひたる色あひの、……いま一所は、**薄紅梅**《うすこうばい》に」（竹河四―二六四頁）と、玉鬘の姉妹の三月の衣裳として、「**桜**」「**薄紅梅**」とともに描かれ、「折にあひたる色あひ」、つまり三月の春の季節にふさわしい服色とされている。

諸文献も「**山吹**」は、多く十一月五節～三月の間としており、筆者が平安の諸作品に見られる「**山吹**」の全用例をふまえた結果であるが、ことに女性が着用する場合は、春季が主といってよい。それにもかかわらず、中君の場合は初冬十月であった。いくつかの小論でものべているように、紫式部は非常に服色を重視している。それにもかかわらず何故、と不審に思っていた。あるいは、小稿の拠っている日本古典文学大系の三条西実隆筆青表紙証本以外の諸本は、他の服色であるかもしれないとも考えていた。

早速、『源氏物語大成』を調べてみた。しかし「**山ふき**うす色なとはなやかなる色あひに」（校異篇三―一六四九頁）とあり、諸本いずれも同じであった。なお、『尾州家河内本源氏物語』にも異同はみられない。

服色をないがしろにしない作者であるのに、大成にも「**山ふき**」とある以上、「**山吹**」を疑うわけにはいかない。季節外れの着用には必然的な意味があると考えるほかない。念のため、源氏の諸注釈書を一応調べたが、異常であることに格別ふれているのではなく、色に関する文献でも同様であった。

そこで、「**山吹**」を含めて、風物の彩りを真似たすべての服色が、季節と、どのようにかかわっているか、五十四帖全部に当ってみた。紙数の都合でここには省くが、三例を除くすべてが、それぞれその時期に一致していた。

三例のうちに、春二月に、晩秋の落ちた栗を模した「**落栗**《おちぐり》」が描かれている例（行幸三―八七頁）がある。これは二月の玉鬘の裳着に末摘花が祝った物で、最も華やかな祝いの儀に「昔の人のめでたうしける」という流行おくれの、そして季節外れの色の衣服を贈ったというのである。

これは、周知のような末摘花の人物像を暗示するために、作者が意図的にこのような色合を選んだということは確かであろう。

中君の「**山吹**」も勿論、作者が意識して描いたものであろう。それでは、彼女は末摘花のような痴の人物であったか、というと、けしてそうではなく、最もすぐれた女性の一人でもあった。それでは何故なのだろうか。実は、夕霧の巻に、「人〱も、あざやかならぬ色の、**山吹・掻練**《かいねり》**・こき衣**《きぬ》**、あを鈍**《にび》などを着かへさせ」（夕霧四―一六三頁）という一節があった。落葉宮が御息所の喪中に、強引に夕霧に迫られ、二人の婚姻の儀が形ばかり行なわれた折の、配膳の侍女たちの服色の一つが「**山吹**」であった。

二　不吉な色をとりつくろい、平常の色合に

『源氏物語』では、「**山吹**」十二例すべてが春（正月か三月）に限られているのに、彼女らに十月末頃に「**山吹**」を着用させたのは、侍女たちにとって、四十九日の忌はあけたが、軽服《きょうぶく》の折における祝いの場の色合として作者が選んだとも考えられる。

中君の場合、父宮の一周忌後の心喪《しんそう》、さらに、その後もそれに準ずる期間が続いたであろう、そうした中での結婚であったため、前例と同じに不吉な色を取りつくろい、なるべく平常の色合にかえよ

うとしたので、「**山吹**」が選ばれた、とも思われ、従って季を外れた描写になった、と考えられるようである。

『枕草子』で「おどろおどろし」と言われるような、目立つ、派手な、春の山吹を真似た色合の「**山吹**」を、凄く時雨れ木枯し吹く蕭条《しょうじょう》とした日に着用させているのを不思議に思っていたが、今回、大成の校異を調べることによって、それに間違いないのを確認したので、あらためて「**山吹**」の全用例を調べてこのような理解に到ったのであった。

故実書にも、注釈書にも、管見によれば見当らないのに、『源氏物語』には、このような意をも含めた「**山吹**」の用例があるのを知ることができ、筆者はささやかな喜びを味わっている。

宇治の大君

一　色なきものの世界

㈠　現世の華麗な色を捨象した、美の極致

「時〱につけて、人の、心をうつすめる、**花・もみぢ**の盛りよりも、冬の夜の澄める月に、雪の光（り）あひたる空こそ、あやしう、色なきものゝ、身にしみて、この世のほかの事まで思ひ流され、面白さもあはれさも、残らぬ折なれ。すさまじきためしに言ひ置きけむ人の、心浅さよ」

（朝顔二―二六六頁）

雪が大層降り積った上にまだ散りやまず、すっぽり雪をかぶった松と竹との姿のちがいが、いかにも風情がある。御簾をあげて眺めると、皓々と一面に照る月光と、降り積んだ雪で、白一色に輝く庭園に、前栽は冬枯で痛々しく、遣水は氷って、流れもとどこおり、池は氷が張って言いようもない程凄い。と作者は厳寒の夜景を描き、その光景を眺める光源氏に、例文のように語らせている。

人々が、春か秋かと、時々につけて魅せられるであろう万花・千葉《せんよう》の盛りの華麗な色どりの美しさよりも、澄み徹る月の光に、白雪の映え合う寒夜の空の「色なきもの」の景。その世界にこそ、不思議に深く身にしみとおるものがあり、「この世のほかの事まで思ひ流され、面白さもあはれさも、残らぬ折」という程の、無限の美的興趣が感じられる。しかし、この極寒の月は、すさまじきものとされ、誰一人として鑑賞する者もない。このような絶讃すべき対象をみて「すさまじきためし」と言い置いたであろう人の、何と心浅いことであるよ。

作者は、因襲になずんだままの一般の人たちの浅薄な美的意識を批判し、自身が見出した反俗の、より深い、新しい美の境地をはっきり示し、それを源氏に語らせている。

これは小論(1)に詳しいので御参照いただきたいが、繚乱の百花、錦繍の千葉、古来から誰もが賞翫してやまない春秋の天然の色どり、その典型的な美の対象とはまったく対蹠的な、粛条とした厳しい冬の、凍てついた月光と白皚々の積雪だけの夜景、その「色なきもの」、それこそが、超現世的な憧憬の世界にも思いが馳せられる境であり、「面白さもあはれさも」、さらに「残らぬ」という程の、完璧かつ究極の美を感じさせるものであるという。そして、この冬の月の景を「すさまじきためし」と言い置き、またそれに慣習的に従ってきている人々に対して、「心浅さよ」と、その低俗さ、凡庸さを強く批判している。俗世間の一般王朝人の鑑賞に値する美的対象には、作者はすでに飽き足らず、それを超えて、逆に「すさまじ」とされるような「色なきもの」の世界に、新しい美を見出し、その境地を開拓し、それを理想的な人間像源氏の言葉として、読者に訴えようとしているようである。

この時代は、〝色彩の黄金時代(2)〟と言われるが、それにふさわしく、当時の物語類には絢爛とした色彩が描かれていることが少なくない。

とくにその中心となるのが、登場人物の衣服の色合で、これらは、多くが植物の色どりをそのまま模した相似の色であり、その名称も、真似た植物名と同じ、という、いわば、大自然のさまざまな花、そして葉の、名称と色どりが、人の手によって染められ、織られ、襲《かさ》（重）ねられた衣服（紙も）に再現されているのである。

詳しくは小論(3)を御参照願いたいが、「色なきもの」に対比されている「花・もみぢ」の語には、それとしてだけではなく、このような衣服の色合、それは——言いつくせない程——の多彩な華麗な世界が連想され、ふまえられていることに留意することが必要である。

「すさまじきためし」の「色なきもの」には、王朝のこうした、自然の、そしてさらには人工的な、あらゆる色彩、それを捨象した、きわめて深い意味が託されているのである。

これは、光源氏が二条院で、雪の夜景を眺めての場面であった。この年は、源氏にとって、太政大臣（葵の上の父）を失い、とくに三月には引き続き入道后宮（藤壺）も他界される、という悲しい年であった。源氏は、

「鈍《にび》たる御衣どもなれど、色あひ・かさなり好ましく、なか〱見えて、雪の光に、いみじく艶なる御姿を、」（朝顔二—二五八頁）

とあるような鈍色を着て喪に服している。藤壺はいうまでもなく、光源氏にとっては理想の女人であり、紫の上に語るのであるからごくさしひかえての批評であるが、それでも、

「世に、また、さばかりのたぐひ、ありなむや。」（朝顔二—二六七頁）

という程の無上の女人方であった。

これ程の藤壺を遂に失い、思いをよせる朝顔斎院には冷淡にされる、そうした折の源氏の、孤の純粋な心が、「すさまじきためし」と言いならされた寒夜の月と雪との、それは現世のあらゆる華麗な色を一切捨象した、「色なきもの」の世界に、通俗的で常套的な美を超える真の美、いってみれば美の極致を感得したといえるであろう。

(二) 新しい真の美への追求

藤壺のための喪で、この場でも源氏は鈍色を着用し、それが、

「雪の、いたう降り積りたる上に、今も散りつゝ、松と竹とのけぢめ、をかしう見ゆる夕ぐれに、人の御かたちも、光まさりて見ゆ。」(朝顔二―二六六頁)

と描かれている。夕暮の雪の光を背景にした、源氏のうすい墨色の喪服姿は、一層、平常の折よりも、美しさが輝きを増して見える、という。

光源氏こそ、さまざまな目もあやな色合に装《よそおい》をこらして、儀式に行事に、そして宮廷に、また多くの高貴の女人の許に、優雅な華やかな姿で登場すると想像されよう。位袍は一定の色であるが、その他は、当時は前述のように、花・紅葉を模した二百種に近い衣服の色合があるので、源氏ともなれば、それらをどのようにも選んで自由に着用できたであろう。しかし、彼の美が強調され、一層それ故に美が発揮される、と作者によって設定されているのは、こうした色々ではなく、黒に類する色、そしてある場合には白による姿であった、とも言えるのである。

このことについても小論(4)に詳しいので御参照いただきたいが、「花やかなる御よそひよりも、」(葵一―三五五頁)常人が美とは感じない「目もくるゝ」(柏木四―三七頁)墨染や白という、いわば、色なき色の服装によってこそ、源氏の、現世の美を超える程の無上の美が自《おのずか》ら匂い出る、としており、この場もその一連に他ならない。作者は、通常の凡庸の人たちが非美的とさえ、多く感じるであろう衣服の白、黒のみの姿。その無彩色の世界にこそ、虚しい假の世に咲く華やいだ色の美を超えた究極の美が存在する、ということを源氏の容姿に託して、暗に、あるいは、時に、はっきりと示しているのである。

このことは、つまり「すさまじきためし」と軌を一にする反俗的・非現世的な、新しい真の美への作者の追求からの所産といえるであろう。

たびたび小稿(5)で述べているとおり、衣装の色合が、その〝人から〟をあらわすものであるという、作者の服色哲学からすれば、無上の美を彼が発するという着衣の白―黒は、源氏の、死への悲傷、現世に対する無常観、これらをふくめた俗世、それから離れようとする求道の魂の象徴とも考えられる。

前記の㈠からも㈡からも、当時の普遍的な美を確実にふまえた上で、現世を離脱し、仏道を希求する心を奥底に秘めて、真の美を探り、新しい美を創造して行こうとする作者の創作への態度がうかがえるようである。

二　薫からみた宇治の大君

㈠　大君の人がら

宇治の大君は、橋姫以下に、その人柄や容姿が、ある時には、中君ともども、父宮や、とくに薫の目をとおして多く描かれている。

「ひめ君は、心ばせ静かに、よしある方にて、見る目・もてなしも、気高く、心にくきさまぞし給へる。いたはしく、やむごとなき筋はまさりて、」（橋姫四―二九九頁）
「ひめ君は、らうらうじく、深く、おもりかに見え給ふ。」（橋姫四―三〇一頁）
「……とて、うち笑ひたるけはひ、いま少しおもりかに、よしづきたり。」（橋姫四―三一四頁）
「いと、なよらかに心苦しうて、いみじうあてに、みやびかなると、」（橋姫四―三一五頁）
「いと、よしあり、あてなる声して、」（橋姫四―三一六頁）
「思ひしよりは、こよなくまさりて、おほどかにをかしかりつる御けはひども、面影に添ひて、」（橋姫四―三二三頁）
「ねびまさり給ふ御さま・かたちども、いよ〳〵まさり、あらまほしくをかしきも、中〳〵心苦しう、「かたほにもおはせましかば、あたらしう、惜しきかたの思ひは、薄くやあらまし」など、」（椎本四―三四四頁）
「「……今やうの若人たちのやうに、艶げにも、もてなさで、いと、めやすく、のどかなる心ばへならむ」とぞ、おし量られ給ふ、ひとの御けはひなる。「かうこそは、あらまほしけれ」と、思ふに違はぬ心地し給ふ。」（椎本四―三七一頁）
「頭つき・かむざしの程、いま少し、あてに、なまめかしさまさりたり。」（椎本四―三七七頁）
「うちとくべくもあらぬ物から、なつかしげに、愛敬づきて、物、の給へるさまの、なのめならず、心に入りて、思ひいらるゝも、はかなし。」（総角四―三八八頁）
「……人の御けはひ、思ふやうに、薫りをかしげなり。」（総角四―三九〇頁）

「……時〳〵、さしいらへ給へるさま、いと、見所多く、目やすし。」（総角四―三九二頁）
「……かたみに、いと、艶なる、さま・かたちどもを。」（総角四―三九二頁）
「いづれと分くべくもあらず、なまめかしき御けはひを、」（総角四―四〇六頁）

などと詳しくのべられている。

大君の人柄は、落ちついて、深みがあり、思慮深く、沈着でどっしりしていて、温和である。その有様は、上品で気品が高く、高貴であり、奥ゆかしく、高雅、優雅、優艶でもあり、つやつやとし、愛敬づいてもおり、見た目が立派で、風情のある方であるという。

大君の亡きあとも、中君や薫に追慕されながら、その有様が語られているが、

「故ひめ君の、……心の底の、づしやかなる所は、こよなくも、おはしけるかな。……今思ふに、いかに、重りかなる御心掟てならまし。」（宿木五―四一頁）〔中君の追憶〕、

「まづ、頭つき・様態、細やかに、あてなる程は、いとよう、思ひ出（で）られぬべし。」（宿木五―一二一頁）〔中君が浮舟を見て〕、

「……額つき・まみの、薫りたる心地して、いと、おほどかなる貴《あて》さは、たゞ、それとのみ、思ひ出でらるれば、……「かれは、限りなく貴に、け高き物から、懐しう、なよらかに、かたはなるまで、なよ〳〵と撓《たわ》みたる様の、し給へりしにこそ。……」（東屋五―一七五頁）〔中君が浮舟を見て〕、

「「いと、いたう、こめいたる物から、用意の、浅からず物し給ひしはや」と、」（東屋五―一九四頁）〔薫が浮舟を見て〕、

「昔の、いと、なえばみたりし御姿の、あてに、なまめかしかりしのみ、思ひ出でられて。」（東屋五―一九五頁）、〔薫が浮舟と比べて〕、
「……添ひ臥したるかたはら目、いと、隈なう**白う**て、なまめいたる額髪の隙など、いと、よく思ひ出でられて、あはれなり。」（東屋五―一九六頁）〔薫が浮舟を見て〕、

などと異母妹の浮舟にふれながら述べられている。

死後いつまでも、その、高貴で上品で、優艶であり、大ようでやさしく物やわらかな態度、いかにも表面はなよなよと、たよりなさそうでありながら、重々しい、しっかりとした思慮のあった人として、大君は記憶され印象づけられているのである。

「宇治十帖」では、大君のこのような人柄・容姿が、「かうこそは、あらまほしけれ」といった理想的なものとして、薫という人物によって評価されている。そして、彼にとって、「なのめならず、心に入りて、思ひいらるゝも」という、心にしみこんで気に入って、そのためにいらいらと心乱れる、そうした思いを抱かせるほどなのである。

それでは、このような大君の、薫にとっての理想的な姿が、具体的に細かく衣服などによって、どのように描写されているであろうか。

「色変る浅茅を見ても**墨染**《すみぞめ》にやつるゝ袖を思ひこそやれ　と、ひとり言のやうにのたまへば、「色かはる袖をば露のやどりにてわが身ぞ更におき所なき　はつるゝ糸は」と、末はいひ消ちて、……あかず、あはれにおぼゆ。」（椎本四―三六二頁）

という、薫との応答によってもわかるように、父八宮の亡き後の、大君の喪の墨染姿から具体的に描きはじめられ、その後も、

「**黒き**袷一かさね、……」（椎本四―三七七頁）、「「……ゆゝしき袖の色など、見あらはし給ふ、心浅さに、……」と、うらみて、何心もなくやつれ給へる**墨染**の火かげを、」（総角四―三九〇・三九一頁）、「**墨染**の、今更に、をりふし、心いられしたるやうに、あはあはしく、思ひそめしに違ふべければ、」（総角四―三九一・三九二頁）

など、すべて墨染の喪服であり、一年を経過しても、

「御服など果てゝ、……月ごろ、**黒く**ならはしたる御すがた、**うす鈍**にて、」（総角四―三九六・三九七頁）

のように、まだ軽服のうすい鈍色の姿で描かれている。

そして、

「「例の色の御衣ども」「たてまつりかへよ」など、そゝのかし聞えつゝ、みな、さる心すべかめる気色を、あさましく。」（総角四―四〇〇頁）

とあって、鈍色などを脱ぎかえて、薫に逢うように、侍女たちが、さまざまな色合の衣装に着かえる

よう、すすめるのを、大君は、「あさまし」と思っているという。
その後、どのような色の衣裳に着かえ、日常も、どのような服色であったか、作者は、例えば、

「「三日にあたる夜、餅なんまゐる」と、……かつは、大人になりておきて給ふも、人の見るらんこと憚られて、おもてうち**赤め**ておはするさま、いと、をかしげなり。」（総角四―四二一頁）

のような、妹の中君と匂宮の、三日夜の餅の祝の場面であるから晴姿であろうが、大君の衣裳の色合は何も描写されていない。

父宮喪中の場における墨染、鈍、黒などの服色姿は克明に捉え、描いているにかかわらず、喪のあけた後も、中君の方は、「**濃き**御衣の、」（総角四―四二〇頁）、「**山吹**、**薄**《うす》**色**など、花やかなる色あひに、」（総角四―四四九頁）などのような、「花やかなる」王朝風な色合の衣装描写もあるのに、大君にはそれがまったく見られない。

そして、

「**白き**御衣に、髪はけづることもし給はで、」（総角四―四四九頁）、「**白き**御衣どもの、なよびかなるに、」（総角四―四六一頁）

とあるように、まったく他の服色などはなく、白一色だけで大君の生涯の姿の描写は終っている。
つまり、妙齢の宮家の姫君でありながら、大君には、黒―白の衣服だけを選んでおり、二百種にも及ぶ王朝の絢爛とした服色はすべて排除し、とりあげることをしていない。極言すれば、作者は、そ

のことを示そうとしている、とさえ考えられる。

とくに、

「**濃き鈍色**《にびいろ》の単衣に、**萱草**《くわんざう》のはかま、もてはやしたる、「中〳〵、さま変りて、はなやかなり」と見ゆるは、着なし給へる人からなめり。……かたはらめなど、「あな、らうだけ」と見えて、匂ひやかに、やはらかに大どきたるけはひ、……又、ゐざり出でゝ、……と、見おこせ給へる用意、うち解けたらぬさまして、「よしあらむ」と、おぼゆ。頭つき・かむざしの程、いま少し、あてに、なまめかしさまさりたり。……とて、後めたげに、ゐざり入り給ふほど、け高う、心にくきけはひ添ひて見ゆ。**黒き袷一かさね**、**おなじやうなる色あひ**を着給へれど、これは、なつかしう、なまめきて、あはれげに、心苦しうおぼゆ。髪、さはらかなる程に、落ちたるなるべし、末、すこし細りて、「色なり」とかいふめる**翡翠**《ひすゐ》**だち**て、いと、をかしげに、糸を縒りかけたるうやうなり。」（椎本四―三七六・三七七頁）

のような、「黒き」袷と、それに、中君と同じような「**濃き鈍色**」の単衣、「**萱草**」の袴を着用しているという大君の、それ故の美しさが描かれている場面がある。袴だけは萱草色という、地味な黄味の強い赤い色（常の色の紅の華やかなものではない）であるが、その他は、鈍色の濃い単衣で、うす黒い色、袷も黒色である。中君は、「まづ、ひとり、たち出でゝ」とあるように立姿なので、黒い衣装と共に袴の萱草色も見えたであろう。しかし大君は、「ゐざり出でゝ」「ゐざり入り給ふほど」という膝行の姿なので、その色もほとんど見えず、おそらく黒一色に見えたであろう。中君は、これらの衣服をとおして、「中〳〵、さま変りて、はなやかなり」と感じられたという。それは、「着なし給へる人からなめり」と、とくに述べていることによって、中君が、はなやかな性格であったろうことを暗示しているようである。

それに対し、大君は、黒一色に見える姿が、中君の美しさより、さらに、「いま少し、あてに、なまめかしさまさりたり」のように、高雅で優艶さがまさり、また、「け高う、心にくきけはひ添ひて見ゆ」ともあるような、気品の高い、奥ゆかしい風情が加わって見えるという。中君は薫にとって「女一の宮も、かうざまにぞおはすべき」と、あこがれを抱く明石中宮腹の皇女に比すべき女性であるが、その中君よりも、さらに、こうした美が加わっているという、それ程に評価される大君の姿は、作者によって濃き鈍色や黒の喪服の色で描かれているのであった。

そして、中君が、「様体をかしげ」で、髪も多く「うつくしげ」であり、横顔など可愛げで、つやつやと映発するようで、物やわらかで、おっとりしており、華やかな人柄が象徴されているのに対し、大君は、心がひかれるようで、優雅でしみじみとした深い美が感じられ、見ていて心苦しい気持がするという。いわば、中君の、「様体をかしげ」に対して、「あはれげ」な沈潜した美しさの人物として描かれているようである。

また、

「夕暮の空の気色、いと、すごくしぐれて、木の下吹（き）拂ふ風の音などに、たとへむかたなく、来し方・行く先、思ひ続けられて、そひ臥し給へるさま、あてに、限りなく見え給ふ。**白き**御衣に、髪はけづることもし給はで、程経ぬれど、まよふ筋なくうちやられて、日頃に、すこし**青み**給へるしも、なまめかしさま（さ）りて、眺めいだし給へるまみ・額つきの程も、見知らん人に見せまほし。昼寝のきみ、風のいと荒きに、おどろかされて、起きあがり給へり。**山吹**、**薄**《うす》**色**など、花やかなる色あひに、御顔は、ことさらに染め匂はしたらんやうに、いとをかしく、花〳〵として、いさゝか、物思ふべきさまもし給へらず。」（総角四―四四九頁）

ここでは、すでに、父宮の喪もあけ、平常の折の二人の姫君が描写されているが、作者は、中君には、山吹や薄色などの「花やかなる」色合の衣裳を着用させている。大君も当然このような服色であろうのに、白一色で、王朝の多彩な服色では描いていない。

中君は、当時「おどろ〳〵し」などといわれた、あざやかな赤味の黄色の山吹襲と、薄色の、はなやかな色合を着用し、まるで特別に染めて映発したように見えるそのつややかな寝おきの顔は。といった、いかにも明るく花々とした美しさである。大君は、白だけの着物、それに梳《くしけず》ることもしないが乱れもない「翡翠《ひすゐ》」のような黒髪（椎本四―三七七頁）が投げやられ、病のため青みがかった白い顔色である。その美しさは、限りない程高貴で、こうした姿のため一層優雅さが増して、額や肩のあたりなど、趣《おもむき》を知る人にこそ見せたい程であるという。

王朝の「花やかなる」色あいの衣装、健康で艶やかな紅顔。「いとをかしく花〳〵」とした中君は、誰でも当然美しいと思うにちがいない容姿であるが、大君は、情趣のわかる人に、はじめて感得できる美であるということを作者はことわっている。

病苦にやつれた蒼白の顔、梳りもしない髪、白一色の衣、さらに、「いさゝか、物思ふべきさまもし給へらず」という中君とは反対に、「来し方・行く先、思ひ続けられて」という物思いに沈み、脇息によりかかって、うつ向いている姿を見て、どうして一般の人が、それに美を感じるであろうか。しかし、作者は、それに際限ない程の気品の高さを感じ、また、「すこし**青み**給へるしも」「なまめかしさま（さ）りて」のように、「しも」「まさりて」と、むしろそのためにこそ優雅さが一層まさるのだと強調しているのである。こうした大君に見る美こそ、「見知らん人」に「見せまほし」で、凡庸の一般の人など相手にしていないことをつけ加えている。

さらに、

「「……すこし憂きさまをだに、見せ給はゞなむ。思ひさます節にもせん」と、まもれど、いよ〱、あはれげに、あたらしく、をかしき御有様のみ見ゆ。かひなゝども、いと、細うなりて、影のやうに弱げなるものから、色あひも変らず、**白う**美しげに、なよ〱として、**白き**御衣どもの、なよびかなるに、……御髪は、いとこちたう、をかしげなるも、……こゝら久しく悩みて、ひきも繕はぬけはひの、心解けず、恥づかしげに、限りなうもてなしさまよふ人にも、多うまさりて、こまかに、見るまゝに、たましひも、しづまらん方なし。」（総角四―四六一頁）

のように、すでに影のように弱々しくなり、体のない雛人形を寝かせたように、やせ細ってしまった重病の大君の姿を描き、着物は勿論白。肌の色は相変らず白く美しげであるという。「顔をば、いとよく隠し給へり」のように顔は見えないけれど、前より一層青さをました白い顔色であろう。このような、いとわしい姿でありながら、薫が大君をじっと見守ってせめて少しでも嫌な様子でも見られたら、恋情がさめるきっかけにもなろうと思うのに、ますます深くしみじみ愛らしく感じられ、惜しく、いかにも趣のある美しさばかり見え、これこそが欠点などと思うところが、どうしても見つからない、という。

　当時の人びとは行事の時などは厚く化粧し、さまざまな色合の絢爛とした衣装を何枚も何枚もかさねて、色見本の冊子の断面のような褄や袖口などを見せていたとあり[6]、油断なく、はたから見ていても、きまりが悪い程際限なく飾り立ててうき身をやつし、美しくあろうと願い、そうすることによって豪華な美に酔った、そうした人々と比べてさえも、大君のこのように長く病んで、まったく取り繕うこともない様子の方が「多うまさりて」、はるかにすぐれていて、よくよく見ると、恋したう気持を鎮める方法もない程の美しさであるというのである。

「限りならもてなしさまよふ」人に比較してさえ、「たましひも、しづまらん方なし」という程の思いを抱かせるのが、瀕死の床に横たわる白い着物に包まれた白い肌の大君であった。

王朝のさまざまな色合の衣裳を着用して美しく装おっている大君、それは、今までみてきたように一切描かれず、まったく見ることはできない。ひたすら、身づくろいもせぬ、そして、黒・白の衣服のみの大君である。これは前述の光源氏の服色造型の線上にあると考えられるが、源氏には、他の服色の場合もあったのに比べ、常識的には現世で美とするすべての色を捨て、「**色なきもの**」ともいうべき黒—白のみに絞っているところに、作者の反俗的な態度が一層強まり、大君を対象にとりあげ、それを深めてきているように考えられる。

ついに、大君は、

「……御殿油を近うかゝげて、見たてまつり給ふに、隠し給ふ顔も、たゞ、寝給へるやうにて、変り給へる所もなく、うつくしげにて、うち臥し給へるを、「かくながら、虫のからのやうにても、見るわざならましかば」と、思ひ惑はる。今はのことゞもするに、御髪をかきやるに、さと、うち匂ひたる、たゞ、有(り)しながらの匂に、なつかしう香ばしきも、ありがたう、「何事にて、此(の)人を、少しも、『なのめなりし』と、思ひ、さまさむ。まことに、世(の)中を思ひ捨て果つるしるべならば、恐ろしげに憂きことの、悲しさもさめぬべきふしをだに、見つけさせ給へ」

と、佛を念じ給へど、いとゞ、思ひのどめむ方なくのみあれば、言ふかひなくて、「ひたぶるに、煙にだになし果てゝん」と思ほして、とかく、例の作法どもするぞ、あさましかりける。」（総角四―四六三頁）

のような、現世を離れる、死の形象でその美は頂点に達している。草木などの枯れて行くように息を引きとった大君を、燈火を近づけて眺める薫の眼にうつる姿である。

まるで寝ているのと変りない美しげな顔、さっと匂う生前のままの香ばしい髪。何を見つけ、「なのめなりし」欠点のある人だった、と思って自分の恋情を冷《さま》そう。何とかして思い諦めることのできるような点を見つけて下さい、と仏に祈っても、どうしても思い鎮める方法もない、それ程の無欠の美しさを、死の大君に見ているのである。「思ひのどめむ方なくのみあれば、言ふかひなくて、」「ひたぶるに、煙にだになし果てゝん」というように、どうすることもできない、だから一途に火葬にさえしてしまいたいという程強調して、絶世の美を示している。

この死の描写については、小論(7)に詳しいが、『源氏物語』にも、当時の諸作品と同様、四季折々の花々や色どりそのままの、多種多様の色合による絢爛とした服装、化粧に匂う白やほのかに赤い顔、そうした容姿の美は少なからず描かれている。しかし、他の作者達が、当然のこととして、これまで止まるのに対し、源氏作者は、このありきたりの普遍的な美を超える、もっと新しい美を創造しようとしているようである。

それは、「恐ろしげに憂きことの、悲しさもさめぬべきふし」のような無気味な醜悪な死相、また瀕死の病者の相、一般の誰もが厭《いと》うこうした姿。作者は、こうした現世を離脱したその時点の姿にこそ、その人物が到達し得る究極の美が出現する、としているのではないか。そして、白一色の衣、うちやられた髪、蒼白な顔、無心に横たわる姿に、燈火を近づけて、はじめて熟視した全貌を克明に写してみせているのである。

とくに、美の理想像とされた紫の上の場合など、さながら匂う桜花にもなぞらえられた生きていた時の姿よりも、白一色の衣、髪の黒、蒼白な顔、「何心なくて」横たわる死の相に、「あかぬ所なし」「たぐひなき」という程の完璧、比類のない美を見出し、それを詳しく描いている。(8)

作者は、世俗の人の虚飾を一切捨てた肉体、俗世間に執着して生ずる喜怒哀楽から脱した無の精神、こうした現世を離れた死者、あるいはそれに臨む病者にこそ、生者の段階では到達し得なかった極致の美が見出される、という美的理念を抱いていたように推測される。

この大君の、瀕死の、やがて死の床に横たわる姿にみられる、薫にとって恋情をおさえきれぬ程の、あきらめるすべもない程の、無欠の美こそ、紫の上の例の形象にみられた線上にあるものではないかと考えられる。しかし、大君がはじめてその全容をあらわした場面がこの二例であることから、作者がこれに絞ろうとした点、紫の上の造型より、その面で一歩進めたものと考えられる。俗な常識に止まっている世間一般の凡庸の者たちには、理解しにくいような特異な美の、純度の高さを大君形象にみるのである。

(二) 宇治八宮邸

このような宇治大君を、作者はどのような場を設定して描いたのであろうか。

大君たちは、京の八宮邸が不幸なことに焼失した後は、

「宇治といふ所に、よしある山里、持給へりけるに、わたり給ふ。」(橋姫四―三〇三頁)

ということで、宇治山荘に移り住み、大君はここから一歩も出ずに生涯を終ったのであった。

①　宇治は、当時の人々には

「「うらめし」といふ人もありける里の名の、」（椎本四―三三九頁）

のように、喜撰の「世を宇治山と人はいふなり」（『古今集』雑下）の、この世を「憂し」という意もふまえていたようである。

八宮の宇治の山荘は、

「いとゞ、山重なれる御すみかに、たづね参る人なし。あやしき下衆など、ゐなかびたる山賤どものみ、稀に、なれまゐり、仕うまつる。」（橋姫四―三〇四頁）

とあるような、山深い人里はなれた場所で、京の人は勿論のこと、土地の、ごく賤しい農夫や木こりなどだけが、それも稀に奉仕するためにだけ、といった有様であった。八宮も、

「かく、絶えこもりぬる、野山の末にも、」（橋姫四―三〇四頁）

のように思っておられるという。

そして、

「げに、きゝしよりも、あはれに住まひ給へる様よりはじめて、いと、假なる草の庵に、おもひなし、事そぎたり。おなじき山里と言へど、さる方にて、心止りぬべく、のどやかなるもあるを、いと、荒ましき水の音、波の響きに、物忘れうちし、夜など、心とけて夢をだに見るべき程もなげに、すごく吹きはらひたり。」（橋姫四―三〇八・三〇九頁）

のように、その住居は、間にあわせの草庵で、万事簡略なものであり、所がらは、荒々しい川の水音、波の響きが激しく聞え、川風は物すごく吹き荒れるといった有様で、夜など、やすらかに夢を見ることさえできぬくらいの所である、と薫の観察をとおして述べている。それは、

「川風の、いと荒ましきに、木の葉の散りかふ音、水のひゞきなど、あはれも過ぎて、ものおそろしく、心細き、所のさまなり。」（橋姫四―三二八頁）

とあり、山里といって、いかにもしみじみと深い趣があるなどと、いえるような所ではなく、もの怖ろしい心細くなるような場所であった。

「荒ましき風のきほひに」（橋姫四―三二一頁）
「いとゞ、荒ましき岸のわたりを、」（総角四―四二八頁）
「荒（れ）ぬ日なく降り積む雪に、」（総角四―四七一頁）
「荒ましかりし、山おろしに、」（宿木五―五六頁）

「いとゞしう、風のみ、吹(き)はらひて、心すごう荒ましげなる、水の音のみ宿守にて、」(宿木五―九四頁)

など、宇治のこの山荘のある所が、いかにすさまじい荒々しい、繁華の京などでは考えられないような地であり、どれ程人も尋ねぬ淋しい自然環境であるかということを繰返しのべている。

そして、

「聖だちたる御ためには、かゝるしもこそ、心とまらぬもよほしならめ、……」(橋姫四―三〇九頁)

とあるように、俗世間に執心の残らぬ、道心を進めるたよりになるような所と思われるという。つまり、そうした現世を出離する心を一層進めるような場として描いている。八宮さえも、

「この河づらは、網代の波も、此(の)ごろは、いとゞ、耳かしがましく、静かならぬを」(橋姫四―三一〇頁)

ということで、念仏のため、阿闍梨の住む寺の堂へ移った程、波音の騒がしく荒々しい所であったようで、まして、姫君たちは、

「「女君たち、何心地してすぐし給ふらん。世の常の女しく、なよびたる方は遠くや」と、推し量らるゝ御有様なり。」(橋姫四―三〇九頁)

「か丶る所に、いかで年を経たまふらん」（総角四—四二八頁）

のように、高貴の女性の住むような所ではなく、物怖ろしい荒涼とした場として描いている。「いづれにしても、かやうに作者の想像の世界に於て、宇治の山里は、さやうのものとして、山深き物凄き人里離れた世界として描かれてゐるのである。[9]」とあるが、おそらく作者は、八宮の邸宅を現世の栄華の咲きほこる京の都と対蹠的な場として設定したのであろう。

宇治の大君が、およずけて後、その若い一生を果てるまで日夜を送りむかえたのが、こうした宇治の住居であった。

② さらに、大君がこの世でのただ一人のより所は、父八宮であった。父八宮もしばしば自分の亡きあとは、「見譲る人もなく」と心をのこし案じている。後に、中君が、

「をさなき程より、心細くあはれなる身どもにて、世（の）中を、思ひとゞめたる様にもおはせざりし一所を、頼み聞えさせて、さる、山里に年経しかど、たゞ、いつとなく、つれ〴〵に、凄うはありながら、……」（宿木五—五五頁）

と追懐していることからも知られるようである。

その八宮については、

「その頃、世にかずまへられ給はぬふる宮おはしけり。母かたなども、やむごとなく物し給ひて、すぢ異なるべきおぼえなど、おはしけるを、時移りて、世（の）中に、はしたなめられ給ひける

紛れに、なか〳〵、いと名残なく、御後見なども、もの恨めしき心〳〵にて、かた〴〵につけて、世を背き去りつゝ、おほやけ・わたくしに、より所なく、さし放たれ給へるやうなる。」（橋姫四―二九七頁）

と、「宇治十帖」の橋姫の冒頭に記されている。周知のように、桐壺院の第八皇子で、源氏の異母弟であり、春宮に立たれる程の声望はあったが、立坊計画の失敗で冷泉院が春宮となり、冷泉院、そして、源氏の繁栄の世から追われるような非運にみまわれた。そうした中で深く契りあった最愛の北の方とも死別し、大君、中君をひたすら育て、

「あり経るにつけて、いと、はしたなく、堪へがたきこと、多かる世なれど、見捨てがたく、」（橋姫四―二九八頁）

のように、日々を送っていたが、さらに不幸は重なり、

「かゝるほどに、すみ給ふ宮、焼けにけり。」（橋姫四―三〇三頁）

のように宮邸はもとより、その他の何もかもすべて焼失してしまった。

「いとゞしき世に、あさましう、あへなくて、うつろひ住みたまふべき所の、よろしきも、なかりければ、」（橋姫四―三〇三頁）

のように、呆れる程がっかりして、京にはこれ、という適当な邸宅もないので宇治の山荘に移ったのであった。

こうした運命をにない、現世における論落《りんらく》のみじめさを主観的に克服するために、八宮には、この世を仮りのものと諦観する仏道専念があった。(10)「聖だちたる」(橋姫四―三〇四頁)宇治の阿闍梨から、仏法の深い理論などを聴き、また、阿闍梨が、

「いよ〳〵、この世の、かりそめに、あぢきなきことを、申し知らすれば、」(橋姫四―三〇四頁)

のように、出家をすすめるのであるが、

「いと、かくをさなき人々を、見捨てむ後めたさばかりになん、え、ひたみちに、かたちをも変へぬ」(橋姫四―三〇四・三〇五頁)

と、ただただ、姫君達をのこし、一途に思い切って出家することができず、

「心ばかりは、蓮の上に思ひのぼり、濁りなき池にも、住みぬべきを。」(橋姫四―三〇四頁)

のように、心だけは聖になりきって日々を送っていた。
しかし、姫君達も二十半の年頃になると、ついに、

「また、見譲る人もなく、心ぼそげなる、御ありさまどもを、うち捨てゝむが、いみじきこと。されども、さばかりのことに妨げられて、長き世の闇にさへ惑はむが、やくなさを。」（椎本四―三五〇頁）

とあるように、後見の人のない姫達をのこして出家し、死別することを、「いみじきこと」と思いながらも、こうした恩愛の情に妨げられて現世に執着し、死後、永劫に成仏できず迷うとすれば、それこそ無益なことである、と言いおいて、決然として山寺に入る。最愛の大君達への執着をさえ「さばかりのこと」と断ち切ろうとする八宮の、求道心の強さを知ることができるのである。

入山を前に、大君達に、

「……かく見たてまつるほどだに、思ひ捨つる世を、去りなむ後のこと、知るべきことにはあらねど、我（が）身一つにあらず、過ぎ給ひにし、御おもてぶせに、軽〲しき心ども、つかひ給ふな。おぼろげのよすがならで、人の言にうち靡き、この山里をあくがれ給ふな。たゞ、「かう、人に違ひたる、契（り）、異なる身」と、おぼしなして、「こゝに、世を盡くしてむ」と、思ひとり給へ。ひたぶるに思ひなせば、ことにもあらず過ぎぬる年月なりけり。まして、をむなは、さるかたに絶え籠りて、いちじるく、いとほしげなる、よそのもどきを、負はざらむなむ、よかるべき」（椎本四―三五〇・三五一頁）

など、山籠の後のこと、さらには自身の亡き後のことなど言い遺されている。世間の非難を負わぬよう、この山里に俗世間から絶縁して、人とは違った宿命であると覚悟して暮らすよう、よくよく立派な縁でなければ、けして男の言葉に従って此所を離れてはいけない、と言われている。

このように現世の栄華から見放された失意の境涯を、ひたすら、世を厭い、離れ、背いて、その救いを信仰に求めた八宮を、作者は大君のただ一人のより所として描いている。

③　このような八宮を、宇治の阿闍梨が冷泉院に物語るのを聞いて、

「俗ながら、聖になり給ふ心のおきてや、いかに」（橋姫四―三〇五頁）

と、心をひかれたのが、薫中将であった。薫は言うまでもなく、准太上天皇源氏と、女三宮との子ということで、誰からも、この上ない高貴の身分と考えられており、八宮も、

「とし若く、世（の）中思ふにかなひ、「何事も、飽かぬことはあらじ」とおぼゆる、身の程に、」（橋姫四―三〇八頁）

と、阿闍梨にも語っている。

しかし、薫は周知のとおり、「若菜下」に詳細に記されているように、柏木と女三宮との間の子であり、薫自身、盛の年の母宮が尼姿であることに疑問を抱き、自分の異常の宿世を何となく感じとっている。後年、

「いはけなかりし程より、世（の）中を思ひ離れて、やみぬべき心づかひをのみ、習ひ侍りしを、」

（宿木五—八八頁）

「いはけなかりしより、おもふ心ざし、深く侍るを。」（夢浮橋五—四二四頁）

と、物心ついた頃から、世を思い離れることを望み、「本意の聖心は、」（宿木五—八八頁）のように、出家入道がもともとの宿願であった、という。ただ、

「「本意遂げん」と、思さるれど、」（総角四—四六四頁）

「三条の宮の思さむこと（に）憚り、」（総角四—四六四頁）

「三条の宮の、心細げにて、頼もしげなき身一つを、よすがに思したるが、」（夢浮橋五—四二四頁）

というように、年代を問わず、母の女三宮のため、また、後には、一人のこされた宇治の中君のため、遂に、世を捨てる思いをとげることの出来なかった薫であった。

こうした性格であり、このような願望を若い時から持ち続けているため、栄華は思うままの身でありながら、それに目をそむけるようにして、

「「我こそ、世（の）中をば、いと、すさまじく思ひ知りながら、行ひなど、人に目とゞめらるゝばかりは勤めず、口惜しくて過ぐし来れ」と、人知れず思ひつゝ、「俗ながら、聖になり給ふ心のおきてや、いかに」と、」（橋姫四—三〇五頁）

とあるように、八宮に急速に心引かれて行った。

そして、

「いはけなかりし程に、故院におくれたてまつりて、「いみじう悲しき物は、世なりけり」と、思ひ知りにしかば、人となりゆく齢にそへて、官・位、世（の）中の匂も、何ともおぼえずなん。たゞ、から静やかなる御すまひなどの、心にかなひ給へりしを、かく、はかなく見なしたてまつりなしつるに、いよ〳〵いみじく、假初の世思ひ知らるゝ心も、もよほされにたれど、……さるは、おぼえなき御古《ふる》物語きゝしより、いとゞ、「世（の）中に跡とめむ」とも、おぼえずなりにたりや」（椎本四―三六二・三六三頁）

のように、さらに、敬慕する八宮を失ない、また、弁御許から自身の出生の秘密を知らされ、ますます世を厭い、無常を悟り、浮世に生きのびようとも思わなくなった、と弁御許に語っている。官位やこの世の栄達、そうしたものすべて、自分は眼中にない、とも言っている。

彼は、匂宮と宇治川の舟遊びや紅葉狩に行き、「所せき御いきほひ」という大勢のお供の人たちなどと、錦と見える紅葉を鑑賞し、管絃のあそび、舞楽など、歓を盡しても、それをそのまま楽しみとせず、

「**桜**こそ思ひ知らすれ咲き匂ふ**花**も**紅葉**《もみぢ》も常ならぬ世を」（総角四―四三八頁）

と詠じ、却って、常ならぬ無常の世[11]を、紅葉の景などをとおして感じとっているのである。

そして、

「世（の）中を、ことさらに、「厭ひ離れね」と、すゝめ給ふ佛などの、いと、かくいみじき物は、思はせ給ふにやあらん。」（総角四―四六二頁）

このように、仏道に入るための方便として、このような悲しい目にあうのであろうと、大君の死を、仏の示現とみる、そのようにさえ、作者は、薫の人間像を描いていこうとしているようである。

このような人物の薫に、大君は、

「猶、飽かで過ぎ給ひにし人の悲しさのみ、忘らるべき世もなく思ゆれば、「うたて、かく、契り深く物し給ひける人の、などてかは、さすがに疎くては、過ぎにけむ」と、心えがたく思ひ出でらる。「口惜しき品なりとも、かの御有様に、すこしも思えたらん人は、心も、とまりなむかし。むかし、ありけん香の煙につけてだに、今ひとたび、あひ見たてまつる物にもがな」とのみ、思えて、」（宿木五―四〇頁）

「なに事につけても、故君の御事をぞ、盡きせず思ひ給へる。」（宿木五―八八頁）

「思ひ給へわびにて侍り。「音なしの里」も、求めまほしきを。かの、山里のわたりに、わざと、寺などはなくとも、むかし思ゆる、人形をも作り、絵にも書きとめて、「行ひ侍らん」となむ、思ひ給へなりにたる。」（宿木五―九〇頁）

「昔の、御けはひに、かけても触れたらむ人は、知らぬ國までも、尋ね知らまほしき心地のあるを。」（宿木五―一〇〇頁）

みし人の形代ならば身に添へて恋しき瀬々の撫で物にせむ（東屋五―一五九頁）

など、死後さえも、人形を作ったり、絵に画きとめておいたらと考えたり、形代になるような人なら、どのような階級の女でもよいと思ったりする、それ程に、いついつまでも思慕され続ける人として大君は形象されている。(12)

以上のように、作者によれば、栄耀の都とは、隔絶した、もの淋しい凄まじい山里であるという宇治に、世を厭い、俗聖として生き、最後は、最愛の娘達への恩愛の絆さえたち切って入山してしまうような八宮に養育され、それを只一所のよりどころとたのみ、さらに、世の栄達・栄華には関心なく、道心に生きようと願う薫に限りなく思慕される、大君像にはそうした設定がふまえられているようである。

㈢　大君の死

前述のような大君の容態は、こうした設定の場の上に描写されているものであるが、さらに、つけ加えれば、物の考え方も同様であろうと思われる。

「「いかなれば、いと、かくしも、世を思ひ離れ給ふらん。聖だち給へりしあたりにて、常なき物に、思ひ知り給へるにや」と、おぼすに、いとゞ、我(が)心に通ひておぼゆれば、さかしだち、にくゝもおぼえず。」(総角四—四〇三頁)

とあるように、大君は、父宮の影響で、無常を知り、世を厭う心を抱いている。それは自分自身の気持に似通っている、と薫は述べている。大君は、自らの容貌に対しても、

「さかり過ぎたるさまどもに、あざやかなる、花のいろ〳〵、につかはしからぬを、さし、縫ひ着つゝ、ありつかずとり繕ひたる姿どもの、罪ゆるされたるもなきも、見わたされ給ひて、姫宮、「われも、やう〳〵、さかり過ぎぬる身ぞかし。鏡を見れば、やせ〳〵になりもて行く。おのがじゝは、この人ども、『われ、悪し』とやは思へる。後手は知らず顔に、額髪を、ひきかけつゝ、色どりたる顔づくりをよくして、うち振舞ふめり。わが身にては、『まだ、いと、あれが程にはあらず、目も鼻も、なほし』とおぼゆるは、心のなしにやあらん」と、うしろめたくて、見いだして、臥し給へり。」（総角四―四二六・四二七頁）

のように、自分以外の人間のあり方[13]を、冷酷に観察すると共に、ひるがえって自身をも同じ眼で客観的に洞察する。『紫式部日記』にみられるような作者のあり方が、そのまま投影されている感がする。そして、

「恥づかしげならん人に、見えんことは、いよ〳〵、かたはら痛く、いま一年・二年あらば、おとろへ、まさりなん。はかなげなる、身の有様を」と、御手つきの、細やかに、か弱く、あはれなるを、さし出でゝも、世（の）中を、思ひ続け給ふ。」（総角四―四二七頁）

とあり、薫の懸想を、こうした、大君自身が評価している容態の面から考えても、きまり悪く思う。

「『今は』とて、さばかりの給ひし一言をだに、たがへじ」と、思ひ侍れば、心細くなども、殊

に思はぬを、」（総角四―三九九頁）

のように、何よりも父宮の遺言に従って絶対そむくまい、それを守りとおそう、とすることが原因であり、

「「わが世は、かくて過ぐし果てゝむ」と、思ひ続けて、」（総角四―三九五頁）

「世に、人めきて、あらまほしき身ならば、かゝる御ことをも、何かは、もて離れても思はまし。されど、昔より、思ひ離れそめたる心にて、」（総角四―四〇一頁）

とあって、世間の人のように夫を持ちたいなどと思うなら別だが、自分は、昔から懸想など、俗世の事は断念しているので、独身で終りたい、と決心している、とある。そして、そのように、薫にも語っている。薫程の人物の恋をも拒む大君は、老女房達から、

「何か。これは世の人の言ふめる、恐ろしき神ぞ、つきたてまつりたらん」（総角四―四〇六頁）

とまで言わせる程、世はずれた態度と受けとられていたようである。

この思いは、さらに、匂宮の、中君に対しての夜がれを機に、一層拍車がかけられたようで、

「……いとゞ、かゝるかたを、憂き物に思ひ果てゝ、「猶、ひたぶるに、いかで、かく、うち解けじ。『あはれ』と思ふ人の御心も、かならず『つらし』と、思ひぬべきわざにこそあめれ。われも、

人も、見おとさず、心違はでやみにしがな」と思ふ心づかひ、深くし給へり。」（総角四―四三二頁）
「「われも、世にながらへば、かうやうなること、見つべきにこそあめれ。……これこそは、返〳〵、『さる心地して、世を過ぐせ』と、のたまひおきしは、『かゝることもやあらん』の諫めなりけり。さもこそは、憂き身どもにて、さるべき人にも、おくれたてまつらめ。『やうの者』と、人笑はれなることを添ふる有様にて、なき御影をさへ悩ましたてまつらんが、いみじさ。猶、われだに、さる物思ひに沈まず、罪など、いと深からぬさきに、いかで亡くなりなん」と、おぼし沈むに、御心地も、まことに苦しければ、物も、つゆばかり参らず。たゞ、亡からん後のあらましごとを、明（け）暮（れ）、思ひ續け給ふにも、心細くて、」（総角四―四四〇・四四一頁）

と記されている。せめて自身だけでも、このような心配事のないよう、罪障など深くならないうちに、何とかして亡くなりたい、と、死をさえ念ずるようになる。

さらに、

「「いかで、おはすらん所に、たづね参らん。罪深げなる身どもにて」と、後の世をさへ、思ひやり給ふ。」（総角四―四五〇頁）

と、父八宮の許へ尋ねて行きたい、などと死後の世まで思いめぐらすようになる。

事実、病になっても、

「みづからも、「平らかにあらん」とも、仏を念じ給はゞこそあらめ、「猶、かゝるついでに、い

かで亡《う》せなむ。」」（総角四―四五八頁）

と思い、万一、生きのこっても、

「「もし、命、しひてとまらば、病にことつけて、かたちをも変へてん。さてのみこそ、長き心をも、かたみに見つべきわざなれ」と、思ひしみ給ひて、「とあるにても、かゝるにても、いかで、この思ふことしてん」と思すを、」（総角四―四五九頁）

のように、どうあってもこうあっても、どのような事情があろうと、出家の本意を遂げたい、と心の中に思い続けるのである。

薫との間、つまり男女の仲も、尼になって、はじめて永久に変らぬ情愛を持ち得るのだ、と大君は考える。男女の結びつきさえ、現世的な肉慾を離れた反俗的な形であれば、この世の常ならぬ愛も、変らぬものに昇華される、としているのである。いわば、当時としては特異であろうプラトニックな愛を、作者は大君の身の上に示しているように考えられる。

大君の人柄、彼女の思考は、これまで述べてきたような、宇治という地、八宮・薫という人物によって、主として造りあげられたといってよい。

三　薫―宗教と一体渾然となった深層の美

「雪の、かきくらし降る日、ひねもすにながめ暮らして、世の人の、すさまじきことにいふなる、十二月の月夜の、曇りなくさし出（で）たるを、簾垂まきあげて見給へば、向ひの寺の鐘のこゑ、枕をそばだて、、「今日も暮れぬ」と、かすかなる響きを聞きて、おくれじと空ゆく月を慕ふかな遂にすむべき此（の）世ならねば　風の、いと、はげしければ、蔀おろさせ給ふに、四方の山の鏡と見ゆる汀の氷、月影に、いと、おもしろし。「京の家の、『かぎりなく』と磨くも、え、かうはあらぬぞや」と、おぼゆ。」（総角四―四六五・四六六頁）

この引用文は、小稿の冒頭の、『源氏物語』正篇における例文と、対をなすもののようにさえ考えられる。正篇の主人公光源氏に対して十帖の主人公薫、藤壺に対して大君、京の二条院に対して宇治の八宮山荘。つまり、この場は、薫が大君を失なって後、宇治に引きこもって、心の喪に服しながらすごしている折の場面である。

いかに贅を尽して、この上なく飾り立て磨きあげた京の家であろうと、そうした人工の虚飾の美は、かきくらし雪の降った日の、〝すさまじ〟といわれる師走の月光と白雪の山々をうつす鏡のような池の氷の輝きあう自然の造型、その色なきものから生まれる情趣には及びもつかない、という。さながら冒頭の例文と相似の、作者紫式部の美への態度と言えるように思われる。

しかし、この場では、向いの寺の鐘の響きを契機として、「おくれじ……」という歌のように、大君に後れてあとへは残るまいと思う、と言い、月を、死の世界へ行った大君になぞらえ、さらに、この世の無常から永劫の来世を願う、そうした宗教の対象としても捉えている。

そういう薫の思いを託す月と雪と氷が一体になった色のない景を、「いと、おもしろし。」と称賛し、この世の人間どもの造りあげた、はなやかな色どり豊かな芸術などの及ばない、まことに趣深い美を感じとっているのである。

「四方の山の鏡と見ゆる」という汀の氷にうつる雪の山にも、薫は、「恋（ひ）わびて死ぬる薬のゆかしきに雪の山にや跡をけなまし」のように、死ぬ薬がほしいから雪山に入って跡を消してしまいたい、という仏教世界の雪山、（ヒマラヤの山）を連想している。つまり、薫にとっては、月にしても、雪山にしても、冒頭の例のような美だけの対象としてではなく、宗教と一体化された美的対象となっているようである。

世俗の感覚的な美から超現世的の精神的な美へと純化が示されている冒頭の例から、宗教と一体渾然となった深層の美が示される「宇治十帖」のこのような例へと、深まって行ったと考えられる。

光源氏が、藤壺の死によって造り上げた、すさまじきためしの月の、色なきものに感得した超現実的な美から、薫が、〃大君という人物〃の他界によって創造した、すさまじき月の、氷に映ずる雪山との世界に感ずる宗教と一体化した美へと、深まり進んでいった『源氏物語』作者の一つの方向を、ここに見ることができるようにさえ思われるのである。

四　美は倫理よりも高い

光源氏や紫の上(14)などに見られた、普遍的・常套的な美、それを超えた、というか、むしろ常識的には非美とさえ感じられるような場の、特異ともいうべき美は、大君にいたって、例え、それ故にこそ、一層その美がまさる、完璧の美しさが感じられる、としたのは、衣服にしても、黒、白の、いわば、一切の華麗多彩な服色を排除し、それを超えたもののみに限定されたし、容貌にしても、病や死の床の白い肌、蒼白な顔色だけ、というように、一層焦点が絞られ、通常一般的な美と感じられるものを、皆捨て去って、一本に凝集された、といってもよい。それは、現世離脱、俗世間の物すべてから背き、宗教に託した魂を象徴するとも考えられるものであった。

とくに、光源氏による、「すさまじき」ためしと言いならされた厳冬の月と雪との色なき世界に、完璧ともいえる無上の美を見出した、反俗的な新しい創造は、その方向が、大君の出現をまって、薫によって、それが現世を離れた仏教世界に到達した魂が感得する、究極の、そして、永遠に変らぬ美に到ることを示していると言えるのではないかと考えられる。

作者が、美の到達点は、反俗、現世離脱の宗教と渾然となった境に見出される、ということを示したのが、大君に託した一つの役割でもあったように推察される。

このような作者の創造は、次代の中世の先蹤をなすものであり、さらに、岡一男博士が引いておられる、オスカー・ワイルドの、「美は倫理よりも高い。それは一層霊的なる世界に属してゐるからだ」(15)に通じるものでもあるようで、十一世紀の『源氏物語』作者が、すでにそれをなし遂げているとも考えられることに、驚きを感じるのである。

注

(1)「源氏物語の美――「すさまじ」の対象をとおして――」(『鈴木知太郎博士古稀記念国文学論攷』桜楓社 昭和50・10所収)

(2) 前田千寸『日本色彩文化史』(岩波書店 昭和35・5)

(3)「古典の色――王朝文学の彩り」(『歴史と文化を彩る 日本の色』講談社 昭和55・4所収)

(4)「光源氏の一面――その服色の象徴するもの――」(「日本文学研究」第十七号 昭和56・11)

(5)「王朝物語の色彩表現――源氏物語を中心に――」(『日本人の表現』笠間書院 昭和53・10所収)その他、注(3)、注(4)等。

(6) 小著『平安朝の文学と色彩』(中公新書)(中央公論社 昭和57・11)

(7)「源氏物語の美――死にかかわる描写をとおして――」(「語文」第四十六輯 鈴木知太郎博士記念号 昭和53・12)

(8) 注（7）と同論文

(9) 三宅清『源氏物語評論』（笠間書院　昭和47・5）

(10) 秋山虔『源氏物語』（岩波書店　昭和43・1）

(11) 「つねなさ」「つねなし」等の無常を感じとっているのは、薫が八例で、源氏の九例とともに源氏物語の人物中最も頻度が高いと言われる（岩瀬法実『源氏物語と仏教思想』笠間書院　昭和47・9）

(12) 「あの道心に生きることを本願とし、その生きかたの線上に大君を求め、大君の死後、ひたすらその人の思慕に生きてきたのだが、」（秋山虔『源氏物語』岩波書店　昭和43・1　一九〇頁）

(13) 岡一男『源氏物語の基礎的研究』（東京堂出版　昭和41・8　三八六頁）

(14) 注（4）注（7）など。

(15) 注（13）と同書　七頁

『源氏物語』の美——死にかかわる描写をとおして

一　文芸世界での死者—源氏物語以前

現世では、死はまぬがれない事実であり、人の生涯を語る時、それを避けることはできない。文学の世界でも、上代の『古事記』、平安の『竹取物語』をはじめ、多くの作品で、そこに登場する様々な人物の生きざまが描かれる時、その事実は何らかの形で示される。それは、和歌における、上代の『万葉集』の「挽歌」、平安からの勅撰集の「哀傷」のように、大きく部立がなされる程、重要な場を占めるものとなっている。

しかし、これは、死そのものの姿、死の様相をあからさまに描写してみせる、というのではなく、多くは、遺された人々の、死者への追慕、哀惜、その切々とした悲傷の情の高まりが、おのずから多くの人々の心をゆり動かし、共感をよびおこす文芸として形象されている、と言ってよいようである。

つまり、文芸においては、死は、そうした事実があった、ということのみを述べたり、あるいは、ただ暗示するにとどめたり、また象徴的に示したりすることが通例であり、作中人物の死の場面を捉え、その形状を具体的に写し出すことはほとんどなされていない。あったとしても、それは、素朴な作品の、生者の美に対しての醜悪さを示すものでしかなく、文芸の世界では、死者の様相をつぶさに写すことは必要としていないようである。

こうした中で、死にかかわる姿態を刻明に描写し、そこにこそ生時にまさる、その人物の究極の美がある、という特異な造型がみられる作品があり、それが『源氏物語』と言えるようである。

死にかかわる形象を追ってみると、上代では、それは端的に『万葉集』の「挽歌」にあつめられている。

これらの中で、死の姿に関してそれを描いているのは、水死の様を詠じた、

「八雲さす出雲の子らが黒髪は吉野の川の沖になづさふ」（3四三〇）

や、愛子の臨終の姿をとおしての死をよんだ、

「漸漸に　容貌つくほり　朝な朝な　言ふこと止み　たまきはる　命絶えぬれ」（5九〇四）

また、旅などにおいて死に臨み、すでに死に至った様を描いた、

「東の国の　恐きや　神の御坂に　和膚の　衣寒らに　ぬばたまの　髪は乱れて　国問へど　国をも告らず　家問へど　家をも言はず　大夫の　行のまにまに　此処に臥せる」（9一八〇〇）

など、僅かな例（2二二〇、2二二二、2二二三、2二二四、3四一五、5八八六など）にすぎない。

そして、歌の序などでも、

「すなはち林の中に尋ね入りて、樹に懸りて経《わな》き死にき。」（16三七八六）
「逐に乃ち池の上に彷徨り、水底に沈没みき。」（16三七八八）

などくらいで、ほとんど例を見ない。万葉集では、人の死は、多くは、例えば、雲、霧、露、水などの大自然の現象に託して抽象的に表現したり（9一八〇四、19四二一四、17三九五七、17三九五八）、玉や、また、花、黄葉などの美的なもののうつろいの姿で暗示したり（7一四一五、7一四一六、2二〇七、9一七九六、3四五九、3四七七）、あるいは「雲隠りなむ」（3四一六）、「入日なす　隠りにしかば」（2二一三）などのような象徴的な表現も多い。いわば、死にかかわる姿態が具体的に描写されることはほとんどなく、抽象的、あるいは象徴的に形象されているようである。

それは、例えば死にかかわる姿は、

「紅顔《こうがん》は三従と長に逝き、素質は四徳と永に滅ぶ。」（5七九四の序）
「すなはち詣りて相視るに、娘子の姿容の疲羸《ひるい》甚《はなは》だ異にして、言語哽咽せり。」（16三八〇四の序）
「痾疥《やまひ》に沈み臥り、痩羸《そうるい》日に異《け》にして、忽ち泉路に臨みき。」（16三八一三の左注）

のように、醜悪なものであり、

「うつせみも　かくのみならし　紅《くれなゐ》の　色も移ろひ　ぬばたまの　黒髪《くろかみ》変り　朝の咲み　暮変ら

ひ」（19四一六〇）

とある、紅顔黒髪の盛りの年代の美しさの、醜への移行の結果の姿であったから、とも言えるようである。

この醜さは、次の『古事記』の例であるが、

「宇《う》士《じ》多《た》加《か》礼《れ》許《こ》呂《ろ》呂《ろ》岐《き》弖《て》、此の十字は音を以ゐよ。頭には大雷居り、胸には火雷居り、腹には黒雷居り、……是に伊邪那岐命、見畏みて逃げ還る時」（古事記上六五頁）

の、夫の命《みこと》が見ておそれをなして逃げ還る程の死後の、醜さへ移る過程にあるもので、「阿那邇夜志愛袁登賣袁」（上五五頁）といった生前の美しさからは想像も及ばぬ程のものであり、『日本書紀』にも同様のことが記載されている。『紀』に「顕見蒼生は、木の花の如に、俄に還轉ひて衰去なむ」（神代下　上一五四頁）とあるように、華麗な花が移り衰えるような結末の姿が死であった。

死は、上代の作品に多く形象されているが、その姿は醜であり、文藝の世界では、こうした死にかかわる人間の形態を捉え、表現することは稀で、とくに、容貌の具体的描写など皆無と言ってよい。

平安でも、例えば勅撰集に「哀傷」として部立てられる程、死が重大な役割を持っているのは、上代と同様である。

「遂に行く道とは兼て聞しかど昨日けふとは思はざりしを」（古今集八六一）

「しる人もなき別路にいまはとて心ぼそくも急ぎたつかな」（後拾遺集五三七）

などのような表現がなされ、上代より抽象化は一層進み、「挽歌」のような、死の姿の描写はさらに見られなくなる。そして、

「程もなく誰も後れぬ世なれ共止るは行くを悲しとぞみる」(後撰集一四一九)

のように、自身の死にも思い及びながら人の死をいたみ、

「あすしらぬ我身と思へどくれぬまのけふは人こそ悲しかりけれ」(古今集八三八)

「立のぼるけぶりにつけておもふ哉いつ又我を人のかく見ん」(後拾遺集五三九)等、

「紅葉《もみぢ》ばを風に任せて見るよりもはかなきものは命なりけり」(古今集八五九)

のように、無常を身に沁みて感じ、

「色も香も昔のこさに匂へどもうゑけむ人の影ぞこひしき」(古今集八五一)

のように、物によせて死者の面影を偲ぶ(古今集八四五等)。死はのこされた者の、

「血の涙落ちてぞたぎつ白川は君が世迄の名にこそありけれ」(古今集八三〇)

のように涙によせて、

「**墨染**のこきも薄きもみる時は重ねてものぞ悲しかりける」（後撰集一四〇四）

のように、喪服に託して、悼み悲しまれている。

死は、

　このように、「挽歌」と比べても「哀傷歌」は、更に死者の具体的な姿の形象からは遠のいてゆく。

「夫れ死霊**白**骨すら尚猶し此くの如し」（日本霊異記上一〇五頁）

「西施・南威がひとたびゑみし、みる人、千金をおしまざりし、野の間、塚のほとりにすてられしすがた〔かた脱カ〕ちかはり、**しろ**きはだへ**あをく**くさり、**赤**脣は**黒く**なりて、口より**白**き虫おほく出て、ふ浄らんまんせり」（宝物集三九〇頁）

とある、極まりない醜悪さと紙一重の姿態を見せるものであり、さながら、

「……廊ノ有ル遣戸ヲ引開タレバ、大キナム人ノ**黒**ミ脹晃タル臥セリ、晃キ事鼻ニ入様也。」（今昔物語集四—二八二頁）

と画かれるようなものであった。

　平安の『竹取』以降の物語には、誰の死をも記さない作品はほとんどない。しかし、こうした死の現象が念頭にあるためか、死はただその事柄を記す程度にとどめ、その姿などを描いている作品は稀である。とくに、死にかかわる容貌などを、色彩などによって目に見るように描写しているのは、僅

か数例にすぎない。

「……八島の鼎の上に、のけざまに落ち給へり。……御目は**白**目にて臥し給へり。」（竹取物語五二頁）

と、燕の糞をつかんで落ちて、気絶している姿を具体的に描いているのは『竹取物語』の例である。これは、周知のように、かぐや姫に求婚した、いそのかみの中納言の、

「人の聞き笑はんことを、日にそへて思ひ給ひければ、たゞ病み死ぬるよりも、人聞き恥づかしくおぼえ給（ふ）なりけり。」（竹取物語五三頁）

という、痴の行為の結果の、瀕死の様子を示すものである。

また、『宇津保物語』に、

「源宰相、**青**くなり、**赤**くなり、魂もなき気色にてさぶらふを、」（菊の宴二―一六二頁）、「……宰相死に入りて息もせず。いただきより**黒**きけぶり立ちて、**青**くなり、**赤**くなりて、ただ息のみ通ふ。」（菊の宴二―二二〇頁）、「侍従、**百済藍**《くだらあゐ》の色してうつぶし臥して、願を立て給へどかひなし。」（あて宮二―二三五頁）、「侍従見給ひて、文を小さくおしわぐみて、湯してすき入れて、**紅**の涙を流して耐え入り給ひぬ。」（あて宮二―二四九頁）

などあり、これらは、あて宮に懸想し、かなわぬ恋に生命を落そうとしている姿であるが、源宰相実忠は妻子があり、侍従仲澄はあて宮の兄であり、いずれも異常とも言える、恋に盲目になった人々で、『竹取物語』の場合と通じる点もあり、これらの人物を、すぐれた、美しいもの、として形象することが目的でないことは言うまでもない。

二　文芸世界での死者―源氏物語以後

『源氏物語』に先行する主な作品で死にかかわる様態を、目に見るように色彩で描写した例は、これ等にとどまる。

後代には、例えば『栄花物語』に、

「白き綾の御衣四つばかりに紅梅《こうばい》の御衣ばかり奉りて、御髪長くうつ（く）しうてかひ添へて臥させ給へり。たゞ御殿籠りたると見えさせ給ふ。」（栄花物語上八四頁）

という、冷泉院女御超子の頓死の例。

「御胸がちに乳などもつとはりて、いみじうあはれに見えさせ給。いとあやしう、所〳〵赤みなどしてうたてげにおはしますは、「世の人の〔いふ〕有様にてうせさせ給ぬるにやあらん」と、あはれにゆゝしうおぼすにつけても、」（栄花物語下一三四頁）

の、藤原教通室の産後による逝去の例。

「……たゞ影のやうにならせ給へるものから、御色の白く麗しく光《ひかり》かにおはします。」（栄花物語下一九六頁）

の、小一条院の女御寛子の危篤の例。

「……いさゝかなき人とも覚えさせ給はず、白き御衣の薄らかなる一襲《ひとかさね》奉りて、……御乳はいとうつくしげにおはしますが、いたう硬るまで膨らせ給へれば、白う丸に、おかしげにて臥させ給へるに、御髪のいとこちたう多かるをいと緩にひき結はせ給て、御枕上にうち置かれたる程、いとおどろ〳〵しう、寝させ給へるやうなるを、」（栄花物語下二一五頁）

の、尚侍嬉子薨去の例。

「御面赤み苦しうて、御足たゝかせて起き臥させ給。」（栄花物語下二八四頁）

の、皇太后妍子の薨去に至る御悩の例、などがみられる。

また、『浜松中納言物語』には、

「……まことに亡き人のやうにて臥し給へる、顔くまなう白うおか《を》しげに、こゝもとぞ少しをくれたりけれと見ゆる所なう、あざ〳〵とうつくしげに、……かたはらにたゝなはりたる髪、……

まことに**きん**の漆《うるし》なんどのやうに、かげ見ゆばかり艶〳〵として、……世に知らずめでたう、顔ひき入ながら臥い給へる有さまの、めでたうらうたげにおかしき気色、かぎりなき人ざまなるに、」（浜松中納言物語三三八頁）

の、吉野姫の気絶の姿を描いた例がみられる。

『夜の寝覚』には、

「……いと小さくおはする人の、腹いとたかく、こちたげにて、**しろ**き御衣の、なよ〳〵とあるをひきかけて、……あたらしく惜しげなるさまは、鬼神・武士といふとも、涙おとさぬはあるまじきを、……御殿油をかゝげて見奉り給ふに、色は、雪などをまろがしたらんやうに、そこひなく**白**く、きよげなるに、くるしげなる面つき、いと**あか**くにほひて、いふかひなく臥し給へるかほの、あざ〳〵とめでたきさまは、「月影の、もてなし用意し給へりしは、世のつねなりけり。是をむなしくなしてむ事よ」と思すに、」（夜の寝覚一二四・一二五頁）

という、死には至らないが、女主人公太政大臣の中君の、危篤の状態でのお産直前の姿の例がある。

髪、顔、肌などの色が、衣服の白の色等とも配せられて、病者・死者に、「麗し」「美し」「をかし」「あざ〳〵」「艶〳〵」「めでたし」「らうたし」「きよげ」などの様々の美を感じており、『源氏物語』先行の作品とは異なる、とも言える。

しかし、『栄花物語』も、「たゞ御殿籠りたると見えさせ給ふ。」、「いさゝかなき人とも覚えさせ給はず」、「寝させ給へるやうなるを」などと、生前の姿のままであり、変らない故に美しいとしており、

『浜松中納言物語』も、気絶した姿が平常の場合よりも一層美しいとは述べていない。ただ『夜の寝覚』は、鬼神・武士のような無情のものさえ、あまりの美しさに死ぬことを惜しみ涙をおとすだろうと述べ、それは「もてなし用意し給へりしは、世のつねなりけり。」とあり、結局、人を意識してとりつくろっている場合よりも、「いふかひなく」臥した顔の方が一層美しいと、強調している。

中古の諸作品でも、人の死にかかわる記述は少なくない。しかし、その姿を色彩で形容する程、目でみるように描いているのは掲げたこれら数例にすぎない。そして『源氏物語』以前の作では、当然のことながら、死にかかわる姿は、けして美を表現するためのものではない。以降には、生きたままのようだから、という点からこれに美を見出している例もある。ただ、『夜の寝覚』の中には、元気な折よりも、却ってすぐれて美しいということを強調している例もある。このことは、この作品が内容にも表現の上にも『源氏物語』の影響が著しいということを念頭におくべきであろう。

『源氏物語』には、

①たゞ、冷えに冷え入りて、息は疾く絶えはてにけり。……冷え入りにたれば、けはひ、物うとくなり行く。（夕顔一―一四九・一五〇頁）

おそろしきけも、おぼえず、いと、らうたげなるさまして、まだ、いさゝか、変りたる所なし。（同一六〇頁）

ありしながら、うち臥したりつるさま、うちかはし給へりしが、我（が）紅《くれなゐ》の御衣《ぞ》の、着られたりつるなど、「いかなりけん契りにか」と、道すがら思さる。（同一六一・一六二頁）

②御几帳の帷子ひきあげて、見たてまつり給へば、……白き御衣に、色あひ、いと花やかにて、御髪、いと長う、こちたきを、引き結ひて、うちそへたるも、「からでこそ、らうたげに、なまめ

きたる方そひて、をかしかりけれ」と見ゆ。……例は、いと、わづらはしく、恥づかしげなる御まみを、いと、たゆげに見上げてうちまもり聞え給ふに、涙のこぼるゝさまを、み給ふは、いかゞ、あはれの浅からん。（葵一—三三三頁）

いと、をかしげなる人の、いたう弱り、そこなはれて、あるかなきかの気色にて、臥し給へるさま、いと、らうたげに、心苦しげなり。御髪の、乱れたるすぢもなく、はら〳〵とかゝれる枕の程、ありがたきまで見ゆれば、「としごろ、何事を、飽かぬことありて、思ひつらむ」と、あやしきまで、うちまもられ給ふ。（同三三八頁）

③げに、いといたく、痩せ〳〵に**青**みて、れいも、誇りかに花やぎたるかたは、おとうとの君だちには、もてけたれて、いと、用意あり顔に、しづめたるさまぞ、殊なるを、いとゞしづめて、さぶらひ給ふさま、などかは御子たちの御かたはらに、さし並べたらんに、さらに咎あるまじきを、（若菜下三—四一〇・四一一頁）

白き衣どもの、なつかしうなよゝかなるを、あまた重ねて、衾ひきかけて、臥し給へり。……重くわづらひたる人は、おのづから、髪・髭も乱れ、物むつかしきけはひも、添ふわざなるを、いよ〳〵やせさらぼひたるしも、**白**う、あてはかなるさまして、枕をそばだてゝ、物など聞え給ふけはひ、いと弱げに、息も絶え〳〵、あはれなり。「ひさしうわづらひ給へる程よりは、殊に、いたうもそこなはれ給はざりけり。常の御かたちよりも、中〳〵まさりてなん、見え給ふ」と、のたまふ物から、……（柏木四—三一・二頁）

④臥しながら、打（ち）やり給へりしかば、とみにもかわかねど、露ばかり、うちふくみ、迷ふ筋なくて、いと清らに、ゆら〳〵として、**青**み衰へ給へるしも、色は**真青**《さを》に、**白**く美しげに、透きたるやうに見ゆる御膚つきなど、世になくらうたげなり。（若菜下三—三八七・八頁）

こよなう痩せほそり給へれど、「かくてこそ、あてになまめかしきことの限りなさも、まさりて、めでたかりけれ」と、来し方、あまり匂ひ多く、あざ〳〵とおはせしさかりは、中〳〵、この世の花のかをりにも、よそへられ給ひしを、限りもなくらうたげに、をかしげなる御さまにて、いとかりそめに、世を思ひたまへる気色、似る物なく心苦しく、すゞろに物悲し。（御法四―一八一頁）

「御ぐしの、たゞ、うちやられ給へるほど、こちたくけうらにて、つゆばかり乱れたる気色もなう、つや〳〵と、美しげなるさまぞ、限りなき。火のいとあかきに、御色は、いと**白**く、光るやうにて、とかくうち紛らはすことありし、現の御もてなしよりも、いふかひなきさまに、何心なくて臥したまへる御有様の、「あかぬ所なし」と言はんも、更なりや。なのめにだにあらず、たぐひなきを、みたてまつるに、「死に入るたましひの、やがて、この御骸にとまらなむ」と、おもほゆるも、わりなき事なりや。（御法四―一八五頁）

⑤**白**き御衣に、髪はけづることもし給はで、程経ぬれど、まよふ筋なくうちやられて、日頃に、すこし**青**み給へるしも、なまめかしさま（さ）りて、眺めいだし給へるまみ・額つきの程も、見知らん人に見せまほし。（総角四―四四九頁）

「……すこし憂きさまをだに、見せ給はゞなむ、思ひさます節にもせん」と、まもれど、いよ〳〵、あはれげに、あたらしく、をかしき御有様のみ見ゆ。かひなゝども、いと、細うなりて、影のやうに弱げなるものから、色あひも変らず、**白**う美しげに、なよ〳〵として、**白**き御衣どもの、なよびかなるに、……御髪は、いとこちたうもあらぬ程に、うちやられたる、枕より落ちたる際の、つや〳〵とめでたう、をかしげなるも、……こゝら久しく悩みて、ひきも繕はぬけはひの、心解けず、恥づかしげに、限りなうもてなしさまよふ人にも、多うまさりて、こまかに、見るまゝに、たましひも、しづまらん方なし。（総角四―四六一頁）

御殿油を近うかゝげて、見たてまつり給ふに、隠し給ふ顔も、たゞ、寝給へるやうにて、変り給へる所もなく、うつくしげにて、うち臥し給へるを、「かくながら、虫のからのやうにても、見るわざならましかば」と、思ひ惑はる。今はのことゞもするに、御髪をかきやるに、さと、うち匂ひたる、たゞ有（り）しながらの匂に、なつかしう香ばしきも、ありがたう、「何事にて、此（の）人を、少しも『なのめなりし』と、思ひ、さまさむ。まことに、世（の）中を思ひ捨て果つるしるべならば、恐ろしげに憂きことの、悲しさもさめぬべきふしをだに、見つけさせ給へ」と、仏を念じ給へど、（総角四―四六三頁）

などのように、死にいたる病者・死者の容貌が、青、白などによる顔・膚の色、髪の色合、衣の白などによって刻明に具体的に描写されている。①は夕顔、②は葵の上、③は柏木、④は紫の上、⑤は宇治の大君のそれである。

①は、「けはひ、物うとくなり行く。」という、死相のありのままが示され、大層「らうたげ」であるという美しさは、それが「まだ、いさゝか、変りたる所なし。」という、生前のままという条件で認めている。この夕顔の例が、通常の現実の死者の姿であろう。しかし、これも、二人が衣をかけあってやすんだままの、源氏の紅の衣服がそのまま夕顔に着られている、という華やかであざやかな印象を与える描写をして、そこに夕顔の死に美を感じさせようと意図しているかのようである。

②は葵の上の死の直前の姿であるが、「例は、いと、わづらはしくて、恥づかしげなる御まみを、」のような、源氏が気が置けて親しみにくく気恥づかしい様な目つき、といった、平常の端正な態度、そして着飾った衣装の色合、それとは対蹠的の、あるかなきかの気色、そして白一色の衣、それに顔や髪の色が配せられた危篤の姿に、大層「花やかに」、そして、「ありがたきまで」という類のない程

の美しさを見、「からでこそ、らうたげに、なまめきたる方そひて、をかしかりけれ」「いと、らうたげに」「としごろ、何事を、飽かぬことありて、思ひつらむ」と、「からでこそ」と死の際の姿であることそのことを強調しながら、それが、これまで不満であったのを不思議に思ふ程の、平常にまさる美しさを見せている、ということをしきりに強めながら示している。

③は柏木の、皇女達の婿としても遜色ない程だという、容姿・態度の美しさ、立派さを、痩せるだけ痩せ、蒼白な重態の姿によって具体的に示している。一般には重病人の「物むつかしきけはひも、添ふわざなるを」、という、自然にそうなる姿をふまえながら、実は、柏木はそうではない。「常の御かたちよりも、中〳〵まさりてなん、見え給ふ」と夕霧に言わせている程、平生より病中の姿が一層まさって見えるとし、それは、白い衣を着、「いよ〳〵、やせさらぼひたるしも、**白**う、あてはかなるさまして、」のように、やせるだけやせ、白い顔をしている臨終の姿、それこそが「あてはか」な美を感じさせる、と強調している。

④は、「清ら」「美しげ」そして、「世になく」という程の「らうたげ」な、そうした美しさを、ゆらゆらとした濡髪、蒼白な顔色、透きとおったような膚などの紫の上の、死にいたる病の姿を見、それを「**青**み衰へ給へるしも」のように、語調を強めて示している。

また、「あて」、無限の「なまめかしさ」、この上ない「らうたげ」な、そして「をかしげ」な、こうした様々の美を具備しているのは、痩せるだけ痩せ、すでに来世を念じているような危篤の紫の上の姿に、はじめて見られるものであると、元気の頃の桜の花にも譬えられ、あたりに映発するばかりの華麗な美しさであった姿と比べて、「かくてこそ」病人になってからこそ、「まさりて」平生にまさって、「めでたかりけれ」としているのであり、現世を離れたような気持で死に臨む姿にこそ、すべての美しさが兼ねそなわるのだと重ねて述べている。

さらに、何やかやと人目をつくろい、気を配っていた生前の有様より、無心に横たわっている死の姿こそ、「「あかぬ所なし」と言はんも更なりや。」「たぐひなき」といった、無上の、完璧とも言える美を見せるものであるとし、それを、燈火のもとの、乱れた様子もない多い黒々としたつややかな此の上もない程の美しい髪、光るような白い顔色などの、紫の上の骸に具体的に示している。

⑤「すこし青み給へるしも」のように、言葉を強め、それであるからこそ、「なまめかしさ」も勝って、自分だけでなく、風情を知った人にも見せたいと思う程の美しさである、と宇治の大君の病篤《あつ》い姿を見、それを、白の衣、青みをました白い顔、髪の色合などで具体的に描いて示している。

また、長い間の病で少しもつくろっていない様子が、気をつけて傍から見る人がきまりが悪い程この上もなく飾りたてている元気な女性に比べて「多うまさりて」大層美しさがまさっていて、魂も鎮まらないくらいだという。そして、危篤の現在、「いよ〳〵」より一層、「あはれげに、あたらしく、をかしき御有様のみ見ゆ。」という、惜しむに余りある程の美しさを見せているとし、それを、大君の着なれたやわらかい白い衣、腕などもやせ細って弱々とした形、白い肌、つや〳〵とした髪などによって目に見るように描き出している。

さらに、まるで寝たような顔、香もそのままの髪などによって大君の死の姿を描写し、何とかして欠点を探し、いやだと思う点を見つけて、思いあきらめようと仏に念じる程の完全とも言える美を、骸《むくろ》に見ているのである。

三　諸作品の容貌　白—赤、黒—青色

当時の諸作品に登場する人物の容貌をみると、主として白で描かれ、赤も少なくない。また、黒や青による場合も稀にはある。(1) 白によっては、平常の人の美しさを、赤では、病苦の場合も見られるが、

これは稀で、心の動揺などによって紅潮する美を、黒によっては、醜さを、青によっては、『宇津保物語』の「ことにそこなはれ給はず、すこし**青**み給へれど、いとあてにけだかく、さすがに匂ひやかにをはします。」（蔵開上三―一五一頁）、「かくてすこし痩せ**青**み給へれど、いと清らなり。」（国譲下五―一二三頁）の、女一宮の産後の二例を除いては、大体『宇津保』も、また他の作品も、非美を感じている。このように、白や赤による容貌に美を感じ、人物の美しさを表現する場合、これによるのが常套的な手段でもあった。

『源氏物語』でも、全般的には、これらからそれ程例外ではなく、やはり、白と赤、そして僅かな黒と青によって容貌が描かれている。

白によっては、前掲の、紫の上、柏木、大君と、軒端荻（空蟬一―一一一頁）、紫の上の祖母尼（若紫一―一八四頁）、末摘花（末摘花一―二五七頁）、薫（柏木四―三六・三八・五八頁、横笛四―七一頁）、匂宮（蜻蛉五―三一八頁）、雲井雁（横笛四―六七頁）、中君（宿木五―八一頁）、中君の若君（宿木五―一九六頁）、浮舟（東屋五―一九六頁）などが描かれ、前掲の三者は例外であるが、大体、平常の場合の肌の色とされ、例えば、

「二藍《ふたあゐ》の直衣のかぎりを着て、いみじう**白**うひかり、うつくしきこと、御子たちよりもこまかにをかしげにて、つぶ〳〵ときよらなり。」（横笛四―七一頁）、「まろにうつくしく肥え給へりし人の、すこし細やぎにたるに、色は、いよ〳〵**白**うなりて、あてにをかしげなり。」（宿木五―八一頁）

や、その他の例から見ても、「うつくし」「をかしげ」「清ら」「あて」「はなやか」「らうたし」「光る」等の美を感じている。

赤では、小君（帚木一―一〇二頁）、源氏（明石二―九二頁、行幸三―八七頁）、夕霧（乙女二―二九七頁）、藤裏葉三―二〇三頁）、末摘花の命婦（末摘花一―二六二頁）、紫の上（若紫一―一八四頁、澪標二―一一〇頁、玉鬘二―三六八頁、野分三―五六頁、夕霧四―一四二頁）、朧月夜（賢木一―四一〇頁、澪標二―一〇二頁）、惟光の子（乙女二―三一二頁）、雲井雁（常夏三―二四頁、藤裏葉三―二〇四頁、夕霧四―一五六頁）、弘徽殿女御（近江の君の姉）（行幸三―九六頁）、玉鬘（真木柱三―一四四頁）、女三宮（若菜上三―三一四頁、柏木四―四〇頁）、宇治の大君（総角四―四二一頁）、中君（宿木五―五九頁、浮舟五―二〇五頁）、浮舟（浮舟五―二五九頁、手習五―三七八・四〇〇頁、夢浮橋五―四二七頁）などの人物が、対者があることで、例えば、羞恥・困惑・怨み・怒り・驚きなどの感情が生まれる場合、また、昼寝の寝おきなどで上気した折などに、顔が紅潮する様が描かれている。これによっては、例えば、

「女君、顔は、いと**赤**くにほひて、こぼるばかりの御愛敬にて、涙もこぼれぬを、よろづの罪わすれて、「あはれに、らうたし」と御覧ぜらる。」（澪標二―一〇二頁）、「とて、起きあがり給へるさまは、いみじう愛敬づきて、匂ひやかにうち**赤**め給へる顔、いと、をかしげなり。」（夕霧四―一五六頁）、「と、たはぶれごとを、言ひ当てたるに、胸つぶれて、面、**赤**め給へるも、いと、愛敬づき、うつくしげなり。」（手習五―三七八頁）

等、その他の例からみて、「美しげ・美し」「をかしげ・をかしげさ」「愛敬づく」「匂ふ・匂ひやか」「らうたし」「清ら」「あはれ」等の美が感受されているようである。

黒によっては、伊予介（夕霧一―一三〇頁）、源内侍（紅葉賀一―二九四頁）、豊後介（玉鬘二―三四五頁）、鬚黒（行幸三―六九頁）などの人物が描かれ、女性の老醜や、男性の「やつれたる」、そして、「ふつつ

か」「心づきなし」といふ、いわば、醜の面が感じられている。

青では、前掲の、柏木、紫の上、大君の他は、末摘花（末摘花一―二五七頁）、女三宮（柏木四―二二頁）、薫（総角四―四七一頁）、匂宮（浮舟五―二四一頁）、浮舟（浮舟五―二四七頁）などで、末摘花を除いては、心の悩み、病等の翳のある姿が描かれ、例えば、

「いといたう、青み痩せて、あさましうはかなげにて、うち臥し給へる御さまの、おほどき、うつくしげなれば、「いみじき過ちありとも、心よわく見許しつべき御有様かな」と、見たてまつり給ふ。」（柏木四―二二頁）

のように、美を感じている。

『源氏物語』では、前掲の①〜⑤の諸例を除いて、黒による容貌からは、老や、やつれた、下品で気にくわない、といった醜さを、青による容貌からは、心・身に悩みを持つ翳のある、崇高とも優美とも言える美を、赤からは、心の動きによる上気した、優美で愛らしく明るい美を、白からは、平常の、明るい愛らしいはなやかな優美な、崇高にもわたる様々な美を感じている。

『紫式部日記』の中でも、例えば、

「すこし起きあがり給へる顔のうち赤み給へるなど、こまかにをかしうこそ侍りしか。」（四四六頁）、「「いと顕証に、はしたなき心地しつる」と、げに面うちあかめてゐ給へる顔、こまかにをかしげなり。」（四六五頁）

と、弁宰相の、昼寝から驚いて起きた顔、きまり悪く思っている顔が、赤で形容され、その美を「をかし」と感じている。また人物評の中で、大納言の君（四八六頁）、宮の内侍（四八七頁）、式部のおもと（四八八頁）、五節の弁（四八九頁）などの人々を、例えば、「大納言の君は、……白ううつくしげに、つぶつぶとこえたるが」、「式部のおもとは……色いと白くにほひて、顔ぞいとこまかによしばめる。」など、「うつくし」「きよげ」「よしばむ」「をかしげ」「にほふ」などの美を、白の容貌にかかわって感じている。これらは実在の人物であり、式部も、赤や白による、主として、明るく愛らしくはなやかな美を現実にあり得る一般的な容貌の美しさと考えていたろうことが推察される。

『源氏物語』でも、当時の諸作品と異なるところはなく、人目をつくろう態度、四季の花々にも似た様々の色合による絢爛とした服装、化粧に匂う白やほのかに赤い顔、そうした容姿に、優雅・華麗な美しさを感じていることはもとよりである。

作者自身、『紫式部日記』の中で、実在の人々の美をあらわすのに、このような描写によっていたことからも、これが現実の姿であり、当然の、常識的な表現であると言ってよいようである。

作者は、このような常識をふまえながらも、他の作者達のように、当然としてそこにふみとどまることなく、そこから更に奥に在るもの、ありきたりの美を超える新しい究極の美の像を追い求め、自己の創造力を充分発揮できる虚構の物語世界において、これをつくり上げてみようとした。それは、おぞましい無気味であるべき醜悪な姿と紙一重の死の相、また、死にのぞむ重病者の相、誰しもが厭うこの姿に、作者は「なか〳〵」「……しも」、却つて、それこそが、と語を強めながら生時の美を超える、その人物の最後に到達し得るつきつめた美があるとし、白一色の衣、うちやられた黒髪、蒼白な顔色、無心に横たわる身体、それを目に見るように描き出しているのである。

とくに、美の理想像とされる紫の上は、幼時より「顔は、いと赤くすりなして立てり。」（若紫一一八四頁)、「面、うち赤みて、」(澪標二―一一〇頁)、「おもて赤みておはする、いと、若う、をかしげなり。」(玉鬘二―三六八頁)、「おもてうち赤めて、」(野分三―五六頁)、「御顔、うち赤めて、」(夕霧四―一四二頁)などのように、紅潮した赤い顔色によって、その若々しく、明るい美が造型されている。

そして、春の桜花、それも樺桜という、あたり一面匂うように爛慢と咲きほこる花によって象徴される人であった(若紫一―二〇三・二〇四頁、若菜下三―三四六・七、三八三頁)。

「……廂の御座にゐ給へる人、ものにまぎるべくもあらず、気高く、清らに、さと匂ふ心ちして、春のあけぼのゝ、霞の間より、おもしろきかば桜の咲きみだれたるを見る心地す。」(野分三―四六頁)

という、夕霧の垣間見の描写があり、

「あぢきなく、見たてまつるわが顔にも、うつりくるように、愛敬は匂ひちりて、またなくめづらしき、人の御さまなり。」(野分三―四六頁)

というように、見ている夕霧の顔にまで、その美しさが移ってくる程に思われ、紫の上のこぼれる程の愛敬は、どうすることもできないくらいである、という。前掲の④でも、

「来し方、あまり匂ひ多く、あざ〳〵とおはせしさかりは、中〳〵、この世の花のかをりにも、よそへられ給ひしを」(御法四―一八一頁)

とあって、さながらあたりに映発するばかりのはなやかな美しさであった。垣間見て、ただ驚嘆するばかりであった夕霧が、それ程の生前の美を超えた「あかぬ所なし」「たぐひなき」という、完璧の、比類のない美の像を、横たわる紫の上の死の姿に見ているのである。

贅をこらし自らのこのみの様々の色調の衣服を着飾り、匂うばかりの化粧をほどこし、種々の心の動きによる表情を見せつつ、さながらその美は、桜花のかおりにもよそえられた王朝理想の女人紫の上、それが、色も無い白一色の着物、髪の黒さと、化粧もほどこさない蒼白な顔、そこにこそ、無上の美がある、と作者は語を強めて言い切っている。

このように『源氏物語』作者は、王朝の虚飾を一切捨てた肉体世界、喜怒哀楽の心の動きのまったく停止した無心の精神世界、こうした場に置かれた骸、そして死に臨んでいる病者の姿にこそ、生者の段階では到達し得ぬ程の究極の美が自ら発せられる、としているのである。

『源氏物語』においては、自然の美も、春の花、秋の紅葉の盛りよりも、冬の夜の澄んだ月に雪の光りあった空、いわば、人々が「すさまじきためし」とする景にこそ、無上の美的興趣がある、と言う。(2)

また、冊子のつまのように様々な色どりに飾られた衣裳によるよりも、黒一色の墨染の衣を着用している姿の方に、はるかにすぐれた美しさがあるとも言っている。(3) ありきたりの平凡な美に満足せず、このような単一、非情とも言える常識を超えた異相の美を求めてやまない作者のあり方が、軌を一にして、この死にかかわる相に究極の美を見る形象をなした、とも考えられる。

このような作者の精神構造は、更に今後、追い求めて探ってゆかねばならない点であろうと思うのである。

注

(1) (赤)『落窪物語』六四・七九・八三・一五〇・一五五・一九一・二二七頁、『宇津保物語』七九・一四五・一四六・一六八・三七九頁、『浜松中納言物語』二三一・二九八・二九九頁、『狭衣物語』七八・一五七・一六二・二二三・二八四・二九五・三五六・三七二・四一五・四一五・四二一・四四一頁、『夜の寝覚』七四・一二五・一四八・一六一・一九一・二七五・二八八頁、『堤中納言物語』三九九・四〇〇頁、『紫式部日記』四四六・四六五頁、『枕草子』四五・六〇・九九・一六三・二三二・二三七頁、『栄花物語』上六四・六五・六六・一一五・二九一・三〇四・下一〇三・一一一・一三四・一七七・一七八・一九四・二五四・二八四・二八九頁
(青)『落窪物語』一九〇・二一四頁、『宇津保物語』一一二・一四六・一六八・二四一・三七九・四一四頁、『狭衣物語』一〇六頁、『栄花物語』上三四九頁
(黒)『宇津保物語』一四三頁、『夜の寝覚』七〇頁、『枕草子』四五・一六八・一六九・一七八頁
(白)『落窪物語』一二九・一三五・一三五・一三五・一三六・一三八・一三九・一四一・一四二・一四五・一七一・一七六・一八二・二二六・二二八・二三〇・二三一・二四三・二四四・二四七頁、『宇津保物語』一二四・二四四・二四五・二六一・二八九・三二二・四一九・四二一・四六三・四七〇・四七七頁、『浜松中納言物語』一五九・一七四・二一六・二三〇・三三六・三八七・三九八頁、『狭衣物語』六四・一四五頁、『夜の寝覚』五四・五四・一二五・一七二・三九六・三九六頁、『紫式部日記』四八六・四八七・四八八・四八九頁、『更級日記』四八一・四八五頁、『枕草子』一四五・一六一・二〇七・二三七頁、『栄花物語』上一六七・一八〇・二五〇・二五二・二九四・下一九六・二一五・二七九・二八二・三〇四・三〇四頁

(2) 小稿「源氏物語の美――「すさまじ」の対象をとおして――」(『鈴木知太郎博士古稀記念国文学論攷』桜楓社　昭和50・10)所収

(3) 小稿「墨染の美――源氏物語における――」(小著『平安朝文学の色相』笠間書院　昭和42・9)所収

小論が拠った『源氏物語』、及び引用の諸文献は、いずれも日本古典文学大系本である。『宇津保物語』は日本古典全書本（注の分は『宇津保物語　本文と索引　本文篇』宇津保物語研究会）である。

『源氏物語』――「すさまじ」の対象をとおして

一　紫式部は「すさまじ」に何を見出したのか

「時〳〵につけて、人の、心をうつすめる、**花・もみぢ**の盛りよりも、冬の夜の澄める月に、雪の光（り）あひたる空こそ、あやしう、色なきものゝ、身にしみて、この世のほかの事まで思ひ流され、面白さもあはれさも、残らぬ折なれ。すさまじきためしに言ひ置きけむ人の、心浅さよ」

（朝顔二―二六六頁）

これは、厳冬の月光に、降り積んだ一面の白雪が皓々と輝きあう夜景を捉え、それに、「この世のほかの事まで思ひ流され、面白さもあはれさも、残らぬ折なれ」という程の、無上の美的興趣を見出している一文である。

凍てついた極寒の月は、通常「すさまじきためし」とさえ言い慣らされてきている事を充分知りながら、その慣習的な見方を破り、これを絶讃に値する美的鑑賞の対象としているのであって、「すさまじきためし」、と言い置いたろう人に対して、「心浅さよ」とさえ痛烈に批判をしているのである。

ここに掲げたのは言うまでもなく『源氏物語』の例である。これにみられる「すさまじ」を一つの例にとりながら、王朝に於ける因襲的な概念を破り、常套を脱した新しい美の境地を創造しようとする作者、紫式部の態度を、『源氏物語』に探ってみたい。

二　和歌、散文における「すさまじ」の用例から

はじめに、「すさまじ」について、通時的に、それぞれの時代の、各作品にみられる用例をあげて行きたい。

上代では、『日本書紀』の舒明天皇四年の条に、

「冬十月辛亥朔甲寅、唐國使人高表仁等、泊二于難波津一。則遣二大伴連馬養一、迎二於江口一。……便告二高表仁等一曰、聞三天子所命之使、到二于天皇朝一迎之。時高表仁對曰、風寒之日、飾二整船艘一、以賜レ迎之、歡愧也。」(『日本書紀』下二二九・三一頁)

とあり、「風寒之日」をカゼスサマシキコロニと訓んである。この例以外は、管見の及ぶ範囲では、上代の文献には見当たらない。(1) そして、この訓も平安時代のものであるため、上代の『紀』において、はたしてこのように訓まれたか否か明らかでない。

中古においては、和歌には、『古今集』、『後撰集』、『紀貫之全歌集』、『馬内侍集』、『古今和歌六帖』等(2)にはみられない。また『新撰萬葉集』にも和歌の部分には見当らない。勅撰集の『拾遺集』より『千載集』までにも見られないようである。

ただ歌合の、「齋宮貝合日記」に「……所がらあやしき人々の、心の中にすさまじう思ふべかめれど」

（日本古典文学大系『歌合集』一五八頁）とあり、『古今集』の假名序に「あさか山のことのはは……饗應などしけれど、すさまじかりければ」とある。しかし、いずれも和歌に見られるものではない。金子金治郎氏は、(3)『安法法師集』『桂宮本行尊大僧正集』に例があるとされている。このように、和歌においては、金子氏、私の調査をとおしても僅か二、三の例にとどまる。

　物語・日記・随筆等の散文作品で、『土左日記』、『竹取物語』、『伊勢物語』、『大和物語』、『多武峰少将物語』、『平中物語』、『落窪物語』、『和泉式部日記』には見られない。しかし、『篁物語』に一例、『かげろふ日記』に四例、『紫式部日記』に三例、『枕草子』に一六例、『源氏物語』に四六例、更に『源氏物語』以降では、『更級日記』に一例、『浜松中納言物語』に八例、『堤中納言物語』に一例、(4)その他、『夜の寝覚』、『栄花物語』、『狭衣物語』にも見えている。このように、散文には和歌の場合と比較すれば多少用例が見え、『源氏物語』にとくに多いのが注目される。

　なお、漢籍では、『和漢朗詠集』（日本古典文学大系）に「冷」の用字を「すさまじ」と訓《よ》んでおり、(5)金子博士によれば、『新撰朗詠集』、『新撰萬葉集』にも、『菅家文草』にもみられ、『神田本白氏文集』に「スサマシ」と訓まれている例があると言われる。

　「すさまじ」は、このように、中古においても、物語類にやや見られる程度で、管見の及ぶ範囲では、上代・中古をとおして、僅少な例しかなく、概して、日常的なことなどを含めて広く様々の事象の種々のあり方をのべる、物語・日記・随筆等の散文には、多少のかかわりを持っても、個々の作が文芸的な美の結晶とも言い得るような和歌などにはほとんど形象されない、そうした性格のものであったようである。

　なお、中世においては、和歌では、勅撰集のうちでは、『新古今集』に一例、『続古今集』に一例、『玉葉集』に三例、『風雅集』に七例、『新拾遺集』に一例みられる。(6)また、金子博士によれば、『秋篠月清集』に一例、『如願法師集』に一例あると言われる。更に、歌論書、歌合などの中の和歌、あるいは判詞、歌論など、多くの資料を探ってみたが、その例はまことに少ない。

しかし、散文作品には、金子氏が、『佛教説話集』、『宇治拾遺物語』、『平家物語』、『沙石集』、『松浦宮物語』、『東関紀行』、『増鏡』などに見られると言われ、私の調べた範囲でも同様で、『徒然草』に五例程、『中務内侍日記』にも一例、『太平記』にも相当量があり、劇文学としての謡曲にも少なくない。なお、今様の中の蓬萊山にも歌われている。また、金子金治郎氏によれば、『新撰菟玖波集』に六例見え、室町時代になってから「すさまじ」の使用が目立ってくると述べられている。

三　「すさまじ」の意味の変遷

次に、「すさまじ」の意義を、通時的に、具体的な用例をとおして探ってみたい。

最初に掲げた『日本書紀』の例では、前述のように「すさまじ」と訓まれたかどうかはわからぬが、平安時代の訓に従うとすれば、冬の季節の海辺のそばの川口のあたりで、ひどく吹き荒れている風が寒く感じられるのを言っているようである。「……以賜ㇾ迎之、歡愧也」とあって、このような日にわざ〳〵迎えに出てもらったことを喜び恐縮するとあるから、カゼスサマシキコロニと言うのは、肉体的にも苦痛を感じるもので快的でなかったことは推察できる。「すさまじ」はまず、このような非常に身にしみて冷たくいとわしい、知覚面での不快感を意味するものであり、『類聚名義抄』に「淡・白・酸スサマシ・冷スサマジ」とある「冷」がこれにあたるようである。

中古においては、前掲の古今序の「すさまじ」は、もてなしが疎略だといって不機嫌だった、という意とされ、それは後文の「こころとけにける」と対蹠的な、不快の感情を意味しているようである。「斎宮貝合日記」のは、都の人々が伊勢神宮のある浦に出て貝を拾い、貝合をしようという、そのことに対して、土地の身分の低い人達が心中あきれかえっているようだ、というので、これも不快に類する情を意味しているようである。これらの「すさまじ」は外界の事象の刺戟によっておこる素朴な感情を意味している。

物語等に見える「すさまじ」は、例えば、

「今宵より不浄なることあるべし、……白馬やなどいへども、心ちすさまじうて、七日もすぎぬ」（かげろふ日記二五四頁）、「かやうなるほどに、かのめでたきところには、子うみてしより、すさまじげに成にたべかめれば、」（かげろふ日記一二七頁）。「としくれてわが世ふけゆく風の音に心のうちのすさまじきかな」（紫式部日記四八四頁）、「そのほか上達部、宮の御かたにまゐり馴れ、物をも啓せさせ給ふは、おのおのの心よせの人、おのづからとりどりにほの知りつつ、その人ない折は、すさまじげに思ひて、」（紫式部日記四九四頁）、「年ごろ宮のすさまじげにて、ひとところおはしますを、さうざうしく見奉りしに、」（紫式部日記五〇六頁）。「この方のつきなき殿上人などは、ねぶたげにうちあくびつゝ、すさまじげなるぞわりなき。」（堤中納言物語三八九頁）。「答へするもきゝしらぬことばがちにて、まことにあらぬ世の心ちするに、「かばかりもなぞや」とすさまじくて、」（浜松中納言物語一七四頁）、「思事異におはしまさん人に、あやつけうひきいでゝ、すさまじうはしたなき物を思かな。」（浜松中納言物語二三五頁）、「遊びなどもすさまじう覚えて、」（浜松中納言物語二五〇頁）、「北の方は、年の數こよなふ、御思ひすさまじきよし語りければ、」（浜松中納言物語二八九頁）。「誰ぞ。あな、すさまじ。師走の月夜ともあるかな」（篁物語二六頁）。「冬の夜の月は、昔よりすさまじきもののためしにひかれて侍（り）けるに、」（更級日記五一八頁）。「世には、「すさまじき物」と、言ひ古したる十二月の月も、」（狭衣物語一六八頁）。

などの諸例から考えられるように、それは、気分がすぐれない、侘しい、索莫としている、つまらない、味気ない等の、あるいは気分にそぐわないで興ざめである、のような、不調和によって生じたり、期待外れによっておこったりする不快な感情、外界の現象を媒体として生ずる荒涼とした心情等を意味しているようである。

そして、

「風すさまじき夕べに、……心ぼそげなる事かぎりなし。」（浜松中納言物語一五八頁）

などは、『日本書紀』の「すさまじ」と同様の意とも言えようが、この後に、風すさまじきを含めての景象を「ものあはれなるに」としており、中古では、感情から情趣を導き出す次元に至ってもいるようである。また、

「この比の**枯野**の色なる御衣どもの、濃き薄きなるに、同じ色の**われもかう**の織物の重なりたるなども、人の着たらんはすさまじかりぬべきを、春の**花**、秋の**紅葉**よりも中〳〵なつかしう見ゆるは、着なさせ給へる人からなめりかし」（狭衣物語一七三頁）

のように、「すさまじ」が、衣服の色目を媒体とする容姿の美にかかわっていて、「なつかし」という美的情趣とは反対の非美を意味してはいるものの、ともかく美意識の範疇に入る段階に至っている。

これは、

「香染《かうぞめ》の御衣どもに、青きが、濃き薄き、われもかうの織物たてまつりたる、いとゞ匂ひなく、すさまじき心地したるも、」(狭衣物語二八二頁)

の例からみても、映発するような華麗な美を意味する「匂ふ」の否定、「いとゞ匂ひなく」という非美の意を持つと考えられる。

これらの諸作品のほかに、とくに『枕草子』は、「すさまじきもの」を一つの章段に立てて、作者の主観をとおして捉えた、その物を種々あげている。『枕草子』の「すさまじ」については、田中博士(7)が、その意義の要点を摑んで示されているが、日本古典文学大系の『枕草子』では、「対象が規準となるものに調和せず不安定な感じを与え、そこから不快な感情が導かれる状態で、ものすごいの意はない。」(枕草子頭注六四頁)と解されている。

「すさまじ」は、「いとわびしくすさまじ」(枕草子六五頁)「すさまじきのみならず、いとにくくわりなし」(同書六五頁)「いとほしうすさまじげなり」(同書六七頁)などのように、「にくくわりなし」「わびし」「いとほし」等の心情と共通性のある場合もあるようである。その他(同書一一五、一五二、一五三頁等)も、面白くない、つまらない、興ざめ等、様々な事象によってひきおこされる不快の感情を意味している。

なお、「木の花は」の段の、

「梨の花、よにすさまじきものにして、ちかうもてなさず、はかなき文つけなどだにせず。……げに、葉の色よりはじめて、あいなくみゆるを、……なほさりともやうあらんと、せめて見れば、花びらのはしに、をかしき匂ひこそ、心もとなうつきためれ。楊貴妃の帝の御使にあひて泣きける顔に似せて、「梨花一枝、春、雨を帯びたり」などいひたるは、おぼろげならじとおもふに、なほいみじうめでたきことは、たぐひあらじとおぼえたり。」（同書八四頁）

の「すさまじ」は、梨の花は、世間でも「ちかうもてなさず」「文つけなどだにせず」といった興趣のないものとされているが、作者の実感としても「げに、葉の色よりはじめて、あいなくみゆるを、」として肯定している。しかし、実はよく〳〵見ると、花びらのはしに、ほのかに美しい色がついている、それによって中国の故事など思いおこされて、「いみじうめでたきことは、たぐひあらじ」という程の趣を感ずるというのである。梨の花に対する作者の情感から推して「すさまじ」というものは、言いかえれば、「たぐひあらじ」と思われる程のめでたき美と対蹠的な情趣を意味するということもできるようである。

『枕草子』の「すさまじ」は、ほとんどが様々な事柄によって生ずる不快の感情を意味する段階にあるが、この例のように、すでに非美を意味するにせよ、美意識の世界に介入している場合もあるようである。

以上のような中古の諸作品にくらべて、前記のように用例もとくに多く、それだけに作品の造型に少なからぬ意義を持つと考えられるのが『源氏物語』である。以下、源氏物語の「すさまじ」に焦点をあてて考えてみたい。

はじめに『源氏物語』における「すさまじ」の意味を探ってみる。これについては、すでに手島靖生氏や田中重太郎氏の御論攷があり、[8] また岡崎義恵氏[9]もこれにふれられている。いずれも、簡明にその意義をのべられているが、小論では、[10] 具体的に例をあげたので御覧いただき、それをみながら考えて行きたい。

『源氏物語』における「すさまじ」も、これらの諸例から、様々な事柄・事象——それは各々によって異なりはするが、概して、好もしい、快的なものではない——に誘発されて生ずる、興味のない、殺風景な、やるせない、空虚で索莫とした暗い心的状態を意味し、前述の他の諸作品のそれと変りはないようである。

しかし、『源氏物語』には、こうした感情の域にとどまる「すさまじ」ばかりではなく、すでに情趣の世界にかかわる意を持つ例も少なくない。

「いと、かゝる頃は、遊びなどもすさまじく」（常夏三—一一頁）「なほ、掻き合はせ許は、手一つ。すさまじからでこそ」（若菜下三—三四四頁）「御琴どもすさまじくて、みなひきこめられ」（若菜下三—三六五頁）「あそびなど、すさまじき方にて」（宿木五—三六頁）

等のような、音楽に対する興趣とも言うべき情趣の世界とかかわりを持つ例も、また、

「御前の壺前栽の宴も、とまりぬらむかし。かく、吹きちらしてんには、何事かせられん。すさまじかるべき秋なめり」（野分三—六〇頁）「春に心寄せたりし人なくて、花の色も、すさまじくのみ、見なさるゝを。」（幻四—二〇三頁）

のように、例えば、野分によって、壺前栽の草木の様々の花や葉が見どころもなく荒らされることで、

宴もできなくなるだろうと言う、そうした景象に抱く情緒を意味する場合、はなやかな花の色どりという美的な対象に抱く情趣を意味する場、というように、美的な情趣にかかわる自然鑑賞などの情動を意味する例もある。

或はまた、「うるはしき紙屋紙・陸奥紙などのふくだめるに、ふることゞもの、目馴れたるなどは、いと、すさまじげなるを、」（蓬生二―一四一頁）のように、例えば、和歌とか草子などの芸術的な対象に抱く情趣を意味する場合もある。

『源氏物語』の「すさまじ」は、前述のように、一般的な事柄に対する感情を意味する場にある例も少なくないが、他の作品にくらべ、これらのように情趣にかかわる物を対象として、それに抱く一種の美（非美）的意義を持つものも少なくはない。

さらに、『源氏物語』では、

「影すさまじきあか月々夜に、雪は、やうやう降り積む。松風、こだかく吹きおろし、物すさまじくもありぬべき程に、」（初音二―三八九頁）

と、春（正月十五日）とは言え、まだ冬の名残の、暁闇の月光を、「すさまじ」と言い、それに雪がだんだん降り積り、松風が梢から吹きおろしてくる、そうした情景をまた、「物すさまじくもありぬべき程に」としている。このあとに、

「**青色**のなえばめるに、**白襲**《しろがさね》の色あひ、何の飾かはみゆる。かざしの綿《わた》は、匂ひもなきものなれど、ところからにや、おもしろく心ゆき、命のぶるほどなり」（初音二―三八九頁）

と記している。「何の飾かは見ゆる」「匂ひもなき」という、美を否定した、青色、白襲[11]の装束の配色、華やかさなど少しも感じられないかざしの綿、それらを着用している人々を、「ところからにや」として、この場を背景とした中に置き、こうした所の自然と、このような人達とが一つになることによって、そこに「命のぶるほどなり」という程の、きわめて満足すべき美的情趣が生まれると感じとっているようである。

『源氏』の作者は、美の生まれる一般的な条件とはまったく対蹠的な、「すさまじ」と感ずる対象と、「匂ひもなき」のような非美的な対象とが融合することによって、そこから、この上もない美がつくり出される、つまり作者の主観をとおして、一種の異風なものをもととして、命のぶる程の美が感じられる、と言っているのである。すなわち、「すさまじ」という言葉に、他の作品ではほとんどみられない美の世界にかかわりを持つ意義、それが与えられていると言ってよいようである。

この例も、月と雪の白光、そして青色と白襲といった、華麗さとは裏腹のきわめて清澄とも言える色調の構成であったが、例えば、「「柳は、げにこそ、すさまじかりけれ」と見ゆるも、着なし給へる人からなるべし。……御鼻の色ばかり、……花やかなるに」（初音二―三八五頁）のように、服色でも、末摘花の姫君の鼻の色の紅[12]が、「花やかなる」を感じさせる性格のものであるのに対するように、柳襲[13]の色目を「すさまじ」と言っている。当時の人々が、今様色（流行色）としてその艶麗さに魅せられた紅とは対照的な地味な映えない青色系統の色合である柳襲。つまり、映発するような華美な「花やかなる」に対する意識として、「すさまじ」が使われている。

また、「いと、すさまじき霜枯の頃ほひまで」（匂宮四―二二六頁）のように、自然の景象についても、春や夏の、木々の瑞々しい緑や、万花の華麗な色調、或は秋の紅葉の錦繡の色どり、それらすべてが霜で枯れ、多様な美々《びび》しい色彩のすべてを失なった蕭条とした自然界の色相に、情趣としての「すさまじ」を感じている。『源氏物語』は、「すさまじ」の情趣的な意義を、このような色相界をも対象に感じとっていることに注目しておきたい。

以上のように、『源氏物語』の「すさまじ」は、一般的な事象に対する単なる感情を意味する域から、自然・人事の興趣による情緒、そして美の意識の範疇にまで到達して形象されており、それは、目もあやな色相とは裏腹の、色彩とも言えぬ色相が対象とされるものであった。

四　源氏物語の特異な或る境地

『源氏物語』では、こうした「すさまじ」と感じられる対象をどう捉えているのか。一般の人々が慣習的に「すさまじ」と感じ続けてきた対象に何を感じていたか。そうした点を探ってみたい。このことによって、源氏作者の、特異な或る境地、ひいてはこの作品の文芸性の一面を、いささかでも模索することもできようか、と考えるからである。

「すさまじ」とされる対象には、これまで見てきたように、種々の事象があるが、とくに、最適の例とされるのが冬の月である。これは前にもあげたが、「誰ぞ。あな、すさまじ。師走の月夜ともあるかな」（二六頁）と『篁物語』にも見え、『更級日記』にも「冬の夜の月は昔よりすさまじきもののためしにひかれて侍（り）けるに」（五一八頁）、また『狭衣物語』にも「世には、「すさまじき物」と、言ひ古したる十二月の月も、」（一六八頁）とある。

十二月の月、またそれを含めての冬季の月は、「すさまじきもののためしにひかれ侍（り）けるに」のように、その最適の例として引用される程のものであり、「昔より」「言ひ古したる」とあるように、すでに古来より言い続けられてきたものであったことが知られる。つまり、「すさまじき」物そのものであり、その代表とされる対象こそ、極月の月であった。

「おもしろし」―「すさまじ」

これは『徒然草』にも、また『中務内侍日記』など[14]にも同様に記されており、後の時代に至るまで、それが世間一般の常識となるような根強いものであったようである。この月に対しては、『徒然草』にも「年の暮（れ）はてて、……すさまじきものにして見る人もなき月の、寒けく澄める廿日あまりの空こそ、心ぼそきものなれ」（『徒然草』一〇六頁）のように、「見る人もなき」で、朧《おぼろ》の春の月、涼しげな夏の月、清澄な秋の月、のような、夜を徹してでも飽かず観賞する月と異なって、それに値しないものとして、誰一人見ることもない、というのが一般の人々の当然の態度であった。

このような「すさまじきもの」のためしとされ続けているこの対象を、『源氏物語』[15]でも、「世の人の、すさまじきことにいふなる、十二月の月夜の」（総角四―四六五頁）「冬の夜の澄める月に、……すさまじきためしに言ひ置きけむ人の、」（朝顔二―二六六頁）そしてまた、「影すさまじきあか月々夜に、雪は、やうやう降り積む。」（初音二―三八九頁）のように、雪の降り積む冬さながら（正月十五日ではあるが）の景の月をも「すさまじ」としているのであって、作者がこうした月の景象を「すさまじ」とすべきであることは勿論肯定もしていたし、「すさまじ」を感じていたことも確かであろう。しかし、作者自身の言というよりは、「世の人の、すさまじきことにいふなる」「すさまじきためしに言ひ置きけむ人の」のように、世間一般の人、他人がそう言っている、とことわることも忘れてはいない。

こうした月の景は、

「雪の、かきくらし降る日、ひねもすにながめ暮らして、世の人の、すさまじきことにいふなる、十二月の月夜の、曇りなくさし出（で）たるを、簾垂まきあげて見給へば、……四方の山の鏡と見ゆる汀の氷、月影に、いと、おもしろし。」（総角四―四六五・四六六頁）

のように描かれており、つめたく冴え澄んだ月光と、磨き上げたような汀の氷、それがうつりあって銀色に輝く。すべての色彩を捨てた白光のみの世界である。それは源氏作者にとっては、「京の家の、『かぎりなく』と磨くも、え、かうはあらぬぞや」と、おぼゆ。」（総角四―四六六頁）のように、京の邸宅の磨き立てた豪華な美しささえ「え、かうはあらぬぞや」と思われる程「いと、おもしろし」という美的情趣の感じられる境地であると言う。誰もが、当然、最も「おもしろし」と感ずるであろう対象、それを比較に出してきて、それよりも世の通念に従えば「すさまじ」と感じられる対象にこそ、それにもまして「おもしろし」というきわめて美しい情趣を感ずるとしている。陳腐な通念を打破し、それを超えた異風の新たな境地を、美の対象として発見したことを強調しているのである。

それはまた、冒頭にも掲げた、

「時〳〵につけて、人の、心をうつすめる、**花・もみぢ**の盛りよりも、冬の夜の澄める月に、雪の光（り）あひたる空こそ、あやしう、色なきものゝ、身にしみて、この世のほかの事まで思ひ流され、面白さもあはれさも、残らぬ折なれ。すさまじきためしに言ひ置きけむ人の心浅さよ」（朝顔二―二六六頁）

のように、「**花・もみぢ**の盛り」、それとはまったく対蹠的な「冬の夜の澄める月に、雪の光（り）あひたる空」という、明らかに作者が「色なきもの」として、色彩のすべてを捨象した世界であることを示している。

「すさまじき」の形象をとおして、「色なきものの世界」に究極の美を見る

世間の人々が「すさまじき」ためしと言い慣らしてきた極月の月による景象は、『源氏物語』の作者によれば、端的に「色なきもの」に凝集され、そして象徴されるものであった。このことは、「時〳〵につけて、**花・もみぢ**の盛りよりも」という、情趣美の極致ともいうべき典型的な対象を出しながら、「よりも」として、一般の人々に「すさまじ」とされる「冬の夜の澄める月……」の景象が「こそ」と強調するに足る程の、はるかにそれを超えた美を感得できるものであると価値づけている。この景こそ、「身にしみて、この世のほかの事まで思ひ流され」という超現世的な憧憬の世界にも魂が遊ぶことのできるような境であり、美的情緒を代表する「面白さもあはれさも」、更に「残らぬ」という、すべての美をあますところなく含んだ完璧・究極の美を感じさせるものであるとしている。これこそが、前にも述べた「すさまじき」対象が象徴されたような「色なきもの」の世界に感得されるものであると言う。作者は、「すさまじきためしに言ひ置きけむ人の、心浅さよ」と強い確固とした口調で一文を結んでいる。

「すさまじき」ためしと、古くから慣習的にきめられ、当時も、そう思いこみ、思いこまされ、それらを疑いもなく当然のこととして、それから脱け出そうともしない人々の鑑賞眼の凡庸さ、或は実際に「すさまじきもの」と感じている人々の情趣の低俗さ、深くも考えず、ただ観念的にそのように決めてしまっている人達の心底の浅さ、それらをきびしく批判しつつ、そうすることによって、「すさまじ」き対象に、無上の美が感じられることを提唱している自己の境地を、一層明確に示してみせているのである。(16)

この一節は、『源氏物語』の理想の男性像光源氏――それはけして近江の君とか末摘花とか、そうした人物ではない――の口をとおして語らせており、それだけに作者のこの見解に対する意気ごみが感じられる。一《いち》という文字をさえ知らぬ気につつましく生きた女性としての紫式部の意識を、光源氏に物語らせたものだけに、「すさまじきためしに言ひ置きけむ人の、心浅さよ」という、従来の陳腐な常識に、安易に拠ったままでいる人々の美意識を、打破しようとする強固な意図を知ることができるようである。

言いかえれば、王朝の一般の人々の、鑑賞に値する美的対象、彼等の美意識を満足させる対象、それにには作者はすでに飽き足らず、常識を、伝統を、脱し、超え、そこに新しい特異な美の対象を希求し、新しく創造しようとした、その『源氏物語』作者の態度、意図、心境が、この短文に凝集されているようにさえ推察される。(17)

ここで、「すさまじ」の対象の姿が象徴されている「色なきもの」が、「時〳〵につけて、人の、心をうつすめる**花・もみぢ**の盛り」という言と対照されていることについて、それが、王朝の宮廷に生きた作者の言葉であるだけに、これを単なるそれとしてだけでなく、作者のこれに託す大きな意義を考えるべきであろうと思う。

王朝の人々の生活が写されている平安の物語類には、多種多様の色彩の種類が厖大な量で描かれ、絢爛とした絵巻さながらの、豪華艶麗な色彩美の世界がくりひろげられていると言ってもよいようである。

とくに、登場する人物の服装は、布を染めることも、織ることも、また襲《かさね》ることも、その多くが自然をいろどる美しい植物の色彩を模しており、衣服の色合に、植物さながらの色どりが再現されている。そして、それらの花々や葉の色づき、萌え、咲き匂う、その折々にたがわぬように服色をあわせて着用する。とくに、衣装の色目は、模した植物名をそのままとって色目の名称としてつけているのである。

このことについては『源氏物語』の作品の内容よりは後代ではあるが、『栄花物語』に記載されている装束がその一つの証拠を示してくれるようである。(18)

「左の人〳〵、春の色〳〵を織り盡したり。しなの、紅梅《こうばい》どもに、……萌黄《もえぎ》の二重文の紅梅の象眼の唐衣、……あはぢ、梅の三重織物ゝ表着、……梅の二重文の唐衣。但馬、櫻の織物ども、櫻の表着、……樺櫻《かばざくら》の二重文の唐衣、梅の二重文の裳。内侍の女、裏山吹《うらやまぶき》ども三つにて、……山吹の二重文の表着、同じ色の無文の唐衣。……式部の命婦、つゝじどもに、……源式部、藤どもに、……新少納言、同じ藤の匂に、……藤の二重文の表着、同じ色の無文の唐衣。……女、山吹を打ちて、山吹の織物ゝ表着、……内大臣殿ゝ御乳母、柳どもに、……柳の二重文の表着、裳、唐衣も同じ事なり。近江の三位、紅梅の薄きを皆打ちて、……内侍、こと〳〵しからぬ薄紅梅どもに、……小式部、梅の匂に、……紅梅《もみぢ》の表着、……。右十人は、……いなば、……青き織物に色〳〵の紅葉を皆織り盡したり。……出雲、下著同じ紅葉を打ちて、……袴も紅葉の打ちたる、……土左、これも同じ紅葉の打ちたる、……紅葉の薄き濃き、二重文の裳・唐衣、……筑前、同じ紅葉の打ちたる、……無文の朽葉《くちば》の唐衣、……今五人は、菊の色〳〵なり。遠江、……女郎花《をみなえし》の唐衣、薄の裳。侍従、……女郎花の唐衣、萩の裳、……下野、菊の織物どもに、……平少納言、菊のうつろひたるに、……」（日本古典文学大系『栄花物語』下四六一～四六三頁）

これは、皇后宮寛子春秋歌合における、出席の女房達の衣裳で、「左春右秋なり。装束も、やがてその折に従ひつゝぞしたりける。」とあって、左方《かた》の人々は春の色々を織りつくし、右方《かた》の人達も、「秋の花の色々を盡したり」「秋の野を織り盡したり」などとある。

いずれも、春・秋の折の美しい植物と同名の、そして、その色を模した衣裳を着用して居並ぶ。これはごく一例にすぎないが、王朝の、宮廷の人々が妍を競い、みずからをいかに美しくよそおうか、と工夫して、贅《ぜい》をつくしてつくり上げた王朝美の結晶とも言える装束であり、これらは、大自然の木々草々の色彩をまねた相似の色合のものであった。つまり、貴人達の身を飾る目もあやな衣服美の原点こそ、いわば、春の花、秋のもみぢで代表される多彩な植物の姿であった。(19)ということは、『源氏物語』作者が、「時〴〵につけて、……」といった、「花・もみぢ」という、きわめて簡単な一語の内容には、こうした優麗豪奢な言葉ではつくせない程の色、色、の世界が基盤となり背景となって意識せられてのことであったと言えるであろう。このことを思えば、それに対応させた「色なきもの」の一言には、王朝のこうしたあらゆる色彩を捨象した、きわめて深い意識が基底に蔵せられていることが推察されるのである。

以上、『源氏物語』における「すさまじ」は、諸作品に形象されている一般的な意を肯定し、ふまえながら多く形象されている。それ故にこそ、それを否定し、それを超えた「すさまじ」の意義が、異色の創造であることを、さらに新風の創造であることを、作者によって一層明らかに暗示されている、と考えられるのである。

作者は、この「すさまじ」の形象をとおして、「色なきもの」の世界によってこそ、常套的な美を超えた美の究極の姿をみることができる、ということを感得し、それを示した。

このことからも充分うかがえるが、作者が、王朝の宮廷貴族の社会における、きらびやかな物質的現実の中に生き、もとよりこれを肯定しながらも、すでにそこには、従順にのみ生きることができなくなって、ある時にはこれを低俗なものと見、それらを否定した、「無」の、内面的な世界を指向し、憧憬する。いわば、作者が花やかな世俗的なものをすべて捨てて、純一な人間の感動の根元の世界を庶幾《しよき》したろうこと、そのことも、所々からうかがい知ることができるようである。

「我こそ、世（の）中をば、いと、すさまじく思ひ知りながら、行ひなど、人に目とゞめらるゝばかりは勤めず、口惜しくて過ぐし來れ」（橋姫四―三〇五頁）「身を思ひ落してしこなた、なべての世（の）中、すさまじう思ひなりて、後の世の行ひに、本意ふかく進みにしを、」（柏木四―一一頁）

のように、「すさまじ」は現世によせる感懐でもあり、それ故、後世の「行ひ」を願う。世の中を「すさまじ」と感ずる、それが動機となって、すべての物を捨てて、無の世界をあこがれる幽遠な精神が生み出される、としているのである。

これは世間を厭離しようとする宗教的な心にも近いものがある。中世に生きた『無名抄』の作者が「萬の事極まりてかしこきは、あはくすさまじきなり。」（日本古典文学大系本『歌論書能樂論集』八九頁）と、「すさまじ」を文芸の創作過程の場においてのべている心にも、通うものがある。絢爛華麗な王朝宮廷に生き、それを描きながらも、一面、沈潜した、ひややかな中世的世界を希求した源氏作者の、時代をぬきん出た天才的な創造力の一面を、この「すさまじ」の「色なきもの」という対象への審美的な態度によってかいまみることができるように思われるのである。

注

(1)『時代別国語大辞典　上代編』(三省堂　昭和43・4)には、すさまじの項はないが、「すさぶ」と同源の語であるとし、「すさぶ」は『萬葉集』や『日本書紀』にあると記されている。

(2)これらの作品は、いずれも、総索引あるいは歌題・全句索引によって調査した。

(3)「すさまじ考——新撰菟玖波集を起点に——」(「文学・語学」45号　昭和42・9)

(4)いずれも日本古典文学大系本で、『篁物語』(二六頁)、『かげろふ日記』(ただし二例一二七・二五四頁)、『紫式部日記』(四八四・四九四・五〇六頁)、『枕草子』(六四・六四・六五・六五・六五・六五・六五・六七・六七・六七・六八・八四・一一五・一五二・一五三・一五三頁)、『更級日記』(五一八頁)、『濱松中納言物語』(一五八・一七四・二三五・二五〇・二八八・二八九・二九九・三二三頁)、『堤中納言物語』(三八九頁)。

(5)日本古典文学大系本で(一〇三・一三五・一五三・二五一頁等)。

(6)〝すさまじ〟『玉葉』・『風雅』の一世界——。

(7)「すさまじ——枕冊子語彙ノートから㈡」(「平安文学研究」24—12)。

(8)手島靖生「すさまじ」考(「福岡学芸大学紀要」第六号　昭和31)、田中重太郎「すさまじ」(「解釈と鑑賞」34—10)、「源氏物語重要語句の詳解」所収。

(9)岡崎義恵『源氏物語の美』(宝文館　昭和35・7)。

(10)「いと、すさまじう、物し」(桐壺一—四一頁)。いやらしいという感情と或る共通点を持つ。「すさまじきをり〳〵、詠みかけたるこそ、物しき事なれ」(帚木一—八五頁)物しき事(不快な事)の素因となるような意。「物おもはしく、はしたなき心地して、すさまじげに、寄りふしたり」(末摘花一—二四二頁)「物おもはしく、はしたなき心地」(塞ぎこんで、具合の悪い気持がする)、それが原因となっておこるような感情。「かう情なきを、すさまじく思ひなり給ひにしかど」(末摘花一—二四三頁)相手が冷淡である、それによっておこる自己の心の動き。「いまは、さやうのこともうひ〳〵しく、すさまじく思ひなりにたればば」(若采上三—二三八頁)年をとって結婚などということも「うひ〳〵しく」(気恥かしく)という心情と同傾向の感情。「つねよりも、御さしいらへなければ、すさまじく」(若采上三—三一四頁)普段の時よりも返事もない、そういう相手の態度に対して起る感情。「御心につきて思しける事どもは、みな違ひて、世（の）中もすさまじく」（若菜下三—三二三頁）執心していたことが皆はずれてしまった、そのような思いどおりにならない状態が原因で、現世に感ずる一種の心情。「あまたの人々、……嘆きしをれ給へる頃ほひにて、ものすさまじきやうなれど、」（若菜下三—四一八頁）悲傷の環境をとおして生ずる心情。「わが御心より、おこらざらむ事などは、すさまじくも思しぬべき、御氣色なめり」（匂宮四—二二〇頁）自分から望みもしないような婚姻に対して当人が抱くであろうと思われる気持。「いまは、まいて、さだ過ぎ、すさまじき有様に、思ひ捨て給ふとも」（竹河四—二五三頁）年をとり、盛りをすぎた人間の有様によせる感。「我こそ、世（の）中をば、いと、すさまじく思ひ知りながら」（橋姫四—三〇五頁）自分が罪の子と知り、現世にあることの感懐。「「されど、氷魚も」「寄らぬにやあらむ。すさまじげなる、氣色なり」」（橋姫四—三二二頁）漁夫にとって魚がよってこないという不景気な状況が想像できるような様子がうかがえる意。「「世のはかなさを、目に近く見しに、いと、心憂く、身もゆゝしく思ゆれば、……物うくなむ」と、すさまじげなるよし」（早蕨五—二七頁）人の死によって世の無常を現実に見、それによって誘発された「心憂く」「物うく」などの心情をすべて含めたような心的状態。「我、凄じく思ひなりて、捨て置きたらば」（浮舟五—二五七頁）男女の間で、相手を捨てておくようになる原因となるような心情。「あまり、もて離れ、奥深なるけはひも、所の様に合はず、すさまじ」（手習五—三七三頁）相手の態度が「所の様」（物の哀が感じられるような山里の様子）と似合わぬ状態であることから生ずる心情。「「いつしか」と、まちおはするに、かく、たど／＼しくて、帰り來たれば、「すさまじく、中／＼なり」と、思すこと、さま／＼にて」（夢浮橋五—四三五頁）期待していたのが、予期に反した結果となった、そのことに対しての気持。「世（よ）の中すさまじきにより、かつは、籠り居たまひしを、とりかへし、花やぎ給へば、御子どもなど、沈むやうにものし給へるを、皆、うかび給ふ」（澪標二—一〇四頁）「籠り居たまひし」のように世に出ないで逼塞している、或は、「沈むやうに」のように沈淪する、それが「とりかへし」、逆になって、「花やぎ給へば」「うかび給ふ」という状況になる、「すさまじ」は、このような、権勢を持つ状態とは逆の境遇から生ずる全体的な感情。「世（の）中静かならぬ車の音などを、よそのことに聞きて、人やりならぬつれ〴〵に、暮らし難く思ゆる。女宮も、か丶る、氣色のすさまじげさも、見知られ給へば」（若采下三―三七八頁）祭の行事などの世間の賑やかさ、それとは対照的であるので、一層、「人やりならぬつれ〴〵に、暮し難く思ゆる」そうした苦悩を持つ心情。

(11) 青き白橡、麹塵、山鳩色などと同じ。緑に近い色合。白襲は表のきぬも裏のきぬも白。小著『平安朝文学の色相』に詳しい。

(12)「なつかしき色ともなしになに丶この末摘花を袖にふれけん……」（末摘花一―二六三頁）、「この紅花を書きつけ、にほはして見給ふに」（一―二六七頁）などによって、紅色を指すことは明らかである。

(13) 注（11）と同書に詳しい。

(14)「すさまじき物とかや言ひふるすなる十二月の月夜なれど」（『中務内侍日記』有朋堂書店　昭和4・1　五五一頁）。

「すさまじくいふなる一二月の月夜を」（「今様蓬莱山」國歌体系本の『古歌謡集』　二六七頁）。

(15) 野口進「源氏物語の自然観照」（「金城国文」18―2）には、月について詳しくのべられている。

(16) 前掲の『篁物語』の場合「すさまじ」とされている冬の月を、「春を待つ冬のかぎりと思ふにはかの月しもぞあはれなりける」のように「あはれなりける」という情緒美的なものを感ずるものとして詠じられているようでもあるが、それはあくまでも「春を待つ冬のかぎりと思ふには」という条件があってのことで、「すさまじ」とされる師走の月を対象にあはれと言っているのではない。この例の他は、いずれも『源氏物語』以降の作の例なので、『源氏物語』への影響を考える必要はないようである。

(17) 作者は、「冬の夜の月は、人にたがひて賞で給ふ御心なれば」（若菜下三―三三九頁）と、光源氏の言に託して、当時の人々の常識とあえて異なることをはっきり示している。

(18) 用例中○印は稿者のつけたもの。これらの装束の色目については、注10に記載した小著、また、小稿「源氏物語における色彩」（別冊太陽「源氏物語絵巻五十四帖」平凡社　昭和48・6）所収を御参考願いたい。

(18) このことについては、注（18）の別冊太陽の小稿に詳しい。

なお、小論が拠った『源氏物語』は、日本古典文学大系本である。

『源氏物語』の指向するもの――色なきものの身にしみて

一　正月の衣裳はそれぞれの人たちの個性を表わす

正月に着る衣裳を暮に源氏から身近な婦人達に贈る、その色合の選択に、

「着給はん人の御かたちに、思ひよそへつゝ、たてまつれ給へかし。着たる物の、人ざまに似ぬは、ひが〳〵しうもありかし」（玉鬘二―三七〇頁）

「つれなくて、人のかたち推しはからんの御心なめりな。」（玉鬘二―三七一頁）

とあって、この、装、とくにその源氏と紫の上の会話によっても、その一端がうかがえるが、『源氏物語』に登場する主要な人物の服色は、単に外面的な容姿を描くものではなく、それぞれの人たちの、個性を具体的に示してみせるためのものでもあったようである。

端的に言えば、衣装と人がらは相即不離のものであり、とくに、衣服その色合からどのような人物であるかを推測することさえ不可能ではなく、服色は人がらを象徴するものとさえ考えられていると

いってもよさそうである。とくに、

「かの末摘花の御料に、**柳**の織物に、よしある唐草を乱り織りたるも、いと、なまめきたれば、人知れず、ほゝゑまれ給ふ。」（玉鬘二—三七二頁）

という、源氏からの末摘花への暮《くれ》の贈物の衣装が、正月に晴着として彼女に着用されているのをみると、

「**柳**は、げにこそ、すさまじかりけれ」と見ゆるも、着なし給へる人からなるべし。……」（初音二—三八五頁）

というわけで、源氏は、柳の色目の優雅な紋様のある衣装を贈る時から、内心、末摘花には似合わないだろうとほゝえんでいたが、やはりその通りで、まったく趣もなく醜い感じがした。それは「着なし給へる人から」であろうという。つまり、同じ衣服の色合でも、着用する人の個性次第で、美にも醜にも見える、ということを、作者は端的に示している。(1)

これらは、衣装などに関してのことであるが、それ以外の、例えば、光景などでも、

「何心なき空の気色も、たゞ見る人から、艶にも凄くも、見ゆるなりけり。」（帚木一—九九頁）

という、源氏が、空蝉に逢っての後、有明月の、光はないものの、くっきりと見える、その趣のある

曙の景を、それが、優艶な、とも、また、荒涼とした、とも、ただ見る人の気持によってどうにでも感じとられるものだと言う。つまり、この光景が、空蝉方の女房たちには、源氏にかかわる景として、いかにも艶に見え、逆に空蝉に文《ふみ》を送るすべもなく胸を痛める源氏にとっては、この同じ景が凄くながめられたという。このように、「何心なき空の気色」、無心の自然の光景であってさえ、それを眺める人の心次第でどのようにも感じとられる、と作者は、はっきりのべている。

『源氏物語』作者は、前例のような服の色合一つにしても、あるいは、このような情景一つにしても、「人からなるべし」、「たゞ見る人から……」、とはっきりのべており、内面的な、人格、心情を核とし、それによって、どのようにも、外面的な、具体的事象は左右される、という認識をはっきり持っていたように推察される。

二　冬の夜の澄める月、雪の光(り)——色なきものゝ身にしみて

(1)「時〳〵につけて、人の、心をうつすめる、**花・紅葉**の盛りよりも、冬の夜の澄める月に、雪の光（り）あひたる空こそ、あやしう、色なきものゝ、身にしみて、この世のほかの事まで思ひ流され、面白さもあはれさも、残らぬ折なれ。すさまじきためしに言ひ置きけむ人の、心浅さよ。」

（朝顔二―二六六頁）

これは、正篇で、光源氏が見、そして感じて語っているもの。

(2)「雪のかきくらし降る日、ひねもすにながめ暮らして、世の人の、すさまじきことにいふなる、十二月の月夜の、曇りなくさし出（で）たるを、簾まきあげて見給へば、向ひの寺の鐘のこゑ、

枕をそばだてゝ、「今日も暮れぬ」と、かすかなる響きを聞きて、

おくれじと空ゆく月を慕ふかな遂にすむべき此（の）世ならねば

風の、いと、はげしければ、蔀おろさせ給ふに、四方の山の鏡と見ゆる汀の氷、月影に、いと、おもしろし。「京の家の、『かぎりなく』と磨くも、え、かうはあらぬぞや」と、おぼゆ。」（総角四―四六五・六頁）

これは、続篇の宇治十帖になって、薫が眺め、そして一人思っているもの。

この両例は、それぞれの場における、源氏の心、さらに薫の心情が、時《じ》・空《くう》のある一定の対象を捉え、それを、このように見、このように感じたわけで、⑴の例から⑵の例へと、時を経ながら両篇での最も重要な主人公である両者に語らせ、あるいは思わせている点、これに託す作者の、なみなみならぬ意図があったと考えられる。この両例については、それぞれ小論[2]に詳しいので御参照いただきたい。

三　冬の月光と、白雪の光りあう夜景に美を

⑴の例に見える「花・紅葉」という言葉は、『源氏物語』では「時どきの**花・紅葉**」（薄雲二―二四二頁）、「折〳〵につけたる**花・紅葉**の」（橋姫四―二九九頁）、「折ふしの**花・紅葉**」（椎本四―三四九頁）などのように、春・秋を主とした日本の自然の、季節々々の最も美しい風物を称する意で使われている。それはもとよりであるが、例えば、

「その、たなばたの裁ち縫ふ方をのどめて、長き契（り）にぞあえまし。げに、その、立田姫の

錦には、又しく物あらじ。「はかなき花・紅葉」といふも、折節の色あひ、つきなく、はかぐしからぬは、露のはえなく、消えぬるわざなり。……」（帚木一―七四・七五頁）

のように、

「立田姫と言はんにも、つきながらず、たなばたの手にも劣るまじく、その方も具して、うるさくなん侍りし」（帚木一―七四頁）

という〝指食い〟の女の場面での、染物上手を、「はかなき花・紅葉」で、季節々々にあう美しい色合を表現している場合もある。これは『栄花物語』にも、「殿上人などは花折らぬ人無、」（かがやく藤壺上―二〇四頁）とか、「その日の女房のなり、花を折りたり。」（ころものたま下二六二頁）などと、衣服の美しい色合を「花を折る」と表現している例もみられる。

つまり、「花・紅葉」という言葉は、こうした最も美的な風物の代名詞であると共に、それが人工的な衣装などの美しい色合を意味する場合もあり、いずれにしても、多彩な美を代表して表現するもの、と考えてよいようである。

このように、誰でもが賞翫し、讃美する花・紅葉の、とくに、そのさかりを、例にとった、『源氏物語』では、

「はるぐと、物のとゞこほりなき海面なるに、中く、春・秋の、花・紅葉のさかりなるよりも、たゞそこはかとなう繁れる蔭ども、なまめかしきに」（明石二―七一頁）

のように、それよりも、「中〳〵」却って、とことわり、更に、なまめかしい優美な情感を抱かせる対象が他にあるとしている。

それは、ただ繁った木々の葉の色であり、また、前記㈡の⑴の月光と雪の夜景の〝色なき〟色であるという。

当時の人びとが賞讃し、端的に風物の美をあらわす代名詞とも考えられている〝**花・紅葉**〟。その常套的な美の対象を十分肯定しながらも、『源氏物語』作者は、それにとどまることなく、さらにそれを超える、それは、むしろ対蹠的とも言えるような、まったく世俗的な域を脱した新しい境地を求めているのである。

なお、また⑴や⑵の例の、師走、極寒の月は、「世の人の、すさまじきことにいふなる」とことわっているとおり、世間一般では、誰も賞《め》でる者はない対象であった。

季に敏感な和歌の世界をみても、紫式部あたりまでの時代の勅撰集には、「冬」の部立で月を詠じているのはごく稀であり[3]、その他の私家集の多くにも、ほとんどその例はみられない[4]。

これが、『千載集』（九例[5]）あたりから多くなりはじめ『新古今集』には二十八例[6]を数える。そして、紫式部の「年くれて我世ふけゆく」の歌を採っている十三代集の中の『玉葉集』では二十一例[7]、同傾向の『風雅集』では二十一例[8]見えている。

つまり、平安時代には冬の季に、月を詠ずるということは、ほとんどなく、中世になって少なからずみられるようになることが、はっきり知られる。

月は、和歌では冬以外の他の季の詠には非常に多いが[9]、冬、それも師走の月を賞することなど、通常考えられないことであり、式部が、当時の常識を超えようとする意図には、なみならないものがあったように推察される。

『枕草子』をみると、月は、「夏」、「七月七日」、「七月」、「秋」、「八月十五日」、「九月十日」、「九月ばかり」、「九月廿日あまり」、などの季に見え、「冬」と考えられるのは、一、二例(三〇二段三一二・三一三頁、一本二七段三二九頁→これははっきりしない)にとどまる。

このように、四季の風物の美を詠ずる和歌、また、自然をも作者の意のままに自由に捉え描くことのできた随筆の『枕草子』でも、月は、他の季では、さまぐ〵に賞翫されているにかかわらず、冬の季には、ほとんどとりあげられていない、ということなどから、式部の時代あたり、冬の月がいかに鑑賞の価値がないものとされていたかが推測されるようである。

とくに、冬といっても、それが、「世の人の、すさまじきことにいふなる」とある師走、その時の月であり、鑑賞どころではなく、見る世間一般の人の心を荒涼とさせたものであったはずである。(10)

このような冬の月をさえ、『源氏物語』では、

「月さし出で、薄らかに積れる雪の光にあひて、なかく〵、いと面しろき、夜のさまなり」(朝顔二―二六一頁)

のように、冬の月光と、積った白雪の光りあう夜景を、「なかく〵」つまり、一般の人々の賞する他の季の景よりも、却って、とわざわざことわって、非常に興趣があると賞讃しているのである。

とくに、これは、

「冬の夜の月は、人にたがひて賞で給ふ御心なれば、おもしろき夜の雪の光に、……」(若菜下三

―三三九頁）

と、光源氏が「人にたがひて賞で給ふ」と、とくにことわって、その冬の月光と雪の光の夜景を「おもしろき」趣のある対象として捉えていることを示しているのである。

作者は、前記の、「**花・紅葉**のさかりよりも」の場合も、また、「すさまじき」ものとされる厳冬の月の場合も、それが一般の、当時の慣習や常套的な美意識と異なり、むしろ対蹠的とも言えるものであることを強く示しており、「人にたがひて」、また、「中〳〵」とのべているのである。

このように、当時の人びとのあり方は熟知していながら、どうしてもそれに従うことのできなかった、そして、もっと、それを超えた情感を追求して行こうとする作者の意図、その苦悩にも似たものが感じられるのである。

この「中〳〵」[11]の例は、『源氏物語』では三〇〇例にも及んでおり、『枕草子』が一四例であるのにくらべ格段の数である。もとより作品の量が『源氏』の方がはるかに多いからでもあるが、それにしても比較を絶するように考えられる。『紫式部日記』にも六例を数える。この用例のきわめて多い「中〳〵」の意味するものは、端的に「人にたがひて」と、はっきり、ことわっていることに示されているようである。

『源氏物語』には、世間一般の常識を熟知し、肯定しながらも、この「人にたがひて」が少なからぬことを、⑴の例⑵の例をとおしても言い得るのである。

四　『紫式部日記』は色を超えた白――無彩色の世界

『紫式部日記』は、自照文学と言われる仮名日記の形態をとっているのはもとより、さらに、その中に、周知のように、一般に消息文的といわれる3分の1にも達する部分を含んでいる。

また、「左衛門の督「あなかしこ、このわたりにわかむらさきやさぶらふ」とうかがひ給ふ。源氏にかかるべき人見え給はぬに、かのうへはまいていかでものし給はむ、と聞きゐたり。」(四七〇頁)、あるいは、

「源氏の物語、御前にあるを、殿の御覧じて、……」(紫式部日記五〇四頁)

「局に、物語の本どもとりにやりて隠しおきたるを、御前にあるほどに、やをらおはしまいて、あさらせ給ひて、みな内侍の督の殿に奉り給ひてけり。よろしう書きかへたりしは、みなひき失ひて、心もとなき名をぞとり侍りけむかし。」(同四七三頁)

などとあり、すでに『源氏物語』創作(それがどの程度の部分であるかは諸説があるが)をはじめた後が、この日記の内容の時期でもあり、従って、日記執筆の時はさらに後と言ってよいようである。

このような『紫式部日記』は、一条天皇中宮彰子が出産のため、父道長の私邸土御門殿に退出された寛弘五年秋から筆がおこされている。作者の宮仕は寛弘二、三年頃[12]と言われるので、従ってその間の彰子後宮の有様は紫式部の筆をとおしては知るよすがもない。しかし、寛弘五年七月以降が『紫式部日記』によっていると指摘されている程、密接な関連をもつ歴史的な物語の『栄花物語』をとおして、その間の様子は十分知り得るようである。

(一) 道長——彰子、権勢の時代

『栄花物語』には、彰子にかかわる記述が少なくないが、いずれも、その栄華が言葉をつくして語

られているようである。

「姫君の御有様さらなる事なれど、御髪丈に五六寸斗余らせ給へり。御形聞えさせん方なくおかしげにおはします」（栄花物語かがやく藤壺上二〇〇頁）

のように、まことに美しい容姿で、その後、入内されて、

「宮は上の御局におはします。……御色**白く**麗しう、酸漿などを吹きふくらめて据ゑたらんやうにぞ見えさせ給。なべてならぬ**紅**《くれなゐ》の御衣どもの上に、**白き**浮文の御衣をぞ奉りたる、御手習に添ひ臥させ給へり。御髪のこぼれかゝらせ給へる程ぞ、あさましうめでたう見奉らせ給。」（同はつはな上―二五一・二頁）

「此御方藤壺におはしますに、……女御のはかなく奉りたる御衣の色・薫（などぞ、世に目出度ためしにしつべき御）こと也。」（同かがやく藤壺上二〇一頁）

のように、女御・中宮としての、彰子の美貌・麗姿が、肌の白さや衣装の華麗な紅、それに映える紋様の白、髪の色合などによって描きあげられている。

女房達も、

「此比藤壺の御方、**八重紅梅**《やへこうばい》を織りたり。表着は皆唐綾也。殿上人などは花折らぬ人無、今めかしう思ひたり。」（同かがやく藤壺上二〇四頁）、「人〳〵**菖蒲**《しやうぶ》・樗などの唐衣・表着なども、をかし

う折知りたるやうに見ゆるに、**菖蒲**の三重の御木丁共薄物にて立て渡されたるに、……」（同かがやく藤壺上二〇八頁）、「御堂に宮も渡りおはしませば、……御簾際の柱もと、そば〳〵より、わざとならず出でたる袖口、こぼれ出でたる衣の端など、**菖蒲**・**楝**《あふち》**の花**・**撫子**《なでしこ》・**藤**などぞ見えたる。……」（同はつはな上二五六・七頁）

などのように、五月五日の折、土御門殿法華八講の時など、その季節にあわせた華やかな色目の衣装を着飾って、一層、その場・その折の盛儀の美をもりあげようと考えられている有様が描かれている。そして、入内の際など、道長がいかほど心にかけて、すべてにつけて絢爛豪華に飾ったか、

「万珍かなるまでにて参らせ給。」（同かがやく藤壺上二〇〇頁）、「されば古の人の女御・后の御方々など思やうに、かたはしにあらずやと見えたり。」（同かがやく藤壺上二〇〇頁）

などと記され、彰子の後宮は、

「此御方の藤壺におはしますに、御しつらひも、玉も少磨きたるは光のどかなる様もあり、是は照り耀きて、女房も少々の人は御前の方に参り仕うまつるべきやうも見えず、いといみじうあさましう様ことなるまでしつらはせ給へり。御几帳・御屏風の襲まで、皆蒔絵・螺鈿をせさせ給へり。女房の同き大海の摺裳・織物の唐衣など、昔より今に同様なれども、是はいかにしたるぞとまで見えける。」（同かがやく藤壺上二〇一頁）

と、その驚くばかりの有様を口をきわめてのべている。一条天皇も、

「明けたてばまづ渡らせ給て、……「あまり物興じする程に、むげに政事知らぬ白物にこそなりぬべかめれ」など仰られつゝぞ、帰らせ給ける。」（同かがやく藤壺上二〇二頁）

という程であったと記している。

ともかく、道長が、すべてをかけて、彰子にかかわる万般を、例をみない程豪華にして栄華世界を現出させた、そのことを、『栄花物語』では強調しているようである。

女房たちも、彰子方に出仕できることを、

「此御方に召し使はせ給はぬ人をば、世に辱なく畏をなし、よにすずろはしく云思へり。たまたま召使はせ給をば、世に目出度羨しく思ひて、幸人とぞつけたる。」（同かがやく藤壺上二〇一・二〇二頁）

のように「幸人」と言われたというのである。紫式部もこれによれば「幸人」であった筈である。

中宮が出産のため退出された土御門殿の有様は、『栄花物語』によれば、「殿の内の有様、常のおかしさにも、さるべうもせさせ給折は、猶ほかには似ずめでたし。」（はつはな上二五七頁）の、法華三十講の行なわれる折のように「ほかには似ず」素晴らしいと讃嘆する程であり、また庭園なども、

「殿の有様目も遙におもしろし。山の紅葉《もみぢ》数を盡し、中島の松に懸れる蔦の色を見れば、紅《くれなゐ》、蘇《す》

芳《はう》の濃き薄き、青う黄なるなど、さま〴〵の色のつやめきたる裂帛などを作りたるやうに見ゆるぞ、よにめでたき。池の上に同じ色〳〵さま〴〵の（もみぢの）錦うつりて、水のけざやかに見えていみじうめでたきに、色〳〵の錦の中より立ち出でたる船の楽聞くに、そゞろ寒くおもしろし。すべて口もきかねばえ書きも続けず。よろづの事し盡させ給へり。」（同とりべ野上二二五頁）

のように、十月初旬の頃（東三条女院四十の賀の折）の庭園の、紅、蘇芳、青、黄等のさまざまな彩りの紅葉の景観の美をひたすら讃嘆している。その後、皇子御誕生で、紫式部も同じ時期のこの邸の風景は目にしていた筈である。

『紫式部日記』に描かれていない後の彰子関係の有様は、紫式部が見た場合も、宮仕を退いた後、つまり知らない場合も、あるわけであるが、いずれにしても、彰子がいかに栄華の世界に生きていたか、それを『栄花物語』では詳しく記述している。

例えばその衣装についても、

「大宮の女房、寝殿の南より西まで打出したり。藤《ふぢ》十人、卯《う》の花十人、躑躅《つつじ》十人、山吹《やまぶき》十人ぞある。いみじうおどろ〳〵しうめでたし。」（栄花物語御裳ぎ下一〇三頁）

「かくて又の日、大宮の御方の女房、唐撫子《からなでしこ》を匂はしたる、いといみじうめでたし。」（同御裳ぎ下一〇七頁）

「御方〴〵の女房こぼれ出でたるなりども、千年の籬の菊を匂はし、四方の山の紅葉の錦をたち重ね、すべてまねぶべきにあらず。色〳〵の織物・錦・唐綾など、すべて色（をかへ手）を盡したり。袖口には銀《しろがね》・黄金《こがね》の置口、繡物・螺鈿をしたり。……敷島やこゝの事とは見えず、高麗・

唐土〔など〕にやとまでぞ見えける。」（同御賀下一二二頁）
「宮の女房の有様、寝殿の西南面より西の渡殿まで、すべていとおどろ〳〵しう紅葉襲《もみぢがさね》色を盡したり。」（同こまくらべの行幸下一五八頁）

のように、例えば、皇太后妍子が土御門殿行啓の折、あるいは、倫子六十の賀の折、また高陽院駒競の行幸啓の際などにも、いずれも、彰子方の女房たちの、着飾っている有様の、華麗な色合の衣裳が、描かれている。

最後に、彰子が出家する直前の容姿が、

「大宮この月のうちにおぼしたゝせ給。……その日の女房のなり、花を折りたり。……宮の御有様を見奉れば、紅梅《こうばい》の御衣を八ばかり奉りたる上に、浮文を奉りて、えもいはずうつくしげにて、御髪は丈に一尺余ばかり余らせ給て、御有様さゝやかにふくらかに、うつくしう愛敬づきおかしげにおはします。……今年は万寿三年正月十九日、御歳卅九にぞならせ給ける。いみじう若くめでたくおはしますに、」（同ころものたま下二六二・三頁）

と描かれ、派手な紅梅の色目の衣を八つばかり重ね、その上に、白の紋織紋様を着用したようで、これが彰子最後の現俗姿として華麗に描かれている。

いずれにしても、道長の権勢によって、彰子を中心とした栄華の世界が現出したわけで、それは、土御門殿法華八溝の際に「……なほ〳〵しき人の譬にいふ時の花をかざす心ばへにや、」（はつはな上二五七頁）と記されているように、道長一門が時勢の最高の人々であったことを『栄花物語』は如実に語っている。

㈡　白一色の白銀の世界に、作者は無上の美を感じる

彰子を中心に形成される道長一門の無上の栄華、揺ぎない権勢が約束されるのは、一条天皇に彰子の二人の皇子が誕生ということであろう。その間のことについては紫式部が『日記』に筆をとっている。

皇子御誕生に関する儀式はもとより、行幸、また、行事（九月九日、正月、五節など）などの晴の場が、次々と描かれている。

これらの晴の場にとくに欠くことのできないのが女房たちの装束で、それが色目を中心に記されていて、とくに、一条天皇の行幸の際（紫式部日記四六三～五頁）、若宮の御戴餅の時（四八五・四八六頁）、二の宮の御五十日の場合（五〇七・五〇八頁）などには、詳細に一人一人の身分、地位や職掌などを示しながら、衣装の色合を描きあげている。また、童などについても、童女御覧の儀（四八〇頁）の時の服装の色合が細かに記されている。

いずれもその華麗さは、個人個人によるものの、その衣裳について、また、容姿全体によせて、「はなやか」「きよげ」「あざ〳〵」「をかし」「ゆゑ〳〵し」などと、讃辞をのべていて、「領布は棟《あふち》緂、夢のやうにもこよひのたつほど、よそほひ、むかし天降りけむをとめごの姿も、かくやありけむとまでおぼゆれ。」（同四六三頁）とか、「これはよろしき天女なり。」（同四六五頁）といった、伝説的な女人の容姿をさえ例にとっている場合もある。

しかし、これら晴の場では、

「うちとけたるをりこそ、まほならぬかたちもうちまじりて見えわかれけれ、心をつくしてつくろひけさうじ、劣らじとしたてたる、女絵のをかしきにいとよう似て、年のほどのおとなび、いとわかきけじめ、髪のすこしおとろへたるけしき、まださかりのこちたきが、わが前ばかり見わたさる。さては、扇よりかみの額つきぞ、あやしく人のかたちをしなじなしくも、下りてももてなすところなんめる。かかるなかにすぐれたると見ゆるこそかぎりなきならめ。」（紫式部日記四六四・四六五頁）

また、

「顯證なるにしもこそ、とりあやまちのほの見えたらむそばめをも選《え》らせ給ふべけれ、衣の劣りまさりはいふべきことならず。」（同五〇八頁）

とあるように、個人個人の容姿にしても、衣装についても、晴の折には、個性が出てそれによって美醜がはっきりわかることもなかく〵ないし、服装のことなども、自分たちがその優劣を批判すべきことではない、とのべている。

式部は晴儀の場の妍《けん》を競《きそ》ったさまぐ〵の色合の装束などは、むしろ、そのまま、それを観賞して記録しようとしているようである。

作者は、むしろ、

「**萩**、**紫苑**《しをん》、いろいろの衣に、**濃き**がうちめ心ことなるを上にきて、顔はひきいれて、硯の筥に枕してふし給へる額つき、いとらうたげになまめかし。絵にかきたる物の姫君の心地すれば、口おほひを引きやりて、「物語の女の心地もし給へるかな」といふに、見あげて、「もの狂ほしの御さまや。寝たる人を、心なくおどろかすものか。」とて、すこし起きあがり給へる顔のうち赤み給へるなど、こまかにをかしうこそ侍りしか。おほかたもよき人の、をりからに、またこよなくまさるわざなりけり。」（同四四六頁）

のように、「もの狂ほしの御さまや。」と言われる程、その美しさに心を高ぶらせているのは、例えば、このように昼寝などでうちとけて心を許した折の姿であった。秋の季にふさわしい、萩、紫苑、それにさまざまな色をかさね、上に光沢の格別な紅の濃い打衣を着た姿。それを式部は「おほかたもよき人の、をりからに、またこよなくまさるわざなりけり。」とのべ、晴の場などの容姿ではない、人目など何も考えない折のありのままの彼女の姿に、強い美的感動をおぼえたのである。

　つまり、『御産部類記』に記されているような儀式や行事などの場の、多彩な華麗さについては、作者は、この宰相の君の昼寝の場で発見したような美的感動はおぼえていないようで、それらはむしろ記録的に書きとどめているようである。

　彰子はまして、この間の中心人物であり、賞讃の的《まと》として描きあげられる人であった筈である。もちろん、御五十日には、

「大宮は葡萄染《えびぞめ》の五重の御衣、蘇芳《すはう》の御小袿奉れり。」（同四六九頁）

とあり、二の宮の御五十日でも、

「宮は例の**紅**《くれなゐ》の御衣、**紅梅**《こうばい》、**萌黄**、**柳**、**山吹**の御衣、上には**葡萄染**《えびぞめ》の織物の御衣、**柳の上白**《うへしろ》の御小袿、紋も色もめづらしくいまめかしき奉れり。」（同五〇七頁）

と、その装束をとおして、容姿が描かれ、その織紋様や色合の美が「めづらしくいまめかしき」のように、讃えられている。しかし、これもいかにも簡単であり、さらに、これらを着用した彰子の容姿がどれ程美しかったか、それについては何も記してはいない。

つまり、こうした儀式の折などの、何種もの色目を着用した姿には、作者は、それほど感動をおぼえなかったとも推察されるようである。

式部は、むしろ、逆に、

「御前にも、近うさぶらふ人々はかなき物語をするを聞こしめしつつ、なやましうおはしますべかめるを、さりげなくもてかくさせ給へり。御有様などの、いとさらなることなれど、うき世のなぐさめには、かかる御前をこそたづねまゐるべかりけれと、うつし心をばひきたがへ、たとしへなくよろづ忘るるにも、かつはあやしき。」（同四四三頁）

のように、彰子の出産前の悩ましさをかくした有様を、忘我の境にいたる程の気持でながめる、それを「かつはあやしき」と自分を批判し、疑問に思っているというのである。式部は、宮のお産前の、平常着の悩ましげな姿、それに、これ程の感動をおぼえているのである。

とくに、彰子の、作者が最も惹《ひ》きつけられたのは次のような容姿である。

「御帳のうちをのぞきまゐりたれば、かく國の親ともてさわがれ給ひ、うるはしき御けしきにも見えさせ給はず、すこしうちなやみ、面やせて、おほとのこもれる御有様、つねよりもあえかに、わかくうつくしげなり。小さき燈籠を、御帳のうちにかけたれば、くまもなきに、いとどしき御色あひの、そこひもしらずきよらなるに、こちたき御ぐしは、結ひてまさらせ給ふわざなりけりと思ふ。かけまくもいとさらなれば、えぞかきつづけ侍らぬ。」（同四五九頁）

それは晴の場の化粧した輝くような容貌でも、また、贅をつくした豪華な多彩な色合の衣装を着飾った姿でもない。お産で少し気分の悪そうな面やせした顔、透きとおるような素肌、やすんでいるために結び括ってある豊かな髪、勿論、白の衣、さらに、白一色の御帳の中。そうした「うるはしき御けしきにも」見えない彰子の姿に、「つねよりも」、この方が一層か弱く、若々しく愛らしい。そして、限りない程の「きよら」な美しさが感じられて、「かけまくもいとさらなれば、えぞかきつづけ侍らぬ」、口に出して言うのも今更めいているので、これ以上、よう書き続けない、とさえのべているのである。

注目の的である彰子の無上の素晴らしさを、式部は御帳台の中の産褥にある、まったく装飾のない、素の彰子の姿に捉えて、詳細に描きあげているのである。

『紫式部日記』の内容をほとんどそのまま採ったといわれる部分のある『栄花物語』をみると、この場は、

「御丁の内に、いとさゝやかにうち面瘦せて臥させ給へるも、いとゞ常よりもあえかに見えさせ給。」（はつはな上二六六頁）

と記されているだけである。大層平生より弱々しく優美に見える、という。その後の「わかくうつくしげなり。」も、御顔色の「そこひもしらずきよらなるに」も、何ものべていないし、「かけまくもいとさらなれば、えぞかきつづけ侍らぬ」などは、まったく省かれてしまっている。つまり、産褥にあって、いかにも小さく弱々しい姿であるという、『栄花物語』作者は、当然の有様をのべているわけで、おそらく一般の人なら同じように感じたのであろう。

『紫式部日記』中に描かれていて『栄花物語』にみられないその部分から、彰子によせる紫式部の善意による特異な観察眼を、そして、価値観を知ることができるようである。女房たちも、

「御膳まゐりはてて、女房、御簾のもとに出でゐたり。火影にきらきらと見えわたるなかにも、大式部のおもとの裳、唐衣、小塩山の小松原をぬひたるさま、いとをかし。…大輔の命婦は、唐衣は手もふれず、裳を**白銀**の泥して、いとあざやかに大海にすりたるこそ、けちえんならぬものから、めやすけれ。弁の内侍の裳に、**白銀**の洲浜、鶴をたてたるしざまめづらし。ぬひものも松が枝のよはひをあらそはせたる心ばへかどかどし。少将のおもとの、これらには劣りなる**白銀**の箔を、人びとつきしろふ。」（紫式部日記四五七頁）

のように、皇子の産養のための儀式に着用する装束はすべて、白一色であり、その中で、一人々々の女房たちが、それぞれ趣向をこらしてその美を競う。それを逐一作者はとりあげて、深い関心をもっ

て描いている。

白色と同様の白銀を、銀泥にして摺り書き、また銀糸で繍物をして、いずれも儀式にふさわしい目出度い紋様をつくり出している。そして、銀箔の意匠だけの裳を、見劣りがすると皆でつきあってひそかに笑ったりする、とある。

式部は、このように女房たちの、それぞれの衣装の有様を詳しく記している。これは前掲の、さまざまの色合の服装の感動のない場などとは異なって、彼女は目をこらして、この銀のただ白一色とも言える衣裳の世界を見つめているのである。

とくに、この白一色の、白銀の世界に、作者は無上の美を感じ、それを、

「その夜の御前の有様の、いと人に見せまほしければ、夜居《よゐ》の僧のさぶらふ御屏風をおしあけて、「この世には、かうめでたきこと、またえ見給はじ」と、いひ侍りしかば、「あなかしこ、あなかしこ」と、本尊をばおきて、手をおしすりてぞよろこび侍りし。」(同四五七頁)

と記している。自身だけで堪能しきれず、誰かに見せたくてたまらず、夜居の僧の伺候しているところの屏風をわざ〳〵あけて、「この世ではこんな素晴らしいことは二度と御覧にはなれないでしょう」と言って、覗かせたという。一般の人ならいざ知らず、この世を捨てた僧侶という身であってさえも、「あゝもったいない、あゝもったいない」と、ただただ感嘆して、祈祷のための御本尊のかわりに、こちらをみて、手をすりあわせて拝まんばかりにして喜んだというのである。

冷静とも思われる式部が、俗世を捨てた僧を相手に、その美しさを見せようとし、また、僧が本尊をそっちのけにして、こちらを拝んで喜んだという。式部は、僧でさえも、と特筆しているのである。

この産養の夜のしろがね、白一色の情景は、式部にこのような行動をとらせ、異常なまでに感動させたのであった。

なお、この日記は、二皇子誕生を中心の、さまざまな儀式・行事がとり行なわれ、道長の権勢が約束された時期のことが描かれているわけであるから、一門の人々はもとより、その他の上達部、殿上人の多数、またそれ以下の地下の人々まで、職務としてもこの土御門殿には日々に出仕していたろうことは当然であろう。

式部も、道長が几帳の上からのぞいた女郎花の歌の贈答の折をはじめ、それこそ、お産の場などでは、女房たちと、男性方が混雑して入りまじって、互に顔を見合《みあわ》せてびっくりする程近く接しあっていたわけで、式部はそれこそ多くの男性方を近くで見ている筈である。そして儀式や行事の晴の際の位袍や下襲、平時の直衣、指貫などの姿を日記の場などでは間近でみていたはずである。

しかし、式部が男性の容姿を、その服色などをとおして描いているのはみられないといってよい。(13)

『枕草子』には、関白道隆が、法興院積善寺という御堂で一切経供養をする、そこへ、女院（一条天皇御母、東三条院詮子）や、中宮定子が行啓される、その折、道長が、女院のお迎えに行った際の下襲と、また、中宮をお迎えするお供の時の下襲と、同じでは不体裁だというわけで、別の下襲を縫わせているうちに、時間がかかり、中宮の御到着がおくれてしまった、という。そのことを中宮が、

「ひさしうやありつる。それは大夫の、院の御供に着て人に見えぬる、おなじ下襲ながらあらば、人わろしと思ひなんとて、こと下襲縫はせ給ひけるほどに、おそきなりけり。」（枕草子二七八段二九六・二九七頁）

と清少納言に話され、「すき給へりな。」随分こゝていらゝしゃること、とおっしゃってお笑いになった、と記している。

中宮大夫として、中宮のお供をする道長が、自分の衣装を、それもわざ〳〵その時になって縫わせた、そのために中宮の行列全体が待っていて到着がおそくなった、というのである。それ程の、服装への執心というか、おしゃれというか、驚かされる。

このような道長なので、皇子の誕生のよろこびのため、大勢の男・女いずれも眼のこえた人たちばかりが参集する土御門殿で、普段着の直衣やら下襲やらも、どれ程凝って日ごとにかえて着用したか、と想像されるが、紫式部は一筆も記していない。

また例えば、この時は、宮の大夫として最も身近で活躍した一人である藤原斉信について、『枕草子』では、「はなばな」とした桜の直衣、「かがやくばかり」の艶の紅の衣、藤の花の折枝の紋様が「おどろおどろしく」織り出されている濃い葡萄染の指貫、その下には、白や薄色のさまざまの袿がかさね着《ぎ》されている。そうした目もさめるような美しい色合の衣装を着用した斉信を描き、それを、

「まことに絵になりき、物語のめでたきことにいひたる、これにこそはとぞ見えたる。」（同八三段一二〇頁）

と絶讃している。彼は、当時の宮廷では才色兼備の人として、女房達の憧憬の的であったようである。しかし、『紫式部日記』には、式部がこの斉信といくら身近に接しても、こうした多彩な色合の容姿の美しさなどは、一言も述べてはいない。

『枕草子』では、「物語のめでたきことにいひたる」と、この斉信を賞讃しているが、紫式部が同じ

ような讃辞を呈している人物、それは、

「しめやかなる夕暮に、宰相の君とふたり、物語してゐたるに、殿の三位の君、すだれのつまひきあげてゐ給ふ。年のほどよりはいとおとなしく、心にくきさまして、「人はなほ心ばへこそかたきものなめれ」など、世の物語しめじめとしておはするけはひ、をさなしと人のあなづりきこゆるこそあしけれと、はづかしげに見ゆ。うちとけぬほどにて、「おほかる野べに」とうちずんじて立ち給ひにしさまこそ、物語にほめたるをとこの心地し侍りしか。」（紫式部日記四四四・四四五頁）

という、道長の息子の頼通のことである。

斉信の場合は、華麗な服装の絵画的な外面の美しさ、その彼を指しているのに対して、頼通の方は一切そうした服装の色合などにはふれず、人がらに中心をおいて、その会話などから、物語の中にほめている男主人公のような気がした、とその内面のあり方をほめているのである。なお、斉信の方は、繚乱とした紅梅、白梅の咲きほこる春日の場面、頼通の方は「しめやかなる夕暮」という対蹠的な場面を背景にしているのである。

このように、一、二の例をあげたにすぎないが、この『日記』に記載されるような場で、最も主体になる人物、それは、あらゆる、とも言える大勢の男性、天皇から下は駕輿丁にいたるまでが登場してくる、それを作者が身近にながめていながら、一切、といってよい程、服装の色合などを描写することはない。

権力も財力も備わっているだろう公卿たちは、当時は、女性と同様に贅を盡した衣服を着飾ったであろう。しかしそうしたことについては、『紫式部日記』は、まったくふれていない。

このような傾向は、『日記』の中の主体となる人物ばかりでなく、その人々が登場してくる背景となる、例えば、土御門邸の眺めなどにもそれが及んでいるように思われる。前記の『栄花物語』に描かれている土御門邸の庭園の山の紅葉、中島の松にかかる蔦の紅、蘇芳の濃・淡の色、青や黄など、さながら艶々とした裂帛をかけたようであり、池には色さま〴〵の錦のような紅葉が水にうつっているという（栄花物語とりべ野上二二五頁）。それこそ絢爛とした色彩の景観など、『日記』にはまったく記されていない。この同じ季節に、彰子は土御門殿におられ、作者も仕えていたのであるから、こうした光景は日々ながめていた筈である。

しかし、作者は、十月すぎの庭園をみても、わずかに菊の霜で色がわりしたのや、黄菊の美しさを描くくらいであった。むしろ、その池にうかぶ水鳥をみて、

「さこそ心をやりて遊ぶと見ゆれど、身はいとくるしかんなりと、思ひよそへらる。」（紫式部日記四六一・四六二頁）

などと自身の心境をのべるための譬の物としているのである。

土御門邸の景は、冒頭の

「池のわたりの梢ども、遣水のほとりの草むら、おのがじし色づきわたりつつ、……」（同四四三頁）、「いと**白き**庭に、月の光あひたる…」（同四五八頁）

などで、いずれにしても、色美しい絵画的な描写などはない。

『紫式部日記』には、以上のように、登場する人物、それに背景となる風物、場なども、頂点に立つ貴族の栄耀、豪華な世界は描かれてはいない。それは、『枕草子』などから推測しても、さらに『栄花物語』とくらべても、多分、当時の一般的な考え方からみても、かけ離れた、というか、むしろそれに背いているというか、それは、例えば、多彩な華やかな色々の世界ではなく、極言すれば色を超えた白、無彩色とでも言ってよいような世界であった。

(三) 式部の人生の終着点——俗世を離れる

式部が、彰子に宮仕えをすることで宮廷にきた折であろうか、『紫式部集』[14]に、

「始めて内わたりをみるに物の哀れなれば「身のうさは心のうちに慕ひきて今九重に思ひ乱るゝ」

「うきことを思ひ乱れて青柳のいとひさしくもなりにけるかな」」(紫式部集八〇五・八〇六頁)

とあり、『栄花物語』に描かれていた前述の彰子後宮の素晴らしさをみてさえも、それは、式部にとっては、「物の哀れなれば」と感じられるものであり、自身の心情も「思ひ乱るゝ」だったのである。

前記のように、この後宮に出仕できる人を「幸人」といったとさえ『栄花物語』に記されているが、式部は、そうした世間一般の人々とはむしろ逆ともいえるような心的状態にあったように思われる。

宮仕そのものに対しても、

「しはすの廿九日にまゐる。はじめてまゐりしもこよひのことぞかし。いみじくも夢路にまどは

れしかなと思ひいずれば、こよなくたち馴れにけるも、うとましの身のほどやとおぼゆ。」（紫式部日記四八三頁）

宮仕をはじめたのも十二月二十九日の夜であった、と思いおこし、その頃は夢路を歩むようにひどくまごまごしたものだと思い出すと、今は、すっかり宮仕生活に馴れてしまったのも、我ながらいとわしい愛想がつきる身の上になったことよ、という気がする。といってるように、「幸人」どころではなく、自身をながめて自らに嫌悪感をさえ抱いているのである。

また、宮仕そのものに対して、

「かうまでたち出でむとは思ひかけきやは。されど、目に見ずあさましきものは、人の心なり。されば、いまより後のおもなさは、ただたれに馴れすぎ、ひたおもてにならむもやすしかしと、身のありさまの夢のやうに思ひつづけられて、あるまじきことにさへ思ひかかりて、ゆゆしくおぼゆれば、目とまることも例のなかりけり。」（同四八〇頁）

のようにものべている。

童女御覧の日の童の様子から、自分自身のあり方へと思いが移り、自分が本来人中に立ち出ようなどと思いもしなかったのに、宮仕に出て、これから先、だん〳〵馴れきって、直接男の中に顔をさらすようになるのも容易なことだ、などと先のことまで思い続けられて恐ろしい気持になってしまうので、童のことなども何も目にとまらなくなってしまった、とのべている。五節のあとの童御覧など、見物するのをたのしみに、その華やかな衣装や美しく化粧した容姿を、誰でも喜んではなやいだ気持で見るであろうものを、童たちが、かざした扇まで置かせられて、人目にさらされるのをみると、自分も、やがては宮仕生活に馴れて、恥づかしさを忘れてゆくのであろう、などと自省すると、眼の前が暗くなったようになって、こうしたはなやかさの中にいながら、冷い孤独の自分だけを意識してその中に入りこんでしまう、というのである。

式部が、周囲の雰囲気にとけこめず、それが華やかであればある程、ます〳〵冷たく暗いうらはらの意識の中へ落ちこんでゆくその心情が察知できるようである。

あるいは、

「中務の宮わたりの御ことを、御心にいれて、そなたの心よせある人とおぼして、かたらはせ給ふも、まことに心のうちは、思ひゐたることおほかり。」（紫式部日記四六一頁）

式部の従兄弟伊祐の子頼成が具平親王の二男であるということで、道長は式部を具平親王家に心をよせる人と思い、道長の息子頼通を親王の女と結婚させようとしたために、何かと、式部にそのことを相談した。それにつけても、式部は私自身の心の中では思い悩んでいることが多い、と言っている。しかし、道長にそうしたことで相談されれば、他の人なら、むしろ得意になって喜んだであろう。しかし、そうしたことさえ、却って、式部にとっては思い悩む種子となる、とのべている。

式部は、例えば、皇子御誕生の直後で、ほっとして、それぞれ次の祝儀の準備などをしているという、皆にとっても最高のよろこびの時にも、

「例の渡殿より見やれば、……殿いでさせ給ひて、日ごろうづもれつる遣水つくろはせ給ひ、人々

の御けしきども心地よげなり。心のうちに思ふことあらむ人も、ただいまはまぎれぬべき世のけはひなるうちにも、」（同四五一頁）

とのべ、妻戸の前には、宮の大夫や春宮の大夫など、その他の上達部たちも伺候しており、道長も遣水の手入れをさせていて、皆いかにもうれしそうに愉快そうである。こうした中でも「心のうちに思ふことあらむ人も、」と皆が皆、何も思うことがないと言うのではない。心中何かしら悩みを持っている人もいるであろうが、と式部はその側に立っていると言えそうである。しかし、こうした人でさえも、只今はそれをふと忘れてしまうような、そのような道長の世ともいうべき雰囲気であるが、とのべ、心理分析をしているようである。

作者は、例えば、

「御輿むかへ奉る。船楽いとおもしろし。寄するを見れば、駕輿丁《かよちやう》の、さる身のほどながら階よりのぼりて、いとくるしげにうつぶしふせる、なにのことごとなる、高きまじらひも、身のほどかぎりあるに、いとやすげなしかしと見る。」（同四六三頁）

土御門邸行幸の当日、鳳輦を階《はし》の上に舁きあげるのに駕輿丁が大変苦しそうにひれふしている。それをみると、その苦しさと自分のみじめさと何の別なものか、高貴の世界の宮仕も、身分にはそれぞれ限度があるのだから、楽ではなく気苦労の多いことだ、と思って、駕輿丁の姿を見ている、という。

行幸を迎えるという、無上の栄誉のよろこびの雰囲気の中にいても、式部は、天皇の御姿を讃仰して記すどころではなく、それをかつぐ仕丁の苦しみに目が行き、さらにそれを我が身にひきくらべて、何のちがいがあるものか、自分とて同じように苦しいのだと思う、と、その内々の心境を記しているのである。

また、

「兼時が去年まではいとつきづきしげなりしを、こよなくおとろへたるふるまひぞ、見しるまじき人のうへなれど、あはれに、思ひよそへらるることおほく侍る。」（同四八三頁）

賀茂臨時の祭の際、還立の御神楽など行われ、兼時が人長として去年までは、名手にふさわしく舞ってみせたのに、今年の衰えてしまった所作をみると、同情の念がわき、ましてや自分も、と、身の上になぞらえられることが多い、という。

行幸の慶事の場でも、祭の見物の場でも、作者の目は、みじめな駕輿丁や、老残の身の人長を捉え、それを我が身にひきくらべては悩むのであった。

「しはすの廿九日にまゐる。……御物忌におはしましければ、御前にもまゐらず、心ぼそくてうちふしたるに、前なる人々の、「うちわたりはなほいとけはひことなりけり。里にては、いまは寝なましものを、さもいざとき履《くつ》のしげさかな」と、いろめかしくいひゐたるを聞きて、「としくれてわが世ふけゆく風の音に心のうちのすさまじきかな」とぞひとりごたれし。」（紫式部日記四八三・四八四頁）

夜ふけて、一緒にいる女房たちが、宮中は随分様子がちがう、実家なら、もうねている筈なのに、履音でねむれないくらい、といって、あちらこちらの局《つぼね》をたずねる男の人たちの履音をきいて、今のはどこへ誰が行ったのか、などと思って、いかにもうきうきして宮中の賑やかさをたのしんでいるのを聞いて、式部は、自分のわびしく荒涼とした心の中を歌に託して詠じた。

それは、今年も暮れて行く、それと同時に自分の生涯も老いてゆく、夜ふけの寒風の音につけてそのすさまじさと同じように、自分の心もつめたく荒涼としていることだ、というのである。宮中の年末のざわめき、色めいてうきうきしている同僚女房たち、作者は、その中にいて一層孤独のつめたい暗い心境に落ちこんで行く、という、そのなま〳〵しさが詠まれている。

また、実家にもどっている時に、宮仕の我が身をかえりみて、

「さも残せることなく思ひしる身のうさかな。」（同四七四頁）

とのべ、世に生きていても、恥ずかしくない一人前の人間とは思わないにしても、さしあたって、気がひけるとか、残念だとか、思い知らされるようなことだけはなくてすんだのに、この宮仕の身の上のつらさ、それは「さも残せることなく思ひしる」程の、ありたけ物思いをしつくす程の憂さであるというのである。

このいささか気を許せるような実家でさえ、作者は、「心にまかせつべきことをさへ、わがつかふ人の目にはばかり、心につつむ。」（同四九七・八頁）のように、勝手に思うようにしてもよさそうなこと（人によって十人十色なのだから、はなやかにしようが、所在なさに古い文書を読もうが、お勤めに精を出してお経をとなえたり、数珠を音高くたてたり、）さえもいやらしく見える、と思って、侍女たちがどう見るかと気をつかって、遠慮しているというのである。まして、宮仕の場では、

「まして人のなかにまじりては、いはまほしきことも侍れど、いでやと思ほえ、心得まじき人には、いひてやくなかるべし。物もどきうちし、われはと思へる人の前にては、うるさければ、ものいふこともものの憂く侍る。」（同四九八頁）

のように、人中では言いたいことも言わず、自分をおさえ、いささかでも胸中を理解してくれる同僚も、大納言の君や小少将の君など、二、三人を除いてはいない。終には、ものを言うことさえ面倒になるというのである。大ぜいの人の中に在りながら、自己を抑制し、人目をはばかり、自分の思いを発散させるすべもない作者の精神的な孤独さが、あきらめとも、絶望ともなって、のべられている。彼女の無限の寂しさが察しられるのである。

式部は、『紫式部集』の中でも、

「世を常なしなど思ふ人のをさなき人の悩みけるにから竹といふ物かめにさしたる女房の祈りけるを見て　若竹の生ひ行く先を祈るかな　此のよをうしといも《ママ》ふものから」（紫式部集八〇五頁）、

「久しくおとづれぬ人を思ひいでたるをり　忘るゝは憂世の常と思ふにも身を遣る方の無きぞわびしき」（同八〇八頁）

のように、この世を「憂き」と観《かん》じ、自身をも、

「身のうさは心のうちに慕ひきて今九重に思ひ乱るゝ」（同八〇五頁）、「澄める池の底まで照らす

篝火《かがりび》の眩《まばゆ》きまでもうき我が身かな」（同八〇七頁）、「やう〳〵明けゆく程に、渡殿にきて、局のしたより出づる水を、高欄を《（お）》さへて、しばし見居たれば、……影みてもうきわが涙落ちそひて喞《か》言《ごと》がましき滝の音かな」（同八〇七頁）、「む月の三日、内より出でて古郷のたゞしばしの程によなう塵つもり荒れまさりにけるを言忌もしあへず　改めてけふしも物の悲しきは身のうさや又様変りぬる」（同八一二頁）、「初雪ふりたる夕暮に人の　恋ひ侘びてありふる程の初雪は消えぬるかとぞ疑はれぬる　かへし　降ればかくうさのみ増る世を知らで荒れたる庭に積る初雪」（同八一四・八一五頁）

のように、しきりに我が身の憂さを詠じている。そして、

「世にふるになぞ貝沼のいけらじと思ひぞ沈む底は知らねど」（同八一一頁）

のような、池にかけて「生け」らじと思ひぞ沈むのような絶望的な作さえのこしている。

こうした式部の厭世観は、宮仕の中では、一層周囲の雰囲気と裏腹に強まるようで、それは、これまでもみてきたとおりであるが、次の、

「行幸ちかくなりぬとて、殿のうちをいよいよつくりみがかせ給ふ。世におもしろき菊の根をたづねつつ掘りてまゐる。色々うつろひたるも、黄《き》なるが見どころあるも、さまざまに植ゑたてたるも、朝霧のたえまに見わたしたるは、げに老もしぞきぬべき心地するに、なぞや、まして、思ふことのすこしもなのめなる身ならましかば、すきずきしくももてなし、若やぎて、つねなき世

をもすぐしてまし、めでたきこと、おもしろきことを見聞くにつけても、ただ思ひかけたりし心の引くかたのみ強くて、ものうく、思はずに、なげかしきことのまさるぞ、いとくるしき。いかで、いまはなほ、物忘れしなむ、思ひがひもなし、罪もふかかなりなど、明けたてばうちながめて、水鳥どもの思ふことなげに遊びあへるを見る。「水鳥を水のうへとやよそに見むわれも浮きたる世をすぐしつつ」かれも、さこそ心をやりて遊ぶと見ゆれど、身はいとくるしかんなりと、思ひよそへらる。」（紫式部日記四六一・四六二頁）

によっても、そのことが詳細にうかがえるようである。

待望の皇子誕生という無上の慶び。一条帝行幸という栄誉。そして、老いも退くばかりの世にも趣深い黄菊、霜にうつろっていろいろに見える白菊、それらが一層御目出度《めでた》さを添える、それこそ道長が心をつくし磨きあげた土御門邸。

こうしたよろこびにわく、はなやいださなかにありながら、作者は、自身でも「なぞや」と思う程「めでたきこと、おもしろきこと、を見聞くにつけても」思いつめた憂愁から逃れられないという面ばかり強くて、「ものうく、思はずに、なげかしきことのまさるぞ、いとくるしき。」のように、歎かしい思いが一層強くなるのが大変苦しい、と言う。栄耀栄華の世界にいればいる程、式部の心は隔絶し、孤独となり、苦悩に沈んでゆくようである。

そして、自身何とかして思いかえそうと悲しい努力をし、そのてだてとして、「いまはなほ、物忘れしなむ、思ひがひもなし」のように、もう、もの思いは忘れよう、どうせ思ってみてもどうすることもできるわけでもないからと、あきらめようとする。そして、「罪もふかかなりなど」のように、こんなに悩むと往生の際のさまたげともなり、罪障も深い、などと、思いは終に来世へまでかかわってゆく。

素晴らしい庭園の池を屈託もなくたのしそうにおよぐ美しい水鳥。それさえ、作者は、その身になってみればひどく苦しいのであろうと、つい、自分によそえて考えてしまうと言う。作者の心をとおしてながめれば、こうした一つの情景でさえ、このようにうつるというのである。

一条天皇、彰子中宮、その皇子をいただいた道長一家の、現世の栄華を一つにあつめたような世界、それに式部は何とかしてあわせて、例えば、この例にのべているような「すきずきしくももてなし、若やぎて」すごしてゆこうとするが、そのことで却って一層嘆かしさがまさり苦痛が感じられるという。

一般の常識からも、まして、このような道長のもとでの人々の心情からも、ほとんど理解できないような彼女の精神は、ますます世俗をはなれ、厭い、背き、孤絶し、苦悩にみちた道を歩まなければならなかったと推測される。

この心的状態に耐えかねたように、作者は、何もかも忘れてしまおう、と思う。そして「罪もふかなり」のように、仏教へかかわりを抱くようになる。終に、

「いかに、いまは言忌し侍らじ。人、といふともかくいふとも、ただ阿彌陀佛にたゆみなく経をならひ侍らむ。世の厭はしきことは、すべて露ばかり心もとまらずなりにて侍れば、聖にならむに、懈怠《けたい》すべうも侍らず。ただひたみちにそむきても、雲にのぼらぬほどのたゆたふべきやうなむ侍るべかなる。それにやすらひ侍るなり。年もはたよきほどになりもてまかる。いたうこれより老いぼれて、はためつらにそ経よまず、心もいとどたゆさまさり侍らむものを、心深き人まねのやうに侍れど、いまはただ、かかるかたのことをぞ思ひ給ふる。それ、罪ふかき人は、またか

ならずしもかなひ侍らじ。さきの世しらるることのみおほく侍れば、よろづにつけてぞ悲しく侍る。」（紫式部日記五〇一・五〇二頁）

のように、出家する時機になった、と考えるようになり、他人が、あゝ言おうとこう言おうと、自分は、ひたすら阿弥陀仏に怠りなく経をお習いしよう。この世の厭わしいことも少しも心にとまらなくなったから、信仰三昧の生活に入ったとしてもお勤めを怠るようなこともないつもりだ。ただ一途に俗世を捨てたとしても極楽浄土に行かない間は迷いがあり心の動揺もあることであろう。そのため私は、そこまでするのをためらっている。年令もこれ以上になると老いぼれてしまって、経も読めなくなり、お勤めの気持もゆるみがちになってしまうから、信心深い人の真似のようだが、只今は、もうただ、仏道のことばかり考えている。といったように、現世をはなれ、信仰にすがって生きようという心境に到ったことをのべている。

釈尊が、[15]罪深い夷提希夫人を済度するため、女人往生の福音をとかれた観経によって、観念会佛をしようと言うのである。ただこういう場合でも「ただひたみちにそむきても、雲にのぼらぬほどのたゆたふべきやうなむ侍るべかなる。」のように、たゆたいや迷いがあり、思いきって出家し尼になりきることもできず、「それにやすらひ侍るなり」のように俗人のままの姿にとどまっている。しかし、結局は生涯の終りも近づき、老いのため経もよめなくなり、修行もゆるみがちになっては、と考え、「いまはただ、かかるかたのことをぞ思ひ給ふる。」と専心仏道を念願する。そうするとまた、そうしても、自分のような罪深い人間は、在俗のまま佛道修行しようとしても念願がかなうわけにもゆかないかもしれない、と思う。そして前世の因縁のつたなさが知られることばかり多く、何事につけても悲しいことである。のように、自身の罪障の深さを反省し、前世の因縁を思い、折角この世の厭わしいことが少しも心にとまらなくなったといっても、今後はまた最後の救いの仏道の上で、心があれこれ揺れ動き、「よろづにつけてぞ悲しく侍る」と嘆いているのである。

岡一男氏は、「これは我々が現在紫式部から聞きうる彼女の最後の晩年の心境だから、(16)」と言われている。

このように、「人、といふともかくいふとも、ただ阿弥陀佛にたゆみなく経をならひ侍らむ」というのが、私たちが知り得る範囲での式部の到達した心境とも考えられ、極言すれば、式部は、精神的にはここに向って生涯を歩み続けてきたと推測してもよいかもしれない。

「「ことわざしげき憂き」世の中への精神的抵抗が、厭離穢土《えんりえど》・欣求浄土《ごんぐじょうど》の純一の求道心となり、「世の厭はしき事は、すべてつゆばかり心もとまらずなりにて」、ただ阿弥陀佛にたゆみなく経をならはうといふ心境になったのである。(17)」

とあり、この阿彌陀信仰は、当時源信が熱心に唱導していたもので、この浄土教所伝の教典である「観教」、「阿弥陀経」には、女人成佛のことが説かれていて、紫式部が熱中したのも無理がないとも言われている。(18)

俗世をはなれ、現世を捨てても、何とも思わない、未練も何もない、という心境に到り、専心阿彌陀佛に教を習って生きてゆこう、ということに思いが集中されるところまで到達した。これが、式部の人生の終着点であると自身納得するにいたったのではあるが、やはりそうは思いながらも、自身がこれによって全面的に救われる、その念願がかなう、とは思えず、罪の深い自分のようなものは、この唯一の願いである佛道修行も目的が達せられそうもない、それが悲しいことだと、絶対的な厭世観をのべている。

この章のはじめにあげたように『栄花物語』に描かれている、彰子を中心とする道長一族による栄花の世界に、当時の人びとから「幸人」と羨望される女房の一人として出仕し、自身の日記（『紫式部日記』）に、「朝日さしいでたる心地する」（四五一頁）ような皇子出産の歓喜の場に、そしてまた、

「あはれ、さきざきの行幸を、などと面目《めいぼく》ありと思ひ給へけむ。かかりけることも侍りけるものを。」（紫式部日記四六六頁）

と、道長が酔い泣きする程の、土御門殿一条天皇行幸、その栄光を目のあたりにし、二皇子誕生を中心として次々と行なわれる儀式、あるいは行事に、「めでたきこと、おもしろきこと」（紫式部日記四六一頁）の限りをつくした有様を見、作者は、さながら『栄花物語』に描かれているような土御門邸の、「さまざまな美しい裂帛《さいで》をかけたような**蔦**の色、**錦**のような**紅葉**」（とりべ野　上二二五頁）、また、『紫式部日記』にあるような「「世におもしろき」**黄**《き》菊、うつろい菊のいろどる庭園の景」（四六二頁）、「つくり磨かせ給ふ」（四六一頁）という贅をつくし、磨き上げた邸宅、さらに、〝色彩の黄金時代〟と称せられるほどの当時の、豪華多彩な衣装、さらに、調度、また、持物等々の、そうした、目もあやな世界に彼女は生きていた筈である。

しかし、式部は、どうしてもこれに全面的に浸りきることができず、むしろ、そうであることが一層うとましく、そうした現世に嘆きも増し、ます〳〵苦悩を深める。そして、生涯の終りに近く、この俗世を離脱し、何も心にとどめなくなり、仏道専念のみを願おうとするに到るようになる、とあくまでも推量ではあるが考えられる。

こうした心の軌跡の一つ一つが、前例にみられるようなたのしく遊ぶ池の水鳥をみても、作者には「身はいとくるしかんなり」と、我が身に、「思ひよそへらる」というのである。つまり、作者の心境

が、対象になる物に端的に投影される描写が多くみられるのである。

五　紫式部、理解されぬ孤独の魂――精神は中世に向かっていた

「彼女の性格・心境・精神の内奥を赤裸々に知り得る」[20]という、信仰告白、つまり最後にあげた部分を含んだ『紫式部日記』をとおして、(四)の、『日記』にみられた、他のいか程華麗な容姿である彰子よりも、白の産褥の床に臥している「うちなやみ面やせた」彼女を讃え、どれ程絢爛としたさまざまの色合の装束の女房達よりも、ただ一色で白銀の装飾だけの衣装を着用している姿に、「この世には、からめでたきを、またえ見給はじ」と称讃する程の美的感動をおぼえる、こうした紫式部のあり方にこそ、『日記』に縷々告白されている式部の心情そのままがあらわれている、と考えられる。

『源氏物語』にみられた、前記の(二)の(1)及び(2)の例文は、『紫式部日記』に作者が告白し綴った心情、それと同じような心境によって、形象されたものであると推測される。『日記』にみられる式部の、情念、心境等の精神的なものが、物語の場で、慣習、常套的なものは充分ふまえながらも当時の一般の常識、世俗を一切捨てた超現世的な、さらに宗教と一体化した極限の美を[21]、創《つく》りあげた、と言ってもよいのではないかと考えられる。

こうしたことについては、

「大体、いわゆる消息文の部分は、……すなわち、時間日時と関係のない一般論として式部の婦人論や人生観を述べたものであり、したがって式部のこの日までの生活の底に積み重なっているものと考えるべきである。かつてはこれが源氏物語を創作させたものであり、またこのころの式部の生きかたを支えているものであるといわねばならない。[22]」

とのべられている。

さらに『日記』にみられる心情の経過が、『源氏物語』のこの⑴の例から⑵の例へと、反俗的な面から仏道希求の面へと純化し、深まりをみせていったようにも考えられ、この例は、さながら作者の心の軌跡がつくり出した景象であり、それは作者の美的意識の支えがあったものとも言えるようである。

式部はさかんに「中〳〵」という用語を使ってのべているように、一応は、常識主義、凡庸主義的な処世法といわれるような[23]、当時の常識を肯定しようとしているようであるが、どうしても、その俗な世間に安住できず、「その精神的孤高のために常に華やかな宮廷にあって無限の寂莫を感じ、努めて光を和げ塵と同《どう》じようとしてゐた紫式部の心境ほど悲劇的な風景はまたとないであらう。[24]」のように、二、三の人を除けば誰にも理解されぬ孤独の魂を抱いていたわけであるが、それは、もうすでに王朝の時代をはるかに超えるもので、いわば、天才の悲劇ともいうべきものと推測される。

日本文化の華麗な花が咲き匂う王朝の時代、とくにその頂点とも言える道長一門の栄耀栄華の世に身は住しながら、あくまでも精神的にではあるが、すでにこの時代を経過し、次の中世に向かいその新しい時代に達していたかとも推測されるのである。

六　無彩色の白一色を、無上の美として見出す

中世は、源平の乱をはじめ、しば〳〵おこる戦乱・紛争を人々は体験し、人生の無常をしみじみと感じた。佛者の説く末法末世の世界観は、さういう彼等に切実に響いたわけで、不安・混乱・変異の渦中にあった人々の心の支えとなったのは宗教であり、宗教が眞に国民的宗教としてその地位を確立したのが中世であったと言われる。[25]

そして、前代の情趣性を継承しながらも、武家的色彩と仏教色とを深め、意志的、思索的となった、

と言う[26]。

中世は、宗教が社会を蔽っていた時代で、中世の文学もまた、宗教との関係をぬきにしては考えられず、両者の結びつきには広く深いものがあったと言うことである[27]。

「この時代のある種の文学のもつ思索性は、すべて佛教思想とかかはってゐるのである。評論においても甚だしかった。歌論・連歌論・能楽論において、…佛教思想が根柢にあることが少くなかったし、文学・芸能は佛教と結んで考へられてゐる[28]。」、「家を捨て俗世間から退隠することは現世からの逃避であるが、それと共に俗世の煩悩の絆をたって濁悪から離れて、山林に心を澄ますことであった。…さうすることによって家や主君にとらはれぬ自由な生活精神をもつことができたのであった。それ故に草庵の文学には佛教思想はもちろん濃厚であるが、と同時に自由な精神に支へられた人間の個の自覚があり、濁世から解き放たれた者の自然への凝視があった[29]。」

と言われている。

中世においても、『源氏物語』は、例えば、『徒然草』にも「折節の移りかはるこそ、ものごとに哀なれ。…言ひつづくれば、みな源氏物語・枕草子などにことふりにたれど[30]」（十九段一〇五、六頁）、『無名抄』にも「仮名に物書く事は、哥の序は古今の仮名序を本とす。日記は大鏡のことざまを習ふ。和歌の詞は伊勢物語并後撰の哥詞を学ぶ。物語は源氏に過ぎたる物なし[31]。」（九三頁）、また、『ささめごと』にも「ふるまひの艶に言葉のけだかきは源氏・狭衣なり。此等を少しもうかがはざらん歌人は無下の事、と古人も申し侍り[32]。」（一三二頁）、あるいは、『吾妻問答』も「源氏の物語の付様、いかゞつかふまつるべきや。…かの物語は、昔より是を歌人もほめたる物なれば、連歌に取りて付くる事、尤もの事に候[33]。（二一一頁）、「稽古にはいづれの抄物を見てよく侍るべく候哉。…拙者などは…万葉以下八代集・源氏・伊勢物語…竹取などやうの物をも集めて[34]」（二一五頁）、のように、中世の歌論、俳論、能楽論等の中で、『源氏物語』は、多くは出家の人々の文芸への評論的な世界で、重要な鑑《かがみ》ともいうべき作品とされ、中世文芸の世界で範とされ、必読的な作品として認識されていたことがうかがえるのである。

よく例に引かれる「源氏見ざる歌よみは遺恨事也。[35]」（歌合集四四二頁）もそれで、言いかえれば、中世に生きる人にとって『源氏物語』は文芸の上で、先達ともされている。それは中世の人々に理解され受入れられる、いわば、すでに中世的な性格をも持っていたからとも言えるのではないであろうか。『源氏物語』にみられた、(二)の(1)及び(2)の例の、「すさまじきためしに……」「すさまじきことにいふなる」といった、当時としては、非美的な意をもつ用語（もちろん常識的な一般の人々にとって）、それが中世になって、きわめて高い美を意味するものと評価される。

また、師走はもとより、冬の季の月の景は、平安の人々にとっては鑑賞の対象とならなかったが、中世になると和歌などに多く詠まれるようになる。

かさねて言えば、『源氏物語』の、作者が、究極の美とする(1)や(2)の例は、当時の常套的な美的意識を脱し、中世の先駆をなすものであったのではないか。

とくに、(2)の例に仏教の世界と融合したような心的状態が暗示されていることは、一層、中世的と言えるようである。

心敬の『ささめごと』に「本より歌道は吾が国の陀羅尼なり。[36]」（一八三頁）などとあることなども、それを思わせる。

長明の『無名抄』に、「……其幽玄とか云ふ覧躰に至りてこそ、いかなるべしとも心得難く侍れ。其やうを承はらん」と云ふ。答云、「……よく境に入れる人々の申されし趣は、詮はたゞ詞に現れぬ余情、姿に見えぬ景気なるべし。」とあり、

「たとへば、秋の夕暮れ空の気色は、色もなく声もなし。いづくにいかなる故あるべしとも覚えねど、すゞろに〔涙〕こぼるゝがごとし。是を心なき者はさらにいみじと思はず、たゞ目に見ゆる**花・紅葉**をぞめで侍る。[37]」（歌論集　能楽論集八七頁）

と、花・紅葉という常套的な華麗な対象を賞翫するのを「心なき者」と言い、「色もなく声もなし」という景に美的感動を覚える、としていることなど、『源氏物語』の(1)の例の方向と同様といえるであろう。

さらに、

「…又云、「匡房卿哥に、**白**雲と見ゆるにしるしみよし野の吉野の山の**花**盛りかも」是こそはよき哥の本とは覚え侍れ。させる秀句もなく、飾れる詞もなけれど、〔姿〕うるはしく清げにいひ下して、長高くとをしろき也。」（同八九頁）

と、例をあげ、

「たとへば、**白**き色の異なる匂ひもなけれど、諸の色に優れたるがごとし。万の事極まりてかしこきは、あはくすさまじきなり。此躰はやすきやうにて極めて難し。一文字も違ひなば怪しの腰折れに成りぬべし。いかにも境に至らずしてよみ出で難きさまなり。」（同八九頁）

このような、僧侶長明の文芸的な論の、その意味するところは、『源氏物語』や『紫式部日記』における、式部の、当時の凡庸な人々のありきたりの意識をふまえ、それを脱し超えようとする無上の美への提言と、根底を同じくするもののように推察される。

それは、心敬の論においても同様で、その『ささめごと』には、「昔の歌仙にある人の、歌をばいかやうに詠むべき物ぞと尋ね侍れば、「枯野のすゝき、有明の月」と答へ侍り。(38)」（ささめごと一七五頁）とあり、それを、

「これは言はぬ所に心をかけ、冷え寂びたるかたを悟り知れとなり。さかひに入りはてたる人の句は、此の風情のみなるべし。」（ささめごと一七五頁）

とのべている。さらに、『ひとりごと』の中で「許渾水三千とて、一期の間、水の詩ばかりを作しと也。げにも、水程感情深く清涼なる物なし。」とのべ、

「又、**氷**ばかり艶なるはなし。刈田の原などの朝、薄**氷**ふりたる檜皮の軒などのつらゝ、枯野の草木などに、露霜の**氷**りたる風情、面白くも、艶にも侍らずや。(39)」（ひとりごと四六九上段）

とも論じている。これについて、

「殊に心敬が「ひとりごと」に杜甫や許渾《きよこん》をひき、「げに**水**程感情深く清涼なるものなし。」とか、「秋の**水**ときけば心も冷えて清々たり。**氷**ばかり艶なるはなし。」と言って、水に感情を認め氷

に艶を見出してゐることは極めて注目せられる点である。それはいはゞ秋冬の美であり、老境の美であるが、……、この「冷えやせ」「冷えさび」「さむく」「こほり」「からび」たる境地に美を認めこれを重んじてゐることは心敬の論書のすべてにわたることでもあり、またそれは、年も老い劫も入った後自ら体得せられる境地であると繰返し述べてゐる所に、彼が窮極において求めた艶・幽玄の情趣内容であったと見られる。ただかゝる美は平安朝的優美を内面的に掘りさげることによって模索せられ、中世を通じて次第に長養せられた美の理想であって、心敬の発明とばかりは言へないし、また心敬の年令をも考慮する必要はあるが、氷に艶を見出した心敬の見解には従来に見られなかった徹底さがあり、仏教的沈潜によって深められた中世美の極致と言へるのである。……複雑な人生感情や想念を純化結晶したぎりぎりの境地であったことも容易に推則せられる。……無常観に徹することによって始めて見出した大肯定の世界であったと言へる。無の中に見出した有の世界であり、……現在の中に永遠を体得した境地とも言へるのであって、極めて高められ深められた境地と言はなければならない。それは生死の問題との対決に迫られ、人生の第一義を求めてやまなかった人間心敬の長い生涯にわたる思索と体験から證《ママ》得せられた所であらうが、……厳粛で透徹したものを感ずるのであって、いかにも清僧らしい心敬独自の心境を見るのである。[40]」(『日本文学史　中世』至文堂　昭30)

と評せられている。

『源氏物語』の(二)の(1)(2)の例、そして『紫式部日記』における、中宮彰子の産褥の床に臥す容姿の例、あるいは、女房達の白銀の繍物・箔などだけの白一色のみの姿の例。それらは、作者が(一)にみられた態度によるように、『日記』に綴られている式部の心境——それはさながら、中世の心敬や長明たちのさきがけともなるような、──それによって創作されたもので、時代を超え、すでに中世の俗世をはなれた人たちの心的世界を歩んでいるような式部の、孤高の姿を見る思いがする。

内面は権謀術数が渦巻きながらも表面は戦乱もない、そして貴族の財力権勢による栄耀栄華の華麗な世の夢、その中に安住している人々。式部は、何も見えぬ無の、孤独な夜の世界に深く己れを、人を、物を、自然の姿を追求し、その本質を探り、色彩の黄金時代にいながら、色なきもの、無彩色の白一色を、あるいはすさまじき対象、それも、宗教に裏づけられた対象に、無上の美、眞の美を見出した。それは作者の心情がそのままそうした対象を捉え、それに究極の美を感じたのであって、これこそ王朝を経て中世の、清僧たちが生み出した、宗教と渾然となった美と同根の、質を同じくするものであり、すでに式部が憂き身を苦しみながら次代の、中世文化のために敷いたレールに他ならなかったと考えるのである。

注

(1) 「源氏物語における女性の服色」(「和洋国文研究」10号 昭和48・7)、「光源氏の一面──その服色の象徴するもの」(日本文学研究 第十七号 昭和56・11)、その他

(2) 「源氏物語の美──「すさまじ」の対象をとおして──」(「鈴木知太郎博士古稀記念国文学論攷」桜楓社 昭和50・10 所収)、「宇治大君」(「源氏物語の探究 八輯」風間書房 昭和58・6所収)

(3) 古今集一例(三一八)、後撰集用例ナシ、拾遺集三例(一、二、二四〇)、後拾遺集一例(三九一)、金葉集三例(二八六、二九三、三一三)、詞花集(一四六)

(4) 柿本集、躬恒、素性、猿丸、業平、兼輔、敦忠、公忠、斎宮、敏行、宗于、清正、興風、是則、小大君、能宣、兼盛、貫之、伊勢、赤人、遍昭、源順、朝忠、高光、友則、小町、忠岑、頼基、信明、元眞、仲文、忠見、中務、清少、紫式部、小馬、赤染(以上用例ナシ)、家持二、元輔一、重之一、千里一、曽丹一、和

泉一（稲垣光久「日本のこころ」協同出版　昭和36・2）
(5)千載集（四三七、八、四四一、三、四五〇、四二四、六、四〇五、四三九）
(6)新古今集（五七〇、五八三、五九一、二、三、四、五、六、七、八、九、六〇〇、一、三、四、五、六、七、八、九、六一〇、二、六三九、六四〇、四七、四八、六七七、六八八）
(7)玉葉集（八四〇、五七、五九、九〇四、五、六、七、九一〇、九一一、一二、一三、九二三、二五、二九、九六一、九九七、九九八、一〇〇六、一〇一四、一〇一九）
(8)風雅集（七二七、二八、二九、七五二、七五七、八、七六七、八、九、七七〇、七七一、二、三、四、五、八三八、九、八四四、八七一、八七六、八八〇）
(9)古今　秋六例、後撰　秋・夏二十五例、拾遺　秋一四例、後拾遺　秋・夏二五例、金葉　秋・夏五〇例、詞花　秋・夏一七例、千載　秋・夏三七例、新古今　春・夏・秋七九例、玉葉　春・夏・秋一四一例、風雅　夏・秋一〇九例（稲垣克久「日本のこころ」協同出版　昭和36・2）による
(10)枕草子に見える由を記しているが、現存の枕草子には見えない。と、「源氏物語　二」補注二五七（四六〇頁）にある。「源氏物語の美――「すさまじ」の対象をとおして――」（「鈴木知太郎博士古稀記念国文学論攷」桜楓社　昭和50・10）所収。
(11)『源氏物語大成』の総索引では、「なかなか」二三四例「なかなかなり」五八例、『枕草子総索引』では一四例（「なかなか」十三例「なかなかなり」一例）、「紫式部日記用語索引」では六例（「なかなか」四例「なかなかなり」二例）
(12)『枕草子　紫式部日記』（日本古典文学大系　岩波書店　昭和33・9）四二七頁など
(13)御湯殿の儀の際、中宮職の下級職員が「みどりの衣の上に、白き当色きて御湯まゐる」（四五二）という例のみである。
(14)『校註國歌大系』「三十六人集・六女集」（誠文堂新光社　昭和12・12）の「紫式部集」による。
(15)岡一男『源氏物語の基礎的研究』（東京堂出版　昭和41・8）一一四・一一五頁
(16)同書　三八二頁

(17) 同書　三八二頁
(18) 同書　三八二頁
(19) 『平安朝の文学と色彩』（中公新書）（中央公論社　昭和57・11）に詳しい
(20) 岡一男『源氏物語の基礎的研究』（東京堂出版　昭和41・8）三八六頁
(21) 「源氏物語の美――「すさまじ」の対象をとおして――」（2）と同論
宇治大君「宇治十帖」と同一作者でないという説もあるが、それであるにしても同一傾向の人と考えてもよいのではないか
(22) 曽沢太吉・森重敏共著「紫式部日記新釈」（武蔵野書院　昭和39・2）四〇三頁
(23) 「枕草子　紫式部日記」（岩波書店　昭和33・9）四二七頁
(24) 岡一男「源氏物語の基礎的研究」（東京堂出版　昭和41・8）三七九頁
(25) 「日本文学史　中世」（至文堂　昭和30・11）四・五頁
(26) 「日本文学史　中世」（至文堂　昭和30・11）六・七頁
(27) 「日本文学史　中世」（至文堂　昭和30・11）一〇頁
(28) 「日本文学史　中世」（至文堂　昭和30・11）一一頁
(29) 「日本文学史　中世」（至文堂　昭和30・11）一二頁
(30) 「方丈記　徒然草」（岩波書店　昭和32・6）（日本古典文学大系）
(31) 「歌論集　能楽論集」（岩波書店　昭和36・9）（日本古典文学大系）
(32) 「連歌論集　俳論集」（岩波書店　昭和36・2）（日本古典文学大系）
(33) 「連歌論集　俳論集」（岩波書店　昭和36・02）（日本古典文学大系）
(34) 同書
(35) 「歌合集」（岩波書店　昭和40・3）（日本古典文学大系）「建久四年　六百番歌合　冬上　十三番　枯野」

の補注　四四二頁
(36)「連歌論集　俳論集」（岩波書店　昭和36・2）（日本古典文学大系）
(37)「歌論集　能楽論集」（岩波書店　昭和36・9）（日本古典文学大系）
(38)同書
(39)「古代中世芸術論」（岩波書店　昭和55・2）（日本思想大系）
(40)「日本文学史　中世」（至文堂　昭和30・11）四三七・四三八頁

Ⅱ

色なきものを指向する世界——散文から律文へ［京極派和歌たち］

「にほふ」——京極派和歌の美的世界

〝こと葉にて心をよまむとすると、心のまゝに詞の匂ひゆくとは、かはれる所あるにこそ(1)〟

これは、中世和歌の京極派の主導者、京極為兼の歌論ともいえる「為兼卿和歌抄」に掲げられている言葉である。たまたま、ここにも使われている「匂ひ」という用語を、おおけないことであるが、私の立場から色彩とも関連づけて、京極派の和歌に探り、そのあり方をとおして、当派の、ひいては中世の新しい和歌の一端を、ささやかながら究明してみたい。

中世の和歌の世界は、和歌の家の代々の父祖の教えをそのまま守り、伝統に従って歌作し、当世に目をむけようとしなかった二条派の流れに、対立し、むしろ拮抗しようとする、京極派という小さな流れがみられたようである。この京極派歌人の創作した和歌には、おのずから旧来の殻を破った、当時代的な新しい様相が投影されていると推測される。

換言すれば、当時の和歌の家の主流とも考えられるこの二条派や、これに類するその他の常套的な和歌、それらと比較した際にみられる、京極派の詠作と、その特異な新しい姿は、中世の、とくにこの時代における人々の、心の一面が滲み出たものが文芸に結晶されたもの、とみることも可能かもしれない。
こうした意味もあって、小稿では京極派関係の詠を対象に、特にその中で「にほふ」にかかわることについて推考してみたいと思っている。

＊

『玉葉』・『風雅集』の「にほひ」について、次田博士は「右のやうな玉葉集・風雅集の感覚的な性質は、用語のうへにも現れてゐる。すなはち、両集に頻出する言葉のなかで、『いろ』『にほひ』『さゆ』『むらむら』等が感覚性に関連をもってゐるのである(2)」と指摘されている。

「にほふ」は別稿(3)で述べてあるが、すでに、上代の『万葉集』で、美的世界を形象するものとして大きく働いている。

上代では、「にほふ」は色彩の生ずることを原義(4)としているように、まず、色彩が現出することを意味した。そして、「にほふ」とされるのは、彼等が最も色らしい色と感じとっている、紅・丹等の、主として赤系統の、明るくはなやかな美しい色調をさしていたようである。

「にほふ」は、上代の『万葉』の世界では、色彩の、輝きの美を、そして、映発するような華麗な美を、さらに、物の最も盛りの、「壮」、「盛」、「栄」の」姿を賛嘆(5)する語でもあった。

中古では、日本の人々が考えた、物ごとを自由に表現することのできる文字の、仮名を使って記した物語・日記・随筆等を見ると、「にほふ」が、さらに派手できらびやかな美を意味しながら、艶麗な美的世界を形象するための重要な役割を果している。

特に、「にほふ」の対象となっている種々の物象の、色彩をみると、[6]別記のように、赤・紅等のような種々の赤系統の色彩で殆ど占められており、他は紫系統、あるいは白、黄などの色彩が僅かにみられるだけである。

特に青・香（茶系統）・鈍（黒系統）・黒等の、赤系統とは対蹠的とも言える色彩が、「にほふ」を否定する形で扱われている。

つまり「にほふ」は、赤系統の明快、華美、そして暖かい性格の色彩を主体とし、暗い、地味な、つめたい性格の色彩からは感得されなかったもののようである。

さらに「にほふ」は、色彩と色彩とが相互に映発しあう色調からも、また、同一色の中の、濃→淡、淡→濃のような濃度の微妙なグラデュエーションとも言えるものからも、生まれる美をあらわす言葉でもあった。

色彩にかかわる「にほふ」の対象となる物は、「めでたし」「はなやか」「おもしろし」「うつくしげ」等の美によっても、同時に形容されており、「なまめかし」「をかし」「はなばな」「かほる」「目もかがやく」等の美的な意識の中に包括されるものでもあり、さらに「あて」「けだかし」「らうらうじ」「今めかし」「をかしげ」「きよげ」「はなやか」「なまめかし」等の美的理念の対象となる物象・事物と同一の対象に、感得されるものでもあった。

「にほふ」に何らかの肯定的な形で関連する他の様々の美が、これらのように、多くは優麗・華美な性格を持つものであることからも、「にほふ」はこれらに共通する性格を持っているとも言えるようである。

中古の散文作品にみられる「にほふ」は、色彩に関連する場合に限って言えば、以上のように華麗絢爛とした色彩を母胎とし、それらが融合、あるいは対立した配色の世界に生まれる美的情感を意味するもののようである。

さらに中古の、和歌をみると、その代表とも言える八代集には「にほふ」は、『古今集』(7)に、主として、梅、藤袴などの花の香を「にほふ」としている例がみられ、また花（桜が主）、山吹、菊などの花の姿を「にほふ」と詠じている。しかし、この視覚に訴える例についても、「にほふ」に直接かかわる色彩が詠じられていないので、「にほふ」についての色彩は明確ではない。しかし、花（桜）はほのかな赤味を帯びた、いわば桜色であろうし、山吹は明るい黄であり、菊は白や紫を帯びた色調であろう。少なくとも前述の、「にほふ」が否定されるような色調とは対蹠的である。

『新古今集』(8)には梅、橘、藤袴、菊等の香が「にほふ」とされている例、花（桜）あるいは朝日が視覚の面から「にほふ」とされている作がある。

特に、

をられけり**紅**《くれなゐ》にほふ梅の花今朝しろたへに雪はふれれど（春歌上　四一）

白雲の春はかさねてたつ田山をぐらの嶺に花にほふらし（春歌上　九一）

よし野山はなやさかりに匂ふらむ故郷さらぬ嶺の**しら**雲（春歌上　九二）

等のように、紅の色彩の美を、また遠望した桜花のさかりの、雲のような白さにもまがえられる色合の美を（間接ではあるが）、「にほふ」としている、こうした、つまり色彩にかかわる「にほふ」の例も見られる。

また、「あさひ影にほへる山の桜花つれなくきえぬ雪かとぞ見る」（春歌上　九八）のように、『万葉』の「にほふ」と同じく、朝日の赤光ともいうべき色調を「にほふ」と形容している例もある。このように『新古今集』でも視覚によるものは、紅、赤光、白（桜色に類する）などの美を「にほふ」としており、これまでのそれと、同様の色彩の美に「にほふ」が感じられているようである。

このように『古今』『新古今』両集の「にほふ」は、『万葉集』や、中古の散文作品にみられるほど絢爛とした色彩から生まれ、またそれによせられる情感ではないが、これに相反する、対蹠的といった色調ではなく、むしろこれらに類するもの、と言ってよいようである。

なお、これら以外の集にみられる「にほふ」を、色彩の面から探ってみると、

白妙ににほふ垣根のうの花のうくも来てとふ人のなき哉（後撰集　一五四）

紅のうす花ざくら匂はずばみなしら雲とみてやすぎまし（詞花集　一七）

等で、卯の花の白、桜の紅を「にほふ」としている。

このように色彩にかかわる場合は、前記の『古今』・『新古今』の例を加えて、八代集では、紅・白（桜色ともいうべき赤味を帯びた白も含めて）、そして赤光、それらの彩・光に感じる美を「にほふ」としていて、やはり上代の『万葉』や、中古の散文作品と同じ傾向のようである。

時は流れ、中世に至って、『新勅撰集』から『新続古今集』までの十三代集では、「にほふ」はどのように形象されているのであろうか。

小稿では、『玉葉集』・『風雅集』の主体である京極派に相対するという意味もあって、まず、特に二条派に深い関係を持つ『新後撰集』と『続千載集』とを探ってみることとした。

『新後撰集』(9)には「にほふ」が、梅、橘等の香に対して、あるいは、桜、萩、菊などの姿の美によ

せて詠《よ》まれている。

「にほふ」は、

待たれつる尾上の**桜いろ**見えて霞の間より匂ふ**しら**くも（新後撰集　春歌上　六一）
眺むれば四方の**白**雲かからくの初瀬の山は**花**にほふらし（同　春歌下　六八）
吉野山空も一つに匂ふなりかすみの上の**はな**の**しら**くも（同　春歌下　七三）
芳野山みねにたなびく**白**雲の匂ふは**花**のさかりなりけり（同　春歌下　七八）

のように、満開の桜花のいろどりに擬している雲の白さ、あるいは、他の、

君が代に匂ふ山路の**白**菊はいくたびの露のぬれてほすらむ（賀歌一五八七）

のような菊花の白さである。いずれも前述の八代集と同様で、原則的なあり方に従っている。

また『続千載集』[10]では、梅、橘、菊、藤袴、桜、萩、藤、紅葉などが対象となり、その香、あるいは目でみた美を「にほふ」と詠じている。「匂ふ」のかかわる色彩は、

咲きつづく**花**はそれとも見えわかで霞のまより匂ふ**白**雲（続千載集　春歌下　一〇五）
匂はずば**花**のところも**白**雲のかさなる山に猶やまよはむ（同　雑歌上　一六七〇）
立ちまよふ色も匂も一つにて**花**にへだてぬ峰の**しら**くも（同　雑歌上　一六七三）

等のように、桜花のいろどりをたとえた雲の白。

秋ふかきまがきは霜の色ながら老せぬものと匂ふ**しら**菊　（同　秋歌下　五六五）

のような菊花の白。また、

むらさきに匂ふ藤浪うちはへて松にぞ千世の色も懸れる　（同　春歌下　二〇〇）

のような藤の紫。

やましろの　くにの宮古は……あきされば　**もみぢ**葉匂ひ……（同　雑体　七一五）

のような紅葉。これら雲・菊の白は前述のように類型的なものであり、紫も『万葉』で「にほふ」（巻一の二一）とされた色彩、また「もみぢ」の例は読人しらずで、『万葉』（巻十七の三九〇七）にみられるようである。従っていずれもこれまでの和歌にみられる「にほふ」の常套的な色彩から例外ではなく、すべて明るくはなやかな暖かい性格の色彩と言えるものである。

このように中世の十三代集中の、特に二条派に関連深い『新後撰集』・『続千載集』を対象として探ってみたが、「にほふ」の原則的なあり方に従った伝統的なもので、いわば類型を踏襲していると言えるようである。

次に「にほふ」が、どのような色彩に感じられる美を表現する語であるかを、これら二集と、『玉葉集』・『風雅集』を除いた十三代集の諸集、を対象としてながめてみた。

紅《くれなゐ》に匂はざりせばゆき消えぬ軒ばの**梅**をいかで知らまし（続古今集　春歌上　三五）
雪とのみあやまたれしを**梅**の花**紅**にさへにほひぬるかな（新千載集　春歌上　五〇）
紅にぬれつつ今日や匂ふらむ木の葉移りて落つる時雨は（新拾遺集　神祇歌　一三八五）
いろよりも猶たぐひなき**紅**のこそめは**うめ**の匂なりけり（新後拾遺集　春歌上　四九）
くれなゐに匂へる妹が袖かけてをりまがへたる**梅**の初花（新続古今集　春歌上　七三）
大井川**くれなゐ**深く匂ふかな小倉の山の**もみぢ**散るらし（新続古今集　冬歌　六二九）

のような、梅、時雨、袖、川等にかかわる紅色。

妹がそで巻向山のあさつゆに匂ふ**紅葉**《もみぢ》の散らまく惜しも（続後拾遺集　秋歌下　四〇〇）

のような紅葉の色。

名にし負へば花さへ匂ふ**紫**の一もと菊に置けるはつしも（新拾遺集　釈教下　五二四）

のような菊の紫。

大かたの秋よりもなほ長月のあまる日数ににほふ**しら**菊（続後撰集　秋歌下　四〇四）

うつろはで久しかるべき匂ひかな盛に見ゆる**しら**菊の花（続後撰集　賀歌　一三四六）

のような菊の白。

山の端に重ねてかかる**白**雲の匂ふや**花**のさかりなるらむ（続後撰集　春歌中　七五）
白雲の懸れる山と見えつるはこぼれて**花**の匂ふなりけり（続古今集　春歌上　九五）
吉野山**花**のさかりやけふならむ空さへ匂ふ嶺の**白**雲（続拾遺集　春歌下　七五）
ほの〳〵と明け行く山の高嶺より霞ににほふ**花**の**しら**雲（続拾遺集　春歌下　八一）

などのような雲の白（桜花が擬せられている）。

このように十三代集では、紅・紅葉・紫・白などの色の美を「にほふ」と表現しており、これまでにみられた諸集の「にほふ」とほぼ同傾向と言えるようである。

ただ『新続古今集』に、

まさかきの春の**緑**の色なれやかすみぞ匂ふあまの香具山（新続古今集　春歌上　九）

という、緑をとおしての「にほふ」がみられる。これは他に例がなかったが、榊の、早春の若芽の黄を帯びた明るい新緑、それを香具山にかかる霞の色合として、その美を詠じているのであり、この緑は、けして地味なつめたい性格の色ではなく、明るい新鮮な情感を抱かせる色であり、従って、本来の「にほふ」の性格に相反する色彩ではない。

このように、前述の『新後撰集』・『続千載集』などをも含めて、『玉葉』・『風雅』を除いた十三代集全体を視覚の面から探ってみたが、「にほふ」は、その色彩の側の性格からみて、上代・中古の時代の伝統が殆ど変らず継承されているようである。

「にほふ」は、中古の散文作品の「にほふ」のあり方を加えても、華やかな、艶麗な、暖かい性格の色彩に感得される美を意識する語であり、陰欝な地味なつめたい性格の色彩に感得されるものではない、という、このことが「にほふ」の色彩にかかわる常套的・類型的なあり方であったようである。

＊

以上のような「にほふ」のあり方を背景として、『玉葉集』・『風雅集』と、その主流とされる京極派の和歌を対象に、「にほふ」のあり方を探ってみたい。

まず、『玉葉集』には「にほふ」のよまれているのが四九例ある。(11)

これらをみると、「にほふ」が梅・橘・菊・桜・萩・藤・木々の紅葉などを対象としている例があり、これらは、前記の類型にあてはまると言ってよいようである。

そして、色彩も、

梅の花**くれなゐ**にほふ夕暮に柳なびきてはるさめぞ降る（玉葉集　春歌上　八三）

白露のこのはをわきておく山のふかき**紅葉**は色もかはらじ（同　秋歌下　七九三）

などの梅花の紅や紅葉。

花ならしかすみて匂ふ**白**雲の春はたちそふみよし野の山　（同　春歌下　一四二）
白露もこぼれてにほふ高円の野べの秋はぎ今さかりなり　（同　秋歌上　五〇二）
むらさきにつらぬる袖やうつるらむ雲のうへまで匂ふ**白**菊　（同　秋歌下　七七五）

等の、桜花に擬せられている雲の白、萩の色を含んだ露の白、袖の紫をうつしたような菊の白。いずれも従来の踏襲と言ってよいようである。

しかし、

過ぎぬとも声の匂は猶とめよ時鳥なくやどのたちばな　（玉葉集　夏歌　三七一）

のような聴覚（香の高い橘がかかわるのであろうが）に対して「匂」というような例は、少なくとも二条派の前記の『新後撰』・『続千載集』にはよまれていないし、また、『新古今』、『古今』、さらに『万葉集』にも見られなかったもので、類型を破る例と言ってもよい。

また視覚の面に限っても、

あはれ暫しこの時過ぎてながめばや**花**の軒端のにほふ**曙**　（玉葉集　春歌下　一九七）

のように、類型的な桜花が、かかわるにしても、曙という、微光の美を、さらに、

山の端の月まつ空の匂ふより**花**にそむくる春のともし火（玉葉集　春歌下　二一一）

のように月の出初めようとするほのかな光の美を、「にほふ」と表現しているのは他集には見られなかったものである。『万葉集』には「朝日影にほへる山に」（巻四の四九五）のような、旭日の光を「にほふ」とした例はあったが、それは輝かしい赤光であり、朝日という明るい気分を基調にしたものであった。

『玉葉集』のこの例は、およそ『万葉』の朝日とは反対の、蒼白な沈んだつめたい光であり、それが出る前の暗さの中のおぼろげな様相である。前述の常套的な「にほふ」の色調とは対蹠的と言えるであろう。もとよりこれは『玉葉集』に一例みられるだけであるが、特異な性格を示すと言えるこうした傾向は『風雅集』へはさらに強められていくようである。

『風雅集』には「にほふ」のよまれているのは四二例[12]ある。

これらが、梅・桜・菊・藤・女郎花等を対象としていることも、また、

霜枯れむ事をこそ思へ我が宿のまがきににほふ**白**菊の花（風雅集　秋歌下　六九一）

のように菊花の白の美辞賛的になっていることも類型的であろう。

また、

霞ににほふ夕日の空はのどかにて雲にいろある山の端の松（同　雑歌上　一四一八）

出でやらで朝日籠れる山の端のあたりの空ぞ先匂ひぬる（同　雑歌中　一六二九）

等の、夕日にかかわる霞、朝日の登る直前の空、つまり陽光に関連するものを「にほふ」としている、こうした例は稀ではあるが、上代の『万葉集』にも見られたもので、全く独創的とも、常套的な枠を脱したものとも言えない。

しかし、「にほふ」の類型的な対象となる物のうちで、その色彩が示されているのは、ここに掲げた菊の白のみで、つまり『風雅集』では「にほふ」とされる類型的対象物の色彩は一例だけということになる。

そして、

春の色は**花**とも言はじ霞よりこぼれて匂ふうぐひすの声　（風雅集　春歌上　五〇）

花ならで身にしむ物は鴬の薫らぬこゑのにほひなりけり　（同　春歌上　五一）

等のように「声」という聴覚を、元来、嗅覚や、ことに視覚に関する「にほひ」で形象するという、特殊な共感覚の世界を展開している例もあり、これは、『玉葉集』にもみられたことは前記のとおりである。

特に、『風雅集』にみられる「にほふ」の新境地として、次の二例をも含めて少し探ってみたい。

いましはや待たるる月ぞ匂ふらし村雲**白き**山の端のそら　（風雅集　秋歌上　五七四）

にほひ**しらみ**月の近づく山の端の光に弱るいなづまの影　（同　秋歌上　五六六）

これはさきの『玉葉集』で新しく見られた、月の微光の美が、さらにその色合を明らかにしたもので、山の端の空の辺にたなびく雲、それに待ちのぞんでいた月がさしそめ、その輝きに映じて雲が白くみえる。このような月光の、動的とも言える姿を「にほふ」と表現しているのである。

次の「にほひしらみ」の例は、もとより、これも月の白光の美を「にほふ」としているのであるが、「白」が「しらむ」と言う、光と融合した流動的な姿となり、単なる「白」という固定した色ではない。この「しらむ」(13)こそ、「白」が物象の形態を形容するにすぎない立場から独立して、自らが主体となって動いてゆく姿と考えられる。この「しらむ」と一体になったのが「にほひしらみ」であり、私の調べた範囲の文学作品にはみられない「にほふ」の新しいあり方である。

この二例は「しらむ」はもとより、前例の「白き」にしても、「にほふ」は、月の漂渺とした蒼白の光の美をさしており、「白」といっても、それは類型的な「白」とは異質の、およそこれまでに見られなかった特異のものである。

「白」は和歌の世界では常に最も用例の多い色彩である。しかし、この「しらむ」は、『後拾遺』・『新古今』・『新後撰』・『続千載』・『新後拾遺』・『新続古今』の諸集に各一例ずつ見えるのみで、『万葉集』・二十一代集をとおして、『玉葉』・『風雅』両集を除いてはまことに稀な「白」のあり方である。(14)

「しらむ」は夜明、雪の光、篝火、雪の朝明等、主として光の世界をあらわすものとして、「白」という色彩から、むしろ時間を含む流動的な光彩ともいうべき特殊な「白」の領域に入っている。

さらに「にほひしらみ」となると、「しらむ」の例はあるにしても、それが「にほふ」の美と融合、合体して捉えられているのは、『風雅集』における例のみで、その特異性は類を見ない。「にほふ」の側から言っても、色彩の面から言っても、稀有と言ってもよいような文学的創造が『風雅集』でなされている。

様々な華麗な色彩はもとより、色彩という色彩すべてを捨てて、「白」一色に絞り、さらにそれが色彩としての「白」から、暗いほのかな光と融合しつつ流動する「しらむ」にいたる、そうした色彩の到達した特異な世界に『風雅集』の「にほふ」がある。これは前記の上代にうまれ、当代にも継承されている、一般的な「にほふ」が、美として形象した対象である、華麗な色彩を、捨象し捨象して、行きついた色彩の究極の世界とも言え、それが「にほひしらみ」という類例のない「にほふ」の特異な姿となって『風雅集』にあらわれた。これは、すでに色彩の視覚の世界を超える段階にいたろうとしている。

そして「にほふ」は、

更けぬなり又とはれでと向ふ夜の泪に匂ふともし火の影（風雅集　恋二　一〇五四）

のような、恋の悲しみによる涙に滲む燈火を形象するものともなる。一切の物象の形を視覚から消した〝無〟ともいうべき夜の闇、その中に一点見えるほのかな光、それと涙をさそう孤独な悲恋の情がないまぜられた世界に「にほふ」が生まれる。これまでの類型の「にほふ」にみられた性格とはまったくかかわりのない程の異質の、孤と静寂と暗黒を背景とした一点の光を対象としており、それは悲哀の暗い心情によって捉えられたもので、「にほふ」が心的世界とも深くかかわりを持つにいたっている。

さらに『風雅集』では、

深く染めし心の匂ひすて兼ねぬまどひの前の色とみながら（風雅集　釈教　二〇九〇）

の「深く染めし心の匂」といった、沈潜した思考の世界、哲理とも言うべき境へも導入されてくる。さかのぼっての上代や中古、さらに同代の中世、各時代をとおしての文芸作品の中に見るべくもなかった「にほふ」の、『風雅集』の中に生まれた新しいあり方である。

以上のように、京極派系歌人の層の濃厚な『玉葉』、さらに一層、『風雅集』へと、「にほふ」は、ますますその特異性を進めながら新しい様相をみせてゆくが、さらに「にほふ」を、京極派のみの和歌の資料[15]に探ってみることも必要と思われる。

京極派のみの歌の資料をみると、もとより類型的とも言うべき「にほふ」の例は少なくない。梅、橘、桜、菊などを対象にして、その香、花の姿の美を「にほふ」と形容していることも、とくに色彩として、

あし引きの山辺の**桜**咲きぬらし霞のそこににほふ**しら**雲（⑤永仁五年当座歌合）

のように桜（雲に擬せられている）、あるいは、

さきにほふおなじかぎりのいろながら日かずぞうつる庭の**しら**きく（①三一四頁）

のように菊の白を「にほふ」としているのも、それと言えよう。

そして、

山のはのゆふ日ににほふうす**紅葉**《もみぢ》あきふかからむいろもおもはす（⑦）

のような夕陽に映えるうすい紅葉の色を「にほふ」としていることも、すでに『万葉集』にその例がある。また、

うつりにほふ雪の梢のあさひかりいまこそ**花**の春はおぼゆれ（②花園院御集⑪光厳院御集）

朝つくひいであへぬ空のにほひよりやがてなきたつ蝉の声哉（⑩歌合　後光厳院御字文和之比）

のような雪にてりはえる朝光、また、まだ朝日の登りきらない空の光景の例も、『万葉集』にすでにみられるものである。このように京極派の和歌にも前例のある、そして常套的とも言える例も少なくない。

しかし、京極派の歌の資料をみると、前記の『玉葉』・『風雅集』にみられた特異の「にほふ」と同傾向の例が多くあり、

それさへにひとつにほひにきゝなしぬ**はな**のほかなるいりあひのこゑ

うくひすはこゑににほひのあるゆへに**はな**の中にはなくにやあるらん（⑪私家集大成　中世三　伏見院御集二四四、二八八）

「今朝きなきまだ物よはきうぐひすの声のにほひに春ぞ色めく（⑨弘安八年四月歌合）

のような聴覚に関する声と、「にほひ」が心理作用によって結合し、すでに感覚そのものから、その域を超えて心理的世界へ入っている作もある。

また、対象が類型的な桜花であっても、それは、

うすかすむよものけしきをにほひにて**花**にとゝまる夕暮の色（⑪権大納言典侍集）

立ちこむる雲もかすみも**花**の色のひとつ匂になれるあけぼの（②後伏見院御製集）

のような、薄暮や暁明の微光における美の「にほふ」であり、類型的な「にほひ」においては、桜花は白で示され、その美を「にほふ」としていたのであるが、京極派のは、そうした固定した色彩の白からではなく、流動性をもつかすかな白光の世界の美を「にほふ」としている。このような「にほふ」の例は少なくない（①四・一四・二八頁、⑩正安元年五種歌合）。

あるいはまた、

むら雲に夕ひのかけは匂くれて向ひのやまの色そうつろふ（⑤嘉元三年三月）

などの、朝日の輝かしい上昇的な性格を持つ赤光とは逆の、次第に色合も光も消えて暗黒へと向う世界における「にほふ」もみられる（⑤為兼卿家歌合にもある）。

また、

春の夜のあくるひかりのうすにほひかすみのそこぞ**花**になり行（⑨弘安八年四月歌合）

あけほののあらはれそむる**花**の色によものかすみもうすにほひつゝ（⑪看聞日記紙背文書・別記一七八頁）

のように、特に「うすにほひ」という、「にほふ」そのものの、実に微妙な様相を示す表現へも深まり、進んで行っているのである。もとより、「うす」によって表現される「にほふ」は、京極派特有のものでもあり、まだ他に、

花にみな雲もかすみもかほられてよものけしきのうすにほひなる（⑪未刊和歌資料集　藤大納言典侍集　二七）

などの例もあり、この作は、「にほひ」が「かほる」といった、もと嗅覚的な美と重なり合い協調しあっている特異な形象のようである。

　さらにまた、

月はまだにほひもそめぬのきのそらに松風くらき夜はの山かけ（①二四三頁）

詠くらす霞のそらに夕つくよほのめくかけもにほひみちぬる（⑪未刊和歌資料集　藤大納言典侍集一三）

のように、闇ととけあった月の、まだ光始めない境を示す「にほふ」も、かすかにゆらぐ夕月の微光の美をあらわす「にほふ」もある。

特に、

ふりやらぬ雪気の空のさえかえりこほれる雲の下そ匂ひへる（⑤仙洞五十番歌合）

の、この上ないきびしい寒冷感を基調にした、冴えひえびえとした薄明をさえ、「にほふ」という感覚的な美を感じとっていることには驚きを感じる。

そして、前記の『風雅集』に見られるような、

今宵さへ来すなりぬよと思ひつゝ泪にゝほふ灯の色（⑤正安二年卅番歌合）

の作もあり、この判詞には、

「匂ふといふこと葉。古き哥にも。枕言葉にも。多くみえ侍るめる。万葉集には。朝日影にほへる山にてる月のなどもよめる。しかるを泪に匂ふ灯の色と。古詞を用いて。心をあたらしくする事。尤和哥の名誉たるへきよし。京極の黄門申をかれ侍る。とにかくに。右のうたはまさり侍るべければ。勝と定め侍りぬ」

とあり、「にほふ」がこうした詠じられ方をしていることに新しさを見出し、それをすぐれたものと判定していることが知られる。

それは前掲の「今朝きなきまだ物よはきうぐひすの声のにほひに春ぞ色めく」に、「右哥もおなじ

さまに侍るにとりて、下句などなをよろしく侍れば、以右為勝」とあって「声のにほひ……」の部分に勝の価値を与えているし、「春の夜のあくるひかりのうすにほひかすみのそこぞ花になり行」も、「右、霞の底のうすにほひあけ行春のあけぼのも、猶心の色をそへ侍れば、右勝と申侍べし」として「勝」と判じている。これらによっても、「にほふ」の新しい特異な形象が、京極派に高く評価され得るものであり、換言すれば京極派的なものであったことが明らかになるようである。

「古詞を用いて。心をあたらしくする事。尤和歌の名誉たるべきよし」とは、京極派の人が、古いものを充分研究し、そこにとどまる事なく、そこから自らの新境地を開拓しようと努めていることが明示されているようである。

『玉葉集』より、より京極派的傾向の顕著な『風雅集』に、「にほふ」の新しい傾向が強くみられたが、さらに、京極派のみの歌の中には、以上のように一層新風の「にほふ」が多く含まれていたわけである。

言いかえれば、両集における「にほふ」の新しさ、特異性は、京極派の人々の多くの作の本体が、わずかに水の上にあらわれた氷山の一角のようなものであった。

そして、さらに、その中には両集を採っただけでは明らかには知り得なかったような異風の「にほふ」も見られたのである。さらに、

くるゝそらのひとつにほひになりにけりくもといりあひのいろもひゝきも（⑥広沢切）

の例のような、「にほひ」が、雲の色と入相の鐘の響と、視覚と聴覚とのひとつに渾然となった世界、視・聴の感覚を基盤としながらも個々のそのいずれでもない、両者が一体となって、感覚そのものの

次元を超えた世界にいたっている。「くるゝそら」という、すでに夕陽の赤光もなく、いまだ月明の白光もない、あらゆる物体を光も色も無い暗黒に包みこもうとする、その色彩を捨てた不思議な美的世界を「にほふ」としている。

このような「にほふ」は、上代でも中古でも、また中世の二条派においても勿論、夢にも考えられなかったばかりでなく、『玉葉』・『風雅集』をみても殆ど知られなかった、そうした京極派独特の異風の「にほふ」でもある。さらに、

はるをおしむこゝろにあはれつきてなみたにゝほひおもふことあり（①四頁）
おほかたのゆふへにこもる世のいろのあはれにゝほふ入あひのかね（①二四〇頁）
ゆふくれはさてもとおもふあはれよりなみたにゝほふ入あひのかね（①三二九頁）
かすみはつるゆふへのそらを見るまゝに心にふかきあはれそにゝほふ（①一〇頁）

のように、終には景象も感覚も心情も何もかも分ちがたい渾然とした世界に「にほふ」が生まれるにいたり、「心にふかきあはれそにほふ」という心的状態と美の理念の融合した世界をさえ意味するようになる。

これらは、いずれも、「にほふ」が、「世のいろのあはれ」のような抽象的世界、「おしむこゝろにあはれつきて」「さてもとおもふあはれ」「心にふかきあはれ」のような心情、美的意識の「あはれ」とかかわり、「にほふ」本来の感覚的な具象的世界から、内面の世界へと深く進み抽象的世界にいたっている。

こうした場合において「にほふ」は、「あはれにゝほふ」のように「あはれ」によって形容され、

また「あはれそにほふ」のように「あはれ」を主体とする、といったような種々の形で「あはれ」と深く直結した姿で形象されている。そして、

なにとなくもののあはれそうちにほふかすみのくれのいりあひのこゑ（⑪私家集大成　伏見院御集二四五）

のように「もののあはれ」との結合さえみられる。

この「あはれ」[16]は、もともと感動を起源とする情動で、次第に悲哀を含む暗い沈潜した深い美的情趣を意味するものとなり、日本文学における美の理念として大きな場を占めている。

「にほふ」がこのような情趣に結びつくことは、従来の一般的な「にほふ」には絶対みられなかった。また『玉葉』・『風雅』両集にさえみられなかった。従って両集の「にほふ」が特異であるそれよりも、さらにこのような独特の断新な「にほふ」が京極派の作にあり、こうしたものを基盤とし、本体として、両集の、他の諸作品にみられぬ新しい「にほふ」のあることが知られるのである。

ちなみに「あはれ」は、『玉葉』・『風雅集』[17]ではどのように形象されているかを探ってみたが、春の「なにのもよほすあはれともなき」のような、とり立てて何とも言うことのできない漠然とした春愁とも言える気分、秋の「さびしさのあはれ」といった、秋の風物によってうながされるもの悲しい情緒、恋の「憂きにしも哀の添ふよ」のような、憂し、あるいは、恨み、侘び、悲し等と関係のある心の動き、また、思出、物思、老、出家、死などにかかわりのある一種の悲傷を蔵した情動等々であり、『風雅集』の序に「思慮哀楽」ともある。「あはれ」の意義やそれに含まれる内容は複雑であり、一言では示されないが、「楽」という明るい軽やかな情動とは対蹠的な暗く沈潜した、そして淋しさ、

悲しさを基盤とした気分として、両集でも捉えられていたようである。

こうした「あはれ」「もののあはれ」に、「にほふ」が直結し融合される。色彩という視感覚に関連するものを基盤として、それが美の世界へ導入され展開されてきた最も感覚的な「にほふ」が、ここで中世的な「あはれ」「もののあはれ」という気分と一体になる。つまり、「にほふ」がその本来のあり方の、感覚の域を超えた情趣の世界へと昇華されていくのであって、この京極派の和歌における「にほひ」に、さらに高次の美的世界へと深められて行った「にほひ」の姿を見ることができる。京極派の「にほふ」は端的に「もののあはれ」が示す幽寂・深玄な美の極致ともいうべき世界へ導入されていったのである。

終りに、伏見天皇の前掲の御製を、さらにもう一度考えてみたい。詩人の心の底にたたえられている沈潜した思惟、嫋々と入相の鐘の響が流れ、暮れなずみ、かすむ漂渺とした春の宵、その情と景とが一つになって醸成された気分・情趣の、余情とも言うべき境地が「あはれ」と融和した「にほふ」の究極の世界である、と、そのことが、そのまま詠じられているようである。

中世の、ことに南北朝の時代、多くの人々は、戦乱と術数の中にあけくれ、そこに生きるために、現世の様々の若悩をそのままその身に受けとめていたことであろう。

ことに多感な歌人達にとっては、現実に憂世の出来事を彼岸のこととして、和歌の風雅にのみ徹することができたであろうか。古い伝統の中で、父祖の教えを墨守しながら、現世の相に目をむけることなく歌作することで満足するならば、それはそれとして可能でもあったろう。

しかし、京極派の人々は「心のままに詞のにほひゆく」ことを願った故に、月雪花の世界へもおのずから自己の心の波が滲み出ていったようである。現世の苦悩を歌の世界でのり切ろうとすれば、自然の姿も真剣に凝視せざるを得なくなるであろう。そこに生まれる心の翳が歌作に憂愁や悲哀をこめて投影されているのである。

その、この世にあらわれる有情のあり方は、「あはれ」につながる。学問に宗教に芸術に精進された伏見天皇方の「あはれ」は、浅薄な境地のそれではなく、高い、そしてどこまでも深い沈潜した境地のものであろう。

霞のうちに夕陽は徐々に没し、次第にうす墨の夜の色が辺をこめて行く。人は、そのうつり行く時間のままに佇み続け、人も物も一体になって、この「あはれ」の情趣の中に溶けこんでゆく。その心には、この全体が一つに融合された世界としてうつるのであろう。

この、前掲の「かすみはつる……心にふかくあはれそにほふ」という作は、現実的な生きた心でありながら有情の全体を深めようとする心である。

為兼は、小稿の最初に掲げたように、「詞のにほひゆく(18)」とのべている。京極派は「にほふ」も前記の判詞にみられたように、新しい意味を創造してゆくことを念願していた。それはこの御製にあるような自然と人生との調和から生まれ、心の中に沈潜した奥深い情感の中に在るものなのであろう。「にほふ」は、具象的に表現するならば、前掲の詠の「にほひしらみ」であろう。かすかな移り動く白光に「にほふ」の美の境地があらわれる。写実のみでもない。空想のみでもない。写実や空想を超えながら、それを内に含み、底に沈め、すべての情操と感覚を通してあらわれ、ほのかに見えるものであろう。

また「にほふ」は、はなやかさ、たのしさ、悲しさ、苦しさ等々を知りつくした境地から湧き出る心のうちの最も奥深い情趣の、それは前掲の諸作にみられる中世的な「あはれ」とも融合する。

二条派の歌風(19)が古来からの伝統を継承することを大事と考え、現実に生きている中世の空気を殆ど反映せず、旧習をかたく守り続けたのに対し、京極派は、真向からこれに反する意図を示していただけに、中世の風潮の中から生々しく感じとった情動を詠作にも示そうと努力したろうと思われる。そのような歌人達の自己の心象の中から、言葉の新しい、そして類型を脱した、特異な意義を創造し形象しようとする努力が払われ、その中から探り出された一つの境地が、「にほふ」の、この境地でもあったかと思われる。

すなわち、類型的な「にほふ」の原義をはるかに超えた余情の世界を形象し得た、この、こうした「にほふ」こそ、その好例と言ってよいのではないであろうか。これは京極派の「古詞」を用いて「心をあたらしく」する境地であり、この御製がその答案となるものと言えるのではないか、と考える。

「にほふ」というのは、中古の散文作品を探って知られたように、直接に、間接に、これを支える他の美的情動は、あくまでも明るく華麗・優美な性格のものであった。このことは、上代・中古を通しての和歌の世界においてもほぼ同様で、暗い翳を持たぬ性格のものであった。とくに中世の和歌（特に二条派関係）をみても、これを否定すべき他の情動はみられない。

つまり、「にほふ」は、文学作品全般をとおして、通常は、共存する他の情動から推しても明るくはなやかな美的情動であったと言えるようである。

それが京極派の和歌では、およそ対蹠的とも言える性格の「あはれ」という情趣と結びつき、他の情動とは共存してはいない。すなわち、京極派の「にほふ」を規定するものは、極言すれば、この悲哀を基調とする重々しく寂然とした美的情動のみになりきっているのである。

京極派の人々は、「にほふ」を、単なる、そして一般的な「にほふ」にはとどめておかなかった。それを中世的な「あはれ」「もののあはれ」と結び、渾然一体とさせて「にほふ」本来の感覚的な場を超えた情趣・気分の、余情の境へと深めて行った。

これは、後に来る俳諧の「にほひつけ」とも言うべき余情象徴の世界へ進展して行く過程を歩みつつある姿とも推測され、後代の先駆ともなった中世の新しい一つの世界の創造とも言えるのではないか、とひそかに考えるのである。

注

(1)『歌論集　能楽論集』(日本古典文学大系　岩波書店　昭和35・9)所収

(2)「玉葉・風雅集の特質」(二松学舎大学創立八十周年記念論集)

(3)「『にほふ』考」(「文学・語学」第53号　昭和44・9)
「にほふ—大伴家持における—」(「古代文学」8　昭和43・12)『にほふ』と『うつろふ』と—大伴家持における」(「国語と国文学」46巻12号　昭和44・12)以上、いずれも、小著『色彩と文芸美—古典における—』(笠間書院　昭和46・10)所収

(4)小著『万葉の色相』(塙書房　昭和39・6)所収「にほふ」の項

(5)注3と同論

(6)注3と同論

(7)『古今和歌集総索引』(西下経一・滝沢貞夫編　明治書院　昭和33・9)によった。その用例は、一五・三二・三九・四二・四七・一二二(これは私が補足した)一二二・一三九・二四〇・二四一・二七八・三三五・三七六・三九五・四二六・四四一・四四六・八五一・八七六である。

(8)『新古今和歌集総索引』(滝沢貞夫編　明治書院　昭和45・8)によった。用例は、三九・四〇・四一・四三・四四・四六・五三・九一・九二・九八・一〇三・一三七・一四五・一五〇・二四〇・二四五・二四六・三三九・六二一・七一九・七六八・一〇一六・一四四三・一四四五・一四五三・一四六二・一四六九・一九〇六・一九五四で、総索引に一六三もあるが国家大観に見当らない。

(9)その用例は、四〇・四一・四二・四五・四六・六〇・六一・六三・六八・七二・七三・七八・八〇・七五三・一二四七・一二八七・一五二三・一五二四・一五八九・一五九二など。

(10) その用例は、四七・七七・一〇四・一〇五・一〇九・一二二・一二三・一二九・二〇〇・二七八・三八一・三八三・三八四・三九三・五六五・七一五・七一六・七四二・九四六・九八七・一六五一・一六五四・一六六七・一六七〇・一六七三・一七一九・一七二一・二一二三など。

(11) その用例は、四一・六二・六三・六六・六七・七〇・七二・七三・七四・七五・七八・七九・八二・八三・九四・一二六・一四二・一六〇・一六一・一七三・一八〇・一八一・一八七・一八九・一九七・二〇一・二〇八・二二一・二七八・三七一・三七六・五〇二・七七五・七九四・一〇五四・一〇五七・一〇六〇・一六〇四・一六〇五・一八四七・一八四八・一八五五・一八七二・一八七五・一九〇一・二三八二・二六〇五・二六五八・二七〇五である。

(12) その用例は、五〇・五一・五二・五八・六〇・六三・六四・六六・六七・七〇・七一・七二・七三・七六・七八・一五九・一六六・一九五・二〇二・二〇三・二一四・五六六・五七四・六九一・八八二・九八・一〇五四・一三八一・一四一二・一四一四・一四一五・一四一六・一四一八・一四八二・一六二九・一九五六・二〇三三・二〇四三・二〇八九・二〇九〇・二一六二・二一六三

(13) 小稿「しらむ―和歌における白の系譜―」(『色彩と文学―古典和歌をしらべて―』桜楓社出版　昭和34・12）所収

(14) 『後拾遺集』三九二、『新古今集』二五九、『新後撰集』五一七、『続千載集』三〇一、『新後拾遺集』八一三、『新続古今集』一六二三。

(15) ①『伏見天皇御製集』（国民文化研究所　目黒書店　昭和18・5）
②『御製集　第三巻―花園院御集、後伏見院御製集―』（列聖全集編纂会　大正11・3）
③『永福門院』（佐佐木治綱　生活社　昭和18・5）
④『京極為兼』（土岐善麿　西郊書房　昭和22・10）
⑤『群書類従　第八集』（京極派の歌合などすべて）（経済雑誌社　明治32・8）
⑥京極派和歌の新資料とその意義（次田香澄「二松学舎大学論集」昭和37年度　昭和38・3）
⑦為兼評語等を含む和歌新資料―西園寺実兼をめぐって―（橋本不美男「語文」第十七輯　昭和39・3）

⑧翻刻と解説伏見院廿番歌合（井上宗雄「立教大学日本文学」第九号　昭和37・11）
⑨『未刊中世歌合集　下』（「古典文庫」第一四七冊　昭和34・10）の、（十）弘安八年四月歌合（十一）
康永二年院六首歌合
⑩正安元年五首歌合、歌合　後光厳院御宇文和之比（『続群書類従　巻十五の下』）
⑪光厳院御集（『続群書類従　十五輯下』）
金玉歌合（『続群書類従　十五輯上』）
権大納言典侍集（『続群書類従　十六輯下』）
権大納言俊光集（『桂宮本叢書　第八巻　私家集八』）
藤大納言典侍歌集、兼行家集（『未刊和歌資料集　第十一冊　碧冲洞叢書　第九十九輯』　昭和46・4）
看聞日記紙背詠草（為兼）（図書寮叢刊　『看聞日記紙背文書・別記』　昭和40・7）
伏見院御集（『私家集大成　中世　三』）
飜刻書陵部蔵花園院御製（光厳院御集）（原田芳起「樟蔭国文学」第2号　昭和39・11）
伏見天皇宸翰御製和歌集断簡（鎌倉末期書写）（陽明叢書）
(16) 小稿『あはれ』の色相―源氏物語を主として―」（『色彩と文芸美―古典における―』所収）
(17) 玉葉集約一一四例。風雅集約一〇九例。
(18) 西下経一、栗山理一「日本文学の美的理念」（「解釈と鑑賞」23巻第12号　昭和33・12）の「匂ひ」の項に少しふれられている。
(19) 山西商平『花園天皇宸記』に見える二条為世評」（「甲南大学紀要」文学編13　昭和49・3）

「すゞし」〝色彩の固有感情〟とのかかわり
——京極派の和歌をとおして

よにかくる簾に風は吹きいれて庭**しろく**なる月ぞ涼しき（玉葉集　夏　三八七）
早苗とる田面の水の**浅みどり**すゞしきいろに山風ぞ吹く（風雅集　夏　三四三）
木かげ行く岩根の清水そこきよみうつる**緑**の色ぞ涼しき（風雅集　雑歌　一五一四）

これらは、〝色彩の固有感情〟といわれるものが、和歌によまれ、それをとおして文芸的な美が生まれている、とも考えられる一例である。

「しろく」「浅みどり」「緑」等の色彩から、「すゞし」という寒暖の情を感じとっていると言えるのであり、これらの色彩に抱くこの感情は、誰によってもこのように感じられるものであるという。すなわち、心理的に、対象とする色彩個々に対して、普遍的・客観的にそれに相応する固有の感情がきまっているわけで、これを〝色彩の固有感情〟と称するという。

ここに掲げた作は、視感覚にかかわる色彩と、触感覚にかかわる寒暖との、異なる二つの領域の感覚が〝色彩の固有感情〟として一体となり、その感性の世界が、夏の季の最も清爽な美的情趣を造型していると言えるようである。

これらは『玉葉集』と『風雅集』によまれている例であるが、諸勅撰集の、中世の十三代集にも、また、それより以前の八代集にも、さらにさかのぼって『万葉集』にも、つまり、和歌の世界には（もとより管見に及ぶ範囲内ではあるが）、ほとんどその例をみない。すなわち、『玉葉集』、『風雅集』に特有なものと言ってもよさそうである。

なお、さらに、両集の主体ともなっている京極派の人々の詠作には、こうした例が非常に多いことからも、これが京極派的なものであろうと考えられる。

こうした〝色彩の固有感情〟が形象されるのが稀であるのは、和歌の世界のみではない。平安時代の散文作品の物語・日記・随筆等を調べてみても、ほとんど見出すことができず、僅かにそれがとり上げられているのは『枕草子』[1]のみと言ってよい。〝色彩の固有感情〟は、色彩を、色彩として、――単なる視覚の一現象として――捉えるのではなく、色彩を心理的に把握しなければならない。つまり、これは感覚をとおして、さらにそれを超えた次元のものでもある。したがって、これを作品に形象しようとするのは容易ではない、とも考えられる。

このように、和歌においても散文作品でも、その例は僅少であるにかかわらず、『玉葉集』・『風雅集』をはじめとする京極派の作には特に多い。こうした特異な面があろうこと、そのことをとおして両集を探るのも、京極派の傾向を知ることの一助ともなろうかと考える。

次田博士[2]は、「玉葉集・風雅集の感覚的な性質は、用語のうへにも現れてゐる」とのべられ、その用語の一つとして「玉葉・風雅両集の夏歌に頻繁に出てくるのは『すゞし』の語である……主として夏の皮膚感覚を表はす語であるが」と、「すゞし」をとり上げられている。

「すゞし」は、上代にさかのぼると、『万葉集』にも、

秋風は冷感奴《すずしくなりぬ》馬並めていざ野に行かな萩の花見に（秋雑歌　10二一〇三）

初秋風須受之伎《すずしき》夕解かむとそ紐はむすびし妹に逢はむため（七夕歌　20四三〇六）

のようによまれ、秋雑歌、あるいは七夕歌、とあるように、秋の季の作である。一首目の「すゞしく」に「冷」の用字が使われているように、「すゞし」は、秋になって吹く風が肌にふれて感ずる、つめたい、皮膚感覚そのものを意味しているようである。二首目も、初秋風が夕方になって吹いてくる、その肌の感触を「すゞし」としているのであろう。このように、『万葉集』(3)では、秋の風が肌にふれて感ずる触覚を「すゞし」と表現し、これによっては皮膚感覚そのものが形象されている段階である。

平安時代の『古今集』には、

川風の涼しくもあるか打寄する浪と共にや秋は立つらむ（秋雑歌《秋立つ日…》一七〇）

夏と秋とゆきかふ空の通路はかたへ涼しき風やふくらむ（夏歌《みな月つごもりの日…》一六八）

この両首だけで、他には（歌序、詞書・左注等にも）みられない。はじめの歌は、立秋の日、うちよせる波をわたってくる川風の感触が「涼しくもあるが」とされ、次の歌は、夏の最後の日、立秋の前日を、夏が行き秋が来る、空の通路に見立てて、秋の来る方の通路には「涼しい」風が吹くだろうというのであって、秋の風は涼しいものだという、人々の体験をとおしての既成の概念をもって詠じたものであり、秋の季の風の感触は「涼しきもの」という概念がすでに固定化されているようである。

このように、『万葉集』の上代、『古今集』の平安初期あたりまでは、「すゞし」は、主として秋の風に触れての皮膚感覚を意味し、その「冷」い、ひややかな感触そのものが形象されているにすぎない。

『古今集』から後の平安の勅撰集や、当時のいくつかの私家集、あるいは、撰集などの「すゞし」については、その概略は別稿にのべたので御参照いただきたいが、『万葉集』や『古今集』にみられるこのような「すゞし」のあり方は、秋の季における感触そのものとしても継承されてゆくが、次第に変化し、別に、夏の季にもこれが導入されてくるようになる。(4)

それは、酷暑の中で人間が求めるのぞましい感触としてである。「すゞし」は、たんに皮膚感覚を示すものとして和歌によまれているという、素朴な段階から、涼感・涼味といった快的な気分を意味するようになる。つまり、「すゞし」は皮膚に感ずるものから、耳できくもの、目でみるもの、鼻でかぐもの、等の、聴・視・嗅等の、諸感覚にも通じ、それが、心理作用によって、気分、情趣的なものを意味するようにもなる。つまり、たんなる皮膚感覚を指すものから、情感情趣を意味するものへと、昇華されていくようである。

このような例は、「すゞし」が文芸の上で量的に多く形象されるようになっても、やはりなかなか見出せない。

しかし、『玉葉集』、『風雅集』の主体である京極派の歌作の中には、これが集中していると言ってもよいようである。

「すゞし」について、京極派の両集が含まれる十三代集をまず対象に、そのあり方を探ってみたい。(5)両集以外の諸集の秋の部立における「すゞし」は、それが前記のように、『万葉集』や『古今集』にみられた、単なる感覚を意味する域にとどまっているので、ここでは述べる必要もないであろう。

夏の部立の作には、

夏衣ゆくてもすゞしあづさ弓いそべの山の松のしたかぜ（新勅撰　一八九）
松がねの岩もる清水せきとめて結ばぬさきに風ぞ涼しき（続後撰　二二二）
夏山の楢の葉そよぎ吹く風に入日涼しきひぐらしの声（続古今　二六五）
露ふかき庭のあさぢに風過ぎて名残すゞしき夕立のそら（続拾遺　二〇八）
蜩のこゑする山のまつ風に岩間をくぐるみづのすゞしさ（新後撰　二四五）
わきて又涼しかりけり御手洗や御祓に更くる夜はの河風（続千載　三四〇）
暮るゝより涼しくなりて蝉の羽のよるの衣に山風ぞ吹く（続後拾　二三六）
ながれ江の伊勢の浜荻うちそよぎ涼しき風に飛ぶ蛍かな（新千載　二八五）
雲かゝる夕日は空にかげろふの小野の浅茅生風ぞ涼しき（新拾遺　二九一）
涼しくば行きても汲まむ水草ゐる板井の清水里遠くとも（新後拾　二七六）
日影にぞみ笠もとらむ宮城野や濡れて涼しき露の木の下（新続古　三二九）

などの「すゞし」がみられる。これらは各集から一例をあげたのであるが、この他、夏の部立の「すゞし」のうち、『新勅撰集』三、『続後撰集』五、『続古今集』四、『続拾遺集』五、『新後撰集』八、『続千載集』九、『続後拾遺集』四、『新千載集』六、『新拾遺集』八、『新後拾遺集』十二、『新続古今集』十三、の諸例は、ほぼ右に掲げた例に準ずる作である。すなわち、夏の、風や、水や、夕立や、木の下の露、などによる、実際の感触を意味し、それをとおしての感覚の世界を形象している。つまり、夏の部立における作も、このように、秋の部立のそれと同じく、いずれも感覚の領域にとどまっている例が大半[6]を占めているのである。

以上は、十三代集（『玉葉集』・『風雅集』を除く）の、全般的な「すゞし」のあり方で、類型的と言ってもよいものである。なお、京極派と相対立した二条派の、為世関係の撰した『新後撰集』と、『続千載集』を例にとってみると、『新後撰集』には、「すゞし」は秋の部立に「涼しさぞきのふにかはる夏衣おなじ袂のあきのはつかぜ」（二五三）「秋風も空に涼しくかよふなり天つ星合のよや更けぬらむ」（二六八）のように、秋風によって肌に感じられる、前記の感覚面にとどまる、類型的な作が二例あり、夏の作も八例で、「涼しさを他にもとはず山城のうだの氷室のまきのした風」（二四一）のように、氷室などといった、特殊なものが関連している例もあるが、やはり「すゞし」は、実際に皮膚に感じる感覚を意味するものがほとんどである。

また、『続千載集』をみると、秋の部立に一例、夏の部立に九例、また、雑歌の中に三例ほどあるが、秋のは、「いつしかと片敷袖に置く露のたまくら涼し秋のはつ風」（三四四）で、やはり、類型的、夏のも、同様、ほとんど全部類型的でそれを破る例はないと言ってよいようである。ただ、雑歌の中の夏の部分に、「御祓河なつ行く水の早き瀬にかけて涼しき波のしらゆふ」（一七三〇）があり、「しらゆふ」の白という色彩が「すゞし」にかかわりがあるようでもあるが、これは、「御祓」と「しらゆふ」と「かけて」など、すべて縁語をもって構成され、川の瀬の早い流れのすゞしさという、やはり感触そのものを意味し、白という色彩から「すゞしさ」が連想されているとも言えないようである。

参考のために、二条派の、後二条天皇、後醍醐天皇の御製[7]をも調べたが、いずれも類型を出ないようで、とりあげるべき特異な例はみられなかった。

このように、二条派の作では、「すゞし」はほとんど皮膚感覚を意味するにとどまり、それが常套的と言ってよい。

京極派の人々の場合も、もとより類型的な例がないというのではないが、それを脱した、新しい「すゞし」を少なからず見ることができる。

『玉葉集』には「すゞし」は、秋の部立に三、雑歌に五、夏の部立に二七例ある。『風雅集』には、秋の部立に一、雑歌に六、賀歌に二、夏の部立に四十例みえている。両集とも雑歌とある中のは、いずれも夏の季の歌であることが知られ、『風雅集』の賀歌の中の例も、やはり夏の季の歌のように推測される。

このように、夏における「すゞし」が、前記の十三代集の各集とくらべ、はるかに多く、両集のみで他集の総計に匹敵する(8)。これは量的に多いばかりでなく、質的にも特異な例が少なからずみられる。すなわち、常套的な、秋の季の秋風による肌の感触を意味してそれを表現する感覚面の域から、夏に最ものぞましい清爽な感覚をとおして、快的な気分ともいうべき面を形象しており、感触の領域から情趣・気分の世界へと進んでいるようである。そして、

風のおとにすゞしき声をあはすなりゆふ山陰の谷の下水　(玉葉　四四〇)
さ夜更けて岩もる水の音きけば涼しくなりぬ轉寝《うたたね》のとこ　(玉葉　四四二)
折りはへていまこゝになく時鳥きよく涼しき声の色かな　(風雅　三一二)
風高き松の木陰に立ちよれば聞くも涼しき日ぐらしの声　(風雅　四〇七)

などの、谷の下水、水の音、時鳥の声、日ぐらしの声など、聴覚から「涼し」が感じとられている。耳にきこえる音と、それとはまったく異なる皮膚に感じる「すゞし」が、いわば、心理作用によって結びつけられており、「すゞし」が触感の域から涼感ともいうべき気分に昇華され、形象されていると言えるようである。

また、

橘のかをり涼しく風立ちてのきばにはるるゆふぐれの雨（風雅　一四九八）

のように、橘の花の香、すなわち、嗅覚によるものも「涼し」とされている。

さらに、

河風にうはげふかせてゐる鷺の涼しくみゆる**柳**はらかな（玉葉　四二四）
天の原雲居は夏のよそなれやみれば涼しきつきの影かな（玉葉　三八四）
底清き玉江の水にとぶ螢もゆるかげさへすゞしかりけり（風雅　三八六）
山川のみなそこきよき夕波になびく玉藻ぞ見るもすゞしき（風雅　四二三）

などのように、視覚で捉えた、鷺、月光、螢、藻などが「すゞし」とされている。これらも前記の聴覚の場合と同じ形象と言えよう。

とくに、色彩的な面で、例えば、

夏やまの岩かねきよく水落ちてあたりの**草**の色も涼しき（玉葉　四三三）
山川のおなじ流もときは木の陰ゆく**水**はいろぞすゞしき（玉葉　一九三三）
みだれ蘆《あし》の下葉なみより行く水の音せぬ**波**の色ぞ涼しき（風雅　四一九）
苔**青**き山の岩根の松かぜにすゞしくすめる**水**の色かな（風雅　四二六）

などのように、草の色、山川の常緑樹の下を流れる水の色、蘆の下を行く水の波の色、青々とした苔の生えている岩のあたりの水の色、いずれも草や水の色合をとおして、それによって生ずる心理的な情感を「すゞし」としている。

さらに、冒頭に掲げた例歌にみられる、月光の白さ、田面の水の浅緑、流れる清水にうつる木々の緑、そうした、白、あるいは緑という、物の色彩をとくに捉え、その色彩から心理的に感じられるのを「すゞし」としているのである。視覚の中の、特に色覚と、皮膚感覚との、異質の感覚そのものを結合させた心理的な世界の形象である。つまり、これが前にも述べたような、今日の色彩学で〝色彩の固有感情〟と言われているものと考えられる。とくに、こうした例は、『万葉集』は言うまでもなく、『古今集』からの八代集、さらに十三代集すべてをとおしてみても、

夏の夜もすゞしかりけり月影は庭**しろ**たへの霜と見えつつ（後拾遺集　二二四）
岩まより落ちくる滝の**白**糸は結ばでみるも涼しかりけり（千載集　二二一）
立ちよればすゞしかりけり水鳥の**青**羽の山のまつの夕風（新古今集　七五五）

など、月光の白さ、滝の白さ、山の青さ、そうした色彩が、ある程度のかかわりを持つというのは、これらの三例ほどしかなく、まして〝色彩の固有感情〟とも云える場合の「すゞし」の例は、『続古今集』の、

春日野やまだ霜枯のはる風に**青**葉すゞしきをぎのやけ原（続古今集　一六）

が一例[9]といってもよいくらいである。これも春の季の、まだ身にしむ風を媒体とした〝をぎ〟の原の青系の色で、『玉葉集』や『風雅集』の、夏の、清爽な気分の、情緒の世界とは異なるようである。

このように、「すゞし」は、上代の『万葉集』に、「冷」という用字で記されていたように、秋の季の肌に感じる、ひえびえとした感覚を意味し、和歌に、その感覚自体を形象するようになったが、平安に至っても、『古今集』にそのままひきつがれたようである。その後、夏の季に導入されるようになっても、「程もなく夏の涼しく成りぬるは人にしられで秋やきぬ覧」(後拾遺集　二二九)のように、秋の感触を意味するものとされ、それが類型的なあり方になった。次第にそのひえびえとした感触が夏の耐えがたい暑さの中に、のぞましいものとして登場してくるようになったが、多くはそれは単なる、感覚を意味し、感覚そのものの域にとどまっていた。

以上が、十三代集や、さらに八代集等にみられる「すゞし」の傾向である。

しかし、『玉葉集』、『風雅集』では、聴・嗅・あるいは視感覚という、皮膚感覚とは異なった感覚にこれを心理的にむすびつけるという、共感の世界が形象されるようになる。そして、〝色彩の固有感情〟という、色彩では稀な世界を形象する例も見られるようになる。人間の感覚そのものという低次の段階から、心理的に、気分、情緒の域にまで高められた、そうした「すゞし」が『玉葉集』、『風雅集』に多く入集されているのである。

京極派の歌の「すゞし」の中にも、もとより類型的な作は少なくない。しかし、『玉葉集』や『風雅集』にみられる[10]よりも、もっと新しい特異な例が多いのである。それについて、以下、管見に及ぶ範囲の資料からではあるが、京極派の歌作とされるものから「すゞし」の例を、考えていってみたい。

　をちこちの木するゑのせみもなきやみてゆふへすゞしき水のをとかな(隆家)

吹き過ぐる梢の風のひとはらひこゑまで冷しよそのゆふだち（花園院）

ふけぬるかくらき砌の**水**の音に枕涼しきうたたねの床（伏見天皇）

夜もすがら雨かときけは竹の葉にそゝく泉のをとそすゞしき（権太納言俊光）

なくせみのこゑもすゞしき山かげにならのはつたひかせわたるなり（伏見天皇）

むら雨のなごりしめれるゆふくれになくうつせみはこゑもすゞしき（伏見天皇）

風の音もすゞしくそよぐ呉竹のふしうきよはの月の影かな（永福門院）

のような、耳に訴える水の音、梢の風、泉の音、蝉のこえ、風の音などの、聴覚によるものが「すゞし」と感じられ、また、

雨はるるゆふへの風につゆちりてすゞしくかほるにはのたちはな（伏見天皇）

雲たゆる夕の雨のはれかたにかほりすゞしき軒のたち花（永福門院）

のような、橘の花の香という、嗅覚によるものが「すゞし」とされ、さらに、

小山田のさなへの色はすゞしくて岡べこぐらき杉の一村（永福門院）

雨のうちのゆふへのいけは**水**すみてうつる木すゑの色ぞすゞしき（伏見天皇）

よられつる草もすゞしき色に見えてうれしかほなるむら雨のには（公蔭卿）

夕立はよそなる雲のひとむらにくさ木の色そはやもすゞしき（一条）

のような、早苗の色、木ずえの色、草のいろ、くさ木の色等の、物のいろどりを「すゞし」としている。前記の『玉葉集』、『風雅集』にみられた特有の「すゞし」の形象、すなわち、具体的な「すゞし」の触覚を超えた、一種の気分を示す、とも、意味する、とも言える「すゞし」の例が、これらの諸作、とくに、伏見天皇、永福門院、花園天皇方の京極派の主要歌人達に多い。

ふりすさぶあさけの雨のやみかたに**青葉**すゞしき風のいろかな[11]（伏見天皇）

みとりなる木のしたしは〔草〕に露みえてゆふへの雨のいろそすゞしき（伏見天皇）

みどりふかきあさけのにはのむら雨にすゞしくなびく草の色かな（伏見天皇）

のように、風のいろ、雨のいろ、草のいろの、とくに、「青葉」「みとりなる木のしたしは」「みどりふかきあさけのには」のような青や緑の色彩が、その視覚とは全く領域の異なった触覚としての「すゞし」と結合しているのであって、つまり、〝色彩の固有感情〟が、はっきり作者によって捉えられ形象されている例と言ってもよいようである。

あさあけのまがきの竹の**浅みどり**なびくわか葉に露ぞ涼しき（為兼）

夏くさの**青**葉がしたのにハたつミみれはすゞしきあめのゆふくれ（実兼）

これらは「すゞし」が、更に、竹の浅みどり、夏くさの葉の青などの影響による露や、「にはたつみ」の緑、青の色彩と一層直接的に結合し形象されている。そして、

雨はらふ木々のゆふかせふきたちてなびく**あお**はの色ぞすゞしき（伏見天皇）

夏木たちみきはの**青**葉すゞしくてゆふくれきよきいけのむらさめ（伏見天皇）

青みわたる芝生の色もすゞしきはつばなさゆらぐ[12]夏の夕ぐれ（為兼）

夏の雨のながき日くらしふるなべに木するゐの**あを**葉色ぞ涼しき（大政大臣女）

などの例歌は、木々の葉、芝生などが、「**あお**はの色ぞすゞしき」「**青**葉すゞしくて」「**青**みわたる芝生の色もすゞしきは」「**あを**葉色ぞ涼しき」など、「ぞ」や「色」などによって、青の色が強調されており、これこそ、〝色彩の固有感情〟そのもの、青と「涼し」が見事に和歌に融合形象されているようである。

雨によって水気を含んだいかにも新鮮な瑞々しい青葉、その視覚に訴える色彩「青」、触覚による「すゞし」、それぞれが、実際の感覚の域にとどまるのではなく、心理的な作用によって各々の域を超えて渾然と融合され、それが気分情趣の世界を形象していると考えられる。

ならの葉のたかき木するゐに風を聞ていさこに**しろき**月そ涼しき（伏見天皇）

庭**しろき**月もすゞしくふけなりてたけのよ風も夏としもなし（伏見天皇）

庭**しろく**袖に涼しく影みえて月は夏とぞまたおもはるる（為兼）

庭**しろく**奥にすゞしく影みえて月は夏とぞまた思はるる（為兼）

庭のおものまさごに**しろく**かけふけて月にすゞしき夏のよはかな（権大納言俊光）

庭のいさご、まさごを照らす月、その白光によって生まれる「すゞし」という〝色彩の固有感情〟が気分情緒に高められ、夏の美的世界を形象している。

草ふかきまがきのけさの**あさみとり**すゞしき色にむらさめそふる　（伏見天皇）
にはのおもはひかけまたしきあさあけの草の**みとり**の色そすゞしき　（伏見天皇）
さしかはすのきの**みとり**のゆふこかげまた夏あさき色そすゞしき　（伏見天皇）
しけりあふ汀の木立ものふりて**みどり**涼しき庭の池水　（永福門院）
夏草の**みどり**の若葉雨をうけてなびく姿はみるもすずしき　（範春）
ひとしめり雨は降つつ夏草の**みとり**すゞしき夕暮の庭　（俊光）
しげりあふきしの**みとり**のいろそへて雨のなごりの露そすゞしき　（権大納言俊光）
うちしめり雨はふりつつなつくさの**みとり**すゞしき夕くれの庭　（権大納言俊光）

これらの例歌は、まがき、草、木蔭、池の水、夏草などの緑、その緑が「色」という語をそえることで、一層色彩が主体であることを示しながら、その色彩の性格から「すゞし」が生まれる。作者たちは、それを主題として、情趣の世界を形象している。これらの緑も、青の場合と同様、むら雨や雨によっていきいきとあざやかにみえる、そのいろどりを捉えており、一層、「すゞし」の生まれる心理的条件がそなわるように設定されているようである。

　このように、京極派では、色彩という視覚に訴えるものと、「すゞし」という皮膚感覚にかかわるものとが、それぞれ、異なった本来の感覚の域にとどまっているのではなく、各々の領域を超えて心理的に融合され、そうなることによって、更にそれが美的な情趣の世界を創造しているようである。

　その色彩は、前掲のように、白であり、青であり、緑であった。ぬれたような月の白光、雨や水によってよごれが洗い流された木・草の新鮮な青・緑、さらにこれらにはきわめて選びぬかれた瑞々しい、そして純度の高いより一層の、清爽な情趣が生まれるにふさわしい色彩の様相が設定されている。これは現今の色彩学からみても、白も青も寒冷感をもち、緑も青味を持つ色相は、同じような感をもつ、とされているようで、京極派の人びとの感性と、その的確さを知ることができるようである。

　このように、京極派の詠には、あくまでも調査した範囲の資料の中からではあるが、量的にも多数の、そして質的にいっても、他の文学作品にはほとんどみられなかった〝色彩の固有感情〟を、情趣の世界に昇華させているともいえる特異な形象があり、このことは、文芸にみる色彩世界の開拓とも言え、色彩に斬新な美的価値が与えられたとも言えるようである。

　とくに、「すゞし」には、

折りはへていまこゝになく時鳥きよく涼しき声の色かな（風雅集　三一二）
山川のみなそこきよき夕波に靡く玉藻ぞ見るもすゞしき（風雅集　四二三）
木かげ行く岩根の清水そこきよみうつる**緑**の色ぞ涼しき（風雅集　一五一四）
夏やまの岩がねきよく水落ちてあたりの**草**の色も涼しき（玉葉集　四二三）

など、両集の作にみられるように、「きよし」という美の情感が関連を持つようであり、これは両集の歌作ばかりでなく、京極派の詠には、

夏木たちみきはの**あを**はすゞしくてゆふくれきよきいけのむらさめ（伏見天皇）
雨すくる庭のなつくさつゆきよみまがきすゞしきやどのゆふかけ（伏見天皇）
草村の露の光りもきよくみえてうたたね涼しき夏の夜の月（教良女）

旅人のあまた立ちよる夕木陰山川きよみすゝみ涼しも（永福門院）

など、やはり「涼し」が「きよし」と深く関連している。そして、

夏ふかきくさのまがきのあさすゝみみどりのいろのきよくもあるかな（伏見天皇）
緑そふ庭の梢の色きよみ夕暮すゞし池のうへの雨（伏見天皇）
のきちかきたけのみとりの色きよみまたあさあけの庭そすゞしき（伏見天皇）

などのように、緑という色彩が、「きよし」という美をその性格に持つものでもあることが示されていて、「きよし」は、それをもつ緑から生まれる「すゞし」の感情に当然含まれるものであり、緑という色彩と、その固有感情としての「すゞし」と、美の理念「きよし」とが一体になって形象され、極言すれば、感覚の域から、さらに美的情趣の境へと高められて行き、夏の季に最ものぞましい一つの新しい美的造型がなされている、と言えるようである。とくに、皮膚感覚としての「すゞし」が、例えば、このような「きよし」という美意識にかかわりをもって、美的なものとされた例は、上代・中古・中世をとおしても、私の調査した範囲では『風雅集』以後の二集に二例(14)ほどみられるにすぎず、京極派が開拓したものとさえ言ってよいようである。

現今、色彩学で解明された〝色彩の固有感情〟という特異な例を、伝統を重んじ、類型の枠からはずれまいとする和歌の世界で、これをみごとに形象し得たのが京極派であった。このような新しい着眼は、さらに〝色彩の固有感情〟を、情趣の域に高め、それを「清」なる美の世界に昇華させたとも言えるようである。

かつて見られなかった青・緑・白の色彩を介して「すゞし」、「清し」という〝色彩の固有感情〟と、美との融合がなされているというこの特異性を、京極派の歌作にみることができ、このことによっても、京極派のその新風の一端をうかがうことができるのではないか、と考えるのである。

注

(1) 別稿「色彩における寒暖の感情―枕草子を主として―」(「和洋国文研究」8　一九七二・3)

(2) 次田香澄「玉葉・風雅集の歌の特質」(「二松学舎大学創立八十周年記念論集」昭和32年度　昭和32・10)

(3)『万葉集』には、この二例の他に、「世の中の遊びの道に冷者…」(3三四七)があり、これをスズシキとする説、スズシクはとする説、サブシクはとする説、マシラハばとよむ説、オカシキはとよむ説などあり、その訓みも一定していない。この例は、「スズシキ」あるいは「スズシク」であるとすれば、その意義は、素朴な皮膚感覚のそれではなく、もっと心的なものを指すようであり、中国の詩文による訳とも考えられる。いずれにしても、小稿の対象としての色彩の固有感情をとおしてのそれにかかわるものとは考えられないので、小稿では、これにはふれないことをおことわりしておく。

なお、後述する平安時代に、『源氏物語』に、

すずしきかた　涼方　一例

「岷江入楚」に「すずしきかたは、浄土なり」とある。「いかなる所におはしますらむ、さりとも涼しき方にぞと思ひやり奉るを、」(総角　一六五五)

すずしきみち　涼道　一例

「岷江入楚」三光院の説に「すずしきみちは浄刹なり。」とある。浄土のことである。「いでたち急ぎのみ思せば、涼しき道にもおもむき給ひぬべきを」(椎本　一五五三)

という例があるが、こうした「スズシ」の意義が、この万葉のそれとある面で同じ基盤のものかとも考えられる。この『源氏物語』の例も小稿とのかかわりがないのでふれないでおく。

『太平記』二一（日本古典文学大系）

143　中々心中涼クゾ覚ヘケル（かえって心の中はさっぱりとしてすがすがしく感じた）

(4)（1）と同論（『色彩と文芸美』笠間書院　昭和46・10）

(5) 古今集（34）168、後撰集（70）、拾遺集（58）、後拾遺集（70）220 224 229 230 233、金葉集（66）154 164、詞花集（31）73 74、千載集（89）208 210 212 219 221、新古今集（110）242 250 260 261 263 264 271 279 282
新勅撰集（56）185 188 189、続後撰集（70）187 221 222 224 226、続古今集（103）265 266 279 280、続拾遺集（69）190 191 193 206 208、新後撰集（93）221 229 241 242 244 245 246 248、玉葉集（156）347 383 384 387 388 390 391 419 423 424 425 426 427 428 429 431 432 433 434 435 436 438 439 440 442 446 447、続千載集（133）300 307 314 326 330 333 337 340 342、続後拾遺集（85）222 236 237 238、風雅集（145）312 338 339 343 345 357 370 372 373 374 375 376 381 382 383 386 389 392 395 396 404 405 407 410 413 414 416 417 418 419 420 421 422 423 424 425 426 427 431 433、新千載集（121）285 290 299 300 302 304、新拾遺集（117）291 293 295 296 298 307 308 309、新後拾遺集（122）214 253 257 262 272 273 274 276 277 278 282 283、新続古今集（117）320 321 323 327 328 329 330 331 334 336 337 338 345

（ ）の中は夏の部立の作の歌数、その下の数字は「すゞし」の歌作番号。

(6) 中には、「静かなる心の中や松かげのみづよりも猶すゞしかるらむ」（新後拾遺集　二七四）、「静かなる心し澄めば山かげに我が身涼しき夏のゆふぐれ」（新続古今集　三三〇）のような、非常に心理的な例がみられないでもない。

(7)『御製集　第三巻』（列聖全集編纂会　大正11・3）参考のために、二条派の、後二条天皇、後醍醐天皇の御製をも調べたが、いずれも類型を出ないようで、とりあげるべき特異な例はみられなかった。

(8) これは、和歌では、四季としては、重点は春と秋におかれ、それは四季の部立が見られはじめる『万葉』の時代からのことである。八代集はもとより、十三代集においても例外ではない。そうした一種の伝統の中において、他集とくらべて、比較的夏の季に重きをおくことを意図したのが『玉葉集』であり『風雅集』のようである。もとより、両集ともその入集数が多いからではあるが、ともかく実数の上では、夏の部立の歌数は『玉葉集』一五六、『風雅集』一四五で、二十一代集中、一位、二位を占めている。そのために「すゞし」の量も自ら多くなっているとも言えるかもしれない。（注5を御参照下さい。）

(9) 詳しくは別稿「色彩の寒暖感―枕草子を中心として―」を御参照願いたい。「秋きぬとまだしら露のせきもあへず枕すゞしき暁のとこ」（新拾遺集　一五八六）などもあるが、このしら露の「しら」は「知ら」とかけてあり、しらの白の色彩から直接「すゞし」が生まれたとは言えぬようである。

(10) 『伏見天皇御製集』（国民精神文化研究所　目黒書店　昭和18・5）
『御製集　第三巻』（花園院御集、後伏見院御製集）（列聖全集編纂会　大正11・3）
『永福門院』（佐佐木治綱　生活社　昭和18・5）
『京極為兼』（土岐善麿　西郊書房　昭和22・10）
『群書類従　第八集』（京極派の人々の融合）（経済雑誌社　明治32・8）
「京極派和歌の新資料とその意義」（次田香澄「二松学舎大学論集」昭和37年度　昭和38・3）
「為兼評語等を含む和歌新資料―西園寺実兼をめぐって」（「語文」第十七輯　昭和39・3）
「翻刻と解説伏見院廿番歌合」（井上宗雄「立教大学日本文学」第九号　昭和37・11）
『未刊中世歌合集下』（「古典文庫」第一四七冊　昭和34・10）
『続群書類従　巻十五の下』（正安元年五種歌合、歌合後光厳院御宇文和之比）
『桂宮本叢書　私家集八』（権大納言俊光集）
『続群書類従　十五輯上』（金玉歌合）
『続群書類従　十五輯下』（光厳院御集）
『続群書類従　十六輯下』（権大納言典侍集）など

(11)『御製集　第三巻』では、後伏見天皇

(12)『続群書類従』三四二頁上には「る」とあり。

(13)（1）と同論

(14)『新千載集』に「九重の庭の呉竹ふくかぜも清くすゞしきこゑかよふなり」（三〇〇）と、『新続古今集』の「名にしおおへば砌にたえぬみかは水清く涼しき流なりけり」（三二七）

(15)（1）と同論

「清し」と、「清げ」「清ら」については、「「清」の展開―「清し」と「清げ」「清ら」と」『色彩と文芸美―古典における―』（笠間書院　昭和46・10）に所収

「すさまじ」――『玉葉』・『風雅』の一世界

「すさまじ」は、和歌の世界には、上代はもとより、中古においても、殆ど形象されず、勅撰集では、『古今集』より『千載集』までの諸集にもみられないようであるし、また、諸私家集にも、その例は僅少で、『古今和歌六帖』にさえ皆無であることがそれをよく物語っているようである。ただ金子金治郎氏[1]は、

老ぬれば南おもてもすさまじやひたおもむきに西を頼まむ（安法法師集）

年くれて我世ふけゆく風の音に心のうちのすさまじきかな（紫式部日記・桂宮本紫式部日記・玉葉集）

なつ山になくうくひすとわれとこそよにすさまじき物にはありけれ（桂宮本行尊大僧正集）

の三首があるとされ、『無名抄』中の「火オコサヌ夏ノスビツノ心地シテ人モスサメススサマシノ身ヤ」、『秋篠月清集』の「凄ましく床も枕もなりはてゝ幾夜有明の月を宿しつ」などの例を、中世に移る時期のもとして示されている。

「すさまじ」は別稿[2]で、和歌と、さらに散文をとおして考察してみたが、もともと用字として「冷」

などがあてられる、いわば、皮膚などに訴える不快な感覚を意味するものであるが、更にそうした知覚から生ずる感情をも意味するようになり、なお、更に、情動としての「荒涼」をも意味し、興ざめの、索莫とした、侘しい、物凄い、殺風景な、というような諸意を含めた意を持つようである。そのため、美的な情動とはおよそ対蹠的なものとして一般には感得されているものであった。別稿にもあげた諸例からもうかがえるように、上代、中古頃の諸作品からは、「めでたし」「おもしろし」「なつかし」「にほふ」「はなやぐ（はなやか）」等とは相反する「心憂」「物うく」「つれづれ」「見所なし」「わびし」「あいなし」「情なし」「はしたなし」「物し」等と相通ずる意をもつもののように考えられる。

しかし、こうした中で『源氏物語』という、時代をはるかに超えた一作品が、「すさまじきもの」すなわち、「すさまじ」とされる対象にこそ、王朝の華麗な美を超えた、もっと内面的な深玄な究極の美が感じられる、ということを強く示しているのである。

中世では、諸作品にこれがどのように形象されているのであろうか。とくに和歌を対象に——それは中古あたりまで前記のように殆どみられなかったが、中世ではいくらかそれが形象されているという、特異な現象がみられることをも含めて——考察してみたい。

中世からの、勅撰集では、『新古今集』に一例、十三代集の、『続古今集』に一例、『玉葉集』に三例、『風雅集』に七例、『新拾遺集』に一例みられる。前にもふれたが、金子氏によれば、『秋篠月清集』に一例、『如願法師集』に一例あると言われる。

さらに、和歌を含み、和歌にかかわりの深い歌論書、歌学書の類も、『新撰髄脳』・『和歌九品』・『近代秀歌』・『詠歌大概』・『後鳥羽院御口伝』・『毎月抄』・『正徹物語』などを探ったがみられなかったし、さらに、『歌苑連署事書』・『和歌庭訓』・『和歌用意條々』・『野守鏡』、あるいは『為兼卿和歌抄』などにも見られない。ただ『無名抄』に前掲の例の他に、長守語云、『述懐の哥共あまたよみ侍し中に、ざれごと哥に、火おこさぬ夏の炭櫃の心地して人もすさめずすさまじの身や』とよめるを、十二になる女子の、是を聞きて『冬の炭櫃こそ火のなきは今少しすさまじけれ。などさはよみ給はぬぞ』と申し侍しに、悲しく難ぜられて述ぶる方なくなん」と語りしこそ、「げに」とお（を）かしく侍しか[3]

という地の文の「すさまじ」がみられる。

なお、『歌合集』の中世篇にも、[4]また河合社歌合・院御歌合、[5]廣田社歌合・御裳濯河歌合、宮河歌合[6]などにも、和歌・判詞の中にはともに見あたらない。[7]

以上のように、歌論書・歌合などの中にみられる和歌はもとより、判詞・歌論などを含めた非常に多くの資料にあたってみたが、その例はまことに少ない。

散文作品には、金子氏によれば、『今昔物語』、『仏教説話集』、『宇治拾遺物語』、『平家物語』、『沙石集』、『松浦宮物語』、『東関紀行』、『増鏡』などにみられると言うことである。私の調べた『大鏡』[8]には三例ほど、『徒然草』[9]にも五例、『中務内侍日記』[10]に一例、また年代はわからぬが『今様』の中（蓬莱山）にも一例みられた。なお、時代を下れば種々の作品にみられるようである。[11]

このように、ややみられるとは言え、中世においても僅かな例であり、とくに、和歌には、特殊な集を除けば、やはり殆ど見られないと言ってよい。

「すさまじ」というのは、文芸の結晶ともいうべき和歌には詠じられがたい性格をもっていた、——それが、伝統に従い守る歌である限りにおいて——と推測できるようである。

以下、そのような「すさまじ」が形象されているのはどのような和歌か、その和歌に「すさまじ」

はどのように形象されているのか、具体的に例をみながら考えてゆきたい。なお、これについては、すでに金子金治郎氏がその御高論で掲示されているので、小稿では次にそれを補足する形で、集名、部立、国歌大観番号、歌題、題詞などと、作者をあげておきたい。

『新古今集』冬歌　五六四〔春日の社の歌合に落葉といふことをよみて奉りし〕藤原ひでよし
『続古今集』秋歌上　三九九　建長二年八月歌合に、月前風　入道前太政大臣
『玉葉集』秋歌下　七二六　秋の御歌の中に　永福門院
〃　冬歌　九〇五　山家冬月といふ事を　西行法師
〃　冬歌　一〇三七　里に侍りけるがしはすのつごもりにうちに参りて御物いみなりければつぼねにうちふしたるに人のいそがしげに行きかふおとを聞きて思ひつゞけゝる　紫式部
『風雅集』秋歌上　四四八〔題しらず〕権中納言俊実
〃　秋歌下　六九九　暮秋雨を　前大僧正覚円
〃　冬歌　七三六〔題しらず〕永福門院
〃　冬歌　八〇六〔題しらず〕院冷泉
〃　冬歌　八三八〔題しらず〕儀子内親王
〃　冬歌　八七八　冬苑の中に　永福門院右衛門督
〃　釈教歌　二〇六七　眉間宝劔と云ふ事を　院御製
『新拾遺集』秋歌下　四一六　卅首の歌召しけるついでに　伏見院御製

これらは勅撰集にみられる「すさまじ」の例である。この他に金子教授の示された『秋篠月清集』、『妙願法師集』に一例ずつの二例がある。中世のこれらの例に、さかのぼって平安の、『安法法師集』、『行尊大僧正集』、『紫式部日記』の中の例を加えても、また、前記の『無名抄』の中の一例を入れても、いずれにしてもその用例は非常に少ない。

これらの「すさまじ」の諸例は、『玉葉集』、『風雅集』に入集している例で殆ど占められているといってよい。

その「すさまじ」の両集の例の詠者をみると、永福門院、俊実、覚円（実兼の男）、院冷泉、儀子内親王、永福門院右衛門督、院（花園院）、で両集の主体となった京極派の歌人達である。また西行は『新古今』の歌人。紫式部も平安歌人で『新古今』にも多く入集している。入道前太政大臣（実氏）は『新勅撰集』から入集しており、為家に推賞された歌人である。ひでよし（秀能・如願）は、『新古今』の歌人。伏見院は言うまでもない京極派の主導歌人。この他、『秋篠月清集』の良経は『新古今集』歌人。『如願法師集』の如願は前記の『新古今集』の例歌の藤原ひでよしと同一人。さかのぼって中古の安法法師は中古三十六哥仙の一人。行尊大僧正は平安末期で『新古今集』にも少なからず入集している。『紫式部日記』の一例は、『玉葉集』に採られているのと同一歌である。

このように、これらの作者は、京極派の歌人と、その他は新古今的な人々、といっても新古今風の華麗な詞句を喜ぶのではなく、もう一面の、たけ高いますらをぶりや、自然にかえって山野の情景を直叙するといった歌人たちのようで、平安は言うまでもないが、中世でも、「すさまじ」の例すべてに京極派と相反する二条派の（歌人による）詠はみられないと言える。[12]

「すさまじ」の詠が、『玉葉』・『風雅』という京極派の集に集中していることは、すでに金子氏も指摘されているところであり、事実、前掲の例をみてもそれが肯定できるであろうが、これは両集の主体となっている京極派の人々の作、つまり、同派の人々の歌合、あるいは家集などの中の作に、はなはだ多くの「すさまじ」が詠じられているのであって、両集のこれらの「すさまじ」は、その一端があらわれているのにすぎない。

私の調べた範囲の京極派の資料には、「すさまじ」の例が計五十余首[13]にも及んでいる。『古今集』より『新続古今集』までの二十一代集三三七一一首（『玉葉』・『風雅』二集を除くと二八七二三首）の中には、両集の例を除けば殆ど無きに等しい三例であるという、その「すさまじ」が、京極派の作には五十余例もあるということには注目される。もとより、この中には、例えば、「永福門院」の中の例と、「永福門院百番歌合」の中の例、或は『花園院御集』と『光厳院御集』の例とが、それぞれ同一歌である、ということもあり、また各々の集の中には重複歌もないではないが、この二八七二三首中の三例という、他集全部の比率にくらべれば同日の比ではない。

このように、用例数からみても、和歌に「すさまじ」を形象しようとした、と推察されるのは京極派の人々であったと言えるようである。

次に、中世の「すさまじ」の例歌を順次掲げてみることとする。まず、勅撰集には、

①山里の風すさまじき夕暮に木の葉みだれてものぞ悲しき（新古今集　冬歌　五六四）藤原ひでよし

②すむ月の影すさまじくふくる夜にいとゞ秋なる萩の上風（続古今集　秋歌下　三九九）入道前太政大臣

③夕ぐれの庭すさまじき秋風に桐の葉おちて村さめぞふる（玉葉集　秋歌　下七二六）永福門院

④冬枯のすさまじげなる山里に月のすむこそ哀れなりけれ（玉葉集　冬歌　九〇五）西行法師

⑤年くれて我世ふけゆく風の音に心のうちのすさまじき哉（玉葉集　冬歌　一〇三七）紫式部

⑥影弱き木の間の夕日移ろひて秋すさまじき日ぐらしの声（風雅集　秋歌　上四四八）権中納言俊実

⑦庭の面に萩の枯葉は散りしきて音すさまじきゆふ暮の雨（風雅集　秋歌下　六九九）前大僧正覚円

⑧むら〳〵に小松まじれる冬枯の野べ凄じき夕ぐれのあめ（風雅集　冬歌　七三六）永福門院

⑨跡たえてうづまぬ霜ぞすさまじき芝生が上の野べの薄雪（風雅集　冬歌　八〇六）院冷泉

⑩薄曇折り〳〵さむく散る雪にいづるともなき月も凄まじ（風雅集　冬歌　八三八）儀子内親王

⑪残りなく今年も早くくれ竹の嵐にまじるゆきもすさまじ（風雅集　冬歌　八七八）永福門院右衛門督

⑫冴ゆる夜の空高く澄む月よりも置添ふ霜の色はすさまじ（風雅集　秋歌　二〇六七）院御製

⑬秋風の閨すさまじく吹くなべに更けて身にしむ床の月影（新拾遺集　秋歌下　四一六）伏見院御製

これらの作が収載されているようである。これらは、前述のとおり、『玉葉集』・『風雅集』の詠が殆どで、作も両集以外の集でも、『新拾遺集』のは伏見院であるし、『新古今集』の藤原ひでよし、『続古今集』の入道前太政大臣、いずれも前述のとおりで、『玉葉』・『風雅』両集の京極派と、対立する二条派の人々ではない。

このように、上代・中古をとおして和歌の世界に殆ど見られなかった「すさまじ」が、はじめて一群とも言える量で、中世の京極派の『玉葉』・『風雅』両集に形象されているのである。

この京極派に対立する二条派は、父祖の教を遵守し、伝統を墨守していたと言われており、そのことについては別稿で詳しくのべるつもりであるが、そうした派の作に、上代・中古をとおしての和歌にもみられなかった「すさまじ」が、形象されなかったのは当然と言えるかもしれない。

この二条派に反撥し、常套を脱し、新風をおこし、当時の、いわば中世の心を歌い上げようとした京極派が、二条派の詠に無いもの、例えば、この「すさまじ」のようなものを形象しようとしたのは当然とも考えられるようである。このことは、京極派の和歌の性格の一面を探る手だてにもなろうし、また「すさまじ」が因襲を脱しようとする「中世の和歌」[14]としての京極派の詠に多くよまれているということによって、和歌形象における一つの意義も考え得るように思われる。

次に、京極派の諸資料にみられる前記の五十余例を具体的に掲げてみよう。

⑭秋はまだあさけの庭の池の面にはやすさまじき水の色かな（花園院御集　三三六頁・光厳院御集　二八頁）（秋）

⑮今年またはかなく過ぎて秋もたけかはる草木の色もすさまじ（花園院御集　三三六頁・光厳院御集　一六四頁）（秋）

⑯さゆる夜の空高くすむ月よりも置きそふ霜の色はすさまじ（花園院御集　三七八頁・風雅集　二〇六七）

⑰いとはやも風すさまじみそれとなき虫も籬にやゝ鳴きたちぬ（花園院御集　三三六頁・光厳院御集　三〇頁）

⑱しつむ日のよはき光はかへにきへて庭すさまじき秋風の暮（光厳院御集　三九頁）（秋）

⑲秋かせに竹の葉さやくをとふけて月すさまじきこゝのへの庭（権大納言俊光集　一六二頁）（秋）

⑳身にしみてあかつきさむき秋かせにさもすさまじきありあけのかけ（権大納言俊光集　一六六頁）（秋）

㉑世はさむみ色すさまじきまつがえにあらしのをともさえて吹なり（権大納言俊光集　一七三頁）（冬）

㉒時雨つゝ秋すさましき岡のへの尾花にまじる櫨の一本（永福門院　一九五頁・群書類従　一一一七頁）（秋）

㉓夕暮の庭すさまじき秋風に桐の葉おちて村雨ぞふる（永福門院　二七四頁・玉葉集　七二六）（秋）

㉔打はらふ袖にも秋ぞすさましき露霜かかる山の下道（永福門院　二七八頁・群書類従　一一一七下頁）（秋）

㉕むら〳〵に小松まじれる冬枯の野べすさまじき夕暮の雨（永福門院　二八三頁・風雅集　七三六）（冬）

㉖しくれつる雲のたえまに日影見えて秋すさましき夕くれの色（後光厳院御宇文和之比　隆家歌合　続群書類従　二五〇下頁）（秋）

㉗月うすき空すさまじくなかむればしぐれの跡の雲のむら〳〵（康永二年院六首歌合　中世歌合集　一七四頁）（冬）

㉘いまだにも物冷まじき風の音よ（に刈）猶いりたゝむ冬ぞしらるる（康永二年院六首歌合　中世歌合集　一七八頁）（冬）

㉙をとわかぬ木のはしぐれをふきまぜてまどすさまじき風はらふ（すそ小刈）なり（康永二年院六首歌合　中世歌合集　一八四頁）

㉚吹すさふ風すさましく身にしみてよ寒に帰る月そ淋しき（群書類従　六五三上頁）

㉛をかへなるやなきかすゑにのこる日のかけすさましき秋のゆふくれ（次田氏資料　二三頁）（秋）
㉜なかきよに恋うらふれてあきかせの身をすさましみ月かたふきぬ（次田氏資料　四六頁）（冬）
㉝くもりあへぬ月のおもてにそゝきすきて時雨にぬるる影もすさまし（次田氏資料　五一頁）（冬）
㉞つれなくてひとむら見ゆるをささしも色すさましき冬がれのには（次田氏資料　五六頁）（冬）
㉞′しくれすさふ空すさましみうき雲にもるゝ夕日のかけよはくして（次田氏資料　五六頁）（冬）
㉟あきかぜのさむきをかへのやなきかげすさまじき世の色になりぬる（伏見天皇御製集　一一六頁）
（秋）
㊱秋はぎのしたばかれ行庭みれば物すさまじく心さびしき（伏見天皇御製集　一六〇頁）（秋）
㊲枯れわたる野への**尾花**のすゑ寒み風すさましき秋のくれかた（伏見天皇御製集　一六一頁）（秋）
㊳秋風の閨すさましく吹なへにふけて身にしむとこの月影（伏見天皇御製集　三三二頁・新拾遺集
四一六）（秋）
㊴霜きえぬ野原の朝けすさましみ秋ふかき花のうへそしほるゝ（伏見天皇御製集　三四五頁）（秋）
㊵いろもなきくさ木しほれてつく／＼と雨すさましき冬のひくらし（伏見天皇御製集　一七五頁）
（冬）
㊶すさましのけふのなかめやふりかはるゆきより雨のひくらしのやと（伏見天皇御製集　一九五頁）
（冬）
㊷をきそふるみきりのしもにかけしみてさえすさましき冬の夜の月（伏見天皇御製集　二〇〇頁）
（冬）
㊸やゝさむくかせのけしきも吹なりてすさましきよはの月のいろ哉（伏見天皇御製集　一二三〇頁）
（雑）

これらは、私が調査した範囲の資料からであるが、京極派の歌人の、まず自然の景を対象として「すさまじ」を詠じている作をあげたものである。(15)

これらは、京極派の人々にとって「すさまじ」と感受される自然の姿が歌作の対象となり得るものであり、「すさまじ」という情感が和歌という文芸に造型し得るものであると考えられて詠じられた作ということをうかがい知る一つの例である。

「すさまじ」と感じられている対象を含むこれらの景は、歌題、或は、歌の内容から推して、殆ど例外なく、その季は、秋、それも晩秋から冬にかけてであり、けして春や夏ではない。そして一日のうちでは、夕暮から早暁にかけての時刻である。なお、前掲の勅撰集の例のうちの京極派歌人の詠も、ほぼ同様に、その季は、秋、冬であり、時刻は、夕から深更にかけてである。

万花の絢爛とした色どり、木々の瑞々しい新緑、といった大自然の春から夏へかけて、また、木々のもみじの色どりの華麗な初秋、それとは対蹠的な、枯れ、色合を失なって行く蕭條《しょうじょう》とした晩秋から冬へかけての自然、それが「すさまじ」の季《き》であり、明るく輝く昼間とはうらはらの、光の消えたほの暗い夕—暁、それが「すさまじ」の刻《とき》である。京極派の人々はこうした世界に「すさまじ」を感じとったとも言えるし、「すさまじ」がこうした境を表現するにふさわしいことばである、と考えたとも推測されるのである。

次に、『玉葉』・『風雅』の集や、京極派関係の作で、「すさまじ」が直接対象としている物象をみると、③㉓夕ぐれの庭④冬枯⑥秋の夕のひぐらしの声⑤歳暮の深更に吹く風の音⑦枯葉の上に降る秋の夕暮の雨の音⑧㉕冬枯の野の夕暮の雨⑨霜⑩雪の合間に出るともなしの月⑪嵐にまじる雪⑫⑯霜の色(比喩)⑬夜更けの秋風⑭池の水の色⑮変じた草木の色⑰風⑱夕暮の庭の秋風⑲秋の夜更けの月⑳ありあけの光㉑寒い冬の松の色㉒時雨の岡の辺㉔露霜のかかる袖㉖秋の夕暮の色㉗冬の月うすき空㉘冬の風の音㉙窓に吹きはらふ風㉚夜寒に吹きすさぶ風㉛柳の末に残る夕日のかげ㉜夜更けの秋風㉝時雨にぬれた月の影㉞小笹の色㉞'しくれすさぶ空㉟柳かげの色㊱秋萩の下葉枯れゆく庭㊲秋の暮れ方の風㊳閨に吹く秋風㊴霜消えぬ野原の朝け㊵一日中降り続く冬の雨㊶冬の日暮しのながめ㊷冴えた冬の夜の月㊸夜半の月の色、等である。

　これらの直接の対象となった物象と、更にそれにかかわる風物は、③㉓秋風④山里⑤老を感ずる心中⑥秋の弱い木の間のうつろふ夕日⑦萩の枯葉の散りしいた庭の面⑧㉕むら〳〵に小松のまじった冬枯の野辺⑨野辺の芝生の上の薄雪⑩薄雲で時々散る雪⑪年のくれの嵐⑫⑯冴ゆる夜の澄む月と比して一層冷やかな霜（宝剱の比喩）⑬夜更けの身にしむ月⑭朝明け⑮晩秋⑰虫の鳴きそめる頃の秋風⑱秋の弱い夕日の、壁に消えた庭⑲夜更けの竹の葉ずれの音⑳身にしみて寒い暁の秋風㉑嵐の音も冴えて吹く冬の寒さ㉒時雨れている岡の辺㉔秋の山の下道のつめたい露霜㉖時雨れた雲の絶え間に見える弱い日の光㉗しぐれのあとにのこる雲㉘冬㉙木の葉しぐれを吹きまぜた風㉚夜寒の月㉛秋の夕暮㉜月のかたぶいた夜更け㉝くもりあへぬ月㉞冬枯の庭㉞'うき雲にもるゝ夕日の弱い影㉟秋風の寒い岡辺㊲枯れわたる尾花の末の寒げな姿㊳夜更けの身にしむ床の月影㊴秋ふかく霜でしおれている花㊵冬枯の、色も無くなった草木の雨にしおれた姿㊶雪から雨に降り変る景㊷霜によって冴えしみている月㊸風の様子も寒くなった夜半等、であり、いずれもひえ〳〵とした枯れた様相の風物で「すさまじ」の直接の対象と融合して、前にも述べた境が更に醸成されるにふさわしくなるように設定されているようである。

　以上に記したような自然では、④冬枯の山里⑧㉕小松のまじる冬枯の野㉟秋の寒風に吹かれている柳の姿㉑冬の松の色㉞冬枯の庭にのこる小笹の色㉒秋の尾花㊲枯れた尾花㊱下葉の枯れた秋萩㊵しおれて色もない草木⑮秋になって変る草木の色などの、春から夏の瑞々しい、またはなやかな色彩、それが失なわれた、晩秋、冬、からびてさびた色調の世界。

また、⑥秋の弱々しい夕日の光のうつろい⑱秋の夕日の壁に消える弱い光㉛柳にのこる夕日かげ㉖しぐれの雲の絶間に日影がみえながら暮れていく夕景㉞うき雲にもれる弱い夕陽。このような、さし登る朝日の光輝でもない、昼間の熾烈な太陽の輝きでもない、弱々しい夕陽の、それも、とくに、秋から冬の頃の、かげりのうみ出す色合の世界。

⑭或は、秋の朝明の池の水の色のような、ひえびえとした寒冷な色調、そして、㊶雪―雨⑪雪⑨⑫⑯㊴霜などの、冷ややかな白さ、⑳㊸②㉗㉝⑩㊷「をきそふるみきりのしもにかけしみてさえすさましき冬の夜の月」によって言いあらわされるような冴えてしみたような寒月の氷のような光彩の世界。

このように、「すさまじ」の感得されるのは、冬枯のいろどりを喪失した色調、暗黒へとうすれてゆく夕陽の残照、雪、霜などの冷たい白光、寒月の氷しみた銀の光、などの光彩の世界からであった。そして、①「ものぞ悲しき」④「あはれなりけれ」㉚「淋しき」㉜「うらぶれて」㊱「心さびしき」㊵「つく〲と」のような、孤独な、身に沁みるような悲哀の情、寥々と、寂莫とした心情が生まれている。

中古の物語などからも知られるが、古来から、冬の月は「すさまじき」ためしとされ、これを賞翫し、これに美を感ずる者はなかったと言われている。[16] 前掲の京極派の諸例には、自然の景の詠の中で、冬の月が「すさまじき」ものとして多く詠じられている。ただそれは冬の月が、たんに「すさまじき」ものとして終るのではなく、その伝統を知りながらも、却ってそれを破って、これを観賞し、それにあらたな美を感じているのであり、ともかく、これを和歌という、文芸にとりあげた点に京極派の新風とも言える創造性がある。

「すさまじき」ためしとされた冬の月に対して、京極派の人の中にはこれを「ゆきけなる雲にあらしはふきあれてさむきゆふへの月そまたるる」（権大納言俊光集　一七三頁）の、「またるる」のように、観賞すべく待望をさえしているように思われ、歌作の場で、彼等にとっては、文芸的な美的な心情がそそられるものでさえあったようである。

この冬の月は、京極派では、冬の月さながらの秋の月をも「すさまじ」として和歌にとりあげる、というように、拡大さえされている。和歌の世界で最も観賞される秋の月の、常套的な美から、京極派では、更に、それを越えて、非美を意味した「すさまじき」という世界にこれを引き入れて、そこにあらたな特異な美を形象しているとも言えるようである。

和歌では、『古今集』以降、殆どすべての勅撰集で、四季の部立のうちで、春と秋の季の歌が、夏、冬の作より多いことは、四季各々の歌数の比からも知られることである。こうした中で、『玉葉集』、『風雅集』は、『古今集』以来の長い伝統に據らず、冬、或は夏の作、とくに晩秋、冬の朝の作が、実数の上からも他集のそれをはるかに超えて多い。

それは、この季の風物を対象としての作が多いことと、そうした季に歌作への心を動かされたろうこととは、他集にほとんどよまれなかった「すさまじ」が両集に一群となって見られることと軌を一にするように推測される。

更に、前にものべたが、冬の月が「すさまじき」ためしとされている、とすでに『源氏物語』にものべられているが、そうした意味からも、これを、和歌の中に探ってみると、月が歌題になっている例も、また歌作の中によみこまれている例もあるが、八代集では、『新古今集』のみが二七例で、あとの各集は平均四例以下であり、十三代集では各集の平均が十四例で、二十例をこえるのは、『新拾遺集』、『玉葉集』、『風雅集』だけである。十三代集は非京極派的な集が殆どであり、二十例をこえるのは『新拾遺集』一集のみである。しかし、それにくらべ、京極派の『玉葉』・『風雅』の二集は、そろって二十例をこえている。ちなみに、『古今和歌六帖』にも（月が歌題にある詠のみを見たのであるが）冬のは五首にすぎない。(17)

このように、冬の月の詠が少ないのは、和歌の場合は常套的なことであるにかかわらず、京極派の両集は、そろって、実数の上からこれが多いのである。

これらにみられる冬の月は、「氷る」（三一例）「冴える」（二六例）「寒けき」（九例）「澄む」（三例）「身にしむ」（一例）「つめたし」（一例）。そして「磨く」（五例）などと描かれ、これによって「清し」（三例）「さやけき」（三例）「悲しき」（一例）「淋しき」（三例）「哀れ」（二例）のような情動・情趣が生まれている。

そして、夕から暁へかけての暗《くらさ》の黒を背景に、白（白妙）（五例）、「しらむ」（二例）、或は、白雲（三例）・雪（四例）・霜（一例）・氷（一例）にたとえられるような白さの色合で形象されているのである。

とくに、両集以外の京極派の作(18)の冬の月をみると、「さえる」（一六例）「氷る」（五例）「寒し」（一三例）「磨く」（三例）「しみる（さえしみる）」（五例）「すみとおる」（一例）などとよまれ、「さびし」（一例）という感情、或はまた「さやけし」（三例）「清き」（一例）「あはれ」（二例）などの美的情緒も生まれている。そして、両集と同じように、京極派の歌にも「しらむ」（三例）、或は、白雪（五例）、雪（三例）にたとえられるような光を含むほの白さで形象されている。

このように「すさまじき」ためしとされた冬の月の姿は、勅撰集の中の両集、或はそれ以外の京極派の資料にみられる作をとおして、氷のような冴え、身にしみとおるような純一な清さ、深い哀感、ほの白い暗く沈潜した美を備えていることがわかるのである。冬の月の持つこれらの諸相に感受される情動が「すさまじ」である、というこうしたことからも、「すさまじ」の持つ性格がうかがい知られるようである。

「すさまじ」は、別稿(19)で考察したように、『源氏物語』で、

> 冬の夜の澄める月に、雪の光（り）あひたる空こそ、あやしう、色なきものの、身にしみて、この世のほかの事まで思ひ流され、面白さもあはれさも残らぬ折なれ。すさまじきためしに言ひ置きけん人の、心浅さよ（朝顔二―二六六頁）

とのべられ、極寒の月と白雪の映じあう空こそ、その「色なきもの」の姿が身にしみて、「面白さもあはれさも残らぬ折なれ」のように、すべての情感の諸相を含む無欠の美が感じとられる折であるとしている。

紫式部は物語の中で、ありきたりの従来からの常識に従って、「すさまじき」ためしと言っている人の観賞眼の低さ、美意識の浅薄さを、「心浅さよ」と痛烈に批判している。一般には非美な対象とされているものにこそ、却って眞の、深い極限の美が存在する、ということを強く示してみせているようである。

そして、「すさまじ」は、中世に至っては、『無名抄』の（俊恵歌躰定事）の條に、俊恵の言《げん》として、

> 匡房卿哥に、**白**雲と見ゆるにしるしみよし野の吉野の山の花盛りかも　是こそは良き哥の本とは覚え侍れ。させる秀句もなく、飾れる詞もなけれど、〔姿〕うるはしく清げにいひ下して、長高くとを（ほ）しろき也。たとへば、**白き**色の異なる匂ひもなけれど、諸の色に優れたるがごとし。

万の事、極まりてかしこきは、あはくすさまじきなり。[20]

とある。「良き哥の本」とさえ評される程の価値高い芸術的な歌体を「白き色」にたとえ、丁度、白が格別な美しさがあるのではないけれど、却ってそれが、種々様々ないろどりを持ったあらゆる色彩にまさってすぐれているようなものだ、と述べている。

そして、「万の事極まりてかしこきは」という、何事につけても最もすぐれたことというのは、「あはくすさまじきなり」で、淡白で「すさまじき」であるという。ここで、「よき哥の本」とされる作の「させる秀句もなく、飾れる詞もなけれど、〔姿〕うるはしく清げにいひ下して、長高く**とを（ほ）しろき也**」という姿から生ずる文芸的な美は、白が、色として、「異なる匂ひもなけれど」という評価でありながら、それが「諸の色に優れたるがごとし」と価値づけられるのと一致する。そして、これを含めて、「万の事極まりてかしこき」は「あはくすさまじきなり」と結論づけているのである。「あはくすさまじき」が「万の事極まりてかしこき」という程の無上の価値を与えられ、それは、よき哥の本とされる程の歌体の持つ最高度の価値、またあらゆる色に優れているといわれる程の白の価値、によって具体的に示されているのである。そして、『無名抄』の中で「あはくすさまじ」は、前記のように、「うるはし」「清げ」「長高し」「とをしろし」の美とも相通ずるものをもち、白の持つ性格で象徴されるものでもある、とのべられている。

中古では、まだ「すさまじ」は美的情趣とは対蹠的とも言える非美的な情動を意味するものであったが、紫式部は、そのような「すさまじ」き代表と言いならされている対象に向い、当時のその平凡な常識を打破して、それにこそ無上の美が感じられる、と、そのことを断固として示したのである。

中世になっては、この『源氏物語』のように、すさまじき対象に対して、無上の美的情趣が感じられるということから、『無名抄』に示されるように、これからもっと進んで、「すさまじ」そのものが、良き哥の本とされる歌躰、諸《もろもろ》の色に優れているとされる白によって象徴され、それらから感得される情趣そのものを意味するものとなり、「極まりてかしこき」という完璧とも言える評価を与えられるような意義を「すさまじ」が持つようになったと推測される。

『神田本白氏文集』[21]に、「仙人琪樹ハ**白**無色《スサマシ》」（巻四　牡丹芳）とあり、冷・白は、観智院名義抄にスサマジスサマシの訓をあげているが、金子金治郎氏は、それはその実例となると言われている。『和漢朗詠集』[22]に「**青**嵐吹いて皓月《こうげつ》冷じ」（為雅　巻下二一五頁）とあり、「すさまじ」の対象の皓月は、青嵐の青に対して文飾上からも皓に白の意義を含ませていると考えられる。

「すさまじ」は前記の『源氏物語』の「色なきもの」、『無名抄』の「白き色」、またこれらの、「白無色」或は「皓《しろい》」など、「すさまじ」がかかわるものは、色の無いもの、色とも言えぬ白によって象徴されている。色のないもの、白、によって示されるように、万物の様々な事象をすべて捨象し、それを超えた、純一無雑の境に感受される情趣であることを意味していると言えるのではないかと考えられる。

このことは、和歌にみられる定型的な「白《しろ》」を、時々刻々の動きを示す「しらむ」に、更にそれを美的流動的な「にほひしらみ」へと進めてゆき、陳腐な「白」という色彩を示すものから、光彩とも言える新しい動的な美を意味する特異なものへと導いていった、このことは京極派の人々の文芸的な美への意識と軌を一にするように考えられる。

「すさまじ」は、上代でもない、中古でもない、中世の、そして伝統に従い、家学を墨守する歌人たちではない、つまり、京極派の人々によって、和歌の世界に生かされ、類型を破った異風の美的意義を与えられたとも言えるようである。これは、京極派の人々に、「すさまじ」き対象に心の対《むか》う境地があり、「すさまじ」を、一種の美的情趣としてそれを和歌に形象しようとする、文芸への意欲があったからと言えるようである。このことをも含めて、京極派の、伝統を脱した新しさを創造しようとする意識は、中世に、現に生きている人々の心底のあり方が投影されたものとも推察され、一端ではあるが、中世は「すさまじ」の異風の美を指向する時代性があったとも考えられるのである。

○

それでは「すさまじ」とは、どのような場から生まれる心情・情趣であったか、前記のとおり用例が少ないので、京極派の和歌以外からそれを探ることはあまりできないが、例えば、

長押の下に火近く取寄せて、さしつどひて扁をぞつく。『あなうれし。とくおはせ』など見つけて言へど、すさまじき心地して、なにしにのぼりつらむと覚ゆ」（枕草子一一五頁）、
「例の、人〳〵はいぎたなきに、ひと所は、すゞろに、すさまじくおぼしつゞけらるれど」（源氏物語　帚木一―一〇六頁）

などという、自己の周辺の環境とは一人異なる場から生まれる孤独の心情であったことがわかる例もある。

それは、「としくれてわが世ふけゆく風の音に心のうちのすさまじきかな」（紫式部日記四八四頁）によって一層明確に理解できるようである。これは、

しはすの廿九日にまゐる。…夜いたう更けにけり。心ぼそくうちふしたるに、前なる人々の、『う

ちわたりはなほいとけはひことなりけり。里にては、いまは寝なましものを、さもいざとき、履のしげさかな』と、いろめかしくいひゐたるを聞きて（同四八三〜四八四頁）

とある。眠ってなどいられない履音のはげしさだ、という場にありながら、自分のみがそれに同調し得ない心境にあり、ただ一人で心細く打臥している。つまり精神的に孤である、その境から生まれる情動である。それは我のみがそうであり、却って背景や周辺はそれとは逆の現象、例えば、多勢とか、賑やかとか、そうした状況にある。背景との対比によって、一層強く、言い知れぬ淋しさ悲しさが感じられる孤の場から生まれる情動、と言ってもよいようである。この例歌は、後述するが、『玉葉集』に入集している。

なお、「すさまじ」にかかわる他の心情・情趣などから「すさまじ」の生まれる場が推察される例が、前掲の諸歌作中にもみられるが、京極派以外の例は①「ものぞ悲しき」のみで、あとは京極派の集の中の作ばかりである。それには④「哀れなりけれ」㉚「淋しき」㉜「うらふれて」㊱「心さひしき」㊵「つく〳〵と」等がある。これらの心情のおこる場を共通の場に「すさまじ」は感じられるものであることが知られる。

次にそうした一面をみるために、更に京極派の例を掲げてみよう。

㊹なかつきや秋もいまはとふけまさる我よの月のすさまじの身や（伏見天皇御製集　一三七頁）

㊺すさまじくなへてものうき心にはうけてきゝみることそまれなる（伏見天皇御製集　二七〇頁）

㊻としくれてあれたるそらのゆきあられふるにつけてはすさましの世や（伏見天皇御製集　二一二頁）

㊼にはさむみしものうへなる月みれはわかよふけぬるかけもすさまし（伏見天皇御製集　一九六頁）
㊽ふくるよのしもの庭なる月かけのすさましながら世にもふるかな（伏見天皇御製集　一八八頁）
㊾かけふけてすさましき身のたくひかなしもの庭なるありあけの月（伏見天皇御製集　一八四頁）
㊾'めくりくる四のついてのをはりとて物すさましきおもかけそある（看聞日記紙背文書[23]）（歳暮）

などにみられるように、秋と、あとはすべて冬の季という、自然の最も荒涼とした景と、作者の心が、懸詞といった修辞上の技巧を使っているとは言え、真実重なりあい、「ふけまさる」「わがよふけぬる」「世にもふる」「としくれて……経る」「なへてものうき心」「うけてきゝみることそまれなる」といった、自己をみつめる心のすがたが、そのまま自然の景象の形をとっている。

夜更けの月、有明の月、氷のような霜の上の月光、荒れた空の雪あられ、そして、歳暮の世相等が、作者の心と一体となり、その作者の心の姿が投影された景に、「すさまじ」が生まれているように考えられる。一年で言えば年の最後、一日で言えば深更から早暁にかけての空、とくに照らす身にしみいる氷るような寒月。自然は冷酷な冬、人生行路においては、老や死に向う年令。こうした自然の景象と人間の心とが一つになった境地に「すさまじ」が生まれる。言いかえれば、自己の心の相と、自然の現象という、異なった範疇のものが、「すさまじ」によって融合される、そうした世界を和歌という文芸に創造し、みせていることがこれらの作から知られるのである。

京極派の歌人ではないが、前述の平安時代の紫式部の「すさまじ」の作が、『玉葉集』に「里に侍りけるがしはすのつごもりにうちに参りて御物いみなりければつぼねにうちふしたるに人のいそがしげに行きかふおとを聞きて思ひつづけける」と、詳しい詞書をつけて載せられている。淋しい静かな実家から土御門殿の局に帰参した、それが丁度師走のつごもりという、もっとも世間では、あわただしい折で、自室で一人臥している彼女の耳に多くの人々の往来する物音が聞えてくる。現世の俗事に追われて右往左往立ち働き生きている人々、そうしたいかにも世俗的なその時、その場の環境、それとは次元を異にした自己の生《せい》を、「としくれてわが世ふけゆく」と「思ひつづけける」、凝視し思索し続ける、そうした彼女の耳に入ってくる景としての深夜の寒風の音、その心と景象が融合されて「心のうちのすさまじきかな」の詠唱がそのまま生まれたのであろう。人生のたそがれにおける「すさまじ」よりも、その上に周囲と相容れぬ自己の孤独の姿を凝視する境にあるこうした例の方が、一層深刻な「すさまじ」の生まれる場と言えるであろう。

詞書にある歌作の詳しい事情と共にこの作を入集させている、このことに『玉葉集』の「すさまじ」に対する態度が知られ、それをとおして、京極派の作の性格をも推察できるように考えられる。

このような「すさまじ」に類する例は、京極派の歌人は、例えば、

(50)いたつらに時しもわかぬはるのゆきのすさましき世にわれそありふる（伏見天皇御製集　一〇頁）
(51)いたつらにうれへはつもる春のゆきのすさましき世にふるそものうき（伏見天皇御製集　六六頁）
(52)春とてそ世はかすむなるやまふかみ猶ふるゆきのすさましの身や（伏見天皇御製集　五〇頁）
(53)なへて世はたたすさましき心ちしてはるになるらん時もしられす（次田氏資料　一七頁）
(54)むかはれぬこゝろのはるはすさましみ**はな**もかすみもほかにしそ思（伏見天皇御製集　三一頁）
(55)すさましき心のそこのとしのくれはるにむかはんほとそはるけき（伏見天皇御製集　三一四頁）
(56)はるへとて又かすみたつ時はあれと我身ひとつはすさましの世や（伏見天皇御製集　七一頁）
(57)なぞやわがこころひとつのすさましき世はかすみたちはるになれとも（伏見天皇御製集　七一頁）

などがある。

㊺以外はいずれも春の季の詠である。季そのものが、これまでの通常の「すさまじ」の作のそれとはまったく相反している。㊿51 52などは、冬の季に降るべき雪が、春になっても折をたがえて降る、そうした雪の「降る」と自《おの》れの生きながらえている意の世に「経る」とをかけたのだと言えばそれまでであるが、そうした修辞上のことよりも、四季のことで最も明るく華やかな春の中に、冷ややかな、暗い冬のものである雪を設定する、つまり、外景そのものが、すでに紫式部の例と同じような違和、孤独の相をみせている。このような景は、我《われ》の心がそれを捉えたのであり、それは自己の心の相が具体的に形をとって景となったものとも言えるようである。そうした景と心のあり方とが一つになった境に「すさまじ」が生まれている。(24)

作者伏見天皇は、「いたつらに……われそありふる」「いたつらにうれへはつもる」「世にふるそものうき」などでも示しているように、我の生の、空しく経過してゆく姿に、救いがたい空虚さ、底知れぬ憂いを抱き、それが「我身ひとつは」「わがこころひとつの」といった、絶海の孤島におけるような悲痛な、孤そのものの自己の心境から生まれる根深い、どうにもいやされぬものであることを語っているようであって、「すさまじ」の〝すさまじさ〟がこれらに言い盡くされているようである。

春にそむいて降る雪、それと同じように、明るくはなやかで浮々とした春へと自然は移り動いて行く、その春の季に（明日は春といふ日にも）おのれの身は在りながら、「はるになるらん時もしられす」、「**はな**もかすみもほかにしそ思」、「はるにむかはんほとそはるけき」、「世はかすみたちはるになれとも」のように、どうしても、我の心はその中へ、内面へ、同化して行けない。春がそうした性格の季であるからこそ、なお従い得ないであろうような、そうした自己をじっと視つめ、自己の心の孤影を詠嘆する。これらの自然も、作者にとって「こゝろのはる」「心のそこのとしのくれ」であり、自然そのものというより、心のそれであった。つまり、外界の景象もそれであると共に、また、一層直接には自己の内面の心象風景もそれであった。これはそこまで自己を見つめ、そこまで外界の世界を持ってくるという、作者の境地の深さをおのずから語っていると言えるようである。

そして、更に作者の心は、そうした自己のあり方を「なぞやわがこころひとつの」の、「なぞや」のように、もう一つのさめた自己の心が、〝何故〟と、その理由を分析し思索しようとしている、そのような思惟の世界を捉え形象する、心的状態にまで到っている。

「すさまじ」は、作者のこうした境地、心的状態をとおして生まれるという、深められた情動となっている場合もあるのである。

「すさまじ」の意義には、当時の世の中の流れ、運行に従い、安易に住《じゅう》し、生《せい》を営む人々、それにはどうしてもなり得ない人間が、その自己の心をじっと見守り内面へ内面へと思索を続けてゆく、そうした運命を背負っている人の心の嘆きの相が託され凝集されているのではないかと考えられる。

自然にたとえれば、春に対する冬の景のような、そして、人生にたとえれば、青春に対する晩年のような、そうした場・境地から生まれる「すさまじ」、それが、常套的な美を美とする伝統をふまえた和歌に、殆どみられないのは当然のことであろう。それにもかかわらず、中世では、これが、京極派歌人によって、少なからずよまれているのである。そして、これらの中から僅かであるが、勅撰集の『玉葉集』、『風雅集』に入集している。それは、京極派の例歌の数から言えば僅かと言えるものの、それすら諸勅撰集の中ではみられぬ程の量なのである。つまり、それほど和歌における「すさまじ」は他集に殆んどみられぬ京極派特有のものとさえ言えるのである。

蕭條とした樹木。沁みとおるような、冷《ひ》ややかな雪、霜、寒月。夕暮から早暁にかけての空の微かな白光。

様々な色彩を捨象した色とも言えぬ、それらが象徴する、平凡な通常の美でない美の世界に生ずる「すさまじ」を、和歌に形象し得たのは、そして、「すさまじ」き対象に美を感じることから、もっと進んで、ある場合には「すさまじ」そのものが特異な美の意識を意味するものであるとして、これを和歌に形象し得たというのは、ここに述べたような、心の状態にあり、そして境にあり得ることもあった人々、すなわち、京極派の歌人たちであったのである。

「すさまじ」は古来の伝統的な歌境に安住することなく、中世の、その当時に生きた人々の心から生まれたものであり、それはその時代に真実に生きた為に、ある場合には、却ってその時代のあり方に違和感をもつこともあった人々のためのものでもあった。花園天皇の宸記に「今夜良辰、明月不晴、空望陰雲、無人無極、今日供花無人、冷然無極」（二一二上頁）「陰晴不従　朝間飛雪時々散　後日冷然無極」（二二五上頁）などとあり、またとくに「諸人冷然無極、閑居之中無参仕人、諸人皆属時権、誰人訪閑居乎」（二二五上頁）などを見ると、この冷然の意は明らかでないが、名義抄の「冷《スサマジ》」の意などに通うとすれば、京極派の主導的立場にあった花園院が、このような境地にあったことも「すさまじ」の和歌の生まれた基盤となるのではないかと考えられる。渾沌とし、騒然として、権勢にあけくれる世の営みに、眞に奈辺に生くべきかを知らず、ただ今日々々の進退に汲々としている人々の様を、透徹した眼で見きわめながら、それと共に、むしろ一層自己の心を凝視し、そこから真実の生《せい》の姿を汲み取ろうとする。

それ故、「すさまじ」も、従来のそれとは意を異にし、価値を転換して、芸術的な眞、自己の心の深玄な面を追及するものとして形象され得る面があったと考えられるのである。

「すさまじ」関係

金子金治郎　「連歌の「すさまじ」」（「連歌俳諧研究」33　昭和42・9）
〃　「すさまじ考――新撰菟玖波集を起点に――」（「文学・語学」45　昭和42・9）
〃　「「すさまじ」の異物・異境性」（「中世文芸」42　昭和43・3）
竹松　宏章　「すさまじきもの」（「国文学」2巻1号　昭和31・12）

注

(1)「連歌の「すさまじ」」（「連歌俳諧研究」33　昭和42・9）
(2)別稿「すさましきもの――源氏物語の指向するもの――」
(3)『歌論集　能楽論集』（日本古典文学大系）六九～七〇頁。
(4)『歌合集』（日本古典文学大系）。
(5)以上『群書類従』第一九九第二〇〇に掲載されている。
(6)以上　峯岸義秋『歌合集』（日本古典全書）。
(7)「荒涼」という語が、中古においても「歌合集」（古代篇　八二頁）、中世では『歌合集』（中世篇　三九四、四一八頁）にみられ、また、「院御歌合」（『群書類従』第二〇〇）の判詞、また『無名抄』（三九、四三頁）、大鏡（一三〇頁）にみられるが、これは「すさまじ」の意ではあろうが、「すさまじ」とよまれていないのでここでは採らなかった。
(8)『大鏡』日本古典文学大系（一八四、一八八、一八九頁）。
(9)『徒然草』（一〇六、一七二、一七六、二〇七、二四三頁）。
(10)中務内侍日記（有朋堂書店　昭和4・1）。
(11)『お伽草子』四四〇頁。『太平記』二―二六、三二三、三九四頁。三―三九四、四三五、四四四、四五九、四六〇、四七八頁。『膝栗毛』一四五、一六六、二一四、四一〇頁。『近松浄瑠璃集下』二九五頁。『謡曲集』上―三三五、三四六、三五五頁。下―三六、三六、三八、一四八、一六六、二一一、二六〇、三七三、

三七三、三八八、三九〇、四一六頁。いずれも日本古典文学大系。

(12) 金子金治郎氏は、新葉集にみられるとのべておられるが、小稿では、小稿で調査した範囲においてはみられないと言うことである。

(13)『伏見天皇御製集』(10・31・37・50・51・66・71・116・137・160・161・175・184・188・195・196・200・212・214・270・330・332・345頁)。佐佐木治綱『永福門院』(195・247・278・283頁)。『花園院御集』(336・336・360・378頁)『光厳院御集』(『続群書類従』690下・690下・690下・696上頁)。『権大納言俊光集』(162・166頁)(『桂宮本叢書』私家集八)。「(後光厳院御宇文和之比)歌合」(『続群書類従』巻十五下 250下頁)。「康永二年院六首歌合」(「中世歌合集」古典文庫 174・178・184頁)。「八月十五夜歌合」(『群書類従』653上頁)。「看聞御記」(「図書寮叢刊」昭40・(鹿目俊彦「藤原定義書陵部蔵「看聞御記」の紙背文書 巻五・六・七)について」(「語文」34輯)。「永福門院百番歌合」(『群書類従』1117下・1117下・1118下頁)。「徽安門院一条集など」(次田香澄『京極派和歌の新資料』17・23・44・46・51・56頁)。

(14) 別稿

(15) P17の例歌は歌題は「眉間宝剱といふ事を」とあり、釈教歌であるが、自然の景象によって詠じている。

(16) 別稿「すさまじきもの――源氏物語の指向するもの――」

(17) 春―4、夏―7、秋―22、冬―5。

(18) 玉葉・風雅集にとられている以外の例である。

(19) 別稿「すさまじきもの――源氏物語の指向するもの――」

(20)『歌論書　能楽論書』(日本古典文学大系)。

(21) 天永四年の点で、院政期のもので確かな資料。

(22)『和漢朗詠集　梁塵秘抄』(日本古典文学大系)。

(23) 鹿目俊彦「藤原定成について」(「語文」34輯　昭和46・3)。

(24)「すさまじき心もさすがはるやしるはなやかすみの時いひかわし」(伏見天皇御製集　五一頁)この例なども、「さすが」とあり、その点に作者のこれらの例と同じ心情であることが推察されるところがある。

薄明《はくめい》の桜――『玉葉集』・『風雅集』にみる

人間が自然から疎外されつつある現代においてさえ、なお、自然美への憧憬として、そして、日本人の心性の象徴として、生き続けているものの一つに桜花があり、その美は、いつの世にも人口に膾炙され、詩歌にも讃美され詠唱されている。

日本の文学の中でも、特に平安時代あたりからは、ただ「はな」、と言えば桜花を指した。つまり、桜が万花を代表するものとされたのであって、日本人の桜に抱く心情がよく知られる。

日本原産の桜が描く美の軌跡を、それにふさわしい和歌の世界に探り、上代から中古、さらに中世へと概観すると、その長い道程において、多くの歌の集が、殆ど伝統を守り、定型化された桜を形象している。しかし、その中の一時期の集に、常套の美意識からぬけ出した桜の美的形象がなされているのを見ることができる。それが、『玉葉』・『風雅』の二集のそれである。

この二集の類型を破った桜が、どのような姿のものか、どのような基盤によって形象されたのか、これらの作の歌人達の歌作の場、美への意識などをいささか探ってみたい。

桜[1]は、上代では、『古事記』には歌謡をも含めて桜花そのものの形象はない（人名などはあるが）。

しかし、『日本書紀』には履中紀・允恭紀[2]などに見え、また『万葉集』には少なからずよまれている。『万葉集』にみられる桜は、季の知られるものとしては、春の雑歌（十二例）[3]、春の相聞（二例）[4]、あるいは、二月三月（明記されているもの）の例（九例）[5]があり、春を代表するものとしてよまれている例（四例）[6]をも加えると、すべて春の季に載せられ、その他の季に入れられているものや、その他の季のものとして詠じられている例はない。これは当然のことながら、桜花を春の風物とすることがすでに『万葉』でも定着しているためであろう。

『日本書紀』で、冬十一月に桜花がみられたのを、履中天皇が不思議に思われ「是の**花**、非時にして来れり」と言われ、桜花を探して献上したのに「是の希有しきこと」をよろこばれ、宮の名を磐余稚桜宮とされ、それに関係した人々の姓名を稚桜部造などと改められたとあるが、このことも季節はずれの珍らしさからで、桜の季が決まっていたことのためであろう。

『万葉集』では、「冬ごもり春さり行かば」（6九七一）、「かぎろひの春にしなれば」（6一〇四七）、「霞立つ春に至れば」（3二五七）の作にみられるように、春の風物を代表するものの一つとされ、山峡（17三九六七）や峯の上（9一七七六）など、「なづさひ渡」（9一七五〇）らなくては行けそうにもない、遠い所の桜花をのぞみ、「見渡し」（10一八七二）ており、山傍（17三九七三）、山（3二五七・二六〇、6九七一、7一二一二、8一四二五・一四四〇、9一七四七・一七五一、10一八八七、13三三〇五・三三〇九、20四三九五等）、野辺（6一〇四七、10一八六六等）、坂の麓（9一七五二等）などの、山・野の桜全体を遠望して、その美を賞讃している歌が多い。

桜花は、人に見せたい、共に見たいと願う程の（17三九七〇）、遊宴などのために大切に占領しておこうとする程の（19四一五一）、「なづさひ渡」ってまでも手折りたいと思う程の（9一七五〇）、万葉人にとって、この上ない賞翫の対象であった。そして、嬢子や遊士達が、かざし、蘰にして飾るにふさわしい美しいものともされた（8一四二九）。万葉の人々は桜がこのように讃嘆してやまない程のものであればあるだけに、風に（9一七四八）、雨に（9一七四七）、散るのを惜しみ、散らぬように祈願さえしようとした（9一七五一）のであり、「惜しも」（10一八七〇）と惜愛の情をおさえかねた程であった。[7]

このように愛好され讃美された桜は、「にほふ」（10一八七二）と賞せられる程の美しいものと感じられ、「にほひはもあなに」（8一四二九）のように、その「にほひ」が「はも」と強調され、「あなに」という強い感動を意味する語さえ伴なう程であった。また、「栄《さかえ》」（13三三〇五・三三〇九）という、のぼりつめてゆく盛の美的様相を示す語によって形容されるものでもあり、さらに、上代において光輝の美をあらわす「照らす」[8]（10一八六四）という、語で讃えられるものでもあった。

桜花は『万葉集』において、すでに春の季の自然を代表するものの一つともされ、山野を被うばかりに咲き満ちる姿を眺望して、その美を讃え、散るのを限りなく惜しんだ。桜花の美は、万葉人にとって華麗で輝くばかりの、盛りの物の姿の美として受け取られていたようである。

このような、上代の、主に『万葉集』の桜の形象は、もとより『万葉集』で絶えたものもあるが、概して平安時代の『古今集』をはじめ、それ以降の諸集にも脈々と継承され続けたようである。

次に、中古の和歌の桜を概観しておきたい。『古今集』以降は四季の部立が明らかになるので、当然のことながら春の部立に収められている。『古今集』の、

見渡せば柳**さくら**をこきまぜて都ぞ春のにしきなりける（古今集五六）

のように、桜を含む春の景の華麗な美を讃え、

世の中にたえて**桜**のなかりせば春の心はのどけからまし（同　五三）

のように、桜のために心のどかにもすごすことができない、という人々の心情をはじめ、前記

の『万葉』に見られた桜のあり方は、ほぼ、そのまま踏襲されているようである。ただ、『古今集』の仮名序に「春のあした、吉野の山のさくらは、人麿が心には雲かとのみなむ覚えける」とある、桜を雲などに見立てることは、『古今』になって新しく見られるもので、『万葉』では、人麿はもとより、その他の人の作にも、雲などになぞらえて桜を形象した例はない。(9)『古今』では、雲に見立てられ（五九）遠景の桜を山に積る雪に（六〇）、また散る桜を雪の降るのに（七五）なぞらえる、風に舞う花を遠望して白浪に（八九）たとえる、というように、新たな見立てが開拓されている。

八代集では、『古今集』のこの形象が受け継がれ、桜花は春の部立に収められ、咲くのを待ちのぞみ、満開の美を飽かず賞し、またたく間に散るのを限りなく惜しみ、また、一面の山野の桜を眺望して雲・雪・波・霞などに見立てる、というように、桜花の歌の型はどの集でも殆ど固定し、特に異なった形象はないと言ってよいようである。

このような、中古の、上代を継承すると共に新たな見立てを加えた桜の形象は、次代の『新勅撰集』をはじめとする十三代集でも殆ど変化はないようである。『新勅撰』をみても、どこまでも尋ねる程桜花に執心し（五四・五六等）、散るのを惜しみ（八八・九一等）、雲・雪・月光・波（六九・九二・七八・九七等）に見立てるという定型的な形象が少なくない。これは、その後の『続後撰集』より『新続古今集』に至る各集、（『玉葉』・『風雅』は除く）でも殆どこれと変ることなく、伝統がひき継がれ守られ、類型から出ることはない。

桜は太古より日本人の心を深く捉え、こよなく愛され、賛美され、文芸の世界にも美しく生き続けているが、和歌の分野では、上代で、ほぼその型ができあがり、中古の『古今集』にも、それが継承されると共に、新たなものが加わって一つの型が定着した。それ以降、室町に至る長い年代に多く編まれた諸勅撰においても、その類型を脱し、特に新しい形象がなされることはないようである。

つまり、春に咲くのを待ちこがれ、満開の花を讃え、風・雨に散るのを惜しみ、春陽にはえて山野に爛熳と咲き匂う姿を展望し、霞か雲か雪かと見立てて、その美を謳歌する。このような桜の形象が、和歌における類型であり、伝統的な姿と言えるようである。


こうした相も変らぬ桜に馴れてきた目に、鮮かな新しさをもって映ずる一群の桜の形象を含む集がある。それが冒頭にふれた『玉葉集』・『風雅集』である。

もとよりこの両集にも旧来の型に嵌《はま》った例は少なくない。『玉葉』（桜の用例一八〇首程）でも、『風雅』（桜の用例一五四首程）でも、その半数がそれである。『玉葉』・『風雅』に入集した歌人でも、同じ日本人であれば、いつの世の人々にも共感を持たれた桜の、それが型となってしまう程のあり方に、同感をおぼえぬ筈はないから当然のことであろう。

しかし、他集ではその類型を守り、そこからあえて出ようとはしなかったのに対し、両集では、あらためて自身の、目で見、心に感じた桜の姿を、そして、その美を追求しようとしたと考えられ、それによる新たな桜の形象がなされていると言えるようである。

盛りとは昨日も見えし**花**の色のなほ咲きかをる木々の曙（風雅集一八四）
さかりなる峯の**桜**のひとつ色にかすみも**白き花**の夕ばへ（玉葉集二〇二）
入あひの声する山の陰くれて**花**の木のまに月出でにけり（玉葉集二一三）

これらは「曙」「夕ばへ」「くれて……月出でにけり」という、夕や曙の、うすあかりの自然にみる桜を捉えており、さらに、

開け添ふ梢の**花**に露見えておとせぬ雨のそそぐあさあけ（風雅集一八八）
咲き咲かぬ梢の**花**のおしなべてひとつ薫りにかすむ夕暮（風雅集一三四）
風にさぞ散るらむ**花**の面影の見ぬ色をしき春の夜のやみ（玉葉集二五六）

など、「あさあけ」「夕暮」の中で、身近の桜花を見つめ、また、「夜のやみ」のその姿の見えぬ世界に桜を思い浮べているのである。

このような、夕暮、深更、暁といった最も静寂な境にいて、あらためて、そうした世界の桜を形象している、という、類型には見られなかった桜を捉える場の新しさが指摘でき、また、こうした作が多いのである。

また、

山本の鳥の声より明けそめて**花**もむら〳〵色ぞ見え行く（玉葉集一九六）
見るまゝに軒端の**花**は咲き添ひて春雨かすむ遠の夕ぐれ（風雅集一三五）

の、「むら〳〵色ぞ見え行く」「見るまゝに……咲き添ひて」のように、刻々変って行く桜の、そのあるがままの姿を形象している歌も多く、常套的な桜にはみられないもので、作者自身の目で桜のあり方を見極めようと、時間をかけて見守る態度、そのことによってはじめて捉えられる桜のあり方と言

えるであろう。

さらに、

遠方の花のかをりもやゝ見えて明くる霞の色ぞのどけき（玉葉集一九九）

つくぐ〵とかすみて曇る春の日の花静かなるやどの夕ぐれ（風雅集一九〇）

などの、「色ぞのどけき」「つくぐ〵と……静かなる」といった作者の気分と桜の景が融合し一つになる境地に達している作や、

花の上の暮れ行く空に響きゝて声に色あるいりあひの鐘（風雅集一九三）

のように、夕暮の中にほのかな白さを浮き上らせている桜花、その上を晩鐘の音が流れて行く、花の色と鐘の音と、その視・聴別々の感覚が作者の中でとけあい、「声に色ある」のような、単なる色彩でもなければ、単なる音響でもない、それらを超えた次元の世界の美を形象している作もみられる。あるいはまた、

梢より落ちくる花ものどかにて霞におもきいりあひの声（風雅集二四〇）

のように、夕景に、一ひら二ひら散る花びら、そうした視覚的なものが、その感覚の次元を超えて、作者の心に「のどか」という気分的なものを生ませる。と共に、聴覚に訴える晩鐘の夕霞の中を流れ

てくる響きが「おもき」という重量的な感覚と融けあい、春宵の、言いつくせぬものうい重い気分と一つになり、或る情趣の世界をつくり出している作もみられる。このような、桜が作者の内面で渾然と融合され、気分情趣をうみ出している独特の作も少なくない。

ただこの二集でも類型的な諸作品では前述のように、多くは、春陽に映える山野一面の桜が、白雪や白雲などに見立てられて詠じられているのである。しかし、両集では、

春の夜の明けゆく空は**桜**さく山の端よりぞ**白み**そめける（玉葉集一九三）

ほの〴〵と**花**の横雲明けそめて**桜**に**しらむ**みよしのゝ山（玉葉集一九四）

峯**しらむ**梢の空に影落ちて**はな**のゆき間にありあけの月（風雅集一九七）

のように、「しらむ」が桜のかかわる景の色彩となっている。この「しらむ」[10]は類型の白雲・白雪などの固定した白とは異なり、刻々と推移して行く光を媒体とした動的な色相である。こうした深更から暁へかけての暗さを背景にしたかすかな白光の動きの「しらむ」による桜は、両集特異の形象である。

なお、

春はたゞくもれる空の**曙**に**花**はとほくて見るべかりけり（玉葉集一九八）

のように、桜の美は、「くもれる空の曙」「遠くて」という時・空の場において「見るべかりけり」鑑賞すべきであると、作者なりの鑑賞の場を新しく見出して歌い上げている作もみられる。

ながめくらす色も匂も猶そひて夕かげまさる花のした哉（玉葉集二〇一）
山うすき霞の空はやゝ暮れて花の軒端ににほふつきかげ（風雅集一九五）

次第にあたりに立ちこめてくる暗さの中に消えて行こうとする夕陽の光、また次第に増してこようとする月の光、そうした推移しつつある微光と桜の織りなす幽かな白光、それを「にほふ」として捉えており、こうした作者達の美意識は、類型的一般的な春陽に映える万朶の花の繚乱たる色どり、その美を憧憬するという意識、とはむしろ対蹠的でさえある。

目にちかき庭の桜のひと木のみ霞のこれる夕ぐれの色（玉葉集二一〇）

春の宵の暗さが次第に辺りを包みはじめる。すでに遠方の景は目に入らなくなった。ただ間近の一木の桜だけが、かすんだようにほのかに白く、夕暮の色をのこしている。桜の色を中心に暈繝染《うんげんぞめ》のように周囲にゆくにつれて色がうすれ、やがて黒さの中にとけこみ見えなくなって行く。刻々暗さを増してくる薄暮を背景にした一本の桜花を捉え、微妙な光彩による桜の変貌のその刻々の美を見出している。

この例などを含めて、歌人達は、静かに時をかけて桜のあり方を見つめ、時のきざみによって、光を伴ないながら移ってゆく彩の中の桜に、特異の美を見出す。これは両集の桜の詠に共通しており、桜によせる新しい独特の造型である。

以上のような、類型にはまらぬ特異な桜の詠は、前記のように、『玉葉集』・『風雅集』には一七〇首近くみられる。しかし両集を除く『古今集』より『新続古今集』に至る多くの歌作の中には、僅か六例[11]程にすぎない。しかもそのうち二例（新拾遺集一二六、新後拾遺集一一一）は、光厳院と伏見院の御製であり、いずれも『玉葉』・『風雅』の主要な歌人である。つまり、特異な桜の詠は、他集には無きに等しいとさえ言えるようである。

なお、暁や夕暮の桜を対象にした作は、八代集と十三代集に約二〇例[12]よまれているが、いずれも殆ど類型にみられた、見立てによる、あるいは全山の桜を遠望する、という型をふまえているようである。

玉・風両集にみられる特有な桜の詠者は、後冷泉院（後拾遺集より入集）、三条入道左大臣（実房、千載集より）、西園寺入道前太政大臣（公経、新古今集より）、定家などの、前代の歌人もあるが、あとは伏見・花園天皇、兼行、清雅、永福門院、朔平門院、徽安門院、進子内親王、永福門院内侍、永福門院右衛門督、九条左大臣女、従一位教良女、従二位為子、従三位親子、権大納言公宗女等の、いわば、京極派の主要歌人で占められ、その他の歌人は六、七首にとどまっている。このように、独特の桜は、京極派の歌人によって詠まれたものと言ってよく、それは両勅撰集のみでなく、京極派歌人の全般的な詠作を調べることによって、さらにこのことが明らかになる。

こうした意味から、次に、京極派の歌人を対象にして、彼等による桜の詠を考えてみたい。

京極派の作は、管見に及ぶ範囲の資料[13]では不充分であろうが、これらの中だけでも、桜の歌が六四〇首程も見られ、そのうち四五〇首以上が類型でない桜の詠作である。前述のように、『玉葉』・『風雅』の両勅撰集では特異な例が各々半数であったのに対して、これらの資料では七〇％を超えるということからも、京極派の人達がこうした特異な桜の形象への推進者であったろうことが推測できるようである。

京極派の資料にも、夕から暁へかけての桜の詠がはなはだ多い。例えば、

さかりなるみきはの**花**のくれのいろを心とゝめてけふそなかむる[14]（④九頁）

よのつねのなさけにたれかなかめなさん露にしほるゝあけほのゝ**花**（⑪一六三頁）

の「くれのいろ」の例のように、桜花の夕暮の姿を「心とゝめて」、あるいは「あけほのゝ花」の歌のように、「よのつねのなさけにたれかなかめなさん」と詠じ、どれ程、夕ぐれ、曙の桜に心をよせたか。桜の真の美しさはこの景の中にこそ捉えられる、と京極派の歌人は強調さえしているようである。この夕ぐれや、あけぼのを、

静かなるなかめも更に山かけや軒はの**花**のゆふへ曙（②一一七九頁）

のように、人に知られない場での桜の美を、心ゆくまで見得る静寂の境を生む時間として選んでいる。このような境に身を置いて、

こゝろ社あくかれはつれ夜もすから**花**の陰もる月に詠て（②六五六頁）

のように、夜を徹してあくことなく月光と花の景に向い合っていたというのである。そして、

わすれすよみはしの**花**のこのまより霞てふけし雲のうへの月（④三五三頁）

のように、深更における桜と月の景、それは現在ではなく、回想の中に浮かぶ景であり、その美的感動は作者の心の中に深く刻まれた映像としてのこされる程のもの、となっているのである。なお、

夜の雨の名残露けき**花**の色の常より増るけさのあさあけ（②六五七頁）

雨のなこりくもるゆふへのそらにこそ**はな**にことなる色はそひけれ（④三二頁）

の、「あさあけ」「くもるゆふへ」などの時間の中でさらに詳しく桜の色合が「常より増る」「ことなる色はそひけれ」のように、より美を増す場（これらは雨にかかわる）を捉えている歌もあり、どこまでも桜のあり方による美を追求しようとする態度がうかがわれる。そして、

さきまさるよのまの**花**のあさほらけけふのさかりをたれに見せまし（⑲一三〇番）

のように、一夜の程に、より一層その美しさを増した、明方の桜、その今日の、さかりの姿への思いを歌っている作、

朧なる月そみえつる色よりも明てそまさるしののめの**花**（⑩二四七頁）

のように、朧月の光によるよりも、更に東雲の花の色の方がまさっているという作、

をちかたやかすみのそらのあさくもり**はな**のかほりはいましもそそふ（⑲一二九番）

のように、遠方もかすんでみえる、この朝曇の只今こそ、桜の美しさがより一層増して見えるという作。

　いずれも、桜の美が最も発揮される時・場を、時をかけて自身で見極めており、桜花への美の執念とも言える態度をみることができる。

くれはつるいりあひのかねのこゑののちもしはしいろわく**花**のしたかけ（⑲一四五番）

なかめんと入日の名残猶しはし**はな**に色ある春の夕くれ（⑩二四七頁）

の、「しはしいろわく」「入日の名残猶しはし」のような、一日のうちで最も急速に時が流れる、その夕方から夜へかけての消えゆく光による花の暫時の色合を捉える。

かすみくもりいりぬとみつるゆふひかけ**はな**のうへにそしはしうつろふ（④四五頁）

の、「いりぬとみつる……しはしうつろふ」のように、桜花の上、という焦点にしばし移り動く夕陽の光を見、

夕づく日軒ばの影はうつり消えて**花**のうへにぞしばし残れる（⑥二六三頁）

の、日没前の急速な時間的経過の中の、その夕照の、「うつり消えて……しばし残れる」という、花の上の光の様相を描き、

昏かゝる花の匂ひをしたひかほにさらにうつろふ夕日影哉（⑤三三三頁、⑫六八九頁）

花の美しさが次第にくれて見えなくなるのを「したひかほに」のように、消えようとして消えやらぬ、そのうつろう夕陽の光の姿、それを捉える、

よそになしてとはゝやいまを花のうへもくれうつりゆくいりあひのやと（④三六頁）

の、「花のうへもくれうつりゆく」のように、入相の時刻の光の迅速な移行を、直接、桜花の変貌してゆく姿として詠ずる。

いずれも時間を軸に、その推移によって生ずる桜の微妙な変化を捉えようとしていることが知られ、このためには、作者は桜から少しの間も目をはなさず見続けることが当然必要であろうと言うことは推測されよう。

そして、

とをつ山かすみて明る東雲に峯のさくらの色そほのめく（⑩二四六頁）

のように、刻々明るさを増してくる東雲《しののめ》を背景にした桜を捉え、特にその色合をも、時間を含んだ、凝視していなくては捉えられないようなかすかな動きを持つ「ほのめく」、という特殊な語でその微妙なあり方を表現している、こうした作もみられる。

　このような桜は、

ほの〳〵と**はな**のすかたもにほひあくるかすみのうちのはるの山のは（④三四頁）
たちこむるくもゝかすみも**花**の色のひとつにほひになれるあけほの（④四三頁）
みるまゝに**はな**のかほりにあけなりてみねにすくなきよこくものいろ（①一八頁）

のように、「にほふ」「かほる」という、まことに美的なものとして感じとられていることが知られる。

あけほのやあらはれそむる**花**の色にものかすみもうすにほひつゝ（⑮一七八頁）
花にみな雲もかすみもかほられてよものけしきのうすにほひなる（⑱三七頁）
春の夜のあくるひかりのうすにほひかすみのそこそ**花**になりゆく（⑨一五五頁）

などのように、直接は暁明や霞などの美を指してはいるが、桜を含めての全景に「うすにほひ」という、ほのかな微妙な美的情緒を感じている作がみられる。

　前にもふれたが、「にほふ」については、上代や中古では、紅などの、物に映発するような華麗な色彩によせられる美を意味した。しかし京極派の人々は、暗夜から暁明へ向う、ほのかな白光ともいうべき色合から生まれる、沈んだ美を指すものに変化させている。その上、かつて無かった「うすにほひ」という、薄《うす》きをそえた、いかにもほのかな美を示す語を創作しているのである。
　こうした京極派特有の桜は、

　のきの空は**花**に**しらみて**遠かたのかすみにふかきあり明の影（⑩二四八頁）
　はなのうへはやゝ**しらみゆく**しののめのこのまの空に有明の月（①四九頁）

のように、「しらみて」「しらみゆく」のような、白が光を含み時間の流れの中で移ってゆく微妙な色相で表現しており、もとよりこれは、作者が、対象を持続的に見つめていかなければ把握できない現象であり、京極派の作者が、このような態度で桜という物に対していたことが知られるのである。この「しらむ」は、

　さき**しらむはな**のうへにはおほろよの月のひかりもさすとしもなし（④三四頁）

のように、朧月の光と桜の色彩「しらむ」と、あるいは、

　軒ふかき**花**のかほりにかすまれて**しらみ**もやらぬ宿の曙（⑫六八九頁、⑤三三三頁）

桜花の「かほり」によって霞まれてしまい、宿の曙が白みきれずにいる、のように、暁明の「しらむ」と、桜の美しい色合の「かほる」と、いずれも分けかねるようなものとして捉えられている。そして、

花の色はかすみ**しらみ**て遠近の木末かほれる明ほのゝ空（⑩二四七頁）

あけ**しらむ**と山のくものほの〳〵と**はな**になりゆくかほりをそみる（④四三頁）

などのように、「しらむ」にかかわる桜は、「かほれる」とか「かほり」などと融合して、まことに美的に感じとられている。

さらに、京極派の作には、例えば、

咲かをる**花**のうへのみ光見えて入逢くらき遠の山もと（⑥二二三頁、⑩二四七頁）

のように、明から暗へと移行しつつある自然の中で「入逢くらき遠の山もと」のように遠景の闇を背景におき、それと対照させて、「**花**のうへのみ光見えて」と、近景の桜に焦点をあてて、その明の景を浮き出させてみせている作、

なかめやるとをきこすゑはかすみくれてのきはにのこる**花**の色かな（⑪一五九頁）

のように、遠方の木々は次第に、ぼんやりと暗く視界からかき消されて行く、その中に「のきはにのこる花の色」のように、まだごく近くの桜は、ほのかな色合すら見せている。

自然の現象の中のさまざまな明暗推移の動きの中の桜を描いて、その美を一層効果的にしている、このような例が少なくない。とくに、

明ほのやよも《はの》霞のうすくもり外やまの**はな**の色そ**しらめ**る（⑩二四六頁、⑥二二二頁）
霞しくふもとの里は明やらて軒端の山の**花**そ**しらめ**る（②一一七七頁）

などは、京極派特有の「しらむ」の桜が、「霞のうすくもり」や「明やらて」という、背景の未明のくらさと対照され、一層目にしみいるように歌われている。

京極派の歌人は、夕――暁という薄明の迅速に移行する光の中に桜を捉え、暗さの中に浮かぶ白さ、その流動的なあり方の「しらむ」桜に、「かほる」「にほふ」によって表現される美を見、これを歌い上げた。前記のように、古来から日本人の誰もが賞讃した春陽に映える爛熳たる桜、それとは対蹠的とも言えるもので、これは京極派の人々の、独特の感性、そして美的理念のあらわれと言えるようであり、これを表現しようとする創意工夫があったと推察される。

京極派の作には、例えば、

春はただおり〳〵ちれる**花**の色の匂ひになれるいりあひの声（⑬四九五頁）

のような、春宵《しゅんしょう》を、時々一ひら二ひら散る花のほの白さ、嫋々《じょうじょう》と流れてくる入相《いりあい》の鐘、耳に聞くその音は目に見る桜の色合の「にほひ」の美と一つになって、作者の意識の中で、視・聴別々の感覚の次元を超えて融合しあった、独特の美の世界が形象されている。

風のをとは**花**のかほりにひとつにてのとかにひゝく入あひのかね（④一五頁）

のように、夕暮の春風の音が桜の色合の美と一つになって、作者に感じられる。そのような作者の心境に晩鐘の音が流れてくる、その響きにも「のとか」という一種の気分が移入され、単なる聴覚から昇華されたものとなっている。また例えば、

枝もなくさきかさなれる**花**の色に梢もおもき春のあけほの（④三六三頁）

の、「梢もおもき」は、枝も見えないほど一面に花が咲いているので、その梢が重い、という、もちろん、単なる量感を示すのみではない。一斉に重なり合う程に咲きこぼれている花の色合の美しさ、それを包む春曙の景、すべてが渾然となって作者に感じられる気分が「おもき」であり、重量という感覚が、それを超えて気分に昇華されているとも言えるようである。

　このように、京極派の桜の詠には、花の色合などの視覚的な美が、他の、例えば風・鐘などの聴覚にかかわるものと共鳴しあい、心象の中で渾然となって感覚の次元を超えた世界を形象したり、さらにそれらが昇華されて作者の意識の中で気分情趣として形象されたりする特異な例がある。

　さらに、終には、例えば、

あはれわかうれへのこゝろそめやなすつねより**はな**のいろも物うき（⑲二六七番）

のような歌がみられ、自身の「うれへのこゝろ」が、自身の目にうつる桜に投影され、その花の色が常より「物うき」と、自身に感じとられる、というのである。これは、作者の感情がそのまま桜花へ移入される、いわば感情移入の、桜と作者の一対一の独特の芸術的境地、その形象と言えるのではな

いだろうか。

以上のような桜の特異な歌は、京極派歌人によって催された歌合の判で、すぐれた作と評価された例もあり、意識的に生まれたとも言えるようである。そのことからも、これが京極派的であり、京極派特有のものと考えることもできるようである。例えば、「正安元年五種歌合」に、

わきていまはるのなさけはしられけり**花**もかすみも夕暮の色

という左の歌が、右の「はる〳〵と霞のをちに山みえてそなたの空そくれまさりゆく」に勝となっている。霞の色も花の色も暮色に包まれた夕にこそ、格別に「はるのなさけ」はしられる、という、これまで述べてきた桜の特異な条件が歌われている作が勝となっている。「五十四番詩歌合」にも、前掲の、

静なるなかめも更に山かけや軒はの**花**のゆふへ曙

という右の歌が左の漢詩に勝とされている。「正安六年五種歌合」では、

朧なる月そみえつる色よりも明てそまさるしののめの**花**

が「**花**の色はかすみしらみて遠近の木末かほれる明ほのの空」という左の歌に勝となっている。両首とも前に掲げた作であるが、月光による桜花から暁明による桜花へと、推移して行く花の変化を見守

りながら、それが最も美なる瞬時を「明てそまさる」、と捉えたところが、ただ明ぼのにおける桜より勝っている、とした点、京極派の対象把握の態度をみることができるようである。また「伝後伏見院宸筆三十番歌合」の、

はなのうへはやゝ**しらみゆく**しののめのこのまの空に有明の月

は、左の「**花**よいつそたゝつく〳〵のなかめしてくらしかねたる春のつれ〳〵」に勝となっている。これも前掲の作であり、「やや」「……ゆく」と一層「しらむ」の時間による動きが強められており、その特異性が顕著な作と言ってよいようである。「弘安八年四月歌合」では、

春の夜のあくるひかりのうすにほひかすみのそこぞ**花**になり行

が、左の「いかにぞやかほりぞまさるうすかすむ空に見あぐる**花**のこずゑは」に勝となっている。これも前に述べたとおりであり、判詞には、「右霞の底のうすにほひあけ行春のあけぼのも、猶心の有(色々)をそへ侍れば、右勝と申侍りし」とある。「為兼卿歌合」に、

花し**ろ**き梢のうへはのどかにて霞のうちに月そ更行

が、右の「**花**薫り月かすむ夜の手枕にみしかき夢そ猶別れ行」に勝となっている。判詞に、「左。**しろき**梢のうへ。猶心うつり侍るによりて。勝と申べし」とある。次第にふけてゆく霞の中の朧の月の

光に浮く桜のほの白さ、その視覚的な美が「のどか」という気分・趣を生み出しているようで、これもまた京極派特有の形象である。

このように桜花の特異な作が、京極派の歌合で「勝」と判じられていることからも、京極派にとってこれが高く評価されたことが知られるのである。

和歌の長い歴史において、桜は、春の主役として常に多く詠まれ続けてきた。そして、和歌という伝統を重んずる世界では、これがおのずから定型化され、その型に拠って歌作されてきたことも当然であった。こうした中で、京極派の歌人は、この類型の枠を守ることなしに、あらためて、彼等自身の目で桜の実態を見つめ、見極めようとした。そして、中世に生きる只今の自身の美の意識にかなう真実の姿を追求し、これを捉えて歌に表現した。

彼等は、一日のうちで、夕暮から暁へかけての、最も物事に集中できる、そして静寂な時間を選び、うすれゆく光、まさりゆく光につれて移り動く自然、それを背景に浮かぶ桜を捉え、時間をかけてこれを見守り続けた。彼等は時の流れによる桜のかすかな変化をも見のがさず、最も美なる姿を求め、特に闇黒から暁明へ、黒から白へと光を含みながら変り動く微光、その「しらみゆく」花の姿に新しい美の感動をおぼえた。

さらに、このような色合の美に音響などをも融合させ、作者の心をとおして、感覚の次元を超えた情趣の世界へと昇華させて行った。終には、作者と桜だけの世界に生き、作者の心を桜に見る、桜への感情移入とも言えるような詠もみられたのである。

このような桜の形象は、上代より中古、さらに中世へと、長い年代をかけても和歌の世界では殆ど見られぬもので、京極派独自の創造的美の世界と、言えるようである。これらが歌合の判ですぐれたものと認められていることなどからも、京極派の人々の意識にかなうものであったことが知られる。『玉葉』・『風雅』の両集にみられた特異な桜は、このような独特斬新な姿を歌った京極派全体を基盤としたもので、京極派の人々によって推進され創造されたものと言えるようである。

京極派の人々の求めた薄明の、幽邃静寂・孤独な境、さらに時間をかけた凝視による対象把握の態度、とくに、「しらみゆく」沈潜した無彩色の世界に「うすにほひ」と表現されている、ほのかな夢幻的な美を感ずる意識、そして、個々の感覚を融合させ、感覚の次元を超えた情趣の世界へと高めて行き、終には対象である桜に自己を投入し、心情を桜へ移入する、そうした独特の心理。こうした彼等の、旧来の伝統によらず、自らが開拓した特異な桜の形象にかかわる、このようなあり方に、眞に中世を生きぬいた者の精神構造の一面が秘められているように感じられる。

このような面の究明は、京極派に関する他の種々の考察と相まって行うべきであり、急に結論を得ることはできないのはもとよりである。ただ、この時代は、五山の文学を背景とする宋時代の文化の移入があって、唐風のきらびやかな文化から、墨色を主とした水墨画や書風があらわれ、五山の僧の作詩も静寂を尊ぶものになりつつあった。また日本の社会も、心的に、あたかも襲の色目花やかな宮廷文化から、墨染の沈潜した文化へと移りつつあった時代と言えるようである。

古い伝統を重んずる和歌の世界で、ただこの新しい社会の足音に耳をかたむけたのが、京極派の人々ではなかったか、とひそかに考えるのである。（昭52・11・20）

注

（1）山田孝雄『桜史』（桜書房　昭和17・4）の中に各時代をとおして精細に記述されている。

（2）日本古典文学大系『日本書紀上』四二五、六頁　同四四三、四頁。なお、この他に人名地名に桜が多

く見えている。（推古朝の元興寺露盤銘や元興寺丈六光背銘にも地名として見える）

(3) 一四二五、一四二九、一四三〇、一四四〇、一八五四、一八五五、一八六四、一八六六、一八六九、一八七〇、一八七二、一八八七

(4) 一四五八、一四五九

(5) 一七四七、一七四八、一七四九、一七五〇、三九六七、三九七〇、三九七三、四一五一、四三九五

(6) 二五七、二六〇、九七一、一〇四七

(7) 小著『色彩と文芸美』（笠間書院　昭和46・10）所収「にほふ」攷に詳しい。なお、別稿「「にほふ」――京極派和歌の美的世界――」（本書所収）を御参照願いたい。

(8) 小著『万葉の色相』（塙書房　昭和39・6）所収「てらす」に詳しい。

(9) 『万葉集』以後『古今集』以前のすべての歌を調査していないので明確なことは言えないが、少なくとも『万葉集』の中では見られないことは確かである。

(10) 小著『色彩と文学――古典和歌をしらべて――』（桜楓社出版　昭和34・12）所収「しらむ」に詳しい。

(11) 『新古今集』一一一六、『続古今集』一五三六、『続千載集』一六八一、『新拾遺集』一二二六、『新後拾遺集』一〇八・一一一一

(12) 『金葉集』五八、『千載集』七三、『新古今集』五六・一三〇・一三二、『続古今集』九九・一三一、『続拾遺集』六四・八一、『新後撰集』七六、『続千載集』七七・九二・九九・一〇〇・一〇二、『新千載集』一〇七、『新拾遺集』一四七・一四八、『新後拾遺集』六〇八・六〇九

(13) ①次田香澄「京極派和歌の新資料とその意義」（「二松学舎大学論集」昭和37年度　昭和38・3）

②『群書類従　第八輯　和歌部』正応二年卅番歌合等

③橋本不美男「為兼評語等を含む和歌新資料」（「語文」第十七輯　昭和39・3）

④『伏見天皇御製集』（国民精神文化研究所　昭和18・5）

⑤『花園院御集』（「御製集」第三巻　列聖全集編纂会　大正11・3）

⑥佐佐木治綱『永福門院』（生活社　昭和18・5）

⑦土岐善麿『京極為兼』（西郊書房　昭和22・10）
⑧井上宗雄「伏見院廿番歌合」（「立教大学日本文学」第九号　昭和37・11）
⑨谷山茂　樋口芳麻呂編『未刊中世歌合集　下』（古典文庫　昭和34・10）
⑩『続群書類従　巻一五下』正安元年五種歌合等
⑪桂宮本叢書　私家集八『権大納言俊光集』
⑫『光厳院御集』（「続群書類従　巻第四百廿五」）
⑬『権大納言典侍集』（『続群書類従　一六輯下』巻第四百四十九）
⑭金玉歌合（『続群書類従　一五輯上』巻第四百十二）
⑮「看聞日記巻五応永廿六年正月―十二月紙背文書」「看聞日記巻六応永二十七年正月―十二月紙背文書」（図書寮叢刊『看聞日記紙背文書・別記』昭和40・7）
⑯原田芳起「翻刻書陵部蔵花園院御製（光厳院御集）」（「樟蔭国文学」第二号　昭和39・11）
⑰岩佐美代子「高松宮蔵京極派新資料二種―伏見院御集」（『京極派歌人の研究』笠間書院　昭和49・4）所収
⑱「兼行家集」「藤大納言典侍歌集」（『未刊和歌資料集　第一一冊』昭和46・4）
⑲『伏見院御集』（「私家集大成」中世　三）

(14)　京極派の和歌の資料から引用した例歌の括弧の中に記した数字は、注（13）に掲げた資料の順による番号である。

ともし火――『玉葉』・『風雅』の歌人の心

寝られねば唯つくぐ〵と物を思ふ心にかはる燈火のいろ（巻第十三　恋歌四　一二二九）

これは『風雅集』によまれている同院（伏見）新宰相の作である。長い一夜を悶々としてねられず、その間、様々の思いが、種々の形をとって、消えてはあらわれ、あらわれては消える。過去から現在、また未来へと作者の物思いは、はてしなく続いて行く。

深更の閨《ねや》という、寂かな幽かな時・空において、作者は、ただ一人闇をほのかに照らす一点の燈火にむかい、それをじっと見守る。作者の思念は、ただ一つの外界の対象の燈火に、直接そのまま投影され、燈火のいろに作者の心の姿が凝集される。そして、自己の心の動きにつれて、燈火のいろも変る、と、作者は感じる。もとより客観的に燈火の色が変化するのではない。作者の主観によってそう見えるのである。心は燈火と重なり一つとなり、いわば、燈火は作者の心の象徴となる。

この一例のように、具体的な対象の姿を、抽象的な心の様相が形をとったものとする、こうした象徴とも言える、心理的な面を形象した作が、この『風雅集』、また『玉葉集』には少なくない。これは両集特異の、とも言えるもので、他集には殆どみられないようである。

小稿では、ここに掲げた作にみられる「ともし火」を、小さな一つのテーマではあるがそれを手がかりにして、このような両集、ひいては京極派の和歌の、独自的な一面を探ってみたい。

○

上代の作品[1]では、例えば、『古事記』に「故刺㆓左之御美豆良㆒湯津津間櫛之男柱一箇取闕而。燭《トモシテ》㆓一火《ヒトツビ》㆒。入見之時。」(古事記大成 索引篇 上 二六頁)とあり、また『日本書紀』に、

「至㆓甲斐国㆒居㆓于酒折宮㆒時擧燭《ヒトモシテ》而進食。是夜。以㆑歌之問㆓侍者㆒曰。……時有㆓秉燭《ヒトモシ》者㆒。……即美㆓秉燭人之聡㆒而敦賞」(景行天皇四十年 国史大系 日本書紀 上 三六～七頁)、「屯倉首命居㆓竃傍㆒左右秉《ヒヲトモサシム》㆑燭。夜深酒酣。……僕見㆓此秉㆑燭者㆒。貴㆑人而賎己。……命㆓秉燭者《ヒトモセル》㆒曰。起舞。……」(顕宗天皇即位前紀 国史大系 日本書紀 上 四〇二頁)、「衛士等擧《ヒトモシテ》㆑燭而誅。」(崇峻天皇即位前紀 国史大系 日本書紀 下 一二五頁)、「山暗不㆑能㆓進行㆒。則壊㆓取當邑家籬㆒為㆑燭。……有㆓黒雲廣十余丈㆒経㆑天。時天皇異之。則擧《トモイテ》㆑燭《ヒヲ》親秉㆑式占曰。」(天武天皇元年 国史大系 日本書紀 下 三一一～二頁)

などとあるように、「ともし火」は、「ひとつびをともす」「ひともす」「ひともしとす」「ヒヲトモイテ」(擧燭、秉燭[2]、為燭)などのように言われ、「ともし火」と、熟語になっている例はないようである。

特に、韻文では、古代歌謡[3](古事記・日本書紀・続日本紀・風土記の歌謡、仏足石歌。神楽歌、催馬楽、東遊歌、風俗歌、雑歌＝琴歌譜、古語拾遺・皇太神宮儀式帳・皇太神宮年中行事・年中行事秘抄・本朝世紀の歌、古今和歌集の中の古代歌謡＝)の中には、「ともし火」はもとより、記・紀の地の文にみられた「ひとも

す」という形のことばも見出されない。

このように、「ともし火」は上代では、記・紀の散文の世界にもまだのようであるし、特に素朴な歌謡の世界にはみられないが、『万葉集』には、

見渡せば明石の浦にともす火のほにぞ出でぬる妹に恋ふらく（3三二六）
志賀の海人の釣しともせる漁火のほのかに妹を見むよしもがも（12三一七〇）
海原の沖べにともし漁る火はあかしてともせ大和島見む（15三六四八）
鮪つくと海人のともせる漁火のほにか出でなむわが下思ひを（19四二一八）

のように、「ともす火」「ともせる火」という、記や紀にみられた「火ともす」から「ともし火」になる過程の例も、また、すでに「ともし火」としてよまれている例も多くみられ、『万葉集』に、「ともし火」は、はっきり形象されていると言ってよいようである。

ともし火の明石大門に入る日にか漕ぎ別れなむ家のあたり見ず（3二五四）
紀の国の雑賀の浦に出で見ればあまの燈火浪の間ゆ見ゆ（7一一九四）
燈火の光にかがよふうつせみの妹が笑まひし面影に見ゆ（11二六四二）
鱸取る海人のともし火外にだに見ぬ人故に恋ふるこのごろ（11二七四四）
山の端に月傾けばいざりする海人のともし火沖になづさふ（15三六二三）
ほととぎすこよ鳴きわたれ燈火を月夜になぞへその影も見む（18四〇五四）
燈火の光に見ゆるさ百合花後もあはむと思ひ初めてき（18四〇八七）

『万葉集』におけるこれらの例をみると、「ともす火」あるいは「ともし火」は「明石の浦にともす火」「海原の沖べにともし漁る火」「鮪つくと海人のともせる漁火」「志賀の海人の釣しともせる漁火」「あまの燈火浪の間ゆ見ゆ」「鱸取る海人のともし火」「いざりする海人のともし火」など、その殆どが、「あまのともし火」と言う、海辺で漁をするための燈火をさしているようである。そして、これは、「見渡せば」「海原の沖べに」「……の浦に出で見れば……浪の間ゆ見ゆ」「沖になづさふ」などのように、その光を、海原遠くはるかに望み眺める、そこに、万葉人達は、歌作への感動をよびおこさせられたようである。

　万葉の人々は、「ともし火の明石大門」のように「明し」の意の形容とし、「……ともし漁る火はあかしてともせ大和島見む」のように、火を明るくして、その光で大和島を「見む」とさえ歌っているのであって、「ともし火」というものが、夜の闇の中でどれ程明るいものとして彼らに感じられたかが知られるのである。

　それは、前掲の「ほにぞ出でぬる妹に恋ふらく」「ほにか出でなむわが下思ひを」のように、恋情が表面にはっきりあらわれる意の、「ほ」の序詞としても詠じられ、これによっても、暗夜に赤く明るく輝くともしびが、目立つものとして受けとられていたことが推察される。

　「ともし火」は、また「燈火を月夜になぞへ」のように、夜の闇を明るく照らす月になぞらえられるものとして、更に、夜、身辺で使われたともしびは「燈火の光にかがよふ」のように、「かがよふ」と、光る美的なものとして捉えられ、「うつせみの妹が笑まひし面影に見ゆ」とあるように、その光に照らされた妹の笑みが、いかにもはなやかな、明るい姿として、作者の脳裡にきざみつけられる。また「燈火の光に見ゆるさ百合花」のように、燈火の光に美しく映える百合の花（花蘰）といった、宴を華麗にするのにふさわしい物の姿を暗夜にうかび上らせ輝かせる、などといったように、ともしびは、いわば光明として、それによってきらきらとした美しさをうみ出すものとなっているようである。

このように、上代では、歌謡にはみられないが、『万葉集』には、「ともす火」をも含めて、「ともし火」に、あまの「ともし火」が多くみられ、人々は、それを遠望して、暗夜の中の明るい輝きに心を動かされ、「明し」「ほ」をみちびき出すような明るい光明として捉えている。また、身辺の照明としての「ともし火」を皎々と照る月にもなぞらえ、更に、これによって映《は》える物の、はなやかな姿に美を感じとって詠じているのである。

散文には、前述のように、記・紀などにもその例がみられるが、それはあまの「ともし火」ではないようである。「火ともす」は『万葉集』の場合と同じく闇を照らすもの、夜間、その光で物を見る、いわば光明として記されており、やはり、明るい輝かしいものとして捉えていたことに変りはないようである。

次に、平安時代の作品にはこれがどのように形象されているか。

まず、和歌には中世はじめにかかる集もあるが、『古今集』以降の八代集の中では、『千載集』に、

思ひやれとよにあまれる燈火のかゝげかねたる心細さを（雑中　一〇八一）
夢さむるその暁をまつほどのやみをもてらせのりの燈火（釈教　一二〇七）
世をてらす仏の験ありければまだ燈火も消えぬなりけり（釈教　一二〇八）

があり、『新古今集』には、

願はくは暫し闇路にやすらひてかゝげやせまし法の燈火（釈教　一九三二）

がある。『古今集』から『詞花集』までには、「ともし火」は詠じられていない。

この間は、和歌ばかりでなく、[4]物語・日記・随筆等の散文作品にも殆ど記されていない。『竹取物語』・『土左日記』・『平中物語』・『多武峯少将物語』・『篁物語』・『大和物語』・『落窪物語』・『和泉式部日記』・『枕草子』・『紫式部日記』・『更級日記』・『堤中納言物語』・『浜松中納言物語』の諸作品には見られず、『かげろふ日記』[5]に一例、『源氏物語』に三例のみである。

このように多くの作品の厖大な量の中に僅か四例という、無きに等しい用例であることを思うと、『千載集』以前の諸勅撰集に例のないのも、和歌であるからという理由ではないようで、全般的に、平安時代の文学では形象が衰えるようである。ただ『古今和歌六帖』[6]には

さ月山このしたやみにともす火はしかのたちとのしるへなりけり（二―三三九頁）（ちふらはゝの大きみともつらゆき）
きのくにのさかひの浦をみわたせば海人のともし火浪まよりみゆ（二―四五三頁）（くろぬし）
ともしひのかげにかゝよふうつせみのいもかおもかけこお（ママ）風ゆ[7]（四―九五頁）（さかのらう女カサノニョラウ）

等の例があるが、これらは『万葉集』にみられた例の類歌とも思われ、明らかではないが『古今集』以降の歌人の作とも言えないようである。

「ともし火」は『万葉集』の後、平安時代に至って、衰えると共に変化もしたようで、あまの「ともし火」は見られなくなり、法の「ともし火」即ち、法燈が詠じられるようになる。『千載集』のはじめの一首が雑中の部立に入っていて、法燈ではないようであるが、あとは釈教の部立の中にあり、法燈を意味している。ちなみに法燈は「㈠のりのともしび。正法の迷ひを破ることを、燈明の暗黒を照らすに喩へていふ。（華厳経、二）能燃㆓照㆑世妙法燈㆒。㈡ともしび絶えず続くやうに正法を受けつぐこと（劉孝綽、栖隠寺碑）欲㆑使㆓法燈永伝、勝因長久㆒。」(8)とあり、中国で早くから使われた語のようで、これを「のりのともしび」と訓んで詠じたのであろう。『千載集』よりみえるのりの「ともし火」は、前記の散文諸作品にはまったくみえていない。従って、この外来語を日本語化して、作品に使いはじめたのはそれほど古くないのかもしれない。

いずれにしても、『万葉集』に多くみられたあまの「ともし火」は消え、のりの「ともし火」という釈教の世界のものがみられるようになるが、これも、その本旨はともかくとして表面の意は、上代の場合と同様、「やみをもてらせ」「世をてらす」のように暗黒を照らす明るい光明として捉えられていることに変りはない。

平安時代から中世のごくはじめにかけての釈教の「ともし火」も、闇黒を照らす、明るくするものとして捉えられている。しかし一面、その明るさは、『万葉集』にみられたような美的な情感はよせられていないし、「ともし火」による写生、といった、叙景も形象されていない。そして、「ともし火」は観念の中におけるものとなったようである。

次に中世の時代の『新勅撰集』以降の十三代集をみると、前代より多くみられるようになるが、その主なものは、八代集の継承とも言える法燈をさしている。『続後撰集』に、

山風に法のともし火けたでみよけがす塵をば吹拂ふとも（釈教　六二六）

『続拾遺集』に、

暗くともさすが光もありぬべしひとかたならぬ法の燈火（釈教　一四〇〇）

その他（釈教　一四〇一）。『新後撰集』に、

しるべせよ暗き暗路にまよふとも今宵かゝぐる法の燈火（釈教　七一二）

その他（釈教　七一一、七一三）。『続千載集』に、

世をてらす光は人を分かねども我が身にくらき法の燈火（釈教一〇一六）

その他（釈教　一〇一七、一〇一八、一〇一九、一〇二〇）。『新千載集』に、

窓ふかきのりの燈火思ひきや竹の園生をてらすべしとは（釈教　九三二）

その他（釈教　九三三、九三五、九三六）。『新拾遺集』に、

あきらけく後の仏のみよまでも光つたへよ法のともし火（釈教　一四五〇）

その他（釈教　一四五一、一四五二、一四八二）。『新続古今集』に、

かゝぐべき末の光をおもふぞよ伝へし後の法のともし火（釈教　八六三）

その他（釈教　八一九）。がある。なお、『続古今集』の、

我あらばよも消えはてじ高野山たかき御のりの法の燈火（神祇　六九七）

その他（神祇　六九〇）[9]。『続後拾遺集』の、

幾千代も塵にまじはる影みえて光をそへよ法のともしび（神祇　一三三二）

『新拾遺集』の、

かひなしや我が世はふけて徒にかゝげもやらぬ法の燈火（雑中　一八三八）

などは、部立は釈教ではなく、神祇、あるいは雑中であるが、法の燈火とあるからには釈教[10]の部立の諸作と同じ仏教的な法燈を意味するのりの「ともし火」であろう。

『玉葉集』『風雅集』を除いて、十三代集の諸集には、とも し火の例が四十例ほどみられ、そのうち二十五首程が仏教的なのりの「とも し火」である。

『万葉集』のあまの「とも し火」は八代集では断えてしまったが、それが復活して、『続古今集』に、

夜と共に燻るもくるし名にたてるあはでの浦のあまのともし火（恋一　九七五）

とよまれている。ただこれは、『万葉集』に多い写実的なあまの「とも し火」でないことは言うまでもない。

また前掲の『古今和歌六帖』の狩猟などの場合にともす火は、八代集にはみられなかったが、『新勅撰集』に、

鹿の立つ端山の闇に燈す火のあはで幾夜をもえ明すらむ（恋五　九八四）

五月山弓末振り立て燈す火に鹿やはかなく目を合すらむ（夏　二七四）

のようによまれている。その他は、いわば、照明のための「とも し火」のようで、それは、

また、『新拾遺集』に、

草ふかきあれたるやどの燈火の風に消えぬは蛍なりけり（新勅撰集　夏　一八一）

星合の空のひかりとなるものは雲居の庭に照すともし火（続千載集　秋上　三五三）

のように、螢の光になぞらえられたり、照明として捉えられている。そして、夜の暗さを照らしてみせる、そのために、時には室外においても、

秋毎に絶えぬ星合の小夜更けて光ならぶる庭のともし火（新後撰集　秋上　二六七）
九重の庭のともしび影更けて星合のそらに月ぞかたぶく（新拾遺集　秋上　三三四）

のように掲げられ、また室内においても、

夜を深くのこす寝覚の枕とてまだ消えやらぬまどの燈火（新後拾遺集　雑上　一三〇一）
限あれば夜を長月の燈火もかゝげつくして秋はいぬめり（新続古今集　秋下　六〇六）
なき人の此の世に帰る面影の哀れ更け行く秋のともし火（新続古今集　哀傷　一五六九）
掲げても光や添ふとまどろまぬかべにぞみつる恋の燈火（新続古今集　雑下　一九九四）
ながき夜の夢路たえゆく窓のうちに猶のこりける秋の灯（新勅撰集　雑二　一一八六）
これのみと伴なふ影もさ夜ふけてひかりぞうすき窓の灯（新勅撰集　雑二　一一八五）
うきにそふ影よりほかの友もなし暫しな消えそ窓の燈火（続後撰集　雑中　一一五二）
今宵さへ空しく更くる燈の消えなで明日もあらむ物かは（新拾遺集　恋三　一一四五）

のようにともされ、「ともし火」は夜をとおしての照明のためのものとして歌われている例もある。

このように、十三代集の「ともし火」のあり方は、上代から継承されているものもあり、また、八代集にみられたものを一層発展させているのもあるし、更に十三代集になってからは、室内で、夜間の照明としている例もみられる、というように、和歌に、「ともし火」は少なからずよまれ、中世の和歌に一つの場を占めるものとなっているようである。

のりの「ともし火」は、八代集でもそうであったように、観念的な捉え方であるが、そうした例も含めて、全般的に十三代集でも、燈火というものを「照らす」「光る」「もえ明す」あるいは闇を照らす、いわば、光明として捉えていることは、上代・平安の時代と同様で変りはない。

このように、十三代集では、上代からの「ともし火」のあり方がほぼ継承され、それが総合されているようであるが、なかには、僅かながら、新しいあり方がみられる。それは、室内で夜をとおしてかかげられる燈火で、作者と燈火とが、じっと対峙する、ともいえる寂然とした境地を生み出しているあり方である。叙景歌にみられるあまの「ともし火」や、また、観念的な歌の法の「ともし火」とは異なった、作者の心が燈火に託されているような、ある心理的な形象がなされている例である。前掲の歌の中の、

これのみと伴なふ影もさ夜ふけてひかりぞうすき窓の灯（新勅撰集　雑二　一一八五）
うきにそふ影よりほかの友もなし暫しな消えそ窓の燈火（続後撰集　雑中　一一五二）
なき人の此の世に帰る面影の哀れ更け行く秋のともし火（新続古今集　哀傷　一五六九）

などがそれであろう。

深更の闇を照らす一点の「ともし火」と、孤独な作者が相向い、作者の心が燈火に語りかけ、その

心が燈火の姿にうつされる、そうした或る心理的な、とも言える世界が形象されている。そして、「哀れ更け行く秋のともし火」のように、作者の心情が燈火に移入され、「哀れ」という、身にしみ入るような悲傷の情が燈火の姿に感じられる。そうした例も見られるのである。しかし、これらは僅少で、あとは、やはり伝統に従いながら、上代・中古を総合したような「ともし火」がよまれている、といってよいようである。

○

以上、上代、中古、中世と、通時的に文学作品、とくに和歌に「ともし火」がどのように形象されているかをみてきたが、これを背景として、次に『玉葉集』・『風雅集』のそれに焦点を絞って考えてみたい。

両集には、上代によまれたあまの「ともし火」はみられぬようである。また、中古以降ののりの「ともし火」、つまり、法燈は、

あきらけき法の燈火なかりせば心の闇のいかではれまし（玉葉集　釈教　二五一九）

子を思ふ心のやみやてらすとてけふかゝげつる法の燈火（玉葉集　釈教　二六五九）

世を照らす光をいかでかゝげましけなばけぬべき法の燈火（風雅集　釈教　二〇七三）

さりともな光は残る世なりけり空ゆく月日法の燈火（風雅集　釈教　二〇七五）

これらで、『玉葉』・『風雅』入集の作であるが用例も少なく、さらに、作者は、慈鎮、選子内親王という前代の歌人、また後一条入道前関白左大臣女（実経女）という、京極派とは言えぬ歌人の作で、

京極派作者は花園院の一例だけである。

このようなことから、中古から盛んになり十三代集に継承された法燈の「ともし火」は、両集には、ほとんどかかわりをもっていないようである。

このように、伝統的な「ともし火」は両集にはあまり踏襲されていない。

それに対して、十三代集になって僅かにみられるようになった室内の燈火が、あらたに両集で、大きな場を占めるようになる。もとより室外の例も、例えば、『風雅集』の、

更けぬなり星合の空に月は入りて秋風動く庭のともし火（秋上　四六一）

のように、ないではないが、一、二の例にとどまり、その他は、いずれも室内の、例えば、

宿はあれて壁の隙もる山風にそむけかねたるねやの燈（玉葉集　雑歌二　二一五六）

のような、ねやにおける「ともし火」、あるいは、

真木の屋のひま吹く風も心せよ窓深き夜に残るともし火（風雅集　雑中　一六六四）

のような、窓の「ともし火」といった、室内の「ともし火」であり、作者と燈火と、ただそれだけの、寂然とした空間が形象されている。

『玉葉』・『風雅』では、これまで見られた、海人の「ともし火」のような、海原の暗さの中に点々

と輝く動的な「ともし火」の、生き生きとした姿の写生、或は法の「ともし火」のような、釈教の世界の観念的な「ともし火」の形象、といった燈火へのあり方をそのまま追随して終る、ということなく、深更から早暁へかけての室内で、只一人、闇をほのかに照らす「ともし火」に相向い、自己の心の在るままをこれに移入する。或は、そうした時・空に静かに身をおき、「ともし火」に據って自己の内面を凝視する、という、他集には殆ど見られない、このような、独創的な「ともし火」の世界が形象されている。

　両集では「ともし火」は、まず、

つく〴〵と明け行く窓の燈火のありやと計とふ人もなし（玉葉集　雑歌二　二一五九）

哀にぞ月に背くる燈火のありとはなしに我がよ更けぬる（風雅集　雑中　一六六三）

のように、「ありやと計」「ありとはなしに」をひき出すような、明方の「ともし火」、月光の前の「ともし火」のような、燈のあるかないかの、或は消えて行こうとする、いかにも影のうすい姿を捉えており、常套的な「ともし火」の、「明し」という姿とは対蹠的とも言えるようである。そして、これらの例にも、また、次の作の、

消えやらで残る影こそあはれなれ我世更けそふ窓の燈火（玉葉集　雑歌二　二一六〇）

を加えても、「哀にぞ」「あはれなれ」「我がよ更けぬる」「我世更けそふ」「つく〴〵と」のような、自己の生《せい》にむけられた、もの淋しいうら悲しい哀感が託されているようである。

両集における燈火は、伝統的なそれが、一夜を明るく照らすもの、闇黒とは対蹠的な輝く光明として多く捉えられていたのに対し、

明けぬるか寝覚の窓の隙見えて残るともなき夜半の燈火（風雅集　雑中　一六二三）

のように、寝屋の窓の隙間から明るさが次第に見えはじめ、それにつれて、室内の闇を照らしていた「ともし火」の光が次第にうすれてゆき、あるかないかわからないようになってゆく。時の流れの中に身をおく作者と「ともし火」だけの世界。

更に、

燈火の光寂しき閨のうちにさ夜も更けぬる程ぞ知らるる（玉葉集　雑歌二　二一五七）

のように、作者の在る空間には、目にみえるものとしては、深更の閨をかすかに照らす「ともし火」だけがあり、それが寂しい光を放っている。今にも消えるかにみえる弱々しそうな光は、「ともし火」をかかげてからの時間の長さを具体的に作者に知らせるものとなっている。「ともし火」の光の「寂しき」は、作者自身の心の姿であり、それが「ともし火」に投影されて、作者自身にはそのように映ずる。作者の孤独な心境がそのまま現実に「ともし火」の末になって消えそうになる姿にとけこみ、「寂しき」となって表現されている。

このように、我《われ》の感情を移入して、それを燈火の姿から生ずるものとして捉えるのも、両集特異の新しい方向を示すものの一つと言えるようである。また、

ふりしめる雨夜のねやは静かにてほのほみじかき灯の末（玉葉集　雑歌二　二一六二）

この例歌など、はっきりと「静かにて」とあるような、「ふりしめる雨夜」という静寂な天地における個《こ》の閨の、その場を背景とした一点の「ともし火」を捉え、「ほのほみじかき」と、燈火のすでにのこり少なくなっている有様を具体的に示し、それによっても、夜も深くしん〳〵とふけてゆく時の流れへの意識もくみとることができるように表現されている。このように、「ともし火」を、とくに雨夜という、引きこまれるような淋しい場に置く、こうした設定も、殆ど他集には見られない新しい傾向である。

これは、なお、

雨のおとの聞ゆる窓はさ夜更てぬれぬにしめる燈火の影（玉葉集　雑歌二　二一六一）
秋の雨の窓うつ音に聞き佗びて寝ざむるかべに燈火の影（風雅集　秋下　六九八）
燈火は雨夜のまどにかすかにて軒のしづくを枕にぞ聞く（風雅集　雑中　一六六五）

などの諸例のように、雨の音に耳をすませ、「ともし火」の光をじっと見つめる、この耳と目の二つの感覚は、作者の中で一つに融けあい、作者の心に幽寂な境地が形象される。そして、「ぬれぬにしめる」のように、「ともし火」の光の、いかにも湿ったような弱々しい感じは、作者の心のしめり、哀感が投影され、作者にとってはそのように思えるのだ、と言えそうである。

また「聞き佗びて」という単調な雨の音によせる作者の感懐、それには作者の主観による長い〳〵

連続的な時間が託されている。しかし、壁にうつる「ともし火」の影は殆ど変りはないようで、それを見ることによって停滞した客観的な時間の長さを作者は知るのである。雨の音、「ともし火」の姿、それをとおしての時間というものの流れの、主観、客観のちがいに自ら又「聞き」の感情も含まれているであろう。

とくに「燈火は雨夜のまどにかすかにて」という視覚、「軒のしづくを枕にぞ聞く」という聴覚、この燈火・雨音は、作者によって、「かすかにて」「枕にぞ聞く」という姿で捉えられ、単に二つの感覚としてよりは、それらが融合され、そこから寂莫とした境地が形象されている。閨の軒の雫、雨夜の窓の「ともし火」のほのかな光、それだけの世界に時は静かに流れて行く。作者は、その中に身をおいて、耳にきく雫、目にうつる燈火、この二つを、自己の中で、感覚の域を超えた幽寂な気分を造型するものとして捉えている。

そして、終には、「ともし火」を、

窓の外にしたゝる雨を聞くなべにかべに背ける夜はの燈（風雅集　釈教　二〇五七）

のような、釈教の「三諦一諦非レ三非レ一の心」という宗教の、象徴的世界の形象へも昇華させて行く。

月も見ず風も音せぬ窓のうちにあきをおくりてむかふ燈（風雅集　秋下　七一四）

皓々と照らす秋の月も見ぬ、蕭々と吹きわたる秋風の音も聞かぬ、現実には九月盡としての慣習的な自然現象による肉体的感覚に冴えるはずの何ものもない場に、作者は身をおいている。その作者と相対するのは現実にそこに在る「ともし火」だけ。「ともし火」との一対一の窓のうちという場にあって、作者は我の中に秋の盡きるのを感じる。自然の運行、時間の流れを、作者は、ただ「ともし火」一点に凝集して、そこにそれを感じようとする。秋をおくる自己を託す唯一のものとして「ともし火」を捉え、それに相向っているとも言うべきで、「ともし火」は禅的とも思われる境地を象徴するもの、とも言えるようである。

きゆるかとみえつる夜半の燈火の又ねざめても同じ影哉（玉葉集　雑歌二　二一五八）
思ひつくす心に時は移れども同じ影なるねやのともし火（風雅集　雑中　一六六二）

作者は「又ねざめても」と、その間、相当の時間の経過を感じているにかかわらず、変化なく同じ光を放っている「ともし火」が目にうつる。

「ともし火」は時間の経過によって次第に弱まり、暁になれば、その薄明《うすあか》りによって、あるか無いかわからないようになって行く。「ともし火」はそうした時間による変化を見せはじめるものでもあるのに、目ざめから又目ざめまでの作者の感じた長い主観による時間と、経過のみられぬ「ともし火」の姿の客観的な時間と。目に見えない時間というものを契機とした作者の心理的な境地を、ただ一つ目にうつる実体の「ともし火」のあり方によって形象している。

あとの作は、「思ひつくす心に時は移れども」とあるように、心の中に様々に浮かぶ想念を、「思ひつくす」と感じる程、我の心には長い時間が経過したのに、現実に目に映ずる「ともし火」は、依然として少しも時間の経過をもたない、もとの光のままである。

燈火は、このように、作者の、その時、その場、の個の心を客観的に計れる物差となる、作者にとっての対者でもあり、この場の主役でもあり、思惟の世界を形象するものとなっている。
以上のように、『玉葉』・『風雅』の両集では、「ともし火」は、伝統を脱し、斬新な形象が多くなされている。「ともし火」は「ともし火」の実体ばかりでなく、作者は「ともし火」を心理的な世界に導入し、それによって幽寂な境を造型し、更に、禅とも言える哲理の境地を形象させるものとしても捉えているようである。

このような『玉葉』・『風雅』両集によまれている特異な新しい「ともし火」は、もとより、京極派の人々の和歌に少なからずとりあげられている。

これについて、京極派の資料を対象に、「ともし火」の例歌をあげて具体的にながめて行きたい。

京極派の資料には、上代からのあまの「ともし火」[11]、中古、また中世に多くみられたのりの「ともし火」は見られない。もとより管見の及ぶ範囲の京極派の作の中にではあるが。

くれぬとものきのともし火よししはししけきほたるのかけにゆつりて（伏見天皇御製集　九三頁）

とぶ螢ともし火のごともゆれども光をみればすずしくもあるか（花園天皇御集　三三五頁　光厳院御集にも）

などの例のように、その光を螢に、そして、

月ならぬひかりにもまたあきのよのあはれやあれやまとのともしひ（伏見天皇御製集　一五六頁）

のように、秋の月光に、準ずるものとして捉えているのは、前記の他の諸集全般をとおしての類型の中にみられなくもない。しかし、

なれさへにあくるをしりてうすくなれやまとにそむくるともし火のかけ（次田氏資料　三八頁）

「ともし火」になれと呼びかけ、それが「あくるをしりて」「うすくなる」、と、「ともし火」自体の意識的なあり方であるかのように描き、暁光によって、その光が消されるようにうすくしか見えなくなる、という有様を捉え、「ともし火」を暁光と同じような光と感じとっている。また、

ひましらむねやのひかりをまちつけてこゝろときゆるまとのともし火（伏見天皇御製集　三二〇頁）

「しらむ」という暁明の白光をまって「ともし火」のその光が「ともし火」自身の気持で消えて行く。曙光「しらむ」の白光がますにつれ、「ともし火」の光が弱まり吸収されて行く、それを「ねやのひかりをまちつけて」「こころときゆる」と、「ともし火」自体がそうしたように表現している。つまり、「ともし火」を曙の白光《びやくこう》、「しらむ」と同様な光としている。

このことは、上代から「ともし火」を赤にも通う「明し」という輝やかしいものとしてきたのとは対蹠的で、京極派にのみ見られるこのような捉え方は、新しい特異なものと言ってよいようである。

このように視覚的にも「しらむ」という動的な白さによって示されるような「ともし火」をも捉え、形象しているようである。

そして、燈火を、

燈火のかげとともにぞ消えぬべきこよひもさてや暁の床　（永福門院　二五八頁）

の、「消えぬべき」のように、それが消えることに、生《せい》の消える、作者自身の死の意を懸けているのではないか、というような、また、

月ならぬひかりにもまたあきのよのあはれやあれやまとのともしひ　（伏見天皇御製集　一五六頁）

の、通常「あはれ」の情を抱かせる秋の月光、それではないが、窓の「ともし火」にもまた、「あきのよのあはれ」という、しみじみとした哀感をたたえた美的情趣が感じられるというのである。

或は、

かくてなをかはらぬかけもいつまてそわかよふけたる秋のともしひ　（伏見天皇御製集　一一九頁）

「わかよふけたる」という、人生終末への限りない孤愁を、夜ふけの、暁になれば光を失い、当然消えつきるであろうことを前提とした「ともし火」の姿に託す、というような、いずれも、伝統的な「ともし火」の持つ、あかあかとした輝かしいものとは裏腹の、哀調のただよう暗い沈んだものとして捉えている。

このように、自然によせても、人々によせても、悲哀、孤愁、寂寥の感懐、哀感ただよう情趣などを、深更や早暁の、すでに光を弱め輝きを薄めて消えようとする「燈火《ともしび》」の姿に託し、これがそれを

形象し得るものとしているようである。

ささやけにわれをつれなき待よはる明方の窓にきゆる燈（花園天皇御集　一三二頁　光厳院御集にも三五五頁）

の「待よはる」、夜をとおしてただ一人、明方まで人を待ち続ける、耐えがたい、主観では、無限ともいうべき時間の長さ、それを、客観的に「ともし火」の「きゆる」という姿によって示す。

或は、

ともし火はかゝけつくせと秋のよのながき思ひそ猶あまりぬる（伏見天皇御製集　一六四頁）

秋の夜の長いのは事実であるが、その長さの中でも、更に「ながき思ひそ猶あまりぬる」のように、我の中の時間は、なお一層長く切れることとなく、いつまでも連続してゆく。主観的な時間を客観的には「ともし火はかゝけつくせと」のように、現実の燈火のあり方で示す。

いずれも、夜から暁へかけての時間の経過の中に身をおき、その孤独であるという主観をとおしての時間の長さに、ただ一つ現実としては、作者が相対している「ともし火」の姿があるだけ。「ともし火」は、作者の孤独の境地では、客観的に時間の長さを示すものとして捉えられ、とくに、「ともし火」の「かゝけつくし」た、「消ゆる」、つまり、光を失なおうとする最後の姿を捉えようとしているのである。これらも、京極派特有の新しい形象で類型的な歌の中にはみられないものであろう。

さらに、

かすかなる鐘の響も聞ゆなりひとりよふくる燈火の下（永福門院　二二一頁　群書類従　六五九下頁）

の「ひとりよふくる」といぅ孤独な、深更に、「かすかなる鐘の響も聞ゆなり」といぅ。遠寺の鐘のかすかな響さえ伝わる程の静寂そのものの空間、そこに在って、相対しているのは、「ともし火」のみ。「ともし火」はその境地に融合し得るもの、その境地を一層深めるものとしてただ一つ、作者によって選ばれて形象されていると捉えてもよいのではないか。作者一人の、孤独な静かな境地は、目にうつる「ともし火」のほのかな影、それに加えて、耳に響いてくるかすかな遠寺の鐘の音、ただそれだけ。つまり、そぅした境に主役的な役割を演ずるものとして「ともし火」は作者に捉えられている。はるかに伝わってくる鐘の響にじっと耳をすませ、ただ一点の「ともし火」の光にじっと目をこらす。作者の深い思索的な姿が髣髴されるように歌われている。視・聴の外的感覚が一体となって、更にそれを超えた深く内面的な精神世界が形象されている。

かゝけてもほのをみしかき灯のまとにしたゝる雨のよすがら（伏見天皇御製集　三二九頁）

の、「かゝけてもほのをみしかき」といぅ、灯がすでに短くなる程の長い時間の経過、その長い、「よすがら」という夜どおしを、滴る雨音に耳をすませる、夜という時・空をとおしての、孤独な思いにふける作者の心境、その精神世界が、窓外の雨音を伴奏としながら、次第に弱くなってゆく目にうつる一点の「ともし火」の光に托されている。作者にとって「ともし火」は幽寂の孤《こ》の境地を現出させるものであり、更にそれが作者の思索の世界にもかかわってゆくものとしても捉えられているようである。

あきの夜はかへをへたつるまとの雨のころにしめれるともしひのかけ（伏見天皇御製集　一四九頁）

秋の夜一人静かに雨の音に耳をかたむけていると、いかにももの淋しい沈んだ哀愁にみちた心境になる。そうした作者の目には、「ともし火」の光は弱々しく消えがちに、「しめつた」ように映ずる。雨の音を媒体として生《しょう》ずる自己の心のありよう、その主観をとおして「ともし火」の姿を「しめれる」とながめる。つまり、燈火を自己の感情を移入させた姿で捉えていると言えるようである。

ともしひのぬれぬかけさへしめるなりあま夜のまとの秋のめさめは（伏見天皇御製集　一三八頁）

「ぬれぬかけさへ」と、客観的事実をのべながら「ともし火」の姿を「しめるなり」と、作者の主観で捉えている。秋の雨夜の独り寝に目ざめている作者の、おそらく涙に滲む目に、「ともし火」がしめってうつったのでもあろうか。作者の胸中がそのまま投影されたのが、ともし火の「しめるなり」であったと言えるようである。「ともし火」が、夜すがらの雨の音と一つになって、そこに独特の雰囲気が生まれ、作者はそれに自己の心の姿を託したのであり、この「ともし火」は、明るく照らす「ともし火」ではなく、まことに暗く沈んだ孤独の悲哀とも言うべき作者のあり方が形を成した「しめるなり」のものでもあったと思われる。さらに、

春やなにそきこゆるをとはのきのあめのむかふかたちは夜はのともしひ（伏見天皇御製集　二二一頁）

「きこゆるをと」即ち雨、「むかふかたち」は「ともしひ」、という作者は視・聴の世界の様々の物の中からこの二つを選びぬいて来て、作者自身の春に対する心をそのまま託そうとしている。耳にきこえるのは軒の雨のしたたり、目に見えるのは深夜の「ともし火」の光。しかし、それはただ外的感覚に訴えるものであって、作者は雨の音をとおして、そして、「ともし火」の光をとおして、もっと内面の世界にいる。言いかえれば、想念の世界において、見るものは、現に「ともし火」の形をとって作者の前に見え、聞くものは、現に軒の雨となって作者の耳に、聞こえてくるのである。

以上の諸例からも知られるように、京極派の「ともし火」は、単なる写実の「ともし火」でも、単なる観念の中の「ともし火」でもない。「ともし火」は、作者の心の姿をそのまま投影することのできる対象とされ、作者にとって様々な感情移入が可能なものとなっている。

それはこれまでの諸例ばかりでなく、例えば、恋の歌でも、

明けぬるか又今宵もと思ふより涙に浮かぶ燈火のかげ（永福門院　二二一頁）
更けぬなり又とはれてと向ふ夜の泪に匂ふともし火の影（花園天皇御集　一〇五四頁）
今宵さへ来すなりぬよと思ひつゝけ泪にゝほふ灯の色（群書類従　六四八下頁）
思ひつくす思ひのゆくゑつく〳〵と涙におつる燈のかけ（花園天皇御集　一〇八頁　光厳院御集も三五〇頁）

などのように、恋ひする人を夜どおし待っていても逢えない、耐えがたい焦燥、そして切ない恋情、更に空しいあきらめ、そうした万感が、涙に滲む「ともし火」に凝集されている。燈火は、作者の懊

悩、その心的状態を託すものとして捉えられている。これは、為兼の判詞に、

思ひやる哀れもふかくうかぶらむ涙のうちのともし火の影（群書類従　六五九下頁）

ともあり、「思ひやる哀れ」という心情が、涙ににじむ「ともし火」に「うかぶ」、つまり、形をとって見えるというのであろうか。いわば、その心を象徴するものとして「ともし火」という、目にみえる一つの具体物を捉えている、と言えるようである。

こうした一連の「ともし火」は、いずれも単なる「ともし火」という物であるよりは、作者の内面世界に導入され、作者の心の様相を示すことのできるもの、精神的な面の映像をむすぶもの、とされているようである。

へたてこしむかしおほゆるなさけかなとしくるゝ夜のともしひのもと（伏見天皇御製集　一八四頁）

年の暮の夜の「ともし火」のもとにただ一人いて、長くへだててきた昔のこと、こし方が偲ばれる。様々な過去への思いが作者の胸をよぎる。「ともし火」は、そうした追懐の情を作者に抱かせる場に欠くことのできないものの一つとされているようである。作者は、「ともし火」のもとにあり、ただ、これ一つに向うことによって、次第に懐旧の情の世界に引き入れられてゆく。「ともし火」は、自己の心をみつめるための媒体となり、いわば、精神的な世界にかかわりを持つものになっている。

あけぬよのあきのおもひのともなれやかへほのかするまとのともし火（伏見天皇御製集　一三〇頁）

「ともし火」を、「あけぬよのあきのおもひのとも」であると言う。深更、閨にある孤独な作者に対しているのは、じっと光を放つ燈火一つだけ。作者は、秋の寝覚の様々な物思い、感懐を、その「ともし火」に語りかけ、「ともし火」はそれに応答する、と作者には感じられる。我と「ともし火」、それはこの作者にとっては対等のものでもある。「ともし火」を物体としてよりは〝友〟という、作者と同じ心情を持ったものとして捉えており、すでに「ともし火」は、作者自身の主観の世界のものとなっている。

夜をなかみよものおもひのいくうつりさめてもおなしまとのともし火（伏見天皇御製集　二四五頁）

このような作は前掲の『玉葉』・『風雅』両集の例にも見られたもので、「よものおもひのいくうつり」という、様々の想念の経過を感じる、いわば、主観的にはそこに無限の長さの時間があるはずであるが、実は「さめてもおなしまとのともし火」で、客観的には殆ど時間の経過はない。「ともし火」は、こうした作者の思惟の世界にかかわるものとして捉えられているのである。

さ夜ふくる窓の燈つく〳〵とかけもしつけし我もしつけし（花園天皇御集　一四一頁　光厳院御集　三五八頁）

作者と、夜更けの窓の「ともし火」のみ。という、局限された世界で、「ともし火」の「かげも」「我も」「つく〳〵と」「しづけし」であると言う。我の「つく〳〵と」「しづけし」の心的状態が移入されて、「ともし火」のかげが「つく〴〵と」「しづけし」と見え、「ともし火」のかげの「つく〴〵と」「しづけし」状態が作者に映じて、我も「つく〴〵と」「しづけし」の心境を生む。心の相が「ともし火」に凝集され、「ともし火」の姿が自己の心に映じ、両者相応じ、渾然一体になって、我も物も、自我も対者も、同じ相になりきっている。ともいうべき禅の無我の境地にあるとも言えるようである。「ともし火」は作者の姿ともなり作者は、その「ともし火」に據って、深い宗教的境地に身をおき、象徴的な思惟の世界を形象することができるのではないか。

それは、更に、

ともし火に我もむかはす燈もわれにむかはすをのかまに〳〵（光厳院御集　一四六頁）

これまでの例にみられたような、作者我《われ》と、「ともし火」のみの、すべての物を捨てた局限された世界で、両者が対峙し、互に対者を意識し、対者のすべてと、自己のすべてを同一化する、という、厳しいきりつめた境地から、それを超越して、「をのがまに〳〵」と言う、各々が、各々なりに自由自在に存在する、融通無碍の境地とも言うべき世界が形象されている。「ともし火」というものが、京極派の人々によって、作者と対等のものとして捉えられ、哲理の世界にも到っているようである。

ありとすれはそのかたちなしなしとすれば心もちらぬともしびのもと（中世歌合集　二一二頁）

における「ともし火」も、同様の境地における物として捉えられているようである。

心とてよもにうつるよ何そこれたゝ此むかふともし火のかけ（花園天皇御集　一四二頁　光厳院御集三五九頁）

過にし世いまゆくさきと思うつる心よいつらともし火の本（花園天皇御集　一四五頁　光厳院御集三五八頁）

などの歌作も、我と「ともし火」だけの場を設定し、「ともし火」に相向うことによって、過去、現在、未来と、限りない時間を基盤とした種々様々な心の動きを、もう一人の自己が客観的にながめ分析する。そして「ともし火」を、その自己の心が形をとったものとして捉えているようで、いわば禅の境地とも言える心的状態に自己をおいているとも言えそうである。

ふくる夜の燈のかけをそのつから物のあはれにむかひなしぬる（花園天皇御集　一四四頁　続群書類従も）

深更の「ともし火」に向いあって、その光を自然と「物のあはれ」という、しみじみとした哀感をたたえた沈潜した美的情趣として、感得した。もとより作者自身が「物のあはれ」を感じていたから「ともし火」の光にそれを見たわけであろう。作者の心に生まれる情趣が移入されて、そう感じられたのであり、「ともし火」はこのような対象としても捉えられたようである。

むかひなす心に物やあはれなるあはれにもあらし燈のかけ（花園天皇御集　一四三頁　光厳院御集三五八頁）

実際には「あはれにもあらじ」であるのに、「あはれ」に感じられるのは「むかひなす」おのれの心に物のあはれが感じられていたからであろうか。これも作者の心に生ずる「あはれ」という情趣が、そのまま見つめている対者としての「ともし火」に移入されることを詠んでいるのであり、「ともし火」が、情趣を感じる心を移入することのできる対象として捉えられている。主観をとおして感じる「ともし火」、客観的にみる「ともし火」、つまり、自己の内で、主・客観の対象として「ともし火」が捉えられるという、内面世界にかかわる歌作となっている。

○

遠く望み見て、夜を照らす生々とした動的な姿が描かれた、写実の世界のあまの「ともし火」、釈教における法燈としての観念の世界の、のりの「ともし火」、それらを、京極派は、殆ど踏襲することなく、「ともし火」を、作者自身の内面世界にかかわるものとして捉え、類型を破った、新しい、哲理的な場の「ともし火」を形象するに至っている。

窓外の雨の音、遠寺のかすかな鐘の響《ひびき》、それらを伴なった寂莫とした深更、作者は只一人、我の内の孤独な時間の長さを「ともし火」に向い、「ともし火」に託して、形象した。そして、自己の心にうつる、来《こ》し方、行く末の、追憶、感懐、また、現世の悲哀、苦悩、憂愁、空虚、或は、あきらめ等々の情念、そうした暗く、どこまでも沈んでゆくような心の姿を、「ともし火」に託した。また、「物のあはれ」という、身にしみ入るような深い美の情趣を感じとる心のあり方も「ともし火」に託した。

このような、特異な京極派の「ともし火」は、単に「ともし火」という物であるよりは、寂然と幽かなる境《きょう》の、すべての物を捨て去った局限の世界を形成するためにえらばれた対象であり、作者はその境に身をおいて、自らを凝視し、諦観し、あるいはもう一人の自己におのれを分析させる。そして、その心の姿を「ともし火」に投影させる。それは、端的に言えば、「ともし火」を、我の心の形象に役立てることにもなるのではないか。「ともし火」には、作者は、自身の感情、情動、美的情趣などまで共有する場を与えた。

こうした「ともし火」の姿は、『玉葉』・『風雅』両集と、更にその本体でもある京極派全体の歌作に、一層顕著にみられ、それは、類型を破り、常套を脱した、斬新なものと言ってよいようである。京極派の歌人達は、現実に、中世の時代を生きている人々であり、和歌の長い日本の伝統に従い、それを忠実に守り続けていると考えられる他集の歌人たちとは異なり、中世の人間としての自己の心の姿をみつめて和歌を生み出した、とも言えるのではないかと思われる。

『玉葉』・『風雅』両集、それに加えて、京極派の作に見られる「ともし火」、という、この一点をとりあげたにすぎないが、これによっても、中世の人々の心、精神構造の一面が託され、それをうかがい知ることができるのではないか、と考えるのである。

注

(1) 古事記は、『古事記大成』の総索引。日本書紀は『日本書紀総索引』の「燭」の字によって検索した。

(2) 大漢和辞典「秉」秉燭　手に燭火を執る・燈火を持つ。（楽府両門行）「書短苦夜長、何不㆓秉燭遊㆒。」

(3) 日本古典文学大系『古代歌謡集』。

(4) 『和泉式部集』（日本古典全集）一六五頁「宵のともしび」『赤染衛門集』（国歌大系本）四四四頁「のりのともし火」。

(5) いずれも総索引用語索引にて検索。
(6) 図書寮叢刊『古今和歌六帖』上巻本文篇（養徳社　昭42・9）。
(7) ともし火の影にか通ふ空蝉の妹が面影恋しくおぼゆ（一一八）『古今和歌六帖　第四』恋（笠女郎）『続国歌大観　歌集』（角川書店　昭和33・3）。
(8) 『大漢和辞典』。
(9) のりのともし火でなく、ただ燈火とあるが、法燈の同様の意ではないかと考えられる。「稲荷の大明神の御歌となむ」とある六九七の歌も「この山の明神とて…」とあるので、神仏一体と考えてよいのであろう（この山は高野山をさす）。
(10) 釈教の部立の中のも、「のりのともし火」とすべてよまれているものばかりでなく、ただ「ともし火」という例もある。『新後撰集』七一一、『新千載集』九三三、『新拾遺集』一四五一、一四五二、『新続古今集』八一九の例で、作者は、花山院、紫式部、大弐三位、慈鎮、実寿である。
(11) あまの「ともし火」は漁火（いさり火）として多く詠ぜられているようである。

初出一覧

本書各章のもとになった論文の初出は、次のとおりである。特に注記しない場合でも、本書に収めるにあたって、すべての論考に加筆・改稿を施している。

「はしがき」書き下ろし。

Ⅰ　源氏物語の指向するもの——豊饒ないろから無彩色の世界へ

序にかえて——上代の人たちの色意識
原題「王朝物語の色彩表現」(『日本人の表現』佐藤泰正編　梅光女学院大学公開講座論集第4集　昭和53年10月　笠間書院　冒頭部分より)

王朝物語の色彩表現——『源氏物語』を中心に
(『日本人の表現』佐藤泰正編　梅光女学院大学公開講座論集第4集　昭和53年10月　笠間書院)

『源氏物語』における色のモチーフ——〝末摘花〟の場合
(『「源氏物語」を読む』佐藤泰正編　梅光女学院大学公開講座論集第25集　一九八九年九月　笠間書院)

『源氏物語』にみる女性の服色（『和洋国文研究』第9号　昭和48年7月）
むらさき（『むらさき』第45輯　紫式部学会編輯　平成20年12月　武蔵野書院）
『源氏物語』の色（『源氏物語講座』第七巻　一九九二年一二月　勉誠社）
このごろ摘み出だしたる花して、はかなく染め出で給へる、いと、あらまほしき色したり。
（『むらさき』第16輯　紫式部学会編輯　昭和54年6月　武蔵野書院）
『源氏物語』と色——その一端
（『源氏物語の愉しみ』佐藤泰正編　梅光学院大学公開講座論集第57集　二〇〇九年六月　笠間書院）
光源氏の一面——その服色の象徴するもの
（『日本文学研究』第十七号　梅光女学院大学日本文学会　昭和56年11月）
「山吹」について——宇治の中君の場合
（『源氏物語大成』月報12第12回第12冊　昭和60年9月　中央公論社）
宇治の大君（『源氏物語の探究』第八輯　昭和58年6月　風間書房）
『源氏物語』の美——死にかかわる描写をとおして
（『語文』第四十六輯　日本大学国文学会　鈴木知太郎博士記念号　昭和53年12月）
『源氏物語』——「すさまじ」の対象をとおして
（『国語学論攷』第四十六輯　鈴木知太郎博士記念号　昭和50年10月　桜楓社）
『源氏物語』の指向するもの——色なきものの身にしみて　書き下ろし

II　色なきものを指向する世界――散文から律文へ〔京極派和歌たち〕

「にほふ」――京極派和歌の美的世界

（『語文』第四十一輯　日本大学国文学会　鈴木知太郎先生古稀記念論文集　昭和51年7月）

「すゞし」〝色彩の固有感情〟とのかかわり――京極派の和歌をとおして　書き下ろし

「すさまじ」――『玉葉』・『風雅』の一世界　書き下ろし

薄明の桜――『玉葉集』・『風雅集』にみる

（『語文』第四十四輯　日本大学国文学会　岸上慎二先生古稀記念論文集　昭和53年3月）

ともし火――『玉葉』・『風雅』の歌人の心　書き下ろし

古典に現れる〝色〟に気づいたのは、戦時中のこと。疎開先の図書館で十数巻におよぶ『万葉集古義』（注釈本）を一冊ずつ借り、一字一句余すところなくノートに書き写した。「色名を通して、万葉集の句が絵画のようにいきいきと色づくのを感じたのです。何度も読むうちに、色が官位などの決まり事や人の情感まで表していることに気づきました」。

モノトーンの戦時下で、万葉集の中に豊かに広がる色彩世界を一心に見つめた。

戦後、東京に戻ると国立国会図書館に勤めた。戦前に卒業した旧制の東京女子大は大学卒の資格を満たさないことから、人に勧められ、「図書館から近いところ」を探して日本大学に入学。仕事を続けながらの二足のわらじだった。卒業と同時に、創立したばかりの同校大学院へ進む。研究のテーマは一貫して、「古典の中の色彩」。図書館で不要になったカードに色彩用語を含む原文を、その用語を理解するために必要な部分も含めて書き出していく。作業は修士課程修了後もとどまることなく、対象作品を広げて続いていった。

『日本文学色彩用語集成』の出版がいつ決まったのか、今となっては定かに思い出すこともできない。膨大な数になっていたカードを笠間書院の前社長の池田猛雄さんに「こんなに溜まってしまって」と見せたところ、強く出版を勧められた。それから十年近い準備期間を経て、昭和50年に第一冊目「中世」を上梓。全五冊の出版を終えた時は、戦時下で万葉集の色彩に目覚めた日から半世紀以上の時が流れ、書き出したカードは15万枚を超えていた。『集成』は「散文篇」と「律文篇」に分けて編纂した。それは、ありのままに色を語っている物語の世界（散文）に対して、歌の世界（律文）では、より決まり事に則って色名を使うため、実際の色と異なる場合も見られるためです。

研究はこの膨大な色彩資料を作成することが目的ではなかった。この基礎資料を駆使して、日本古典に使われた固有の色名を峻別し、トータルで日本古典と色名の関わりを、その深層を見極めることが目的だった。手掛かりは、日本の色は、植物や天地など、ほとんどが自然の中にあるものを材料とし、また、その彩りをまね、それらのものの名称を色の名としてきました。つまり、日本の風土と一体になっているのです。この伝統をなんとかして後世につなげていきたいという衝動が研究の軸に常にあった。

本書にして、念願の「源氏物語」の色と、その思想の一端を捉えられた気がした。「玉葉和歌集」「風雅和歌集」は「源氏物語」の正統な享受の延長に位置すると思う。

著　者

二〇一三年十月二十四日

伊　原　　昭（いはら・あき）IHARA Aki

神奈川県鎌倉市に生まれる。
東京女子大学卒業、日本大学大学院文学研究科修了。国立国会図書館主査、和洋女子大学、梅光女学院大学教授を経て、現在、梅光学院大学名誉教授。文学博士。

著書　『色彩と文学――古典和歌をしらべて――』（桜楓社出版　昭32）、『萬葉の色相』（塙書房　昭39）、『平安朝文学の色相――特に散文作品について――』（笠間書院　昭42）、『色彩と文芸美――古典における――』（笠間書院　昭46）、『日本文学色彩用語集成――中世――』（笠間書院　昭50、風俗史学会第一回「野口眞造記念染色研究奨励金」受賞）、『日本文学色彩用語集成――中古――』（笠間書院　昭52、風俗史学会第六回「江馬賞」受賞）、『古典文学における色彩』（笠間書院　昭54）、『日本文学色彩用語集成――上代一――』（笠間書院　昭55）、『平安朝の文学と色彩』（中央公論社　昭57）、『日本文学色彩用語集成――上代二――』（笠間書院　昭61）、『万葉の色――その背景をさぐる――』（笠間書院　平元）、『文学にみる日本の色』（朝日新聞社　平6）、『王朝の色と美』（笠間書院　平11）、『日本文学色彩用語集成――近世――』（笠間書院　平18）、『増補版万葉の色――その背景をさぐる――』（笠間書院　平22）、『色へのことばをのこしたい』（笠間書院　平23、「ビューティサイエンス学会賞」受賞）。

上記に明記した他に、以下の受賞がある。『日本文学色彩用語集成――上代一～近世――』（笠間書院　昭50～平18）全5巻で「エイボン芸術賞」（平19年度）受賞。『日本文学色彩用語集成――上代一～近世――』全5巻で「ビューティサイエンス学会賞」（平19年度）受賞。

源氏物語の色――いろなきものの世界へ

2014年2月25日　初版第1刷発行

著者　伊　原　　昭
装幀　笠間書院装幀室
発行者　池　田　つや子
発行所　有限会社　**笠間書院**
東京都千代田区猿楽町2-2-3
NSビル302　〒101-0064
電話　03（3295）1331
Fax　03（3294）0996

NDC分類911.12

ISBN978-4-305-70716-1　組版：ステラ　印刷／製本：モリモト印刷

出版目録は上記住所までご請求下さい。
http://kasamashoin.jp